MATTHIAS WEIGOLD
Der Gesang der Todesfeen

Buch

Es ist ein schwarzer Tag im Leben von Stefan Leander, der Tag, an dem sein Freund und Partner Jurko stirbt – von eigener Hand. Dabei waren sie gemeinsam die besten Reporter der Stadt: Jurko stets mit schneller Feder und dem richtigen Riecher für eine Story; Leander immer mit zielsicherem Auge und dem Wissen um den richtigen Moment für das perfekte Foto. Nun bleibt von Jurko nur noch ein zerschlissener Koffer, der voll gestopft ist mit alten Büchern und einem halb fertigen Artikel von einem verschollenen irischen Popstar. Witterte Jurko noch einmal eine heiße Story? Ohne Zögern nimmt Leander daher einen Auftrag an, der ihn nach Irland führt. Kaum dort angekommen, beginnt er nach dem Popstar zu suchen und findet zuerst nur dessen Schwester Ieva. Doch gemeinsam stoßen sie schon bald auf eine Spur – eine tödliche Spur, denn sie führt zum Boss der Dubliner Unterwelt, von allen nur ehrfurchtsvoll der »Priester« genannt ...

Autor

Matthias Weigold stammt aus einer unruhigen Familie. 1971 wanderten seine Eltern nach Irland aus, zogen Jahre später nach Italien weiter und kehrten zuletzt wieder nach Irland zurück. Entsprechend wechselvoll ist auch sein Leben. Als gelernter Theaterregisseur ist er über das Schreiben von Kurzgeschichten zum Journalisten geworden, war aber ebenso erfolgreich als Fotograf und Drehbuchautor. Matthias Weigold lebt in München. »Der Gesang der Todesfeen« ist sein erster Roman und auch im Internet anzuschauen:
www.der-gesang-der-todesfeen.de

Matthias Weigold

Der Gesang der Todesfeen

Roman

GOLDMANN

Umwelthinweis:
Alle bedruckten Materialien dieses Taschenbuches
sind chlorfrei und umweltschonend.

Originalausgabe Mai 2002
Copyright © 2002
by Wilhelm Goldmann Verlag, München,
in der Verlagsgruppe Random House GmbH
Umschlaggestaltung: Design Team München
Umschlagfoto: Zefa/Picturebook
Satz: deutsch-türkischer fotosatz, Berlin
Druck: Elsnerdruck, Berlin
Verlagsnummer: 44843
KvD · Herstellung: Katharina Storz/HN
Made in Germany
ISBN 3-442-44843-3
www.goldmann-verlag.de

1 3 5 7 9 10 8 6 4 2

*Für Sabine,
die mein Leben zu einem
Abenteuer macht*

Fast alle Plätze, die in diesem Roman beschrieben werden, kann man tatsächlich in Irland finden. Auch einen verschollenen Popstar wie den Padraigh Bridged Maloney hat es in der jüngeren Pop-Geschichte gegeben. Die Einzelheiten des in diesem Buch beschriebenen Falles sind jedoch frei erfunden. Alle handelnden Personen sind fiktive Charaktere. Ähnlichkeiten irgendwelcher Art sind nicht beabsichtigt.

1

»Ich kann Ihnen nichts über Jurko erzählen. Wir haben ein paar Jobs zusammen gemacht, das ist alles. Sie wissen viel mehr über ihn als ich«, sagte Leander zu dem Zeitungsreporter, unterbrach die Verbindung und legte das Handy zur Seite.

Jurko hatte sich köpfen lassen. Einfach so. Er hatte alle seine Papiere in Ordnung gebracht, statt eines Abschiedsbriefes den Vollstreckungsbefehl des Finanzamtes auf seinen Schreibtisch gelegt und daneben die Auszüge seiner zwei Bankkonten, die zusammen einen Minusbetrag von über 28 000 Euro auswiesen. Dann war er zum Ostbahnhof gegangen und hatte ganz gelassen auf die Einfahrt der S-Bahn Linie 2 gewartet. Die Triebwagen dieser Linie kommen von einer Brücke herab und können nicht so schnell bremsen wie die anderen Züge. Als seine finale S-Bahn einfuhr, sprang Jurko vom Bahnsteig, legte seinen Hals auf eines der Gleise und ließ sich einfach köpfen. Wäre der Zug über ihn hinweg gerollt, wäre die Sache mit einem glatten Schnitt erledigt gewesen. Aber der Lokführer versuchte noch eine Notbremsung, obwohl sie sinnlos war. Und so rutschte der Zug mit stehenden, Funken sprühenden Rädern über Jurkos Hals. Das war nicht schön. Sein Körper wurde herumgerissen, drehte sich zweimal um sich selbst, bevor er neben dem Gleis zur Ruhe kam. Da lag er dann merkwürdigerweise in vollkommen entspannter Haltung auf dem Rücken, die Hände in den Hosentaschen, so wie man an einem Frühlingstag in den ersten warmen Strahlen der Sonne liegt. Nur dass seinem

Körper der Kopf fehlte, und der Hals zerfetzt war. Jurkos Kopf wurde vom Triebwagen mitgerissen und hüpfte wie ein Gummiball über Schwellen und Schotter und kugelte erst am Ende des Bahnsteigs zwischen den Rädern zur Seite weg. Da hatte er bereits kein Gesicht mehr.

Lilian sah von ihren Lego-Steinen auf.

»War das eine schlechte Nachricht?«, fragte sie.

»Ein Freund von mir ist gestorben«, sagte Leander.

»Wer denn?«

»Jurko.«

»Oh, Jurko. Bist du traurig deswegen?«

»Ich weiß nicht.«

»Ich bin traurig. Jurko war nett.«

»Ja, das stimmt.«

»Was ist passiert?«

»Er ist vor eine S-Bahn gefallen.«

Jurko wusste immer genau, was er tat. Wenn er also vor einen Zug sprang und für zwei Stunden den gesamten S-Bahn-Verkehr lahm legte, musste er auch dafür einen guten Grund gehabt haben. Leander ahnte diesen Grund. Jurko war als Reporter immer mehr ins Abseits geraten. Dabei schrieb er besser als je zuvor. Aber keine Zeitung, kein Magazin wollte seine Geschichten mehr haben. Jurko beschrieb die Menschen und ihr Leben, egal ob es grausam oder grotesk, schmutzig oder poetisch war. Er war besessen von der Suche nach der ultimativen Wahrheit. Die Macher in den Redaktionen dagegen interessierten sich nur noch für Mode und Design, für Lifestylethemen, denen sie verfallen waren wie einem kollektiven Wahn. Und weil Jurko keinen Ausweg aus diesem Abseits und den Schulden fand, weil es für ihn keine Hoffnung auf irgendeine Veränderung zum Guten mehr gab, hatte er Schluss gemacht. Aber warum die dramatische Inszenierung? Es gab doch jede Menge todsicherer Methoden für zu Hause. Warum hatte er die S-Bahn als Guillotine benutzt und ein paar Dutzend Menschen am Bahnsteig zu unfreiwilligen Zeugen gemacht? Jurkos Ende wirkte wie ein Akt wütender Verzweiflung, wie ein Aufschrei, der überall in der Stadt vernommen werden sollte. Eine Anklage. Jurko hatte wohl gehofft, irgendjemand würde sich danach schuldig fühlen. Irgendwelche Leute in irgendwelchen Chefredaktionen, die ihm weniger und weniger Aufträge gegeben hatten, bis er am Ende war. Dabei hatte er für eine Branche gearbeitet, die keine Schuldgefühle und keine Reue kennt.

Leander lehnte sich zurück und sah Lilian zu. Seine Tochter baute in völliger Selbstvergessenheit aus den Lego-Steinen ein fantastisches Fluggerät, mit dem sie dann durch das Universum fliegen würde, immer weiter und über alle Grenzen und Schranken hinaus. Sie war eine wunderbare Tochter. Bei Leander gab es keinen Platz für Puppen, nicht weil er lieber einen Sohn gehabt hätte, sondern weil er mit Mädchenspielsachen nichts anfangen konnte. Aber Lilian war anpassungsfähig und spielte voller Hingabe mit dem, was es für sie gab, auch wenn es nur genau sortierte Lego-Steine aus zwei Plastikkoffern waren. Irgendwann, am Abend oder auch erst am nächsten Tag nach der Schule, würde ihre Mutter sie wieder abholen und in die Welt der Frauen zurückholen.

Die Abendsonne warf fast waagrechte Strahlen durch die Fenster. Dies war die Stunde, in der Leander der König des Hauses war. Alle die edlen alten Wohnungen unter ihm, mit ihren Stuckdecken und Flügeltüren, mit ihrem Parkett und der ganzen bürgerlichen Eleganz, lagen schon im Schatten. Nur er konnte die Sonne noch genießen, hatte ihre roten, warmen Strahlen in den beiden Mansardenräumen, in denen es keine Eleganz gab, sondern bewusst gewählte Kargheit, Klarheit, Kompromisslosigkeit. Zwei ineinander übergehende Sonnenräume bewohnte Leander. Der eine war möbliert mit zwei alten chinesischen Hochzeitsschränken, einem großen Holztisch und zwei Stühlen daran. Das war sein Wohnraum. Etwas Bequemes, einen Sessel oder eine Couch, gab es nicht. Den anderen Raum benutzte er als Küche und zum Essen, darum war er mit einem alten Gasherd, einem Eisschrank und einer Spüle ausgestattet. Den Rest der Einrichtung bildeten Labormöbel aus Stahl, die ein Krankenhaus in der Nähe vor vielen Jahren als Sperrmüll entsorgt hatte. Hier oben lebte Leander wie ein Adler in seinem Horst. Es gab noch einen Schlafraum im hinteren Teil der Wohnung und ein Bad, das er als Dunkelkammer benutzte.

Leander griff nach der Rotweinflasche auf dem Tisch und schenkte sich ein Glas ein. In langsamen, fast andächtigen Schlucken trank er. Auf die Sonne, auf sein erglühtes Königreich, auf seinen Partner Jurko, der seit heute Vormittag kopflos und tot war. Dann erhob er sich, ging zu einem der beiden chinesischen Hochzeitsschränke neben der Tür zum Küchenraum, suchte dort aus den langen Reihen eine CD, legte sie in seine Anlage. Heftiges Schlagzeug hämmerte los, ein unruhiger Bass, eine scharfe Orgel.

»You've got a friend, just look at yourself!«, sang eine dieser hellen Hardrock-Stimmen mit dem starken Vibrato.

Es war alte Musik. Es war unmoderne Musik, die in einem einzigen Song mehr Elemente verschleuderte, als heutzutage auf einer Doppel-CD zu finden waren. Doch es war Kraftmusik. Männermusik. Leander trank. Und bevor der Song mit einem heftigen Akkord endete, drückte er die Repeat-Taste. Einen guten Song muss man zwanzigmal hintereinander hören. Mindestens. So hatte er es immer gehalten, während der vielen Stunden, die er im Labor verbrachte, um seine Filme zu entwickeln oder um Abzüge von den Negativen zu machen. Ein Rocksong ist nur dann gut, wenn man ihn zwanzigmal hintereinander hören kann, und er dabei immer besser wird. Leander trank weiter. Er wollte eigentlich nicht auf Jurko trinken, wollte keine Gedenkminute abhalten. Trotzdem musste er denken. Zum Beispiel an den besten Job, den sie jemals zusammen gemacht hatten. Aber welcher war das?

War es eines ihrer letzten Abenteuer, als sie in Dublin ihre Nasen in die Geschäfte der größten Drogendealer Europas steckten? Oder war es ihr erster gemeinsamer Job, als sie auf den Autostradas Norditaliens und auf dem Zollhof von Mailand die Lkw-Banditen der Mafia stellen wollten? War es bei dem Sexkongress in Las Vegas oder bei den Bürgerrechtskämpfern in Burma? Sie hatten so viele Abenteuer zusammen erlebt. Leander hatte fotografiert, und Jurko hatte geschrieben. Sie waren ein tolles Team auf der Jagd nach tollen Stories. Damals. Jetzt waren die Zeiten schon lange nicht mehr toll. Jurko hatte sich geschlagen gegeben und umgebracht. Die beste Geschichte, die sie jemals zusammen gemacht hatten, recherchierten sie auf der gespaltenen Insel Zypern. Sie hatten sich in die Pufferzone zwischen Griechen und Türken vorgewagt und dort von dem Jahrzehnte währenden Hass und von der in Sommerhitze erstarrten Gewalt berichtet. Sie waren in die von gnadenloser Julisonne verdorrte Ebene westlich der Hauptstadt Nikosia vorgedrungen, wo englische Soldaten Dienst taten in einem Niemandsland von totaler Ereignislosigkeit. Hier trennten vier Kilometer Ödnis die griechischen Bewohner der Insel und die Eroberer aus der Türkei. Und Leander hatte die von Hitzeblasen und Sonnenbränden bis aufs Fleisch aufgeplatzten Gesichter der Männer fotografiert, die eine entvölkerte Waffenstillstandslinie bewachten. Mit zwei kanadischen Patrouillen waren sie in das Gassengewirr der Hauptstadt Nikosia eingedrungen, wo die Einheiten der verfeindeten Griechen und Türken nur noch eine Armspanne weit voneinander entfernt hinter Mauern und Sandsackbarrikaden verschanzt lagen. In diesen engen Gassen brütete der Wahnsinn von Krieg und Eroberung, von Tod und Widerstand wie in einem gefährlichen Seuchenherd. Fotografieren war in der Pufferzone verboten, aber Leander hatte seine alte, fast geräuschlos arbeitende Leica unter einem weiten Leinenhemd versteckt und fotografierte aus der Hüfte durch einen Riss, den er in den Stoff geschnitten hatte. So entstanden bedrückend irreale Bilder mit gestochen scharfem Focus und verschwommenen Rändern, die einzigen Fotos, die je in der Pufferzone geschossen wurden. Dokumente aus dem hitzeflimmernden Herzen eines zu ewiger Bewegungslosigkeit geronnenen Albtraumes. Gut, es gab weltweit Dutzende blutiger Kriegsschauplätze, aber Zypern hatte diese ganz einzigartige Intensität quälender Starre und Stille, die sich niemals auflösen durfte. Das war fünf Jahre her. Heute wollte niemand mehr diese Art Fotos und diese Art Geschichten. Heute drehte sich alles um Shopping in London, Nightclubbing in New York, Rollerblading in Stockholm und die Love Parade in Berlin. Darum hatte Jurko sich den Kopf abfahren lassen von einem S-Bahn-Zug der Linie 2.

»Ich habe Hunger«, sagte Lilian.

»Das trifft sich gut, ich habe Pizza.«

»Wie immer«, stellte Lilian kurz und treffend fest.

»Wie immer«, gab Leander zu. »Aber Obst und Gemüse bekommst du ja zu Hause genug.«

»Aber hier bin ich doch auch zu Hause!«

Leander sah seine Tochter überrascht an. Wie immer ging er davon aus, dass er ein schlechter Vater war, selbstbezogen, unaufmerksam, unzuverlässig. Ein Vater, der nie eine Familie gewollt hatte, der seine Tochter deshalb stets nur als Gast bei sich hatte und Essen mit zu wenig Vitaminen für sie einkaufte. Leander hielt sich für einen Vater, den Lilian einfach hinnahm, weil es keinen anderen für sie gab. Doch jedes Mal, wenn sie ihm zeigte, wie sehr sie ihn liebte, war er zutiefst erschüttert. Wie groß sie geworden war. Wie schön sie war mit den langen Haaren, die um ihr schmales Gesicht fielen. Wie ernst sie ihn anblickte mit ihren acht Jahren. Er nahm sie in den Arm, drückte sie vorsichtig.

»Kannst du die Musik leiser machen?«, bat sie.

»Aber ja, natürlich.«

»Kannst du sie auch ganz ausmachen?«

Leander stoppte die CD und heizte den alten, schwarz verkrusteten Gasherd an.

Dann aßen sie, wie sie es immer taten. Sie saßen sich im Küchenraum an dem Stahltisch gegenüber. Und als Lilian aufgegessen hatte und ihr der Stahlstuhl zu unbequem wurde, kam sie auf Leanders Schoß, um zu reden.

»Was genau ist mit Jurko passiert?«

»Er ist vor eine S-Bahn gesprungen«, gab Leander ehrlich zu.

Lilian sagte nichts dazu, aber Leander spürte, wie sie sich kurz versteifte.

»Warum?«, wollte sie nach einer Weile wissen.

»Er hatte keine Aufträge und kein Geld mehr.«

»Er hätte sich doch Geld leihen können.«

»Es ist schwer, sich Geld zu leihen, wenn man weiß, dass man es nicht zurückgeben kann.«

»Aber darum springt man nicht vor eine S-Bahn.«

»Natürlich nicht.«

»Warum ist er dann gesprungen?«

»Ich glaube, aus Stolz. Mit einer Welt, die seine Geschichten nicht mehr liebt, wollte er nichts mehr zu tun haben.«

»Liebt die Welt deine Fotos noch?«

»Natürlich«, log Leander. »Mit Fotos ist es ganz anders als mit Geschichten. Die Welt wird meine Fotos immer lieben.«

Das stimmte nicht. Zur Zeit waren unscharfe Fotos mit

hässlichen Fehlfarben modern, die schräge Ausschnitte hatten und möglichst weit am Thema vorbeigeschossen waren. Fotos, die jedem Schimpansen gelingen würden und die Leander als völlig misslungen und unbrauchbar wegwerfen würde. Niemand wollte mehr seine Fotos drucken, auf denen der Himmel noch blau, die Atmosphäre scharf und die Menschen echt aussahen. Es ging ihm nicht viel besser als Jurko. Es gab zwar noch Aufträge für ihn, aber die Fotos wurden immer seltener gedruckt und verschwanden meistens in den Archiven der Magazine. Aber eigentlich waren Leanders unveröffentlichte Fotos nur Zeichen, ebenso wie Jurkos Geschichten, die niemand mehr drucken wollte. Es ging um etwas ganz anderes, es ging um die Menschen, die damit zu tun hatten. Früher waren Typen wie Jurko und Leander nomadisierende Helden gewesen, die ihre Abenteuer stellvertretend für 500 000 Leser erleben durften. Heute galten sie als struppige und irgendwie belächelte Outlaws im Vergleich zu all den smarten Journalistenschulenabsolventen mit BWL-Studium und Doktortitel, die in die Welt geschickt wurden. Und die interessierten sich nur noch für Aktiengeschäfte und Longdrinks, Fitness und Modedesign.

»Wir haben den falschen Geruch«, hatte Jurko einmal gesagt, »wir riechen nach Wolf, während Rasse-Collies, sortenreine Dackel und Designer-Huskies das Gewerbe übernommen haben. Wir stinken ihnen. Daran liegt es. Das Rudel hat uns verstoßen.«

Sie waren wie Rockstars, die zehn Jahre lang einen Hit nach dem anderen in die Top Ten gebracht hatten und plötzlich über Platz 78 nicht mehr hinauskamen. Aber anders als Rockstars hatten sie in diesen zehn Jahren keine Millionen gemacht, sondern immer nur auf hohem Niveau von der Hand in den Mund gelebt. Sie hatten keine Villen auf einer Karibikinsel und keine fetten Konten in irgendeiner Steueroase. Sie konnten nicht von ein paar treu ergebenen Groupies und einem zuverlässigen Kokaindealer verwöhnt auf ein Comeback warten.

Es würde nicht mehr lange dauern, bis auch Leander am Ende war. Er hatte zwar noch keine 28 000 Euro Minus auf seinem Konto, aber er hatte seit Wochen keinen guten Job mehr angeboten bekommen. Die Zeit arbeitete gnadenlos gegen ihn. Seine letzte Steuer, die Krankenversicherung und die Miete waren noch nicht bezahlt. Jurko war seit diesem Morgen tot, und wenn kein Wunder geschah, würde auch Leander fällig sein. Bald.

Die Sonne sank hinter die Häuser seiner Stadt, ihre Strahlen erloschen. Sie würde den Himmel noch einmal nachglühen lassen, in einer halben Stunde etwa, bevor endgültig die Dämmerung begann. Leander schenkte sich Wein nach. Langsam ging Jurkos Todestag zu Ende.

»Du bist doch traurig«, sagte Lilian.

»Ja, natürlich.«

»Das ist schön«, nickte sie zufrieden.

»Wann holt Inga dich ab?«

Lilian sah verwirrt auf.

»Mami hat gesagt, ich bleibe heute Nacht bei dir. Hast du das vergessen?«

Also begann Leander mit dem Abendritual, gab seiner Tochter noch ein Glas Apfelsaft zu trinken, ließ sie eines seiner T-Shirts als Nachthemd anziehen und die Zähne putzen. Währenddessen holte er wie immer seinen Schlafsack aus dem Schrank im Schlafraum, rollte ihn auf seiner breiten Matratze als Decke für Lilian aus. Und als sie sich eingekuschelt hatte, zog er die Vorhänge zu, setzte sich neben sie.

»Möchtest du ein Mantra?«, fragte er.

Er kannte nur indische Mantras, deutsche Kinderlieder hatte er nie zu singen gelernt.

»Ja bitte«, nickte Lilian.

Und so begann er leise: »Om benzasatto samayah, manu palayah, benzasatto tei no pah, tita dido me bawah, suto kayo me bawah, supo kayo me bawah ...«

Es war ein uraltes indisches Mantra mit hundert Silben, von dem es hieß, dass es jeder Seele Frieden bringe. Er würde es siebenmal für seine Tochter singen, und dabei würde sie einschlafen.

»Wenn du möchtest, kannst du nachher noch weggehen«, murmelte Lilian im Halbschlaf.

Als er geendet hatte, blieb Leander neben der Matratze sitzen. Wie sehr liebte er dieses Kind! Es war ein stiller Moment, in dem ihm das Herz wehtat und die Kehle eng wurde vor Zärtlichkeit. Als er und Inga ihre Affäre hatten, damals, vor zehn Jahren, und als Inga unbedingt ein Kind wollte, hatten sie eine Abmachung getroffen, die auch jetzt noch galt: Leander wollte keine Ehe und keine Familie. Er wollte der Wolf bleiben, der Einzelgänger ohne Verpflichtungen, der Abenteurer ohne Verantwortung. Wenn Inga trotzdem ein Kind von ihm wollte, würde er mitmachen, aber sich zu nichts verpflichten. Und so war es gekommen. Lilian lebte seit ihrer Geburt bei ihrer Mutter in der Welt der Frauen und Vitamine. Und hin und wieder besuchte sie ihren Vater in der Welt der Fotos, der Lego-Steine und der Pizzen. So war es gut. Nur manchmal, in den Nächten, wenn Lilian bei ihm blieb, wenn sie sich länger in seiner Welt aufhielt, schmerzte Leander das Herz. Je mehr Jahre vergingen, desto mehr hatte er das Gefühl, vor lauter Unabhängigkeit das wahre Leben zu versäumen. Lilian war das Leben. Aber sie war nur alle paar Wochen einmal bei ihm. Immer stärker spürte Leander den Druck der Einsamkeit. Es war nicht leicht, ein Wolf zu sein. Und manchmal erschien ihm das bequeme Arrangement mit Inga und Lilian als der einzige große Fehler seines Lebens.

2

Kurz vor Mitternacht wurde Leander unruhig. Entweder legte er sich neben Lilian schlafen oder er verließ das Haus. Aber da wusste er schon, dass er hinaus musste, dass er nach dem Wein und den schweren Gedanken etwas Scharfes, Bitteres brauchte. Einen Espresso. Einen wahren, echten Espresso, wie es ihn in seiner Stadt eigentlich nicht gab. Nur Ignazio im »Bel Soggiorno« konnte Espresso brühen, der so echt schmeckte wie in einer apulischen Mafia-Hochburg und mit dem man auch Schusswunden desinfizieren konnte. Außerdem konnte man mit Ignazios Espresso alte Lackfarbe von Türen und Fenstern beizen und nach höllischen Tagen Erlösung finden. Das war es, was Leander suchte. Also machte er sich auf den Weg. Doch das »Bel Soggiorno« lag am entgegengesetzten Ende der Stadt. Und weil Leander sein Auto vor einigen Wochen stillgelegt hatte, musste er mit der Straßenbahn fahren. Schwarz.

Das »Bel Soggiorno« leuchtete wie eine Insel von Licht, Wärme und Verheißung an einer vierspurigen Ausfallstraße, wo sich auf beiden Seiten Tankstellen, graue Betonhäuser, Baumärkte und Ladehöfe von Speditionen abwechselten. Hier herrschte Ignazio wie ein Heiliger, der diesem Ort mit seiner lauten Körperlichkeit und seinem Espresso das Leben abtrotzte. Eigentlich war das »Bel Soggiorno« nicht viel mehr als ein schmaler Raum, ausgestattet mit einer Theke, einem Regal mit Weinflaschen und fünf kleinen Tischen, an die nur vier Stühle passten, aber für jene Menschen, die regelmäßig hierher kamen, war es ein Paradies. Als Leander die Bar betrat, stürmte Ignazio auf ihn zu. »Jurko hat sich Kopf abfahren lassen! Steht in Abendzeitung!«, schrie er Leander sofort entgegen.

»Ja, ich weiß.«

»Hätte er doch zu mir kommen sollen. Was für eine Idiota!«

»Idioten tun manchmal das einzig Wahre«, erwiderte Leander.

»Du bist auch nicht besser. Was möchtest du? Grappa?«

»Einen Espresso«, bestellte Leander.

»Un doppio, si!«, schrie Ignazio begeistert.

Da bemerkte Leander an einem der fünf Tische Buchner sitzen, unverbindlich freundlich und zufrieden wie immer, den er mied wie keinen anderen seiner ehemaligen Freunde. Buchner hatte sein Eintreten natürlich bemerkt und sah ihm direkt und freundlich in die Augen. Neben ihm, dem erfolgreichen Chefredakteur, saß eine sehr junge Frau, sehr schlank, sehr apart, mit knapp geschnittenen dunklen Haaren. Sie sah aus wie eine Jungredakteurin oder eine Praktikantin.

»Sieh da, Leander«, nickte Buchner. »Komm her, setz dich zu uns.«

Einen Moment lang zögerte Leander, dann ging er auf Buchner zu. Und genau in diesem Augenblick bemerkte er den leeren Ausdruck in Buchners Augen. Leander konnte der Aufforderung Folge leisten oder auch nicht; es war bedeutungslos für Buchner. Leander trat an seinen Tisch, beachtete ihn aber erst einmal nicht.

»Guten Abend, ich heiße Leander«, begrüßte er die junge Frau. Er benutzte immer nur seinen Nachnamen.

»Ich bin Katrin Wegener.«

Leander nahm ihre Hand, verbeugte sich leicht und deutete auf vollendete Art einen Handkuss an.

»Ich freue mich, Sie kennen zu lernen.«

Er bemerkte die Überraschung in ihren Augen und wusste, dass er gegen Buchner einen ersten Punkt gemacht hatte. Siegertypen wie er verstanden nichts von Handküssen.

»Katrin wird für uns arbeiten«, begann Buchner.

»Welches Ressort?«, fragte Leander.

»Als Fotografin«, antwortete die junge Frau.

Leander versteifte sich.

»Katrin wird sechs Reportagen für uns fotografieren«, bestätigte Buchner und ließ seine Augen mitleidlos auf Leander ruhen.

Es hatte eine Zeit gegeben, da hatte Buchner für seine Reportagen am liebsten Leander und Jurko losgeschickt. Doch es war inzwischen Jahre her, dass er zuletzt wegen eines Auftrags angerufen hatte. Buchner war ein Mann, der aus seinen Leuten das Beste herausholte, sie gut dafür bezahlte und fallen ließ, sobald er sich von einem neuen Mann, einer neuen Frau etwas Besseres versprach. Dankbarkeit oder gar Loyalität kannte er nicht. Er war auf seine Art ein Genie. Ein Gremium von Verlagsmanagern hatte ihn darum erst kürzlich zum Medienmann des Jahres gekürt.

Seit Leander ihm das letzte Mal begegnet war, hatte Buchner an Macht und Selbstsicherheit zugelegt. Vor vielen Jahren war er einmal der etwas spießige, Wolljacken tragende Textchef bei einem Männermagazin gewesen und hatte Leander und Jurko zusammengebracht. Als Team hatten sie für ihn die besten Geschichten geliefert. Aber dann arbeitete Buchner an seinem Aufstieg. Er stürzte den eigenen Chefredakteur, verdreifachte innerhalb eines Jahres durch die Enthüllung von Sexskandalen prominenter Deutscher die Auflage des Magazins. Dann verließ er es und trat seinen Siegeszug durch die Chefredaktionen der vier größten Klatschmagazine des Landes an, bis man ihn zum Chef der wichtigsten Illustrierten machte. Dort herrschte er nun unangefochten wie ein Sonnenkönig mit leichter Glatzenbildung. Er hatte längst alles Spießige abgelegt und war emotionslos freundlich und smart geworden. Die Macht verlieh ihm eine Aura von Unwiderstehlichkeit. Die einzige Form der Fortbewegung, die er für sich akzeptierte, war der Aufstieg.

»Leander hat heute seinen Partner verloren«, erklärte Buchner der jungen Fotografin.

»Was ist passiert?«, fragte Katrin Wegener und wandte sich dabei an Leander.

»Er hat sich vor eine S-Bahn geworfen«, fuhr Buchner dazwischen. »Irgendwie hat er die richtige Kurve nicht gekriegt. Er war ein Träumer, der geglaubt hat, er könne sein ganzes Leben damit verbringen, immer die gleichen alten Abenteuergeschichten zu schreiben. Aber die Zeiten ändern sich.«

»Er war ein guter Schreiber, einer der Besten, und hat trotzdem keine Jobs mehr bekommen«, widersprach Leander.

Buchner lächelte ihm unverbindlich entgegen: »Sicher doch, sicher. Aber irgendwie hat Jurko es nicht hingekriegt, etwas mehr trendy zu sein. Wer zu lange stehen bleibt, den überrollt das Leben. Jurko hat das erkannt. Es ist tragisch, aber ich respektiere seinen Schritt.«

»Schreiben Sie auch?«, fragte die junge Fotografin.

»Nein, ich bin Fotograf.«

»Ah, wie schön für Sie. Fotografen haben sieben Leben«, sagte sie und lächelte.

Dieser Punkt ging an sie.

»Arbeiten Sie auch für unser Magazin?«, erkundigte sie sich dann höflich. »Ich bin Ihrem Namen noch nie begegnet.«

»Leander ist zu speziell und zu teuer für uns«, antwortete Buchner und brachte es fertig, ehrlich und bewundernd zu klingen. »Ich will ihn seit Jahren haben, aber ich fürchte, unsere Bildsprache hat nicht seine Klasse. Sie ist für ihn zu billig und zu ironisch.«

Ironie, das war das tödliche Schlagwort. Leander kannte es nur zu gut. Ironie. Wenn er fotografierte, war es ihm immer ernst damit. Die neuen Fotografen aber nahmen nichts ernst. Ironie bedeutete, dass sie konsequent das Gegenteil dessen abbildeten, was sie berührte. Sie fotografierten so hässlich und so banal wie möglich, weil sie für sich selbst nur den Stil und die Attitüde von Superstars duldeten. Sie filterten die realen Farben aus ihren Fotos, sie lichteten die Dinge ihres Interesses nur noch unscharf ab, sie richteten ihre Objektive auf die Schuhe, wenn sie Porträts fotografieren sollten. Sie verhöhnten die Wirklichkeit und verherrlichten sich selbst. Im Grund aber waren sie Feiglinge, die es nicht wagten, sich vor der Öffentlichkeit auf irgendetwas festzulegen und Farbe zu bekennen. Leander würde nie so werden wie sie. Darum gab es keine Aufträge und keine Veröffentlichungen mehr für ihn. »Ich brauch dich ganz dringend, ich ruf dich nächste Woche an«, hatte Buchner bei ihrer letzten Begegnung gesagt. Natürlich hatte er sich nie gemeldet. Nie.

Für einen Moment saßen die drei wortlos am kleinen Tisch im »Bel Soggiorno«. Da kam Ignazio heran und stellte ein Glas und eine Karaffe Rotwein vor Leander, ging wieder zur Theke und kam mit einem Teller voll Spaghetti al Pesto zurück.

»Ich wollte nur einen Espresso«, sagte Leander verwirrt.

»Wir müssen auf Kopf-ab-Jurko anstoßen. Aber kann man nicht trinken, ohne gute Spaghetti im Bauch.«

»Ich danke dir«, lächelte Leander.

»Ist Gabe des Hauses. Wein auch. Und Espresso später und Grappa.«

»Ich danke dir, Ignazio«, wiederholte Leander.

Ignazio winkte ab. Und Leander begann langsam und bedächtig zu essen, obwohl er noch von der Pizza satt war.

»Wir haben schon gegessen«, begann Buchner wieder. »Im Terrassen-Restaurant im Kaiserhof. Das kennst du sicher nicht.«

Und als Leander nichts dazu sagte, fuhr er fort:

»Sie haben einen jungen australischen Koch dort. Typ zorniger Endzwanziger. Hört Fat Boy Slim und kocht wie ein DJ. Wachteln im Kaviarbett. Stell dir vor, Wachteln im Kaviarbett. Wir werden eine Geschichte über ihn bringen.«

»Und warum seid ihr nicht im Kaiserhof geblieben?«, fragte Leander kauend.

»Weil der Grappa dort nicht schmeckt«, sagte Buchner.

»Aber sie servieren doch bestimmt Jahrgangsgrappa für 40 Euro das Glas«, lästerte Leander.

»Natürlich«, sagte Buchner. »Aber er schmeckt trotzdem nicht. Es muss an der Atmosphäre liegen.«

»Wahrscheinlich sitzen zu viele Leute wie du dort«, kaute Leander genüsslich. Grappa hat Charakter. Er ist nichts für Millionäre und Chefredakteure.«

Buchner überhörte den Satz einfach, aber dieser Punkt ging an Leander.

Letztlich war Buchner auch nur ein armes Schwein. Er hatte einen Vater, der als ungelernter Malocher in irgendeiner Fabrik am Fließband stand, und eine Mutter, die in Bürohäusern putzte, und er schämte sich dafür. Das wussten allerdings nur noch die wenigen Männer, die vor vielen Jahren einmal seine Freunde gewesen waren, Männer wie Jurko oder Leander. Buchner hatte sich zum Journalisten hochgekämpft und danach in immer höhere Positionen durchgebissen. Gleichzeitig war er von immer stärkerer Angst besessen, irgendjemand könnte das Geheimnis seiner Herkunft enthüllen und ihn vor aller Welt als Proleten bloßstellen. Vielleicht war das der einzige Trost, der Leander blieb: Buchner schmorte bis ans Ende seiner Tage in einer privaten Hölle aus Ängsten und eingebildeten Krankheiten.

Irgendwann nahm Ignazio Leanders leer gegessenen Teller mit, brachte Espresso für alle, eine volle Flasche Grappa und Gläser an den Tisch. Er schenkte ein.

»Auf Jurko. Er war ein guter Mann«, sagte er. »Er hätte sich nicht Kopf abfahren lassen sollen.«

Buchner sagte nichts dazu. Er war vermutlich der Meinung, dass Jurko das schon vor zehn Jahren hätte tun sollen. Sie tranken. Früher war Buchner ein echter, liebenswerter Spießer gewesen, dachte Leander, heute kümmerten ihn nur noch die Leute, die in seine Pläne und Konzepte passten. Alle anderen ließ er sterben. Männer wie Jurko oder Leander. Das war der Preis, den sie dafür zahlten, dass sie sich immer treu geblieben waren und dass sie ohne jegliche Ironie Geschichten über das Abenteuer Leben schrieben und fotografierten. Doch das war alles, was sie jemals wollten, Karriere und Macht interessierten sie nicht. Früher beneidete man sie darum, heute belohnte sie niemand mehr dafür. Leander trank seinen Espresso. Heiß. Bitter. Süß. Hätte Jurko noch seinen Kopf auf seinem Körper, könnte man ihm diesen Espresso einflößen und ihn damit wieder zum Leben erwecken.

»Aber wahrscheinlich würde er mich dafür verfluchen«, sagte Leander und trank das Glas Grappa mit einem langen Schluck leer.

»Wie bitte?«, fragte Buchner verwirrt.

»Ist schon in Ordnung«, winkte Leander ab. »Ich muss gehen. Ein Espresso war alles, was ich wollte. Salut ihr zwei. Alles Gute euch.«

Er stand auf, nickte Katrin Wegener zu, erhielt ein kurzes Lächeln von ihr, nahm Ignazio in die Arme, drückte ihn, um ihm noch einmal ohne Worte zu danken. Und ging. Gerade als er die Tür erreichte, rief Buchner:

»Halt! Warte! Ich hab hier noch etwas für dich.«

Unwillig drehte Leander sich um. Buchner kam auf ihn zu und zog ein gefaltetes Blatt Papier aus der Innentasche seines Jacketts.

»Du kennst doch alle armen Seelen dieser Stadt, Dichter, Journalisten, Schauspieler, Maler, Musiker, Fotografen und so. Ich habe hier einen Job. Vielleicht ist ja jemand interessiert. Es ist nicht viel Geld drin, verlangt Nervenstärke und ist wahrscheinlich schlimmer als lebendig begraben sein. Aber ich habe meiner Tante versprochen, mich darum zu kümmern.«

Also nahm Leander den Zettel, verließ das »Bel Soggiorno« und schlenderte zur Straßenbahnhaltestelle. Ignazio hätte ihn mit einem einzigen Espresso heilen können an diesem Tag, an dem Jurko sich umgebracht hatte, aber Buchner hatte alle alten Wunden neu aufgeschürft. Buchner war nicht böse. Er war nur selbstzufrieden. Und dumm. Und deswegen grausam. Ein typischer Sieger. Während Leander im bleichgrünen Neonlicht der Haltestelle wartete, warf er einen Blick auf den Zettel. »Ältere Dame mit Stil sucht für Irlandaufenthalt Chauffeur und Gesellschafter mit guten Umgangsformen für sich und ihren Sohn. Telefon: 4 48 87 17«, stand darauf. Leander wusste nicht, was er mit diesem Zettel tun sollte. Er kannte niemanden, der einen solchen Job annehmen würde. Was für ein kaputter Tag. Was für eine absurde Nacht.

Dabei war die Nacht wunderschön. Ein lauer Wind trieb zwischen den Häusern, die Luft war warm und schwer, wie in tropischen Ländern. Der Himmel hing in niedrigen und hellorange erleuchteten Schlieren über den Dächern seiner Stadt. Er schien wie ein riesiges Tier, das sich auf der Stadt zusammengerollt und zur Ruhe niedergelassen hatte. Es war fast halb drei Uhr morgens, und Leander begriff, dass schon lange keine Straßenbahnen mehr fuhren. Der Gedanke gefiel ihm, denn er stand an einer überflüssig gewordenen Haltestelle in einer Nacht, der man sich unbedingt hingeben musste, die man durchqueren musste, zu Fuß, wenn man schon kein Motorrad hatte. Also ging Leander los. Er würde mindestens zwei Stunden für den Weg brauchen, aber er freute sich darüber. Er würde mit dieser Nacht verschmelzen, bis irgendwann die Morgendämmerung am Himmel hinter den Häusern aufbleichte. Rocksänger besingen Nächte wie diese in Balladen, nur von akustischen Gitarren begleitet. Sie lassen dabei ihre Stimmen besonders rau klingen und benutzen viele Moll-Akkorde. Leander hatte keine Eile. Am Morgen wartete auch nur ein neuer Tag auf ihn. Und diese Nacht war einzigartig. Er war noch nie durch diesen Teil der Stadt gegangen. Entlang der Straße gab es einen Baumarkt und Autowaschanlagen, einen Teppich-Discount, einen dunkelrot illuminierten Sexclub und daneben ein hässliches Appartementhaus mit einem Laden für Modelleisenbahnen im Erdgeschoss. Leander hatte so viel erlebt und gesehen in seinem Leben, aber diese Nacht, diesen Fußweg durch diesen Teil der Stadt, würde er nicht vergessen. Es fühlte sich gut und richtig an, so zu gehen, jeder Schritt fühlte sich gut und richtig an. Und Leander ging langsam, bewusst, entspannt und dennoch lauernd. Er ging aufrecht, nicht wie ein Verlierer. Buchner wollte nur Macht und Geld und so viel Anerkennung wie möglich. Leander dagegen wollte nichts anderes als die Wirklichkeit in allen denkbaren Variationen. Davon hatte er sich nie abbringen lassen. Und er wusste, er würde es auch in den harten Zeiten nie bereuen.

Irgendwann während seines langen Weges durch die nächtliche Stadt begann Leander zu sprechen, sprach, als ob er einen Begleiter neben sich hätte: »Jurko, weißt du, was dumm an Selbstmord ist? Morgens bringst du dich um, und abends beginnt eine dieser besonders wundervollen Nächte. Und du bist nicht mehr dabei.«

3

Um acht Uhr morgens klingelte es an der Tür. Einmal, zweimal. Ein drittes Mal. Diesmal lang. Davon wurde Leander endlich wach. Erschrocken stellte er fest, dass Lilian nicht mehr neben ihm lag, sondern irgendwann von der Matratze geschlüpft war, ohne ihn zu wecken. Es klingelte weiter, also stand er auf und ging zur Wohnungstür. Zwei Männer standen davor. Beide sahen in ihren Jeans und Polohemden so demonstrativ eigenschaftslos aus, als hätten sie eine neutralisierende Stil- und Farbberatung hinter sich. Der eine hatte schwarze Haare und einen Bart. Der andere trug einen Stecker mit glitzerndem Stein im Ohrläppchen. Mehr Individualität leisteten sie sich nicht.

»Guten Morgen! Wir haben Sie geweckt, entschuldigen Sie«, sagte der Mann mit dem Bart. »Mein Name ist Erl, und das ist mein Kollege Obletter. Sind Sie Stefan Leander? Wir haben einen Vollstreckungsbefehl der Finanzkasse gegen Sie. Können wir hereinkommen?«

Leander nickte, trat zurück und ließ die beiden Männer ein. Der Mann mit dem Ohrstecker übernahm: »Wir müssen uns bei Ihnen nach pfändbaren Gegenständen umsehen.«

»Tun Sie das«, sagte Leander. Er war verschlafen, müde und milde gestimmt. »Stört es Sie, wenn ich dabei Tee mache?«

»Nein, selbstverständlich nicht«, sagte der Bärtige. »Wir müssen so früh kommen. Später am Tag treffen wir die meisten Menschen nicht mehr an«, erklärte der Ohrstecker. Die beiden Männer waren auf ihre neutrale Art höflich und zuvorkommend. Also ging Leander in den Raum, den er als Küche benutzte.

»Wollen Sie auch Tee?«

»Danke, wir hatten schon«, sagte der Bärtige.

Leander stellte den Wasserkessel auf den Herd, zündete die Gasflamme darunter an und sah den beiden Männern zu. Die gingen langsam durch die beiden Räume und begutachteten Gegenstand für Gegenstand. Auch Leander sah sich um, fand aber keinerlei Hinweise, ob Lilian irgendetwas gegessen oder getrunken hatte. Entweder sie hatte alles aufgeräumt oder sie war ohne Frühstück aus der Wohnung geschlichen, um rechtzeitig in die Schule zu kommen. Du magst vielleicht ein klasse Fotograf sein, aber als Vater der Totalversager, schalt sich Leander.

»Sie haben Steuerschulden in Höhe von 8 618 Euro und 87 Cent«, begann der Ohrstecker. »Können Sie diesen Betrag in bar bezahlen oder durch eine Telefon- oder Computerüberweisung von einem nachweislich gedeckten Konto tilgen?«

»Mein Konto ist mit fast zwanzigtausend Euro überzogen«, sagte Leander. »Damit ist nicht viel zu machen.«

Der Ohrstecker nahm eine Kladde aus seiner Aktentasche, blätterte ein Formular auf, klemmte es obenauf und begann, Notizen zu machen.

»Haben Sie Besitztümer von Wert, die Sie zum Ausgleich Ihrer Steuerschuld einsetzen können?«, fragte der Bärtige.

»Wie viel müssen die denn wert sein, auch achttausendundirgendwas Euro?«

Der Bärtige lachte. »Haben Sie eine Ahnung. Die müssen dreimal soviel bringen, damit wir Ihren Schuldbetrag auch sicher herausbekommen.«

»Ich besitze nichts, was auch nur annähernd so viel wert ist«, sagte Leander.

»Das sehen wir«, erwiderte der Ohrstecker. Nicht kalt oder grausam. Nur neutral.

Er ging in Leanders Schlafzimmer im hinteren Teil der Wohnung. Aber dort gab es nur die Matratze mit dem zerknüllten Schlafsack und dem Bettzeug, dazu eine Wäschestange mit Leanders Kleidungsstücken.

»Sie sind Fotograf?«, fragte der Bärtige.

»Ja.«

»Was ist mit Ihrer Ausrüstung.«

»Ich arbeite nur mit alten, mechanischen Kameras, die haben die beste Technik, aber keinen großen Verkaufswert.«

»Hm. Ihr Auto?«

»Uralt. Ein 1970er Ford Taunus. Der macht mehr Reparaturkosten, als er Marktwert hat.«

Der Ohrstecker kam gerade wieder ins Zimmer und wurde aufmerksam. »Ein 1970er Ford Taunus? Der mit dem amerikanischen Keilbug?«

»Ja.«

»Diese Serie in dunkelbraun Metallic und schwarzem Plastikdach?«

»Ja.«

»Zweitürer oder Viertürer?«

»Zweitürer.«

»Toll. Was für ein Motor?«

»Drei Liter Sechszylinder.«

»GLX-Ausführung?«

»Ja. Die mit den breiten Reifen und den vier extra Rundinstrumenten in der Mittelkonsole.«

»Toll!« Der Ohrstecker hatte sich in Begeisterung geredet.

»Wollen Sie ihn kaufen«, fragte Leander. »Sagen wir für zwanzigtausend?«

»Um Gottes willen, nein.«

»Warum nicht?«

»Hat keinen Marktwert. Wär's ein Benz, wär das was anderes.«

»Warum dann die ganze Begeisterung? Wenn mir etwas gefällt, ist mir der Marktwert egal.«

»Mir nicht. Sehen Sie, darum sind wir das, was wir sind. Ich bin Steuerbeamter bei der Vollstreckungsstelle, und Sie sind Steuerschuldner«, sagte der Ohrstecker. Er sagte es nicht böse, nicht gemein. Nur ganz neutral.

»Warum aber die ganze Begeisterung für ein Auto, das Sie nicht interessiert?«, beharrte Leander.

»Mein Vater hat so einen Ford Taunus gefahren, als ich Teenager war. Ich fand ihn ganz toll.«

»Verstehe.«

Das Wasser hatte zu kochen begonnen, Leander griff nach der Kanne, löffelte schwarzen Tee hinein und goss ihn auf. Da räusperte sich der Bärtige und fragte vom Nebenraum herüber. »Was sind die Schränke wert? Die sehen schön aus.«

Die beiden Hochzeitsschränke. Sie waren wirklich auf vollkommene Art schön. Vollkommene Harmonie in Höhe und Breite, aus dunklem Teakholz gebaut, mit brüchigem roten Lack bestrichen, mit großen Messingbeschlägen verziert. Zwei identische Schränke, wie Leander sie besaß, waren außerordentlich selten.

»Ich habe sie aus Shanghai. Sie sind billig gebaut. Nih-U-Tim-Möbel.«

»Nih-U-Tim?«, fragte der Bärtige.

»Das ist eine Art ›Hin & Mit‹ auf Chinesisch, Sie verstehen. Sie haben einem Kalligrafen gehört, der dauernd Ärger mit den Steuereintreibern hatte. Ich habe sie ihm abgekauft. Wären sie etwas wert, hätte man sie ihm schon vorher längst weggenommen«, sagte Leander. Er sagte es ruhig, ohne Aggression oder Ironie. Ganz neutral.

Irgendwann hatten die beiden Vollstrecker genug gesehen

und die entsprechenden Notizen auf das Formblatt geschrieben. Sie verabschiedeten sich. Leander bedankte sich für ihre neutrale Höflichkeit, entschuldigte sich, dass es bei ihm nichts zu holen gab, und ging wieder ins Bett.

Er konnte nicht sofort wieder einschlafen. Gerichtsvollzieher hatte er noch nie in seiner Wohnung gehabt. Es war zwar fast wie beiläufig geschehen, aber es war passiert. Die Krise hatte aufgehört, seine Privatsache zu sein. Leander war anspruchslos, er konnte sich einschränken. Solange er tagsüber etwas Reis, Gemüse und Curry hatte und abends seinen Wein, etwas Brot und Käse, war alles gut. Dafür würde er immer genug Geld haben, zusammengeschnorrt oder mit kleinen Jobs verdient. Aber die Sache mit den Gerichtsvollziehern war etwas anders. Das war eine Störung von außen, eine Einmischung, eine Verschärfung seines Zustandes. Fremde Kräfte griffen in sein Leben ein. Leander drehte sich auf die Seite, schloss die Augen, versuchte zu schlafen. Am Nachmittag würde er sich Gedanken machen, wie es mit ihm weitergehen sollte. Und er würde bei Inga anrufen und sich bei Lilian entschuldigen, dass er ihren Schulmorgen verschlafen hatte.

Am frühen Nachmittag klingelte es erneut an der Tür. Wieder lange und intensiv. Leander wollte liegen bleiben. Aber nachdem die Steuervollstrecker schon dagewesen waren, konnte es nichts wirklich Schlimmes sein. Er stand auf. Als er die Tür öffnete, hörte er nur noch Schritte ein Stockwerk tiefer die Treppe hinuntereilen. »Hallo!«, rief er. »Hallo, ich bin da!«

Die Schritte hielten inne, kehrten um und kamen langsamer wieder herauf. Es war ein UPS-Mann mit einem Koffer, einem mattsilbernen Koffer, der offensichtlich schwer wog.

»Sind Sie Stefan Leander?«

»Ja, klar doch.«

»Dann unterschreiben Sie bitte hier«, sagte der UPS-Mann, stellte den Koffer ab, hielt Leander einen kleinen braunen Quittungscomputer hin.

Leander erkannte den Koffer sofort. Er war aus Aluminium, zerschrammt und mit den Stickern von Hotels, Fluglinien und Gepäckservices beklebt. Es war Jurkos Koffer. Und er war wirklich schwer. Als wäre er mit Steinen gefüllt. Leander schleppte ihn in den Raum, den er zum Wohnen benutzte, stellte ihn dort ab, setzte sich auf einen der harten Stühle und besah sich das Gepäckstück. Er hatte nichts von Jurko erwartet und wollte auch nichts von ihm. Jurko hatte sich köpfen lassen, das war Statement genug. Was danach passierte, war das Leben und jetzt nur noch Leanders Angelegenheit. Er wollte keine alten Klamotten, keine Belegexemplare oder Tagebücher, auch keine Briefe oder geheimen Manuskripte oder Archivmaterial. Jurkos Koffer stand wie ein zu groß geratener Abschiedsbrief vor Leander. Der stand auf, ging ins Bad, um erst einmal zu duschen. Auch danach öffnete er den Koffer nicht, sondern ging hinunter auf die Straße, kaufte sich beim Bäcker an der Ecke zwei Croissants, holte sich bei seiner Zeitungsfrau die Abendzeitung und kehrte so zu seinem späten Frühstück in die Wohnung zurück. Er ignorierte den Tee vom Morgen, bereitete sich stattdessen Café au lait, setzte sich an den Tisch, tunkte die Croissants ein, aß genüsslich und begann die Zeitung zu lesen. Es war ein dummes Spiel, Leander wusste es. Wahrscheinlich war der Koffer angefüllt mit dem Wertvollsten, das Jurko im Leben zurücklassen musste. Aber es ging ums Prinzip. Jurko und er waren Partner gewesen in den guten, üppigen Zeiten. Aber sie hatten ihr Leben stets getrennt gehalten. Das war ihre Abmachung gewesen. Sie waren Einzelgänger, sie waren Nomaden, sie wollten sich nicht mit einem anderen Menschen belasten, nicht mit Verpflichtungen oder Gefühlen, nicht mit Verantwortung und Anteilnahme. Jurkos Koffer war unerwünscht.

Doch als er die Abendzeitung bis zur letzten Seite gelesen hatte, auch den Bericht von Jurkos blutigem Selbstmord und sogar das Horoskop und den Wetterbericht, knüllte er die Blätter zusammen, warf das Ganze in Richtung Abfalleimer. Dann legte er endlich entschlossen den Koffer auf den Boden, klickte die Schlösser auf und hob den Deckel. Wie er es erwartet hatte, füllten Bücher den Koffer bis zum Rand.

»Typischer Fall für den Altpapiercontainer«, knurrte er.

Da erst merkte er, wie leise es in seiner Wohnung war. Er ging zur HiFi-Anlage, überlegte, welches Lied gut zur Durchsicht eines Stapels gebrauchter Bücher passen würde. Er schob eine seiner CDs mit altmodischer Rockmusik ein, wartete, bis schwere Gitarrenakkorde anschlugen und das Schlagzeug einen scharfen Rhythmus vorgab. Dann drückte er die Repeat-Taste.

Schnell stellte Leander fest, dass alle Bücher nur ein einziges Thema hatten: den Tod. Aber nicht irgendeinen Tod, sondern immer nur den Tod berühmter Rockstars. Eine merkwürdige Sammlung, eine komplette Dokumentation des Todes breitete sich vor ihm aus. Es gab »Death of a Drummerboy« über Keith Moon, den Schlagzeuger der Gruppe »The Who«, und »Days and Death of Phil Lynnott« über den Bassisten der Gruppe »Tin Lizzy«. Er stieß auf ein Buch, das »Golden Stone Dying« betitelt war und die Geschichte von Brian Jones erzählte, dem Gitarristen der »Rolling Stones«. Leander fand »Elegantely Strangled« über den Sänger Michael Hutchence von »INXS« und »Morrison's Grave« über Jim Morrison von »The Doors«. Und da war noch »Ride the white Death« über Mark Bolan von »T. Rex« und »From Nirvana to Hell« über Kurt Cobain von »Nirvana«. Leander fuhr sich mit beiden Händen übers Gesicht, immer wieder.

Alle diese toten Stars standen nicht nur für seine Musik, sondern auch für seine alten Ideale, sein Hard-Rock-Lebensgefühl. Von Jurko selbst fand Leander nur einen Computerausdruck, betitelt mit »Das Verschwinden von Padraigh Bridged Maloney«. Sonst nichts. Nichts Persönliches, keinen Brief, keine Nachricht, keine irgendwo angeheftete Notiz. Das war auch nicht nötig. Der Inhalt des Koffers erzählte alles, was Leander über die letzten Wochen seines Partners wissen musste. Jurko hatte den Tod gesammelt, hatte den Tod gelesen, hatte sich den Kopf mit Tod und Sterben gefüllt, bis er damit randvoll war. Bis er soweit war, selber dem Tod entgegenblicken zu können. Ganz ruhig. Vor einem Bahnsteig wartend. Den Kopf über eines der Gleise gelegt, dass das Metall kalt und glatt gegen seinen Hals drückte. Der Atem ruhig, die Augen offen, die Hände in den Hosentaschen. Schnitt!

Lange kniete Leander vor den Büchern, die er aus dem Koffer genommen und rings um sich gestapelt hatte. Er fühlte sich benommen wie nach einem Schlag mit einem harten Gegenstand gegen die Schläfe, der den Blick am Rand trübt und scharf wie ein Fremdkörper aus Metall unter den Schädelknochen in die Wahrnehmung und die Gedanken sticht. Leander war gleichzeitig wütend von dieser morbiden Materialsammlung – und fasziniert. Deshalb begann er zu lesen.

Das Verschwinden von Padraigh Bridged Maloney

Der erste Schnitt lässt die Haut am Unterarm aufplatzen und spaltet den Muskel bis fast auf den Knochen. Aber Padraigh Bridged Maloney zeigt keinen Schmerz. Ungerührt setzt er das Interview mit diesem superklugen Musikjournalisten fort. »Sie mögen uns nicht? Sie halten uns für Punks von vorgestern? Aber unsere Wut ist nicht gespielt!

Wir sind echt!«, sagt Padraigh (sprich: Patrick) an diesem 15. Mai 1998. Und zur Bekräftigung zieht er eine Rasierklinge wieder und wieder durch Haut und Fleisch seines Armes, zack, zack, zack, bis man die Schnitte zuletzt wie fünf Buchstaben lesen kann: FUCK U (= Fick dich!). Es ist eine dieser Heldentaten, welche die Rockmusik braucht, um am Leben zu bleiben. Hemmungsloses Pathos und Hochmut bis zum Untergang. Stars gibt es mehr als genug, aber nur einer von tausend wird Legende. Und Padraigh Bridged Maloney hat das Zeug dazu. »Wenn ich ihn nur verprügelt hätte, hätte er nichts begriffen!«, sagt er kalt über den Journalisten, als man ihm später im Krankenhaus den Arm mit einundsechzig Stichen wieder zusammenflickt. Für Padraigh Bridged Maloney ist Rockmusik kein Spaß, sondern blutiger Ernst.

Im Jahr 1996 hat er in seinem irischen Heimatdorf Borris mit drei Freunden die »Fucked up Saints« wie ein Gesamtkunstwerk des Zorns erfunden. Jeder Song, jedes Interview, jede Show ist ein Frontalangriff auf das Musikbusiness, auf die Gesellschaft, auf die ganze Welt. Harmlose Popstars wie Robbie Williams oder Oasis nennen sie »schlimmer als der Papst« (Padraigh in einem Interview). Für Irland fallen ihnen nur zwei Worte ein: »Fickt es!« (im Song »Home-Run«). Sogar Gott schonen sie nicht: »Kastriert ihn und nennt ihn Julia« (im Song »Amen«). Vor ihren Auftritten sprühen sie sich außerdem noch Bosheiten für ihr Publikum auf die T-Shirts: »HÄNGT EUCH AUF« oder »ABSCHAUM-GENERATION« oder »SELBSTMORD-VERSAGER«. Darum enden viele Konzerte der Saints in einem Hagel aus Bierflaschen und vollen Cola-Dosen. Kritiker bezeichnen diese Shows als »Sturzkampf-Höllenritte«. Zwei Jahre brauchen die »Fucked up Saints«, um sich so in Irland und England den Ruf einer Underground-Kultband zu erkämpfen. Dann macht Padraighs blutiges Interview die Saints schlagartig berühmt. Das Foto, das ihn mit seinem zerschnittenen Arm zeigt, wird Titelbild der Musikpresse. Sechs Tage nach diesem Interview unterzeichnen die Saints einen Plattenvertrag, der ihnen 750 000 Euro Vorschuss bringt.

Das ist es, wovon Padraigh immer geträumt hat: »Einen Vertrag bei der größten Plattenfirma, ein Debüt-Album, das sich 100-millionenmal verkauft, die umstrittenste Band der Welt zu sein, um sie dann wieder aufzulösen.« Er will den totalen Erfolg, um ihn der Welt um die Ohren hauen zu können. Vielleicht hätte dieser Mega-Erfolg Padraigh Bridged Maloney gerettet, vielleicht hätte er sich danach auf der Stelle umgebracht. Aber das erste Saints-Album »The Holy Sin« kommt im Februar 1998 nur auf Platz 13 in den Charts. Und damit geht die Geschichte erst richtig los.

Weil sich die Saints nach ihrem halben Erfolg nicht sofort auflösen können, muss Padraigh Bridged Maloney mit ihnen weiterhin einen Rockstar spielen. Es ist ein bizarrer Zustand. Denn Fans und Presse wissen längst, dass Padraigh zwar der Chefideologe, der Textguru, der Imagedesigner, der Skandalmacher und der Superstar der Saints ist, dabei aber so unmusikalisch, dass er während der vielen wilden Live-Shows der Band eine Gitarre bearbeitet, deren Verstärker nicht eingeschaltet ist. Die Saints sind immer nur ein Trio gewesen, mit dem begnadeten Schauspieler Padraigh Bridged Maloney an der lautlosen Rhythmusgitarre. So machen sie Karriere. Ihr zweites Album »God against the Soul« erreicht im Juni 1999 die Position 8 in den Charts. Die Tournee zum dritten Album »The Killing Prayers« wird zum Triumphzug durch England. Danach beginnt der Albtraum.

Am 31. Januar 2000 fährt Padraigh mit dem Sänger und Gitarristen der Saints, Sean O'Connor, nach Dublin. Die beiden wollen am nächsten Tag in die USA fliegen, um die erste Tournee der Band in den Staaten mit ein paar provokanten Interviews vorzubereiten. Sie quartieren sich für eine Nacht im Mercer-Hotel in der Nähe von St. Stephen's Green ein. Als Sean O'Connor am nächsten Morgen zum Flughafen aufbrechen will, wartet er vergebens auf Padraigh.

O'Connor lässt Zimmer Nummer 232 öffnen, findet dort aber nur den fertig gepackten Koffer seines Freundes und ein Päckchen, das wie ein bizarres Geschenk in bunte Zeitschriftenfotos gepackt ist. Irgendwann während der Nacht hat Padraigh Bridged Maloney unbemerkt das Hotel verlassen.

Bei den Saints schrillen alle Alarmglocken. Ihr Freund Padraigh ist 28 Jahre alt und jeder weiß nur zu genau, dass das ein lebensgefährliches Alter für die Idole der Rockmusik ist. Janis Joplin, Jimi Hendrix, Brian Jones oder Kurt Cobain waren schon mit 27 tot, Mark Bolan oder Keith

Moon sind nicht viel älter geworden. Hat Padraigh beschlossen, wie diese tragischen Helden zur Legende zu werden? Hinter der Fassade des aggressiven Rockstars ist Padraigh Bridged Maloney ein hochsensibler Künstler, der schwer an der Last des Lebens trägt. »Ich bin wie ein Kind, das von der ganzen Welt verprügelt wurde, alles in mir ist grenzenlose Wut und grenzenlose Einsamkeit«, hat er kurz vor seinem Verschwinden in einem Interview gesagt. Diese Wut und Einsamkeit schreibt er sich mit verzweifelten Gedichten von der Seele. Die Songtexte auf dem dritten Saints-Album werden zu Padraighs Meisterwerk, für die Musikkritiker jedoch ist »The Killing Prayers« das düsterste und quälendste Album der Rockgeschichte.

Am 2. Februar 2000 melden die Saints das Verschwinden ihres Stars beim Police Headquarter von Dublin. Doch noch für zwei Wochen wird das Verschwinden von Padraigh vor der Öffentlichkeit geheim gehalten. So viel Zeit geben die Saints einem Detektiv, den Vermissten aufzustöbern, ohne dass die Presse aufmerksam wird. Gleichzeitig überprüft die Polizei Padraighs Bankkonto, und stellt fest, dass er mit seiner Kreditkarte in den zwei Wochen vor seinem Verschwinden jeden Tag 500 Euro aus Bankautomaten abgehoben hat, insgesamt 7000 Euro. Wollte Padraigh nur genug Bargeld für den Trip in die USA dabei haben? Oder ist es ein Hinweis, dass er sein Verschwinden genau geplant hat? Aber warum hat er der Band keine Nachricht hinterlassen? Fragen, auf die es keine Antworten gibt. Es sollen immer mehr werden.

Leander blickte auf. Wann hatte Jurko das alles recherchiert? Und wie? Er war in den letzten Monaten nicht in Irland gewesen, Leander hätte davon Kenntnis gehabt. Er wusste immer, was Jurko tat oder plante. Es waren immer besonders intensive Stunden gewesen, wenn sie zusammensaßen, in Pressemeldungen oder ausländischen Zeitungen und Magazinen blätterten und so Indizien für eine spannende Story zusammensuchten. Oft waren es nur Kurzmeldungen oder scheinbar unwichtige Nebensätze in langen Artikeln, die ihre Aufmerksamkeit fesselten. Sie hatten einen Instinkt für hintergründige Katastrophen, Schicksale und Dramen entwickelt. Sie konnten heiße Stories geradezu wittern, das war lange Zeit Teil ihres Erfolges gewesen. Von Jurkos Recherche im Fall des verschollenen Padraigh Bridged Maloney hatte Leander nichts geahnt. Irgendwann hatte sein Partner aufgehört, für sie beide zu denken und zu planen, sonst hätte er seinem Manuskript Fotos oder anderes Bildmaterial für Leander beigelegt. Jurko war der Geschichtenerzähler gewesen, aber ohne Leanders Fotos blieben die Geschichten nur Geschichten. Jede Story konnte frei erfunden sein, erst die Fotos machten sie wirklich und packend. Darum waren sie beide Partner, die ohne einander nicht arbeiten konnten. Und jetzt hatte Jurko eine Geschichte allein geschrieben. Das war der Anfang von seinem Ende gewesen. Leander las weiter.

Als Padraigh nach zwei Wochen immer noch verschwunden bleibt, erlauben die drei verbliebenen Saints der Polizei, eine Pressemeldung herauszugeben: »Die Polizei sucht Padraigh Bridged Maloney, 28 Jahre alt, Mitglied der Popgruppe ›Fucked up Saints‹.« Neben der Beschreibung des Vermissten werden auch die Angaben zu seinem Wagen, einem BMW der 3er Serie durchgegeben, der glei-

chermaßen unauffindbar ist. Im Radio wendet sich Jacky Moon an seinen Freund Padraigh: »Wenn du nicht mehr zurückkommen willst, ist das o.k. Aber ruf uns wenigstens an oder schick eine Postkarte!« Nichts. Dafür beginnt die erste Phase der Padraigh-Sichtungen.

Ein Student meldet sich bei der Polizei und sagt aus, er habe Padraigh fünf Tage nach dem Verschwinden am Busbahnhof der südirischen Hafenstadt Cork gesehen und sogar mit ihm gesprochen. Was wollte Padraigh dort? Andere Zeugen wollen zur selben Zeit einem krank und abgerissen aussehenden Padraigh in Galway, in Wexford, in einer Schwulenbar in Belfast und in einer Buchhandlung in Dublin begegnet sein. Noch ist die Polizei optimistisch. »Obwohl wir keine Neuigkeiten im Fall Padraigh Bridged Maloney haben, gibt es keinerlei Hinweise darauf, dass ihm etwas zugestoßen ist.«

Dieser Optimismus endet mit dem Moment, in dem die Polizei am 17. Februar 2000 Padraighs BMW auf dem Parkplatz bei den berühmten Klippen von Moher an der Westküste Irlands findet. Die Spuren im Wagen, und die Tatsache, dass die Batterie leer ist, deuten darauf hin, dass Padraigh in seinem Auto mehrere Tage und Nächte gewohnt haben muss. Was hat er während dieser langen und kalten Stunden getan? Und warum ist er niemandem aufgefallen? Der Fund des Autos beschleunigt die Spirale der Befürchtungen. Der Parkplatz liegt unmittelbar an den über 200 Meter senkrecht aus dem Meer aufragenden Klippen, die eine berühmte Sehenswürdigkeit für Touristen *sind. Doch diese Klippen gelten auch als einer der spektakulärsten Selbstmord-Plätze Irlands. Hat Padraigh sich von den Klippen in den Tod gestürzt?*

Während seiner Jahre als Rockmusiker hat Padraigh gehofft, mit dem Ruhm und dem Geld würde es ihm endlich auch gelingen, Glück in sein Leben zu holen. Doch als er der angehimmelte Star der Saints ist, immer höhere Schecks von der Plattenfirma erhält und trotzdem unglücklich bleibt, beginnt er einen Krieg gegen sich selbst. Er hört auf zu essen, betäubt seine wachsende Verzweiflung mit immer mehr Whiskey, drückt Zigaretten nur noch auf seiner Haut aus und fügt sich immer öfter Messerschnitte zu. »Wenn ich mich schneide, fühle ich mich gleich viel besser. Alles, was mich quält, wird dann unwichtig, weil ich mich ganz auf die Schmerzen konzentrieren kann«, sagt er in vielen seiner Interviews. Die Saints können Padraighs Höllenfahrt nicht stoppen, sie können nur zusehen – und Konzerte absagen, wenn Padraigh zu kaputt ist, um aufzutreten. »Ich werde keinen Selbstmord begehen, ich bin viel zu stark dafür«, beruhigt er seine Freunde. Aber warum hat sich Padraigh vor seinem Verschwinden die schwarzen Haare, die er mit großer Eitelkeit gepflegt hat, weißblond gefärbt? Warum hat er bei seinem letzten Interview erzählt, er habe alle seine Gedichte und Liedertexte vernichtet? Waren das doch die letzten Schritte zum Selbstmord? Aber wer Selbstmord begehen will, hebt nicht zwei Wochen lang planmäßig Geld ab. Hat er also seinen Wagen ganz bewusst an dem berüchtigten

Selbstmord-Platz geparkt, um eine falsche Spur zu legen? So viele Fragen.

Niemand weiß, was in Padraighs Kopf vorgegangen ist. Aber allen ist klar, dass die Saints das düstere Meisterwerk »The Killing Prayers« nicht mehr überbieten können, dass es von nun an nur noch aufwärts gehen kann, Richtung Erfolg, Mainstream und gepflegtem Tiefsinn statt wütendem Zorn. Ist Padraigh abgehauen, weil ihm der neue Weg der Saints als hochbezahlter Ausverkauf seiner Ideale erschien?

Am 29. Dezember 2000, fast ein Jahr nach Padraighs Verschwinden, treten die »Fucked up Saints« zum ersten Mal wieder live in Dublin auf. Es ist ein gespenstisches Konzert, denn die Bühne in der Konzerthalle wirkt viel zu groß für die drei Saints. Auf der rechten Bühnenseite, Padraighs Platz, gähnt vollkommene Leere. Am 2. Mai 2001 bringen die Saints ihr erstes Album ohne Padraigh heraus. Es heißt »No regret«, klingt so, als hätte es die alten, wilden, zornigen Saints nie gegeben, und stößt bis auf den 2. Platz der Charts in Irland und bis auf Platz 3 in England vor.

In dieser Zeit beginnt unvermeidlich die Phase der grotesken Theorien. Hard-Core-Fans der Band vermuten, dass die drei verbliebenen Saints ihren kompromisslosen Problemstar Padraigh aus dem Weg geschafft haben und ihn irgendwo in einem abgelegenen Haus in einer Art Luxusgefangenschaft halten. Dann wieder beginnt man zu rätseln, ob nicht dieses mit merkwürdigen Fotos beklebte Geschenkpäckchen, das Padraigh in seinem Londoner Hotelzimmer zurückgelassen hat, seine

Abschiedsnachricht war. Eines der Bilder zeigt die Comicfigur Lucky Luke. Ist Padraigh in Lucky Lukes Heimat, in die USA, abgehauen? Ein anderes Foto auf dem Päckchen zeigt ein unheimlich aussehendes Haus mit einer Architektur, wie sie am ehesten in Deutschland zu finden ist. Ist Padraigh also nicht in den USA, sondern in Deutschland untergetaucht?

Die Padraigh-Sichtungen werden Tag für Tag verrückter. Vier verschiedene Augenzeugen wollen ihn auf dem Marktplatz der peruanischen Stadt Cusco gesehen haben. Dann soll er in einer Bar auf der Kanareninsel Gran Canaria von einem Gast erkannt worden und in Panik weggelaufen sein. Im September 2001 wird Padraigh in einer Discothek in New York entdeckt, dann wieder auf einem Flohmarkt in London und zuletzt als Patient in einer Nervenheilanstalt in der Nähe von Limerick. Doch niemandem, weder Augenzeugen noch Privatdetektiven, gelingt es, ihn zu stellen und festzuhalten. Immer wieder verschwindet er, taucht unter, löst sich auf. Padraigh wird zu einem Gespenst des Rockbusiness, das an den seltsamsten Orten spukt und sich doch niemals greifen lässt.

Heute herrscht zermürbender Stillstand im Fall Padraigh Bridged Maloney. Die Polizei hat resigniert und wartet nur noch ab, dass der Vermisste gefunden wird, egal ob tot oder lebendig. Nur die ganz hartnäckigen Padraigh-Fans bekritzeln noch immer die Wände des Mercer-Hotels in Dublin mit Liebeserklärungen, sodass sie ständig neu gestrichen werden müssen. Und am Parkplatz an den

Cliffs of Moher sind die Verkehrsschilder und Wegweiser über und über zerkratzt mit Parolen wie »Padraigh is alive«, »Burn God and Country« und natürlich dem legendären »FUCK U«. Im Internet gibt es eine Homepage, auf der man über Padraighs Schicksal abstimmen kann. 77 % der Fans sind zurzeit überzeugt, dass er noch lebt.

Die drei verlassenen Saints machen weiter, als hätten sie sich mit dem mysteriösen Verschwinden ihres Freundes abgefunden. Für ihre Konzerte haben sie einen neuen vierten Mann angeheuert, der diskret versteckt auf der rechten Bühnenseite die Keyboards spielt. Die Band ist so erfolgreich wie nie zuvor. Ihr neuestes Album »This is my life, where is yours« erreicht Platz 1 der Charts in neun Ländern.

Aber der Schein trügt. Padraigh ist nicht tot, er ist verschollen. Der Tod ist immer eine eindeutige Sache. Kurt Cobain, der vorletzte Held der Rockmusik, hat sich mit einer Ladung Schrot ins Nirvana gefeuert. Sein Tod war ein Schock und bleibt ein Fakt. Doch Padraigh ist einfach weg, verschwunden, spurlos untergetaucht – und das ist die größte denkbare Katastrophe für alle, die mit ihm zu tun hatten. Niemand weiß, was eigentlich passiert ist. Wenn man heute ...

An dieser Stelle brach die Geschichte ab. Es war völlig still in Leanders Wohnung. Die Sonne war gewandert und ihre Strahlen schoben sich über den Boden heran und hatten fast Jurkos Koffer und die Bücher erreicht. Bald würden sie waagrecht durch die Fenster fallen und die beiden harten, kahlen Räume zum Glühen bringen. Jurkos Botschaft mit dieser Geschichte für Leander war klar: Dieser Padraigh Bridged Maloney hatte ein Übermaß an Leben gelebt, wie all die anderen toten Rockstars auch. Er hatte mehr Abenteuer, Ekstasen und Verzweiflung, mehr Glanz, Reichtum, Anbetung und Abstürze ausgekostet, als tausend normale Menschen zusammengenommen. Er war ein Held, darum durfte er nicht überleben. Sein Verschwinden war dramatisch, tragisch, traurig und bei allem Elend genauso rätselhaft wie großartig. Jurko und Leander waren auch Helden gewesen, vor ein paar Jahren noch. Nicht so groß wie dieser Padraigh und all die anderen, deren Leben und Sterben zu Büchern gebunden vor Leander lagen. Aber auch sie beide hatten Abenteuer erlebt, stellvertretend für viele Menschen, die diese Abenteuer in den Magazinen lasen, und sich dann zurücklehnen konnten, heilfroh, dass sie sie nicht selbst erleben mussten, mit all den Strapazen, dem Stress, den Moskitostichen und Durchfällen, der ewigen Unsicherheit, den verwirrenden Überraschungen und dem Ausgesetztsein. Jetzt waren Jurko und Leander keine Helden mehr. Jurko hatte sich davongemacht, hatte das Spiel abgebrochen vor dem Ende. Hatte aufgegeben. Hatte den drastischen Abgang gewählt, weil er nichts anderes mehr hatte als das, um sich zu beweisen, dass er doch noch ein Held war. Er hätte sich auch mit einer Flasche Grappa und einer Überdosis Schlaftabletten im Zimmer eines ETAP-Hotels einschließen und ins Jenseits trinken können wie der Chefredakteur, den Buchner damals gestürzt hatte. Doch das war Jurko zu einfach, zu billig gewesen.

Leander stand langsam auf, ging zu dem chinesischen Schrank mit der HiFi-Anlage und den CDs. Welcher Song passte zu acht toten und einem verschollenen Rockstar und einem toten Reporter? Spontan griff er zu einem Sampler, der »Ultimate Worst of 1970« hieß. Eine kratzig und ordinär gespielte Geige klang auf, Drums, Bass und Gitarren fielen in den schnellen Takt ein. Es war ein alter irischer Tanz mit den wirbelnden Geigenläufen für wirbelnde Füße. Leander drückte die Repeat-Taste. Dann ging er zum Telefon. Wenn Helden wie er nachts von Chefredakteuren wie Buchner für immer und ewig abgeschrieben und am nächsten Morgen von Vollstreckungsbeamten geweckt wurden, musste ganz dringend etwas passieren. Der totale Umschwung. Leander konnte so nicht mehr weiterleben. Jurko hatte sich von einer S-Bahn köpfen lassen, das war eine der Möglichkeiten. Aber Buchner hatte gestern Nacht eine geniale Alternative angeboten. »Der Job ist schlimmer als lebendig begraben sein«, hatte er über das Angebot gesagt, als Gesellschafter und Chauffeur für eine alte Dame und ihren Sohn in Irland zu arbeiten. Das war die Lösung. Leander würde seinem Leben als Verlierer ein Ende machen. Er würde sich lebendig in Irland begraben. Würde mehr tot als lebendig sein – um irgendwann wieder aufzuerstehen. Als Held.

Er holte den Zettel aus der Gesäßtasche seiner Jeans, griff nach seinem Handy, wählte die angegebene Nummer und wartete. Das Licht der Sonne wurde rotgolden. Draußen stiegen lange Schatten an der Fassade des Hauses hoch. Bald würde nur noch Leanders Wohnung erleuchtet sein. Sein Adlerhorst.

»Von Tattenbach«, meldete sich eine Stimme, die ganz nach alter Dame klang.

»Guten Abend. Mein Name ist Stefan Leander. Ich bin ein Freund von Herrn Buchner, dem Chefredakteur.«

»Ach ja«, sagte die alte Dame. »Das ist mein Neffe.«

»Ich habe von Ihrem Neffen die Nachricht erhalten, dass Sie einen Chauffeur und Gesellschafter für Irland suchen.«

»Kennen Sie Irland?«, fragte die alte Dame.

»Ja. Ich war vor zwei Jahren in Dublin. Und davor habe ich

an einer Geschichte über eine Fischerin in Kilmore Quay gearbeitet.«

»Dann waren Sie sicherlich auch im Wooden House?«

»Das Wooden House?«, Leander wusste nicht, was damit gemeint war.

»Ich sehe, Sie haben überhaupt keine Ahnung von Irland«, sagte die alte Dame streng. »Sie müssen noch einiges lernen.«

»Darum rufe ich ja auch an.«

»Kommen Sie morgen um vierzehn Uhr zum Kaffee«, schlug die Stimme der alten Dame vor. »Ich hoffe, Sie mögen Irish Coffee.«

Leander ahnte, dass lebendig begraben sein in Irland nicht ganz leicht werden würde. Es gab nichts umsonst.

4

Es war eine dieser teuren Straßen. Eine Straße am Park entlang des Flusses, in der zwischen hohen, alten Bäumen nur Jugendstilvillen oder Appartementhäuser mit Luxuswohnungen stehen. Wer hier wohnte, mochte alle Probleme der Welt haben, aber Geldsorgen würden auf keinen Fall dazu gehören. Die Sonne schien mit solcher Klarheit und ließ das Laub in einem so vollkommenen Grün erstrahlen, als würden die Bewohner dieser Straße sogar vom Wetter bevorzugt behandelt werden. Leander war gespannt. In welches fremde Leben würde er gleich eintreten? Wie sahen das Haus und die Wohnung dieser Frau von Tattenbach aus? Wie sah die Frau selbst aus? Er liebte diese Momente vor der ersten Begegnung, wenn noch alles offen, alles möglich war. Leander hatte sich für das Vorstellungsgespräch nicht besonders herausgeputzt, ein Jackett mit weißem T-Shirt zu Jeans schien ihm angemessen. Unter dem Jackett aber trug er in einer Art Schulterhalfter seine alte mechanische Leica, diese wunderbare Kamera, die so lautlos arbeitete, dass er fast unbemerkt damit fotografieren konnte. Er nahm sie immer mit, wenn er das Haus verließ, so wie ein Bodyguard auch niemals ohne seine Schusswaffe im Holster auf die Straße tritt. Leander war zwar nicht unterwegs, um einen Job als Fotograf zu erledigen, sondern um sich als Chauffeur und Gesellschafter zu bewerben. Doch die Kamera im Schulterhalfter gab ihm Selbstbewusstsein.

Das Haus Nummer 23 erwies sich als ein dreistöckiges Gebäude aus den betonharten sechziger Jahren des vergangenen Jahrhunderts. Es hatte eine Front aus dunkel getöntem

Glas und kantige Balkonbrüstungen. Das war ungefähr das Letzte, was Leander als Wohnsitz einer Frau mit Namen von Tattenbach erwartet hatte. Der Eingang lag sechs Stufen tiefer als der Bürgersteig und wurde flankiert von zwei überlebensgroßen Löwen aus Granit. An dem Klingelbrett aus edel oxydierter Bronze gab es keine Namen, nur Zahlen. Und das Glasauge einer Videokamera. Leander überlegte, ob er einen Winkel finden könnte, aus dem er die Granitlöwen und diese abweisenden Klingeln auf ein Foto bekam, als Symbol für die Festungsbauten des Geldadels im ausklingenden 20. Jahrhundert. Er sollte bei Nummer VIII läuten. Eine Weile passierte nichts. Er spürte fast körperlich, wie er durch das Videoauge gemustert wurde.

»Ja, bitte?«, kam dann Frau von Tattenbachs Stimme aus der Sprechanlage.

Es war eine sehr gute Sprechanlage, denn die Stimme klang so natürlich, als stünde die Frau unmittelbar neben Leander.

»Ich bin es, Stefan Leander.«

»Kommen Sie bitte! Dritter Stock!«

Der Türöffner summte. Die Wände des Foyers waren mit fotorealistischen Malereien einer toskanischen Landschaft geschmückt: Kitsch von verführerischer Meisterhaftigkeit. Man hätte in dieser Eingangshalle mit einem Stück Weißbrot, einem Kanten Parmesankäse und einer Flasche Rotwein lagern können und sich sofort warm, sommerlich und glücklich gefühlt wie auf einem Zypressenhügel im Herzen Italiens. Zwei Videokameras waren perfekt getarnt in die Malerei eingearbeitet. Wer in diesem Haus lebte, liebte vor allem zwei Dinge: Dekoration und Sicherheit.

Frau von Tattenbach erwartete Leander an der Tür. Sie war schlank und groß und grauhaarig. Er kniff die Augen zusammen. Sie hatte das Licht im Rücken, und er sah nur ihre Umrisse.

»Guten Tag, ich bin Stefan Leander. Ich freue mich, Sie kennen zu lernen.«

»Guten Tag ... Herr Leander«, erwiderte Frau von Tattenbach und zögerte dabei eine halbe Sekunde, bevor sie seinen Namen aussprach. »Kommen Sie doch bitte herein.«

Im Gang roch es angenehm nach Kaffee. Der Wohnraum war so groß, als habe man eine komplette Wohnung dazu verwendet, dieses Übermaß an Platz zu schaffen. Die Wände waren dunkelrot lackiert und mit großen Stichen alter Herrenhäuser und Paläste behängt. Über jedem dieser Bilder ragten kleine Messingleuchten aus der Wand, die wohl bei Nacht vornehmes gelbes Licht gaben. An Mobiliar standen nur drei große Couches aus dunkelgrünem englischem Leder um einen Mahagonitisch in der Ecke. Den meisten Platz beanspruchte ein alter Billardtisch, auf dem sehr dekorativ arrangiert silberne Kannen und Leuchter zwischen dicken Bildbänden standen. Frau von Tattenbach hatte zweifellos einen unkonventionellen Geschmack. An den Wänden standen noch zwei extrem wertvoll aussehende Sideboards und ein hohes Bücherregal. Das Zimmer wirkte auf Leander nicht wie ein normaler Wohnraum, sondern wie das Bühnenbild eines Theaterstücks.

»Nehmen Sie Platz«, sagte Frau von Tattenbach.

Als sie saßen, fuhr sie fort: »Wir, mein Mann und ich, haben lange in Irland gelebt. Irland war ein alter Traum meines Mannes. 1979 haben wir dort einen Urlaub verbracht. 1981 haben wir dann alles hier verkauft und sind hinübergegangen. Unser Haus hieß Eden Lodge. Eden Lodge war nicht sehr groß, aber es war das beste Haus, das man haben konnte. Sogar die Leute aus den Schlössern sind gerne zu uns gekommen. Wissen Sie, in Irland gibt es sehr viele Herrenhäuser und Schlösser, die sehr eindrucksvoll sind. Viele unserer Freunde haben den Fehler gemacht, solche Häuser zu kaufen, aber sie sind im Grunde unbewohnbar. Die Räume sind viel zu groß und zu kalt, und es gibt nur ein paar Kamine. Darum haben unsere Freunde fast das ganze Jahr über nur in der Küche gelebt. ›Bei euch ist es so warm und gemütlich‹, haben sie immer gesagt und wollten nicht mehr gehen. Wissen Sie, normalerweise bleiben drüben die Deutschen und die Iren unter sich. Nur bei uns in Eden Lodge sind sie sich begegnet. Wir haben ein sehr offenes, ein internationales Haus geführt.«

Damit erhob sich die alte Dame und ging zu einem der Sideboards, wo neben einem großen Tablett mit dunkelblauem Kaffeegeschirr ein Fotoalbum lag. Ihre etwas dünnen Haare waren vollendet frisiert. Sie trug ein dunkelgrünes Kleid und eine passende Jacke von zeitloser Eleganz. Sie war etwa fünfundsiebzig Jahre alt. Leander erkannte an ihren Bewegungen, dass sie Schmerzen hatte und versuchte, das rechte Bein nicht zu belasten. Es war ein gut getarntes Hinken, das Leander nur deswegen nicht entging, weil es sein Beruf war, alles zu bemerken, vor allem die geheim gehaltenen Dinge. Es kostete sie Kraft, ihr Gehen normal aussehen zu lassen.

»Das ist Eden Lodge«, sagte sie, als sie mit dem Album zurückkam und es Leander hinhielt. »Sehen Sie es sich in Ruhe an, ich hole den Kaffee.«

Eden Lodge sah tatsächlich sehr romantisch aus. Eine strahlend weiß gestrichene alte Villa mit schwarzen Sprossenfenstern und schwarzer, messingbeschlagener Tür, umgeben von üppigen Blumenbeeten und eingebettet in einen Garten mit Hecken und Bäumen, die so hoch aufragten, dass ihre Wipfel auf keinem der Fotos zu sehen waren. Jedes der Bilder strahlte Harmonie und Schönheit aus. Leander wusste, dass dieses Haus, dieser Garten etwas Besonderes waren, denn die Fotos hatte kein Profi gemacht, der Schönheit selbst dort vorgaukeln konnte, wo es keine gab. Diese Fotos waren unbedarftes Geknipse, die Ausschnitte schlecht und immer nur frontal gewählt, die Farben so flach, wie sie bei schlechter Laborarbeit entstehen. Trotzdem sah Eden Lodge wie ein kleines Paradies aus.

Frau von Tattenbach deckte den Tisch mit drei Garnituren Geschirr, eigenartig aussehenden Keksen und einem kleinen Tablett, auf dem drei Gläser, ein kleines Silbergestell mit Spiritusbrenner, eine Flasche mit Paddy's Old Irish Whiskey und eine Schale mit braunem Zucker standen. Sie verließ kurz das Zimmer und kam mit Schlagsahne und Kaffee zurück.

»Manuel!«, rief sie dann und erklärte: »Meinem Sohn ist es sehr wichtig, den Irish Coffee selbst zuzubereiten.«

Leander war neugierig auf die zweite Person, die er chauffieren und der er Gesellschaft leisten sollte.

Manuel von Tattenbach trat in die Tür, musterte den Gast eine Weile ganz offen und trat dann erst auf Leander zu, um ihm die Hand zu reichen.

»Willkommen!«, sagte er und verbeugte sich auf eine elegante, seltsam altmodische Art.

Er war groß und schlank, ungefähr 50 Jahre alt und sah sehr eindrucksvoll aus. Seine Haare waren vollkommen weiß und fielen ihm nach hinten gekämmt in unwirklichen weichen Wellen bis auf die Schultern. Auch sein makellos gepflegter Bart war weiß. Sein schwarzer Anzug mit dem schwarzen Rollkragenpullover bildete dazu einen harten Kontrast. Und als er sich an dem Irish-Coffee-Set zu schaffen machte, erkannte Leander, dass Manuel von Tattenbach ein Mann war, der jeder seiner Bewegungen große Aufmerksamkeit schenkte, während er sie ausführte. Alles, was er tat, tat er kontrolliert. »Sie kennen Irland?«, fragte Manuel von Tattenbach, während er die Spiritusflamme des kleinen Stövchens entzündete, Whiskey in eines der Gläser goss, zwei Löffel braunen Zucker dazutat, das Glas schräg in die Halterung legte und es langsam drehte.

»Nein«, antwortete Leander. »Ich habe nur zweimal für ein paar Tage dort gearbeitet.«

»Die Zubereitung des Irish Coffee ist eine Kunst«, sagte Frau von Tattenbach. »Man muss den Whiskey so lange im Glas drehen und erhitzen, bis der Zucker aufgelöst ist. Man darf Irish Coffee niemals umrühren. Aber nur echte Kenner wissen das und servieren ihn ohne Löffel.«

»Aha«, sagte Leander.

»Dann haben Sie noch nie eine Banshee singen hören?«, fragte Manuel, während er den Whiskey an der Flamme entzündete, mit seinen präzisen Bewegungen Kaffee in das Glas goss und cremigweiche Sahne über den Rücken eines Löffels auf den Kaffee gleiten ließ.

»Die Banshees sind die bekanntesten Geister Irlands. Die meisten Iren halten sie für Todesboten und mögen sie nicht. Aber Banshees sind vielschichtige Wesen. Sie können auch Glücksbringer sein, vor allem, wenn sie bei Vollmond singen. Ihr Name ist keltisch und kommt von ›Ban‹ und ›Shee‹ und das bedeutet ›Frauen der Seen‹.«

»Aha«, nickte Leander. »Interessieren Sie sich für Geister?«

Manuel von Tattenbach blickte ihn auf eine merkwürdig intensive Art an.

»Ich bin Wissenschaftler. Ich betreibe vergleichende Geisterforschung.«

»Sogar in Irland wird die Sahne meistens viel zu fest geschlagen«, unterbrach ihn seine Mutter. »Sie muss so flüssig sein, dass sie weich fließt, aber gleichzeitig so fest, dass sie sich nicht mit dem Kaffee vermischt. Sehen Sie, die Grenze zwischen Sahne und Kaffee muss ganz scharf sein. Wir haben von unseren irischen Freunden natürlich gelernt, den Irish Coffee richtig zu machen.«

»Ich habe einmal eine Banshee gehört. Ihr Gesang ist nur

ganz schwer zu beschreiben«, setzte Manuel von Tattenbach seine Erklärung unbeirrt fort. »Er klingt ungefähr wie das Wehklagen eines jungen Fuchses.«

»Und ist damals jemand gestorben?«, fragte Leander, um die Monologe zu unterbrechen, die Mutter und Sohn völlig unabhängig voneinander führten.

»O ja. Es war in der Nacht, als unser erster Paddy starb.«

»Wer war das?«

»Er war unser erster Gärtner«, erklärte Frau von Tattenbach. »Er war fleißig und sehr ordentlich. Die Deutschen und die Iren haben uns um ihn beneidet. Wir haben ihn jeden Freitagnachmittag ins Haus geholt und mit ihm ein Glas Whiskey getrunken. Das war etwas Besonderes für ihn. Er hat nirgendwo so gerne gearbeitet wie auf Eden Lodge.«

Dann trat ein kurzes Schweigen ein, während Manuel von Tattenbach die Irish Coffees für seine Mutter und sich selbst zubereitete. Leander fühlte sich seltsam kraftlos, als habe man ihm eine betäubende Droge verabreicht. Er wollte für diese Frau und ihren Sohn arbeiten, doch weder sie noch er stellten ihm irgendeine Frage zu seiner Person. Sie verhielten sich, als wäre er seit Jahren schon festes Mitglied ihrer Familie. Für einen Moment stieg Unbehagen in Leander auf. Alles, was für ihn Leben ausmachte, Überraschung, Auseinandersetzung, Neugier, Erschrecken, Leidenschaft, Tollkühnheit oder Dummheit, war in der Umgebung dieser beiden Menschen wie ausgelöscht. Buchner hatte Recht gehabt vorgestern Nacht, dieser Irland-Job würde tatsächlich schlimmer als lebendig begraben sein. Leander wollte aufstehen und gehen, aber dort draußen in der Stadt gab es nichts, was er zum Überleben brauchte. Dieser Job hier war seine einzige Chance. Auf die Dauer könnte man die beiden auch ganz sympathisch finden.

»Zum Wohl«, sagte Frau von Tattenbach.

»Seo sláinte na h-Éirinn, sagt man auf Irisch«, fügte ihr Sohn hinzu.

Der Irish Coffee schmeckte süß, scharf und schwer. Und er belebte Leander. Dieses skurrile Paar hier konnte ihm nichts anhaben. Die Wochen mit den beiden würden nicht schlimmer sein als ein etwas längerer Malaria-Anfall.

»Sie wollen also den Sommer in Eden Lodge verbringen?«, fragte er.

»Wir haben Eden Lodge vor zehn Jahren verkauft«, sagte die alte Dame. Ihre Stimme klang, als beklagte sie den Tod eines Kindes.

Leander starrte sie überrascht an. Warum hatte sie ihm dann in aller Ausführlichkeit von dem Haus erzählt. Warum hatte sie ihm das Fotoalbum gezeigt? Irgendetwas war sehr merkwürdig an dieser Sache. Leander spürte seine Neugier erwachen. Er würde in Erfahrung bringen, was sich für eine Geschichte um dieses Eden Lodge rankte. Nicht sofort, aber bald.

»Was wollen Sie dann noch in Irland?«, setzte er das Gespräch fort.

»Wir verbringen jeden Sommer drüben. Wir haben bei Freunden den Seitenflügel eines Herrenhauses gemietet. Am Meer.«

Das klang auch nicht schlecht, fand Leander.

»Und wozu brauchen Sie mich?«

»Mein Sohn und ich besitzen keinen Führerschein. Und das Herrenhaus liegt etwas abseits. Außerdem gibt es einige Dinge, die mir inzwischen zu anstrengend geworden sind. Wir werden drei Monate in Irland bleiben.«

Wo ihr Mann war, der offenbar als Einziger Auto fahren konnte, erwähnte Frau von Tattenbach nicht.

»Drei Monate könnte ich mir Zeit nehmen«, stimmte Leander zu.

»Reise, Unterkunft und das Essen ist natürlich frei. Und wir haben an ein wöchentliches Taschengeld für Sie von 250 Euro gedacht.«

Taschengeld! Leander fühlte sich wie geohrfeigt. Taschengeld! Diese Frau hätte auch Honorar, Aufwandsentschädigung oder Spesenpauschale sagen können. Aber sie hatte Taschengeld gesagt, als wäre er nicht mehr als ein unmündiger Teenager. Das war der letzte Moment, an dem Leander noch hätte gehen können. Aber er war pleite und brauchte jeden Euro, auch wenn es nur ein Taschengeld war.

»Wann wollen Sie abreisen?«, fragte er.

»Ich brauche eine Woche, um alle Vorbereitungen zu treffen«, sagte Frau von Tattenbach.

»Aber welchen Wagen soll ich chauffieren? Ich fahre nur einen Sportwagen. Einen Zweisitzer. Ein Cabriolet«, log Leander. »Ich habe keine Familie.«

»Kommen Sie!« Damit erhob sich die alte Dame. Und an ihren Sohn gewandt sagte sie: »Du darfst dir gerne noch ein Glas Whiskey einschenken.«

Es kümmerte den Mann offensichtlich nicht, wie ein Junge behandelt zu werden. Er zündete sich gelassen ein helles Zigarillo an und griff nach der Flasche mit dem Whiskey. Leander hätte auch ein Glas gebrauchen können.

Sie fuhren mit dem Lift in die Tiefgarage. Und dort führte ihn Frau von Tattenbach an den großen Limousinen und Sportwagen der anderen Hausbewohner vorbei zu einer Parkbox, in der ein alter Mercedes stand. Ein dunkelgrün schimmernder, chromblitzender SEL 3,5, der irgendwann um das Jahr 1970 gebaut worden sein musste. Es war ein Wagen wie ein Traum, wie eine Erscheinung. Er sah so blank poliert und makellos aus, als habe er seit über 30 Jahren hier gestanden, und wäre jeden Tag von einem Chauffeur geputzt worden. Das Nummernschild zeigte eine Zahlenfolge, die so alt war wie der Wagen selbst. Leander ging ehrfürchtig um den Wagen und bemerkte, dass er eine gültige TÜV-Zulassung besaß. Auf dem Kofferraumdeckel war keine Typenbezeichnung. Leander kannte diese codierte Botschaft: Der Wagen sah zwar aus wie ein SEL 3,5, doch unter seiner Motorhaube arbeitete eine 6-Liter-Maschine. Dieser Mercedes gehörte zu den stärksten, schnellsten und exklusivsten Limousinen seiner Zeit.

»Sie werden mit dem Wagen vorausfahren und das Gepäck mitnehmen. Mein Sohn und ich werden drei Tage später nach Dublin fliegen, und dort holen Sie uns vom Flughafen ab.«

Als Leander die teure Straße zurückging, fühlte er sich wie nach einem Film mit Überlänge. Er hatte den Job bekommen, aber es war ihm nicht klar, ob er sich dafür beglückwünschen oder verfluchen sollte. Und doch war das Leben auch etwas Wunderbares. Gestern noch hatte dieser Gerichtsvollzieher von einem alten Ford geschwärmt, den er niemals besitzen und niemals fahren würde. Leander war der arme Hund gewesen. Doch in ein paar Tagen würde er es sein, der in einem wundervollen Mercedes SEL durchs Land glitt. Ab nächste Woche war er Chauffeur eines Traumwagens und Gesellschafter eines Albtraum-Paares. Er hatte den Job unwiderruflich angenommen. Für 250 Euro Taschengeld in der Woche. Und je weiter er sich von der Begegnung mit seiner neuen Chefin und ihrem Sohn entfernte, umso grotesker und interessanter empfand er seine neue Situation. Frau von Tattenbach hatte ihm im Verlauf des gesamten Gespräches nicht eine Frage gestellt. Sie wollte von Leander weder wissen, wer er war, noch, was er normalerweise tat, noch, warum er sich für den Job beworben hatte. Sie hatte sich nicht einmal erkundigt, ob er einen Führerschein besaß. Entweder war sie eine glänzende Menschenkennerin oder unvorstellbar naiv.

Sie hatte ihre ganze Persönlichkeit hinter belanglosen Geschichten von Freunden, Irish Coffee und Gärtnern verbarrikadiert, das war sonnenklar. Es würde Spaß machen, diese Frau besser kennen zu lernen. Tatsächlich hatte sie nur eines interessiert:

»Darf ich Sie Stefan nennen?«

»Alle nennen mich Leander«, hatte er erwidert.

»Gut, Leander«, hatte die alte Dame genickt. »Ich bin gewöhnt, dass man ›Madam‹ zu mir sagt. Mrs. von Tattenbach ist ein Name, den in Irland niemand richtig aussprechen kann.«

Leander grinste vor sich hin. Er, die Madam und Manuel würden ein brandheißes Dreiergespann abgeben. Jurko hätte sich nicht vor die S-Bahn zu stürzen brauchen. Er hätte sich über Leanders Irland-Job auch totlachen können. Es war kurz vor sechs Uhr. Leander überlegte, ob er gleich zu Lilian und Inga gehen sollte, um zu berichten, dass er für drei Monate aus der Stadt verschwinden würde. Dann beschloss er, diese unangenehme Sache erst am nächsten Tag zu erledigen. Für heute hatte er genug.

5

Das Glücksgefühl stieg in ihm morgens um sechs Uhr kurz hinter Saarbrücken auf. Leander hatte die Reise sehr genau geplant. Er war am Nachmittag des Vortages aufgebrochen, war einige Stunden langsam über Landstraßen gerollt, um ein Gefühl für den Wagen zu bekommen. Und um ihn zu genießen, die braunen Lederpolster, den eigenartigen Geruch, die altmodische Handhabung, das ungewohnte Fahrverhalten. Erst abends war er auf die Autobahn gebogen und hatte bei Einbruch der Dunkelheit an einer Raststätte angehalten und gegessen. Dann hatte er die Nacht im Wagen sitzend geschlafen und war frühmorgens weitergefahren. Ein grauer Himmel hing über der vorbeistreichenden Landschaft und den kleinen Städten mit französischen Häusern und französischen Namen, aber das machte Leander nichts aus. Er fuhr, er war in Bewegung. Woher er kam, was hinter ihm lag, verlor mit jedem Kilometer an Bedeutung. Wohin er fuhr, spielte noch keine Rolle. Es gab nur das Unterwegs-Sein. Leander war in einen Zwischenzustand eingetreten, in dem er sich als das, was er war, auflöste. Er war nicht mehr Leander, er war nicht mehr der Fotograf ohne Aufträge, er war nur noch der Fahrer dieses wunderbaren Wagens. Die Madam und ihr Sohn hatten jeweils einen großen und einen kleinen Koffer für sich gepackt, die genau in den Kofferraum passten. Sogar Manuels Laptop-Computer, ein Scanner und ein kleiner Drucker hatten darin Platz gefunden. So lag auf dem Rücksitz nur Leanders Tasche. Sonst war der Wagen leer, sauber, aufgeräumt, ohne Spuren.

Draußen rollte die Landschaft vorüber. Die französische Autobahn war leer. Leander konnte bequem sitzen und mit halber Aufmerksamkeit steuern. Er hätte seine Seele dem Teufel verkauft, um in alle Ewigkeit so weiterfahren zu dürfen. Irgendwann würde er tanken müssen und dann an einer dieser französischen Raststätten anhalten, einen bitteren Kaffee trinken und ein Croissant dazu eintunken. Danach würde er wieder aufbrechen und den Ort der Rast verlassen, als habe er dort niemals angehalten. Er war in Bewegung, er durchquerte Niemandsland. 800 Kilometer bis Paris, danach noch einmal 250 Kilometer bis Cherbourg, bis zur Fähre nach Irland, die um 17.00 Uhr ablegen würde. Er hatte nicht erwartet, dass das Glücksgefühl so intensiv sein würde. Er war allein. Niemand saß bei ihm, der mit ihm reden wollte und ihn damit ablenkte. Leander war ganz bei sich. Er hatte vorerst alle Brücken hinter sich abgebrochen. Er hatte lange gezögert und dann alle Kameras zu Hause gelassen. Nicht einmal die alte Leica hatte er mitgenommen. Er wollte sich dem Neuen, Unbekannten vollkommen ausliefern. Und auch keine CDs mit seiner Musik hatte er eingepackt, nur einen leeren, verwaisten Discman, um neue Musik damit zu hören, Musik, die er während seiner Zeit in Irland in irgendwelchen nächtlichen Radiostationen hören, in irgendwelchen merkwürdigen Plattenläden kaufen würde. Er hatte auf jeden möglichen Halt, jede Sicherheit verzichtet. Und wurde belohnt mit einem Glücksgefühl so intensiv, dass er tief aufatmen musste, um es ertragen zu können.

Der Abschied von Inga und Lilian war eine bittere halbe Stunde gewesen. Inga hatte ihn angeblickt wie niemals zuvor. Mit einem vollkommen leeren Blick, in dem er nicht einmal mehr Spuren von Enttäuschung oder Zorn finden konnte.

»Ich muss für drei Monate nach Irland«, hatte er gesagt. »Nächste Woche breche ich auf.«

Und Inga hatte ihn angeblickt, so emotionslos, so kalt, so gleichgültig wie ein Friedhofsgärtner auf einen Sarg blickt, den es einzugraben gilt. Irgendwann musste sie jede Hoffnung aufgegeben haben, dass Leander jemals etwas anderes tun würde, als seinen eigenen Plänen zu folgen. Alles, was Inga je für ihn empfunden haben mochte, war unwiderruflich erloschen. Das war der Preis, den Leander bezahlte, um der zu sein, der er war.

»Darf ich dich besuchen?«, hatte Lilian gefragt, und ihre Stimme hatte vibriert in der Hoffnung, er würde »Ja« sagen, und in dem Wissen, dass sein Ja so unzuverlässig war wie das Wetter im April.

»Ja, natürlich«, hatte er gesagt.

Und Lilians Mund hatte gelächelt, während ihre Augen fast schwarz wurden vor Traurigkeit. Inga hatte schützend die Arme um ihre Tochter gelegt.

»Geh jetzt«, hatte sie gesagt. Und: »Alles Gute. Gute Reise, gute Zeit.«

Sie hätte auch sagen können: »Fahr zur Hölle!«

»Tschüss, Papa«, hatte Lilian gemurmelt und damit Leander fast das Herz gebrochen.

Die Landschaft dehnte sich nun seltsam weit und leer zu einem fernen Horizont aus: die Champagne mit ihren kalkweißen Böden mit den monotonen Weinfeldern. Die leere Landschaft unter dem grauen Himmel entsprach Leanders Stimmung. Warum war jeder Aufbruch mit einem Verlassen verbunden? Leander drehte am Radioknopf, um etwas Musik zu hören. Er fand nur Sender, auf denen Französisch gesprochen oder irgendein Slum-Sprechgesang gespielt wurde, der Leander langweilte. Das Autoradio war so alt wie der Wagen, es gab keinen Sendersuchlauf, nur einen Drehknopf, mit dem Leander bei seiner Suche nach seiner Musik durch atmosphärisches Rauschen und flirrende und verzerrte Melodien wanderte. Einmal streifte er einen deutschen Sender, in dem gerade die Staumeldungen für die Straßen Berlins verlesen wurden. Zuletzt stieß er auf eine Stimme, die Englisch sprach. Leander stellte sie scharf. Es war eine Frauenstimme.

»Bitte Paddy, wenn du mich hörst, stell das Radio nicht ab!«, sagte sie. Sie klang verzweifelt. »Seit du verschwunden bist, kann ich nicht mehr schlafen. Seit du verschwunden bist, ist mein Leben schwarz. Warum hast du mir nichts gesagt? Warum hast du keine Nachricht für mich gehabt? O Paddy, Paddy, ich hätte dich doch gehen lassen, wohin du wolltest«, sagte die Frauenstimme.

Leander war plötzlich hellwach.

»Wolltest du weg von unseren Eltern, von deiner Familie? Ich hätte dich gehen lassen, ohne deine Pläne zu verraten. Wolltest du weg aus unserem Dorf? Aus Irland? Ich hätte dich überallhin reisen lassen. Wolltest du weg von deinem Erfolg? O Paddy, ich hätte dich spurlos untertauchen lassen. O Bruderherz, ich liebe dich, ich hätte doch alles für dich getan. Ich habe doch bisher alles für dich getan. Warum bist du verschwunden? Einfach so. Was willst du damit beweisen?«, sagte die Frauenstimme. »Du zerstörst uns, du zerstörst mich. Kannst du dir das denn nicht vorstellen? Paddy, o Paddy, du hast mich wie zu einer Witwe gemacht. Ich kann nicht mehr lachen, ich kann nicht mehr leben, ich kann nicht mehr lieben. Ich bin eine alte Frau. Ich bin wie tot. Du hast mich getötet. Ach Paddy, Bruderherz, wenn du das hörst, bitte hab Mitleid mit mir, hab doch wenigstens etwas Erbarmen. Melde dich, ruf mich an, nur drei Worte! Oder schreib ein Fax oder E-Mail. Erlöse mich. Ich liebe dich. Ich habe dir nichts getan, ich war deine Schwester, wir waren wie Zwillinge. Bitte, Paddy! Erlöse mich!«

Dann war es zu Ende. Musik erklang, eine Melodie, so

traurig wie rhythmisch, Geigen, Flöten, Trommeln. Irische Musik, zu der man tanzen, sterben oder töten konnte.

Leanders Herz schlug schwer. Was war das für eine Nachricht gewesen? Voll von Verzweiflung, Trauer, Hoffnung, verletzter Liebe und gleichzeitig voll glühendem Zorn. Große, extreme Gefühle. Genau die Zutaten, aus denen eine gute Geschichte besteht. Jurko wäre auf der Stelle verrückt geworden. Er hätte sofort zum Handy gegriffen, um den Sender herauszufinden, hätte sich danach durch alle Anschlüsse der Redaktion telefoniert, bis er jede verfügbare Information zu dieser Geschichte beisammen hatte. Und danach hätte er seine eigenen Redaktionen in Deutschland angerufen, um die Story zu verkaufen und ein Spitzenhonorar und fette Spesen für sie beide herauszuschlagen. Und dann hätte er Leander den Ort der Ereignisse als neues Ziel gegeben. So wäre das mit Jurko gewesen. Sie hätten diese Frau und ihre Geschichte gefunden. Und Leander hätte sie fotografiert, so oft, so unerbittlich, so intensiv mit ihr verbunden, bis ihr Gesicht, bis alle Schatten um ihre Züge, ihr Blick und die Linie ihres Mundes, bis ihr Gesicht auf seinem vollkommensten Foto Zeugnis ablegte von dem Verlust, den sie erlitten hatte, und von den Gefühlen, die sie erfüllten. Jurko hatte immer mindestens fünftausend Worte, um ein Schicksal zu beschreiben, Leander blieben nur Sekundenbruchteile, um es auf seine Filme zu bannen. Doch es gab keinen Jurko mehr. Leander hatte die Beerdigung seines alten Partners nicht besucht, falls es überhaupt eine gegeben hatte. Es hätte ihm nichts genützt, und Jurko waren überzogene Konten und Totenrituale inzwischen sicher gleichgültig. Neben der Autobahn tauchte ein Hinweisschild auf, dass es in fünf Kilometern eine Tankstelle geben würde. Sie kam Leander genau recht. Er brauchte Benzin und Kaffee, den Kaffee dringender als den Treibstoff.

Als Leander den Wagen voll getankt hatte und auf diese

moderne, verglaste Raststation zuging, wirkte sein Spiegelbild wie ein gut komponiertes Foto. Im Hintergrund der Mercedes, der sogar an diesem bleichen Tag glänzte und funkelte. Und er selbst davor, wie er langsam auf die Tür der Raststation zuschritt. Schlank mit geschmeidigen Bewegungen. Lange Beine und schmale Hüften in Jeans. Schwere Lederjacke, die seinem Oberkörper noch mehr Kraft verlieh. Die Haare etwas zu lang. Typ Abenteurer, der nur mit einem Jeep, einem Motorrad oder einem legendären alten Wagen vorfahren durfte. Leander war sehr zufrieden mit sich und lächelte. Die schweren Gedanken verwehten. Sollte eine Frau an der Tankkasse sitzen oder in der Minibar bedienen, dann würde sie ihn sicherlich verheißungsvoll anlächeln. Er würde der bestaussehende Mann sein, den sie heute zu Gesicht bekommen würde. Doch als Leander an einem der hohen runden Tische in der Minibar stand, den Kaffee und das Croissant vor sich, hantierte die junge Frau hinter der Theke, ohne innezuhalten, ohne auch nur einmal hochzublicken oder ihn gar anzulächeln. Als er selbst den Kopf hob und auffordernd zu ihr hinüberblickte, reagierte sie nicht, als wollte sie ihn für seine stolzen Gedanken strafen. Sie interessierte sich überhaupt nicht für ihn. So begnügte er sich damit, ohne Anerkennung die Rolle des Reisenden zu spielen, der aus der Anonymität der Autobahn auftauchte, für eine halbe Stunde Gestalt annahm, um sich danach wieder in die Flüchtigkeit der Autobahn aufzulösen. Und er musste ja weiter, er hatte ja ein Ziel und eine Zeitvorgabe. Noch drängte die Zeit nicht, und das war gut so. Er blieb nur in dieser Stimmung, wenn er nicht hetzen musste.

Als er wieder im Wagen saß, und draußen eigenartige bunt bemalte große Kugeln und Säulen am Fahrbahnrand vorbeistrichen, vermutlich Teile eines Land-Art-Projekts gegen die Monotonie der Autobahn, musste er wieder an diese Radionachricht denken. Und jetzt erst wurde ihm klar, dass Jurko tatsächlich hinter so einer Geschichte her gewesen war. Die halbfertige Story von diesem zornigen irischen Popstar, der den irren Namen Padraigh Bridged Maloney trug und aus seinem Hotel verschwunden war. War dieser Paddy, an den die Radionachricht vorhin gerichtet war, tatsächlich Padraigh Bridged Maloney? Es würde Leander nicht wundern. Jurko hatte das immer »das Aktivieren der Matrix« genannt, und es war ein Geheimnis ihres Berufes. Ständig war Jurko mit dem winzigen Bruchstück einer viel versprechenden Story zu Leander gekommen, und oft handelte es sich um Leute und Ereignisse, von denen sie zuvor noch nie etwas gehört hatten. Sobald sie aber begannen, sich mit diesem Thema zu beschäftigen, war der Alltag plötzlich erfüllt von Hinweisen. In einer alten ausländischen Zeitschrift fanden sie einen knappen Bericht, oder sie begegneten Menschen, die mit den jeweiligen Ereignissen zu tun gehabt hatten, oder sie stießen auf kurze Fernsehbeiträge, oder sie hörten, dass gerade erst etwas ganz Aktuelles im Dunstkreis dieser Geschichte vorgefallen war oder in wenigen Tagen passieren würde. Es schien dann, als bestünde die Wirklichkeit aus nichts anderem als einer Fülle von Mosaiksteinen der einen Geschichte, an der sie arbeiteten. Leander war sich sicher, dass Jurkos Geschichte und die Radionachricht zusammengehörten. Hätte er Jurkos Koffer ungeöffnet gelassen oder die halbfertige Geschichte über diesen Padraigh Bridged Maloney und seine »Fucked up Saints« nicht gelesen, wäre die Matrix nicht aktiviert worden. Er hätte die Radionachricht nicht gehört oder wäre bei seiner Suche nach einem Musiksender einfach über sie hinweggegangen oder hätte sie gehört und ihr keinerlei Bedeutung beigemessen. Leander wusste, dass er in den kommenden Tagen und Wochen noch viel mehr von dieser Geschichte hören oder lesen würde. Dann erinnerte er sich, dass in Jurkos halbfertiger Geschichte nichts über diese so verzweifelte und gleichzeitig so wütende Schwester gestanden hatte.

Kurz vor halb drei erreichte Leander Cherbourg. Die Fahrt auf der chaotischen Ringstraße um Paris war kein Problem gewesen. Er kannte die Stadt von drei Jobs, die er dort gemacht hatte. Nun folgte er den Wegweisern zum Fährenterminal von Cherbourg, der neu und weitläufig am Rande des Hafens errichtet worden war. Die Madam hatte gewünscht, dass er auf dieser Fähre eine Passage für den Wagen und eine Kabine für sich buchte. Er selber wäre gerne über England nach Irland gefahren, um möglichst viele Stunden in dem Mercedes zu verbringen. Aber die Madam war sein Boss, und so hatte er sich ihrem Wunsch gefügt. Er reihte sich in die Schlange der wartenden Autos ein. Hoch und weiß ragte die Fähre am Kai auf, es würde also keine Verspätung beim Ablegen geben. Und dann war nichts mehr zu tun, als zu warten. Leander konnte gut warten. Es war eine Grundvoraussetzung seines Berufes und darum Teil seiner Natur geworden. Einmal, bei einem Job in Süditalien, hatte er seinen persönlichen Rekord im Warten aufgestellt. Sechzehn Stunden hatte er nahezu unbeweglich in einem Graben an einem Feld gelegen und ein festungsartig ausgebautes Landgut belauert, um einen deutschen Polizeichef beim Verlassen dieses Anwesens zu fotografieren. Das Bild gab den Beweis für Jurkos Geschichte, dass die italienische Mafia deutsche Polizei bestach, um auch nördlich der Alpen ungestört ihren Geschäften nachgehen zu können.

Leander setzte sich auf den Kotflügel des Mercedes, legte die Beine hoch und lehnte sich gegen die Windschutzscheibe. Bei diesem alten Wagen war die Scheibe noch so steil, dass er bequem sitzen konnte. So wartete er und beobachtete die anderen Reisenden, die mit ihren voll gepackten Autos, mit

Campmobilen und sogar mit Fahrrädern eintrafen und auf die unterschiedlichste Art begannen, sich die Zeit zu vertreiben, bis sie an Bord gehen konnten. Sie stiegen aus und liefen zwischen den Fahrzeugreihen umher, oder packten Essen aus, telefonierten mit ihren Handys, packten in ihren Kofferräumen herum oder stritten. Es war wie im Kino, alle taten irgendetwas. Und es gab nur einen Zuschauer, Leander, der still auf seinem Wagen saß. Er konnte nichts anderes tun. Hätte er seine Kameras bei sich gehabt, er wäre zwischen den Wagenreihen auf die Jagd gegangen und hätte die Situation Bild für Bild eingefangen. Die Menschen und das Warten. So konnte er nur seine Augen wandern lassen. Neben einem schwarzen Cabriolet stand eine Frau und blickte zu Leander. Zuerst fielen ihm ihre Haare auf, sie waren von einem sehr eigenartigen dunklen Blond, eine Farbe wie von Honig, und sie waren unglaublich lockig und schulterlang. Das Gesicht war schön, aber nicht mehr jung. Die Frau war schlank, trug unter einer schwarzen, weichen Lederjacke ein weißes T-Shirt, dessen Stoff so dünn war, dass sich deutlich der BH abzeichnete. Sie hatte einen schönen Busen. Sie wusste es und trug ihn stolz. Und sie blickte Leander an, aufmerksam, interessiert und ohne eine Spur von Scheu. Als er ihrem Blick begegnete, spielte die Spur eines Lächelns um ihre Lippen. Leander nickte zurück. Dann stieg ein Mann aus, der hinter dem Steuer des Cabrios gesessen hatte. Ein Mann mit grauem, kurz geschnittenem Haar, Sonnenbrille und teurer Freizeitkleidung. Die beiden redeten miteinander. Sie gehörten zusammen. Leander sah den beiden zu. Die Luft roch nach Meer, rostendem Eisen und schmutzigem Hafenwasser.

Dann ging der Mann zu der Cafeteria im Passagierterminal. Die Frau mit dem wilden Lockenkopf aber blieb am offenen Wagen. Hielt Wache. Blickte zu Leander. Und dann setzte sie sich in Bewegung, kam näher, kam heran ohne einen Hauch von Unsicherheit in ihren Bewegungen. Sie sah gut aus. Alles an ihr war richtig. Sie war nicht mehr jung, aber sie hatte Klasse. Ein verirrter Windstoß wühlte in ihren dichten Locken. Sie stand da, schlank, stolz, gelassen. Dann hob sie die Hand, strich wortlos über Leanders Wange, drehte sich um und ging zurück zu ihrem Sportwagen, um dort auf ihren Mann zu warten, als wäre nichts geschehen. Leander befühlte seine Wange. Die ersten Wagen wurden in die Fähre gelassen.

Auch an Bord gab es nichts zu tun, außer die Zeit vergehen zu lassen. Zwanzig Stunden würde die Fähre brauchen, um Irland zu erreichen. Leander hatte seine Kajüte bezogen, um dort zu duschen. Das war alles. Er brauchte kein bequemes Bett. Er würde nachher in die Bar gehen, dort trinken und zuletzt, wenn alle Gläser geleert, alle Worte gesprochen, alle Zigaretten geraucht, der letzte Song gesungen waren, würde er auf einer der fleckigen Couches schlafen. Oder auf dem Boden, mit dem einen Arm als Kissen und zugedeckt mit seiner Lederjacke. Er brauchte kein Bett, wenn er unterwegs war, er hatte es noch nie gebraucht. Doch noch war es hell. Er ging in die Bar, ließ sich einen doppelten Gin-Martini einschenken und setzte sich damit am obersten Deck auf eine der Kisten, die mit Schwimmwesten voll gepackt waren. Und wandte sich nach Westen, um dem Tag beim Vergehen zuzusehen. So saß er, bis aus dem Nachmittag ein milder Abend und dann Dämmerung, Zwielicht und zuletzt Dunkelheit wurde. Das Schiff brummte und vibrierte, und der Seewind wirbelte um Leander. Das war alles, was noch Bedeutung hatte. Alles gerann zu einem großen Warten. Die Fähre diente nur dazu, von einem Hafen in den anderen zu kommen. So lange sie fuhr, war alles Bewegung und gleichzeitig Stillstand.

Leander sehnte sich nach der Lockenfrau. Wie schön es

wäre, wenn sie plötzlich vor ihm stehen würde wie vor wenigen Stunden am Hafen. Ganz selbstverständlich, so wenig überrascht, ihm wieder zu begegnen, als habe sie ihn auf dem ganzen Schiff gesucht. Sie würde vielleicht die Lederjacke gegen einen bodenlangen schwarzen Mantel getauscht haben. Sie würde aussehen, wie eine Frau auf dem Weg zu einem Konzert oder einer Vernissage. Und sie würde zwei Gläser dabei haben. Ein Glas mit Champagner für sich und ein Glas mit Gin-Martini für Leander. So gefiel es ihm. Er überließ sich seiner Fantasie.

»Das ist der beste Drink der Welt«, begrüßte er sie in Gedanken.

»Würdest du etwas anderes trinken, wäre ich nicht gekommen«, sagte die Frau daraufhin ernst. Damit kniete sie sich über Leanders ausgestreckte Beine, war ihm nahe so, ganz nahe, hatte keine Skrupel, sofort jede Distanz zu durchbrechen. Sie reichte ihm den Drink.

»Auf diesen Moment«, sagte sie.

Sie berührten die Ränder ihrer Gläser und tranken. Leander atmete tief ein. Die Lockenfrau roch gut, roch nach einem Hauch Parfum und nach Körper. Er stellte sein Glas beiseite und umfasste ihre Hüfte. Sie fühlte sich rund und gut an. So hielt er sie und blickte ihr ins Gesicht. Sie war wirklich schön. Der Wind wühlte in ihren Haaren, und es sah aus, als würden ihre Locken leben, wären schlängelnde, sich ringelnde und windende Tiere.

»Willkommen«, begrüßte er sie, und diesmal war seine Stimme leise und dunkel vor Anerkennung. »Willkommen, du wunderschöne Frau.«

»Ich bin ein böses Mädchen«, sagte sie, zögerte kurz und verbesserte sich: »Ich war ein böses Mädchen. Ich habe die Männer verführt. Die richtigen, die guten Männer.«

»Und?«

»Richtige Männer sind selten geworden. Aber du bist einer von ihnen.«

Damit stellte auch sie ihr Glas beiseite, beugte sich zu ihm und berührte seinen Mund mit einem weichen Kuss. Er öffnete die Lippen, um ihrer Zunge Einlass zu gewähren. Er spürte eine spitze, schnelle Zunge, die seinen Mund ausforschte. Ihre Haare rollten über sein Gesicht, und der Wind bauschte ihren Mantel auf und deckte sie beide damit zu. Seine Hände verließen ihre Hüfte und legten sich um ihre Taille. Sie war schmal und weich. So hielt er sie, während sie sich küssten. Unter ihnen vibrierte das Schiff, und die Welt hielt inne, um ihnen Zeit zu geben für diesen ersten Kuss, den sie nicht lösen mochten. Ihre Lippen blieben auf den seinen, ihre Zunge spielte mit der seinen. Und als er seine Hände an ihr hochgleiten ließ, um die Linie ihres Rückens zu erforschen, und als er seine Hände zu ihren Brüsten gleiten ließ, um zu spüren, was er aus der Ferne so schön geahnt hatte, erschauerte sie, ließ ihre Lippen auseinander treiben und atmete einmal tief. Er streichelte ihre Brüste, und sie waren weich und groß und wundervoll und lagen in seinen Händen mit einer Fülle, die keinen Wunsch offen ließ. Er ahnte, dass ihm in diesem Moment alles erlaubt war. Dann waren ihre Finger wieder an seiner Wange, und die Lockenfrau ertastete sein Gesicht, als könne sie nicht glauben, was sie sah, als könne sie ihn nur begreifen durch die Reize auf ihren Fingerkuppen. Die Zeit hielt den Atem an, der Wind wagte nicht, sie zu stören. Bedeutungslose Stimmen trieben über sie hin und verloren sich wieder. So blieben sie lange, vollkommen ineinander versunken in fast andächtiger Konzentration. Sie küssten sich und streichelten sich, bis Leander tief Atem holte, um zu sagen: »Komm.«

Aber natürlich geschah nichts dergleichen. Nichts. Es wurde nur tiefe Nacht. Die Lockenfrau kam nicht zu ihm. Und irgendwann überließ er sich der Dunkelheit und seinem Alleinsein.

Erst am nächsten Mittag sah Leander die Lockenfrau noch einmal, als die Fähre durch einen aufklarenden Tag rauschte und am Horizont die Konturen Irlands auftauchten. Hügel im Dunst. Er stand auf dem höchsten Deck. Und plötzlich war sie neben ihm, aber nicht allein diesmal, sondern mit ihrem Mann.

»Was machen Sie in Irland?«, fragte sie. »Urlaub?«

Er blickte sie an, überrascht wie jeder normale Fährengast, der plötzlich angesprochen wird. Sie war schön auch jetzt am Tag, und Leander hoffte, sie würde wissen, dass sie immer schön sein würde.

»Ich habe einen Job zu erledigen. Ich werde drei Monate bleiben«, sagte er.

»Was arbeiten Sie?«, fragte ihr Mann.

Die beiden waren routiniert im beiläufigen Gespräch, gewohnt an unverbindliche gesellschaftliche Kontakte.

»Ich bin Fotograf«, sagte Leander.

»Und wo werden Sie arbeiten? Im Westen?«, fragte die Lockenfrau und sah ihn an mit einem Blick, der dunkel glühte vor Sehnsucht. Jetzt, jetzt gleich hätte sie die Seiten wechseln müssen, auf Gedeih und Verderb, hätte sich neben Leander stellen müssen, ein Arm um seine Hüfte. Aber sie tat es nicht. Und auch er hob nicht die Hand, um sie von ihrem Mann weg und an sich zu ziehen. Sie hätten beide hier und jetzt eine überraschende, eine völlig neue Geschichte beginnen können, aber sie wagten es nicht.

»Nein, ich bleibe hier an der Südküste«, antwortete er nur. »Kurz bevor wir in den Hafen von Rosslare einlaufen, kann man über den Bäumen einen einzelnen hohen Fahnenmast sehen. Dort ist das Herrenhaus, in dem ich wohnen werde«, sagte er.

So hatte die Madam es ihm erklärt. Dort würde Ballytober House liegen, das Herrenhaus, wo er lebendig begraben sein würde. Er wusste nicht, warum er das gesagt hatte. Er hätte alles Mögliche sagen können. Aber es war eine Botschaft an die Lockenfrau: Dort bin ich. Wenn du mich suchst, wirst du mich dort finden.

»Wie interessant«, sagte der Ehemann. »Und was fotografieren Sie?«

»Eine Reportage über einen verschollenen Popstar«, log Leander.

»Kann man das denn fotografieren?«, fragte die Lockenfrau.

»Nur wenn man wirklich gut ist, sehr, sehr gut«, erwiderte Leander und sah sie an.

Sie lächelte. Da erkannte er, dass sie in der Nacht an ihn gedacht hatte, so wie er an sie. Und in ihrer Fantasie hatte er sie wohl glücklich gemacht. Und er lächelte zurück. Er würde an sie denken, immer wieder und immer wieder, wenn ihm der Tod in Irland zu nahe kam.

So traf Leander auf der grünen Insel ein, das Gesicht dem Wind entgegengewandt und mit summenden Lenden. Und tatsächlich war über einer dichten grünen Kuppe von satten Bäumen ein Fahnenmast zu erkennen, der sich schlank und hoch und vom Wind leicht gebogen erhob. Leer, ohne Fahne daran.

6

Das war es jetzt also. Das war der Job.

»Ich hoffe, Sie mögen Lammkoteletts?«, fragte die Madam, während sie am Gemüsestand einen Beutel Kartoffeln und eine Packung mit kleinen Bohnen und Maiskölbchen in Leanders Einkaufswagen legte.

»Ja, natürlich«, nickte Leander und schob den Wagen neben seiner Chefin her.

Auf diese Art bewegten sie sich zwischen den Regalen des SuperValu-Supermarktes, die Madam mit ihrer Besorgungsliste voran, Leander folgsam mit dem Einkaufswagen hinterher.

»Leander, würden Sie bitte ein Glas Mint-Sauce holen, Sie finden es im Gang dort drüben.«

Also schob er los. Der Supermarkt war modern, hell und mit üppig gefüllten Regalen. Die Frauen an den Kassen sahen sehr fremd aus. Leander staunte immer wieder, wie verschieden die Gesichter der Menschen sogar in der relativen Enge Europas geprägt waren. Der Supermarkt hatte eine Standardeinrichtung, die allen Supermärkten, egal ob in Schweden oder in Italien, gemeinsam war. Die Menschen darin aber sahen immer ganz unverwechselbar aus. Diese Gesichter. Jurko hätte sicherlich Worte gefunden, die typischen Wesenszüge und Eigenheiten zu beschreiben. Leander hatte nur seinen Blick. Er hätte auf der Stelle und nur mit dem Personal und den Kundinnen des Supermarktes eine Porträtserie machen können unter dem Titel »Irische Gesichter«, und alle Besonderheiten wären zu sehen gewesen. Es waren interessante Frauengesichter, doch keine schönen, nach Leanders Geschmack.

Leander ging am Regal mit den Nudeln und dem Reis, mit den Spaghettisaucen und Gewürzen vorbei. Immer wieder spürte er Blicke der Kundinnen und des Personals. Alle schienen sich hier zu kennen, schwatzten miteinander. Allen fiel sofort auf, dass er ein Fremder war. Mit der Mint-Sauce kehrte er zur Madam zurück. Sie redete mit dem Metzger. Die Fleischabteilung war das Einzige, was hier anders aussah als in den internationalen Standardsupermärkten. Der Metzger trug einen absurden, weißen Hygienehut aus Zellstoff und eine rot-weiß gestreifte Schürze. Große violette Anti-Fliegen-Strahler waren an den Wänden montiert, und den Boden hatte man mit Sägespänen bestreut.

»Ich habe uns sechs Koteletts geben lassen«, sagte die Madam. »Haben Sie noch besondere Wünsche?«

»Nein.«

Wieder nebeneinander gingen sie zur Kasse und reihten sich dort in die kurze Schlange der anderen Kundinnen ein. Männer gab es keine außer dem Metzger und Leander. Leander fühlte sich schlecht. Mit seinen Jeans und der Lederjacke sah er nicht wie jemand aus, der seinen Job als Chauffeur tat, sondern er wirkte wie ein Sohn, ein erwachsener Sohn, der mit seiner Mutter artig die Einkäufe für das Abendessen erledigte. Doch Leander hatte sich bereits mit 13 Jahren erbittert dagegen gesträubt – und mit 17 endgültig aufgehört –, ein Sohn zu sein. Deshalb fühlte er sich hier sehr fehl am Platz und kraftlos.

»Hallo, Mrs. Madam. Wie schön, dass Sie wieder bei uns sind«, strahlte die Frau an der Kasse.

»Hallo, Kathy. Wir sind seit zwei Wochen hier. Ich habe Sie vermisst«, plauderte die Madam.

»Oh, Mrs. Madam, ich habe mir ein paar Tage frei genommen. Ich bin Großmutter geworden. Aoife hat ein Baby bekommen, eine Tochter.«

Aoife, was für ein fremder Name, dachte Leander.

»Darf ich gratulieren?«, fragte die Madam.

»Na ja, na ja«, lachte Kathy. »Aoife ist ja noch so jung.«

»Und wer ist der Vater?«

»Paul. Kennen Sie Paul? Er ist nett, aber er wird uns wohl nicht bleiben. Keiner von den Jungs bleibt. Sie schwängern unsere Mädchen und verschwinden über kurz oder lang.«

»Ich wünsche Ihnen trotzdem alles Gute. Ich werde in den nächsten Tagen vorbeikommen und eine Kleinigkeit mitbringen«, versprach die Madam.

»Ach, Mrs. Madam, das ist doch nicht nötig.«

Kathy scannte die Preise der Waren ein, ein Teenagermädchen im roten Kittel und starrem Gesichts füllte die Waren in Plastiktüten mit dem SuperValu-Aufdruck. Leander konnte nur untätig danebenstehen und sich weiterhin unwohl fühlen. Er ging zum Zeitungsstand und nahm sich den *Irish Independent*. Als er die Zeitung an der Kasse bezahlen wollte, griff die Madam entschlossen zu, legte sie zu den eigenen Einkäufen. Da war es wieder, das Gefühl des Unbehagens, das in Leander aufstieg.

»Hallo Kathy«, sagte er entschlossen zur Frau an der Kasse. »Ich bin Leander. Ich bin der Fahrer der Madam. Ich werde die nächsten Monate öfters zum Einkaufen kommen.«

»Ich freue mich, Sie kennen zu lernen, Leander«, nickte Kathy.

Nachdem Leander auf dem Parkplatz der Madam die Tür des Mercedes zum Einsteigen geöffnet und die Tüten im Kofferraum verstaut hatte, fragte er:

»Wie alt ist Aoife?«

»Sie muss jetzt wohl 15 oder 16 sein?«

»Ganz schön jung für ein Baby.«

»Das ist nicht ungewöhnlich in Irland.«

Ballytober House war ein romantisches Herrenhaus mit grauer Fassade, hohen Fenstern und einer Batterie von Schornsteinen, die aus dem schwarzen Schieferdach aufragten. Nur vier Menschen bewohnten das riesige Gebäude: Jacob O'Sullivan, letzter Nachkomme des O'Sullivan-Clans, und Fiona, seine Frau. Ein junges Ehepaar mit rothaarigen Zwillingsmädchen, die Mia und Manu hießen. Die Umgebung des Hauses bevölkerten sieben Jagdhunde, eine unbestimmte Zahl von Pfauen und Perlhühnern und ein übel gelaunter aggressiver Truthahn, der den Namen Eisenhower trug. Ballytober House lag breit, schwer und grau auf einem Hügel über dem schmalen Dünenstreifen der Südküste. Eine Allee aus altersschweren Buchen führte bis zum Strand. In einem der beiden Seitenflügel des Herrenhauses hatte die Madam ihre Wohnung gemietet, fünf Zimmer von herrschaftlicher Dimension, Zimmer mit alten Sprossenfenstern, die man hochschieben musste, um sie zu öffnen, und mit schwarzen Marmorkaminen in jedem Raum. Überall standen schwere antike Möbel, die mit vielen Silbergerätschaften dekoriert waren. Im Erdgeschoss gab es nur eine große Küche und eine Wohnhalle. Die Madam und ihr Sohn bewohnten jeweils zwei große Zimmer im ersten Stock. Leander hatte ein kleineres Zimmer zugewiesen bekommen, das mit eigenem Bad auf halber Treppe abging und so etwas getrennt lag von den übrigen Räumen. Das kam ihm gelegen.

»Wir essen um sechs«, hatte die Madam gesagt und Leander damit eine Stunde freigegeben.

So ging er mit der Zeitung in sein Zimmer und schloss die Tür ab. Hier konnte er sich zurückziehen. Hier konnte er allein sein. Der Raum diente normalerweise als Gästezimmer. Ein Messingbett, ein Mahagonisekretär mit steifem Stuhl, ein bequemer Ledersessel und ein Schrank, der nach Menschen und Schicksalen roch, stellten das ganze Mobiliar dar. Reduktion auf das Wesentliche. Leander setzte sich in den Sessel und starrte an die Wand. Mit Tesafilm hatte er dort Zeitungsausschnitte angeklebt. »Songs für das Höllenfeuer«, lautete eine der großen Schlagzeilen, »Erfolg der Saints lockt Padraigh aus dem Versteck«, lautete eine andere und eine dritte »Maloney wetzt die Messer«. Diese drei Artikel über den verschollenen Padraigh Bridged Maloney hatte Leander während der ersten zwei Wochen in Irland in den Zeitungen gefunden. Und er hatte sich die ersten drei CDs der »Fucked up Saints« gekauft. Sperrige, wütende, schwer verdauliche Musik mit wild gesungenen, komplizierten Texten, die Leander über weite Strecken in all ihren Doppeldeutigkeiten und Anspielungen nicht verstand. Es war keine Musik, die Leander freiwillig hören würde. Er steckte sich die Knöpfe des Kopfhörers ins Ohr und legte das erste Album in seinen Discman. Er tat es als eine Art Arbeit. Im Grunde war es bedeutungslos, ob er jedes Wort der Liedertexte verstand oder nicht, die Fans des verschollenen Padraigh Bridged Maloney hatten längst jeden Song Wort für Wort analysiert und nach Botschaften, Hinweisen oder versteckten Nachrichten untersucht. Davon berichtete der Höllenfeuerartikel. Demnach gab es nur zwei Orte, an denen sich ihr Star aufhalten konnte: in der geschlossenen Abteilung einer psychiatrischen Klinik oder nach erfolgreichem Selbstmord in der Hölle. Was für Songtexte hatte dieser Padraigh geschrieben: »Wir pflanzen Tod in unseren Gärten und düngen ihn mit Bier und Zyanid«. »Mein Leben wiegt tausend Tonnen, und ich muss es tausend Monate schleppen, zehntausend Meilen weit und immer steil bergauf.« »Ich liebe mein Messer wie andere ihr Motorrad. Ich liebe mein Messer wie andere ihre Frau. Ich liebe mein Messer und füttere es jeden Tag.« Er musste ein harter Geselle gewesen sein, dieser Padraigh Bridged Maloney, einer, der lieber mit Wörtern Amok lief, statt um Hilfe zu rufen oder zu weinen.

Leander hatte sich damit abgefunden, dass er diesen kaputten Star zum Überleben brauchte. Eigentlich war er nach Irland gekommen, um sich hier lebendig zu begraben, aber das war viel schwerer, als er erwartet hatte. Nach zehn Tagen mit der Madam und Manuel war sein Überlebensinstinkt angesprungen, so stark, so absolut, dass Leander vor Aggression und Unruhe fast platzte. Der Fall Maloney war der rettende Strohhalm, um nicht unterzugehen. Auf der Fähre hatte er das nur so dahingesagt, als Bluff, um seinen erbärmlichen Job zu vertuschen. Er hatte nicht geahnt, dass es die Wahrheit sein würde. Aber die Matrix war aktiviert. So sollte es sein.

Leander hatte begonnen, wenn er mit der Madam beim Einkaufen war, in den Zeitungen nach Berichten zum Fall Maloney zu suchen. Er musste sich erst daran gewöhnen, so zu recherchieren, denn das war sonst immer Jurkos Arbeit gewesen.

Was war der neueste Stand im Fall Maloney? Die drei übrigen Saints hatten also die zweite CD ohne ihren verschwundenen Skandalstar herausgebracht, sie war auf Platz eins der irischen und der englischen Charts geklettert. So erfolgreich waren die »Fucked up Saints« mit Padraigh nie gewesen. Und der Schreiber des zweiten Artikels vermutete, dass dieser Erfolg, der Erfolg, den Padraigh immer haben wollte, ihn wieder ins Geschäft locken würde. Außerdem hatten sich 500 000 Euro an Tantiemen angesammelt, die darauf warteten, von ihm bei der Plattenfirma der Saints abgeholt zu werden. Ein fetter Köder. Im dritten Artikel stand, dass sich vier Freundinnen und Padraigh-Fans aus Dublin mit Rasierklingen den Slogan »Love U« für ihr Idol so tief in die Unterarme geschnitten hatten, dass sie beinahe verbluteten und mit einer vierfachen Notoperation in einer Unfallklinik zusammengeflickt werden mussten. Leander kannte jedes Wort dieser Artikel. Aber noch intensiver hatte er sich die schlechten, körnigen Fotos angesehen. Die Fotos von Padraigh Bridged Maloney. Auge in Auge hatte er dem Verschollenen gegenübergestanden, in tiefer Konzentration, wie ein Raubtier, das sein Opfer gestellt hatte.

Auch jetzt brauchte er nicht lange im *Irish Independent* zu blättern, bis er auf eine seitengroß aufgemachte Geschichte stieß. »Verschollener Popstar spielt Gitarre im Paradies«, lautete die Schlagzeile. Es gab ein weiteres schlechtes Foto von Padraigh und ein ebenso schlechtes von einem Palmenstrand. Dazu das Bild eines Mannes, dessen Geschichte der Artikel erzählte: »Ich habe zwei Wochen Urlaub in Thailand verbracht, auf der Insel Ko Samui. Da habe ich von einem Iren gehört, der Pat genannt wurde und abends für Geld Gitarre spielt. Die Beschreibung passte perfekt auf Padraigh Bridged Maloney. Ich habe jeden Abend versucht, ihn zu finden. Und am fünften Tag hat es geklappt. Am Chaweng Beach saß er auf dem Stamm einer dieser Palmen, die so schräg geneigt sind, dass man sie wie eine Bank benutzen kann. Ein Typ Ende zwanzig mit dunklen Haaren spielte Gitarre und sang. Zwei Dutzend Leute saßen um ihn herum im Sand und hörten zu. Ich erkannte Padraighs Stimme sofort. Er sang keines seiner alten Lieder von den Saints, sondern neues Material. Ich ging näher und setzte mich dazu. Es war Padraigh Bridged Maloney, hundertprozentig. Aber er hatte eines dieser dünnen asiatischen Baumwollhemden mit langen Ärmeln an, sodass ich die Fuck-U-Narben auf seinem Arm nicht sehen konnte. Aber ich war mir auch so ganz sicher. ›Hey, du bist doch Paddy the Saint‹, sagte ich, als er mit einem Song fertig war. ›Du bist verrückt‹ antwortete er. ›Doch, ich erkenne dich‹, sagte ich. Da stand er wortlos auf und ging schnell davon. Ich habe ihn verfolgt, doch da ist er losgelaufen, und zwischen den Bars und Palmhütten und im Gewimmel der Menschen habe ich ihn verloren. Er kannte sich verdammt gut aus. Ich bin sicher, er war es. Es war Padraigh Bridged Maloney. Er lebt. Er sitzt in Thailand und spielt Gitarre. Er sah gut aus, braun gebrannt und gesund.« So lautete der Bericht des Augenzeugen. Die übrigen Saints waren von den Reportern der Zeitung angerufen worden, ob sie Detektive nach Thailand aussenden wollten, um ihren verschollenen Freund zu suchen. Sie hatten aber jede Auskunft dazu verweigert. Nur ein Sprecher der Plattenfirma äußerte sich: »Es hat in den vergangenen Jahren siebzehn angebliche Sichtungen gegeben, vierzehn davon waren reiner Unsinn, und die restlichen drei haben zu nichts geführt. Wir werden trotzdem alles veranlassen, was uns richtig und angemessen erscheint.« Außerdem hatten die Reporter eine Befragung bei jungen Leuten auf den Straßen von Dublin durchgeführt, ob sie den Verschwundenen für tot oder lebendig hielten. 86 Prozent von ihnen hatten geantwortet: Er lebt.

Leander schnitt den Bericht aus und klebte ihn zu den anderen an die Wand. Wie unterschiedlich Padraigh auf den Fotos aussah. Die zwei Bilder zum Messerartikel zeigten ihn in der Pose des selbstbewusst strahlenden Musikstars mit weichen, fast mädchenhaften Zügen, schwarzen, chic geschnittenen halblangen Haaren und Augen-Make-up. Das Klischee des unwiderstehlich verführerischen Mädchenidols. Das zweite war das legendäre Selbstverstümmelungsbild, das einen starr blickenden Padraigh mit den frischen, bis aufs Muskelfleisch klaffenden, stark blutenden Schnitten des FUCK U zeigten. Das Foto zum Höllenfeuerartikel war bei einem Live-Auftritt aufgenommen worden. Padraigh hatte sein Gesicht zum Totenschädel geschminkt und sah tatsächlich wie ein seinem Grab entstiegener Zombie aus. Ein Wiedergänger mit verschwitzten Haaren und Elektrogitarre. Das Foto zur neuen Erfolgsstory der drei verbliebenen Saints war ein altes Gruppenbild mit seinen Freunden. Er hat so viele Gesichter, dachte Leander, welches war sein wahres? Unten klingelte eine Glocke, das Zeichen, dass die Madam das Abendessen fertig hatte.

Nach dem Essen, die Madam nannte es immer nur das »Dinner«, begann Leanders Job als Gesellschafter. Und weil der Abend mild war, musste er für die Madam, Manuel und sich drei alte Korbsessel und einen Tisch aus dem Herrenhaus in den Park von Ballytober House tragen, musste darauf ein Windlicht entzünden und Getränke holen. Manuel von Tattenbach bevorzugte Guinness, das dunkle bittere Bier Irlands, und zündete sich dazu eine seiner schlanken hellen Zigarren an. Die Madam trank immer nur Champagner. Leander durfte sich einschenken, was er wollte, und wählte Rotwein. Kreisrund war der alte Park, umgeben von einem haushohen Wall, den mächtige Buchen säumten, und dahinter einer runden Mauer, die unter dem Druck der Baumwurzeln schräg nach außen geneigt war wie ein schlechtes Gebiss. Tausend Jahre vor der Zeitrechnung hatte der runde Wall als Befestigung einer archaischen Königsburg gedient, jetzt schützte der Rundwall nur noch den Park von Ballytober House, die Pfauen und jene Menschen, die sich dort aufhielten. Und in diesem unwirklich anmutenden alten Park saßen sie, als wären sie Figuren eines versponnenen Theaterstücks.

»Die Feen waren früher Riesen und mächtige Krieger«, erklärte Manuel von Tattenbach, der Geisterforscher, »man nannte sie die ›Tuatha de Dannan‹. Vor Urzeiten herrschten sie über Irland. Doch dann wurden sie von Eindringlingen besiegt, wenn Sie verstehen, was ich meine. Und je mehr ihre Macht schwand, umso kleiner wurden auch ihre Körper. Zuletzt verkrochen sie sich in Höhlen unter alten Ringwällen, Festungsruinen und Grabhügeln. Dort leben sie bis heute als Feen. Hier natürlich auch. Gerade hier!«

Manuel hatte sich in Begeisterung geredet. Mit einer weit ausholenden Bewegung wies er um sich. Leander und die Madam folgten gehorsam seiner großen Geste mit den Augen über verfallene Glashäuser, moosige Brunnen, eingesunkene Pergolen und rosenüberwucherte Ruinen kleiner Lauben.

Zwei Pfauen schritten müde vorüber, um sich einen Baum zu suchen, wo sie hoch in die Äste hinaufflattern würden, um dort ihren Schlafplatz einzunehmen. Ein paar Krähen stritten noch irgendwo. Es war windstill, und das Rauschen des Meeres drang gleichförmig von der Küste herauf.

Leander liebte solche Szenen, allerdings war er es gewohnt, als Fotograf andere Menschen in solchen unwirklichen Szenarien abzubilden, und nicht selbst Teil davon zu sein. Daran musste er sich noch gewöhnen. Erste Fledermäuse flogen zwischen Bäumen hin und her. Die Krähen verstummten.

»Der König der ›Tuatha de Dannan‹ heißt Fiuvarra. Er spielt leidenschaftlich gern Schach und manchmal raubt er schöne Menschenfrauen, obwohl er mit Donagh verheiratet ist, der schönsten Frau der wirklichen Welt und des Geisterreiches.«

»In Eden Lodge hatten wir einen Teil des Gartens, der ›Gnoms Garden‹ genannt wurde«, fuhr die Madam fort. »Und jedes Mal, wenn wir Gäste hatten, haben wir nachts, wenn alle gegangen waren, einige ausgesuchte Delikatessen des Dinners auf einen Teller dorthin gebracht und ein Glas voll Wein. Das war für die Feen, die ›Little People‹. Und wenn ich morgens in den ›Gnoms Garden‹ ging, war alles aufgegessen und ausgetrunken. Man muss die Feen verwöhnen, damit sie dem Platz und dem Haus Glück bringen.«

Ein kurzes Schweigen entstand. Dann sagte die Madam noch: »Wir hatten auch eine heilige Quelle in Eden Lodge. Die Leute kamen nachts über die Mauer geklettert, um Flaschen mit dem wundertätigen Wasser abzufüllen.«

»Und wir hatten einen Geist, der im ersten Stock umging, immer um elf Uhr vormittags«, sagte Manuel von Tattenbach.

»Haben Sie ihn je gesehen?«, fragte Leander den Geisterforscher, der in seinem schwarzen Anzug und mit den weißen, schulterlangen Haaren wie das Klischee eines Geisterforschers aussah.

»Gesehen?«, überlegte Manuel, als habe Leander eine besonders absurde Frage gestellt.

»Ja, gesehen! Ich meine, es ist doch vorteilhaft, wenn man als Geisterforscher einen eigenen Geist im Haus hat, der auch noch so pünktlich ist. Als Forschungsobjekt sozusagen.«

Manuel entging die Ironie.

»Geister sind elusiv, das heißt, sie sind flüchtige Wesen. Wissen Sie das nicht?«, sagte er dann ernsthaft.

»Nein, das wusste ich bisher noch nicht.«

»Eines der wenigen wissenschaftlich gesicherten Merkmale von Geistern ist, dass sie nicht spuken, wenn man ihnen begegnen will. Sie sind flüchtige, schwer nachweisbare Geschöpfe, wenn Sie verstehen, was ich meine.«

»Unfassbar sozusagen«, frotzelte Leander.

Manuel ging auch darauf nicht ein. Er war ein bewundernswert ernsthafter Mann, dem es keine Sekunde in den Sinn kam, dass man sich über Geistererscheinungen auch lustig machen konnte. Leander blickte in den Himmel, aus dem das letzte Nachglühen des Abends verschwunden war.

»Hier im Park gibt es auch Feen«, erklärte Manuel von Tattenbach. »Feen lieben alte Plätze wie diesen, und runde Plätze ganz besonders. Achten Sie darauf, wenn Sie abends hier allein sind. Falls Sie Musik hören, laufen Sie weg, auch wenn die Musik noch so betörend schön ist. Sie kommt aus den Eingängen der Feenhöhlen. Manchmal laden die ›Little People‹ Menschen zu sich ein, die Musik zu hören und mit ihnen zu tanzen. Eine ganze Nacht lang geht das dann so. Und wenn die Menschen am nächsten Morgen aus den Feenhöhlen zurückkehren, sind hundert Jahre vergangen.«

Als Manuel so sprach, fiel Leander ein, dass Padraigh Bridged Maloney ja gar nicht Gitarre spielen konnte und während der Live-Konzerte der »Fucked up Saints« nur geschauspielert hatte. Er konnte also gar nicht jener Ire Pat sein, den der Zeitungszeuge in Thailand auf der Insel Ko Samui hatte spielen hören. Wie sonderbar, dass keinem der Journalisten dieser Widerspruch aufgefallen war. Offenbar schien ihnen die Story und die Sensation wichtiger gewesen zu sein als die Wahrheit. Vielleicht aber hatten sie auch einfach schon zu viele Storys über Paddy the Saint geschrieben und jede neue Geschichte ins Blatt gehoben, ohne noch einmal darüber nachzudenken. Wer auch immer den verschollenen Popstar suchte, nach Thailand brauchte er deswegen nicht zu fliegen.

»Haben Sie schon einmal Feenmusik gehört?«, fragte er Manuel.

»Ja, natürlich. Mehr als einmal sogar. Am eindrucksvollsten war das Erlebnis an einem Kammergrab aus der Bronzezeit. Dieses Grab liegt in den Wicklow-Mountains und heißt nicht umsonst ›Labbanasighe‹, das Bett der Feen. Ich war mindestens zwanzigmal dort oben und habe stundenlang gesessen und gewartet, ohne Erfolg zu haben. Doch eines Abends habe ich dann die Musik gehört. Die Lieder sind unbeschreiblich schön. Flöten, Dudelsack, Geigen, Harfen. Ich brauchte meine ganze Willenskraft, um der Anziehungskraft nicht nachzugeben, wenn Sie verstehen, was ich meine. Wir können ja auch einmal zusammen hinfahren. Es ist ein unvergessliches Erlebnis. Ich würde auch auf Sie Acht geben.«

»Vielleicht wollte auch Padraigh Bridged Maloney die Feen singen hören und ist für hundert Jahre in einer ihrer Höhlen verschwunden«, überlegte Leander.

»Wer ist Padraigh Bridged Maloney?«, fragte Manuel.

»Dieser verschollene irische Rockstar. Sagt Ihnen der Name nichts?«

»Ehrlich gesagt, nein.«

»In den Zeitungen stehen ständig neue Berichte über ihn.«

»Ich lese keine Tageszeitungen«, gestand Manuel. »Ich lese nur Bücher und ein Heimatblatt, das ›Ireland's Own‹ heißt. Und dort stehen nur Gedichte, alte Erzählungen und historische Forschungsberichte.«

»Dieser Padraigh war ein ganz wilder Punkrocker und ein richtiger Star. Vor zwei Jahren ist er in Dublin spurlos verschwunden. Eine sehr mysteriöse Geschichte.«

»Wir wollen morgen nach Kilkenny fahren, um einen Freund zu besuchen«, unterbrach die Madam. »Er arbeitet dort als Goldschmied. Wir sind zum Mittagessen verabredet und sollten spätestens um elf Uhr aufbrechen.«

Damit war klar, dass die Madam unendliche Geschichten über Feen mochte, Geschichten über verschollene Punkrocker hingegen nicht.

»Selbstverständlich«, nickte Leander.

Als er später in seinem Zimmer eine Straßenkarte Irlands auffaltete, um sich die Fahrtstrecke des nächsten Tages anzusehen, stellte er fest, dass Padraigh Bridged Maloneys Heimatdorf Borris nur etwa 25 Kilometer von Kilkenny entfernt lag.

Zweieinhalb Stunden blieben Leander für seinen Abstecher in das Dorf Borris. So lange wollten die Madam und Manuel mit ihrem Freund, dem Goldschmied, zu Mittag essen.

Leander hatte sich den Weg nach Borris genau eingeprägt, um sich nicht zu verfahren und dabei wertvolle Zeit zu verlieren. Er wollte versuchen, Padraighs Schwester mit der wütend-verzweifelten Stimme zu finden. So verließ er Kilkenny auf einer modernen breiten Straße, musste aber bereits nach ein paar Kilometern auf eine Seitenstraße abbiegen. Und diese Straße musste er ebenfalls bald verlassen, bis er auf einer schmalen unebenen Nebenstraße durch das Land fuhr. Er kam durch ärmliche, graue, menschenleere Dörfer, gegen die sich das altertümliche Städtchen Kilkenny wie eine Weltstadt ausnahm. Er passierte Kirchenruinen, verfallene Friedhöfe, verlassene Tankstellen, dann wieder säumten hohe Hecken die schmale Straße, hinter denen Weiden lagen. Die Straße führte auf einen weit schwingenden, völlig kahlen Bergrücken zu. Der Tag war grau, und manchmal stäubte feiner Regen über das Land. Die Fahrt kam Leander wie eine Zeitreise vor. Leere, vergessene Gegenden wie diese gab es nur noch am Rande Europas, in Spanien oder Norwegen, wo sich alles langsamer, viel langsamer entwickelte als im rasend herumwirbelnden Zentrum der Modernität.

Dann traf Leander in Borris ein. Das Dorf bestand aus einer einzigen langen Straße, die schräg abwärts in ein Tal führte. Auf der einen Straßenseite standen kleine Häuser, auf der anderen eine einzige lange hohe Mauer mit Türmen und Zinnen und einem trutzigen Tor, das geschlossen war. Dreimal fuhr Leander die Dorfstraße auf und ab. Hier gab es wenigstens ein paar Menschen. Sie alle starrten ihm nach. Natürlich, der Wagen. Wo immer er bisher in Irland damit vorgefahren war, wirkte er wie eine Sensation. So einen Wagen hatten die meisten Iren noch nie gesehen, egal ob sie Teenager oder Greise waren. Auch hier erregte der Mercedes Aufsehen. Bestimmt wusste es bereits das ganze Dorf, dass ein alter Luxuswagen mit deutschem Kennzeichen auf der Straße auf und ab fuhr. Menschen traten sogar aus den Häusern, um ihn besser beobachten zu können. Also hielt Leander etwa in der Mitte des Straßendorfes vor einer Bar, die »Sheridan's« hieß.

Als er die Bar betrat, fand sich Leander in einem bizarren Gemischtwarenladen wieder, in dem es neben einem Verkaufstresen auch eine Theke gab. Das gesamte Warenangebot hing von der Decke: Pfannen, Schaufeln, Gummistiefel, Stacheldrahtrollen, Plastikbadewannen und Zinkeimer. An der Theke im Hintergrund des Raumes standen drei Männer unbestimmbaren Alters und sahen Leander erwartungsvoll entgegen. Hinter der Theke zapfte ein Mädchen gerade ein neues Bier. Sie mochte siebzehn oder achtzehn Jahre alt sein, hatte rote Haare und ein freches Gesicht. Sie war das attraktivste Mädchen, das Leander bisher in Irland gesehen hatte. Die drei Männer an der Theke schienen verrückt nach ihr zu sein. Wahrscheinlich waren alle Männer des Dorfes verrückt nach ihr.

»Hallo«, grüßte Leander.

»Hmmm«, antworteten die drei Männer im Chor.

»Sie haben ein tolles Auto«, präzisierte der Linke. Es war wirklich beeindruckend, wie schnell die Nachricht von seinem Eintreffen in Borris die Runde gemacht hatte. Die drei hatten sich bestimmt keinen Schritt von ihren Biergläsern wegbewegt und wussten trotzdem Bescheid. Das Mädchen hinter der Theke maß Leander mit einem neugierigen und wissenden Blick. Sie wusste, dass sie attraktiv war und pure Verschwendung an die Männer, die vor ihr an der Theke standen. Sie war zu schön für das Dorf und sie war hungrig. Jeder Fremde kam ihr recht.

»Sie sind Journalist, kommen irgendwoher vom Kontinent, trinken kein Bier und wollen wissen, wo Sie Ieva Maloney finden können«, sagte sie.

»Gut geraten«, erwiderte Leander.

»Ich musste nicht raten, alle Journalisten fragen hier nach Ieva. Ausnahmslos. Seit zwei Jahren schon. Es gibt wohl keine originellen Journalisten.«

»Ich bin kein Journalist.«

»Dann sind Sie ein Lügner«, konterte das Mädchen lächelnd.

Sie liebt die leichten Siege, die sie mit ihrem schnellen Mundwerk erringt, dachte Leander und rang um etwas Geistesgegenwart.

»Wie heißen Sie«, fragte er, um etwas Zeit zu gewinnen.

»Mari Lu«, antwortete sie.

Wahrscheinlich ist sie auf den biederen Namen Marie Louise getauft worden und hasst ihn mit aller Kraft ihrer siebzehn oder achtzehn Jahre, dachte Leander. Und dann hatte er seinen Konter beisammen:

»Mari Lu, Sie tun so, als wären Sie ein Miststück, trinken auch kein Bier und ärgern sich seit zwei Jahren, weil niemand nach Ihnen fragt.«

»Gut geraten«, sagte der Mittlere.

»Ich musste nicht raten«, sagte Leander.

»Au, Scheiße«, entfuhr es dem Rechten.

»Ich bewundere euch alte Männer«, sagte Mari Lu lächelnd, »ihr habt immer so Recht.«

Sie sorgte dafür, dass genau die richtige Mischung aus Verachtung und Desinteresse in ihrer Stimme anklang. Leander nickte anerkennend, sie war schlagfertig, sie war klasse. Dann blieb er wortlos stehen und ließ die Zeit für sich arbeiten. Mari Lu ignorierte ihn. Die drei Männer tranken und hüstelten unbehaglich.

»Die Maloneys führen den kleinen Lebensmittelladen am oberen Ende des Dorfes«, sagte der Linke endlich.

Auf der Straße vor Sheridan's Bar stand ein Ring aus Männern und Jungen um den Mercedes. Dass es stärker zu regnen begonnen hatte, störte sie nicht. Leander nickte ihnen zu und beschloss, zu Fuß zum Shop der Maloneys zu gehen. Ein Geschäft war immer gut, um dort mit den Leuten ins Gespräch zu kommen. Wohnungen und Häuser waren viel schwieriger zu knackende Festungen. Erst jetzt stellte Leander fest, wie niedrig die Häuser von Borris waren, und wie winzig die Zimmer darin sein mussten. Umso höher ragte die Turm- und Zinnen-Mauer auf der anderen Straßenseite auf. Leander hatte vergessen, im Sheridan's zu fragen, was sich hinter dieser Mauer verbarg, ein Schloss, eine Ruine, ein leerer Park? Die Luft war feucht und wunderbar rein. Manchmal trieb ein merkwürdig süß duftender Rauch heran. Borris bot sich als eine unscheinbare Idylle dar. Wer hier aufwuchs und zur Bedeutungslosigkeit entschlossen war, konnte wohl sehr glücklich werden. Wer aber, wie Padraigh Bridged Maloney aus Gründen, die er wohl selbst nie begriffen hatte, irgendeine Form von Bedeutsamkeit erlangen wollte, musste Borris verachten und verlassen.

Maloney's Shop hatte geöffnet, aber der kleine Verkaufsraum war leer. Läden wie dieser, voll gestopft mit einem Basissortiment täglich benötigter Lebensmittel, Zigaretten und Schreibwaren, waren in Deutschland längst verschwunden. Maloney's Shop war Leander sofort sympathisch.

»Ich komme sofort!«, rief eine Frauenstimme hinter einer Tür, die sicherlich in die Wohnung der Maloneys führte. Die Stimme führte ein Telefongespräch mit ein paar schnellen Sätzen zu Ende und verabschiedete sich. Leander hörte Schritte. Eine junge Frau trat durch die Tür. Leander sah auf den ersten Blick nur schwarz. Die Frau trug eine schwarze Lederjacke zu schwarzem Sweatshirt und schwarze Jeans. Sogar ihre Haare waren schwarz, trotzig kurz geschnitten und zerwühlt. Und auf den Wangen unter den Augen hatte sie mit schwarzem Make-up dicke Balken gezogen, wie es eigentlich nur amerikanische Football-Spieler tun, um möglichst wild auszusehen und den Gegnern Angst einzujagen. Erst auf den zweiten Blick gelang es Leander, durch diese Maske zu schauen. Die Frau hatte ein ebenmäßiges Gesicht mit heller Haut, fein geschwungenen Lippen und großen dunklen Augen. Ihre Haare waren gefärbt. Die Jacke mit den Nieten, dem hohen Kragen und den verrückt gelegten Nähten sah aus, als habe ein Designer sie für das ausgeflippte Musikvideo einer Hardrockband entworfen, und musste ein Vermögen gekostet haben. Das Sweatshirt aber lag eng und viel versprechend auf der Rundung der Brüste und verriet, wie weich sich diese so hart auftretende junge Frau anfühlen würde, ließe sie denn eine Berührung zu. Der breite, derbe Gürtel, den sie fast gewalttätig eng um ihre auffallend schmale Taille gezurrt hatte, wirkte dagegen wie ein unmissverständliches Statement: Fass mich nicht an! Da stand eine Frau, die ganz offensichtlich Trauer trug, aber beschlossen hatte, kampfeslustig zu trauern.

»Sie sind Ieva Maloney«, begann Leander ohne Umschweife.

»Nein«, antwortete die Frau.

»Sie sehen aber aus wie eine Zwillingsschwester von Padraigh Bridged Maloney.«

»Dann haben Sie Paddy nicht gekannt.«

»Sie sind Ieva Maloney«, beharrte Leander.

»Nein!«

»Ich erkenne Ihre Stimme wieder. Sie haben vor zwei Wochen im Radio eine Nachricht an Ihren verschwundenen Bruder gesprochen.«

»Im Radio klingen alle Stimmen gleich.«

»In Ihrer Stimme waren Zorn und Trauer. Und in Ihren Augen sehe ich den gleichen Zorn und die gleiche Trauer.«

»Ich habe wenig geschlafen letzte Nacht.«

»Sie sind Ieva Maloney. Ich weiß es.«

»Ieva ist nicht hier. Sie hat Borris schon vor Monaten verlassen.«

»Warum?«, fragte Leander.

Das war natürlich Unsinn, denn Ieva stand ja vor ihm. Leander wusste es genau. Es gab keine Zweifel.

»Um Männern wie Ihnen nicht mehr zu begegnen«, sagte die Frau.

»Was bin ich für ein Mann?«

»Einer von denen, die viele Fragen stellen und aus den Antworten machen, was sie wollen.«

»Ich stelle keine Fragen, ich bin Fotograf«, entfuhr es Leander.

»Das sehe ich«, sagte die Frau mit beißender Ironie.

»Mein Partner hat sich umgebracht und mir die halbfertige Geschichte von Padraigh Bridged Maloney hinterlassen«, fuhr Leander fort, um keine Pause entstehen zu lassen.

»Das ist auch richtig so.«

»Warum?«

»Das Leben schreibt auch nicht alle Geschichten zu Ende.« Die Stimme der Frau klang plötzlich, als habe sie den Mund voll Zucker.

»Sie sind doch Ieva«, sagte Leander noch einmal.

»Nein.«

Die Frau drehte sich um und ging in das Hinterzimmer. Leander hätte die Kasse aufbrechen, Feuer legen oder den Laden zu Kleinholz zerhacken könne, sie wäre nicht mehr nach vorne gekommen.

Erst eine halbe Stunde war seit Leanders Ankunft in Borris vergangen, aber nach dieser Abfuhr konnte er nur noch verschwinden. Die Männer und Kinder, die immer noch um den Mercedes standen, waren sichtlich enttäuscht, als er grußlos einstieg, den Motor startete und den Wagen in Bewegung setzte. Irgendwann bremste er ab, fuhr ganz langsam und parkte dann an einem Feldweg, klappte die Lehne zurück und streckte sich mit geschlossenen Augen aus. Was war falsch gelaufen? Welchen entscheidenden Fehler hatte er gemacht? So eine herbe Abfuhr hatte Jurko nicht einmal bei den unangenehmsten ihrer Jobs erhalten. Es dauerte eine Weile, bevor sich Leander eingestand, dass er nach Borris gefahren war, ohne sich überlegt zu haben, was genau er eigentlich dort erreichen wollte. Und es kam ihm der Verdacht, dass Jurko früher nur deswegen niemals richtig abgewiesen worden war, weil er die Menschen immer nur gut vorbereitet angesprochen hatte. Ieva Maloney verabscheute Journalisten ebenso wie alle Bewohner von Borris, seit diese das Dorf mit ihren Fragen, mit ihren Mikrofonen, ihren Fotoapparaten und Fernsehkameras heimgesucht hatten wie eine Naturkatastrophe. Noch ein Statement zu Padraighs Verschwinden! Noch ein Foto mit traurigem Blick! Noch ein Rundgang durch das Dorf zu allen Plätzen, an denen Padraigh als Kind gespielt hatte! Noch ein Bild aus dem Familienalbum! Journalisten sind von Berufs wegen unersättlich, pressen die Menschen wie reife Orangen aus und brandschatzen für ihre Story ohne Gnade ein ganzes Dorf, immer und immer wieder, bis nichts mehr übrig bleibt. Jurko hätte das vorhergesehen. Jurko hätte sich darauf eingestellt und irgendetwas schlauer und besser gemacht. Jurko hätte Mari Lu und auch Ieva Maloney geknackt. Irgendwie. Mit dieser unwiderstehlichen Mischung aus Respekt und Unnachgiebigkeit.

Aber was hätte er, Leander, zu Ieva Maloney sagen sollen. Die Wahrheit? Junge Frau, ich muss unbedingt im Fall Ihres verschollenen Bruders herumschnüffeln, damit ich in meinem Job als Chauffeur und Gesellschafter nicht verrückt oder trübsinnig werde. Was hätte Ieva Maloney dazu gesagt? Doch es wurde Zeit, zurück nach Kilkenny zu fahren. Seine zweieinhalb Stunden Leben waren bald abgelaufen.

Die Madam und Manuel stiegen vergnügt in den Wagen. Sie hatten wohl eine sehr kurzweilige, unterhaltsame und befriedigende Zeit mit ihrem Goldschmied-Freund verbracht, hatten auch gut zu Mittag gegessen und das eine oder andere Glas Wein getrunken. Sie waren ausgezeichneter Stimmung. »Bringen Sie uns bitte zum Mount Leinster«, sagte die Madam. »Sie brauchen nicht in der Landkarte nachsehen, ich werde Ihnen den Weg weisen.«

Folgsam fuhr Leander jeder ihrer Anweisungen nach. Er verließ Kilkenny auf der modernen breiten Straße nach Norden, die er schon kannte, bog an der ersten Abzweigung auf eine Nebenstraße ab und von dort noch einmal auf eine schmale Seitenstraße. Er kam durch gottverlassene Dörfer mit Ruinen von Kirchen und verkommenen Friedhöfen. Es war unglaublich, aber die Madam ließ ihn noch einmal den ganzen Weg nach Borris fahren, den Weg in das Dorf seiner Niederlage.

»Eine schöne Gegend«, schwärmte die Madam. »So ursprünglich. Nur einige Meilen von der Hauptstraße entfernt und noch ganz das alte Irland.«

»Oh, ja«, stimmte Manuel zu.

Die Regenwolken wurden löchrig, und ein erster Strahl Nachmittagssonne stach durch das Grau. Die kahlen Berge vor ihnen leuchteten in einem wässrigen Grün auf. So kamen sie nach Borris.

»Hier gibt es eine berühmte Bar«, sagte Manuel. »Sie heißt Sheridan's. Ein Irish Coffee wäre vielleicht ganz gut.«

Oh, bitte, lasst diesen Kelch an mir vorübergehen, flehte Leander anonyme Götter an, die er schon lange um keine Gunst mehr gebeten hatte. Oh, bitte, bitte nicht mit der Madam und Manuel im Schlepptau eine weitere Begegnung mit der spitzzüngigen Mari Lu. Bitte, bitte nicht.

»Ich glaube, wir sind etwas spät«, sagte die Madam.

»Für einen Irish Coffee ist es nie zu spät«, murmelte Manuel zögernd.

»Es ist wirklich schon etwas spät«, bemerkte Leander.

»Wie bitte?«, fragte die Madam überrascht.

Es war das erste Mal, dass Leander irgendeine eigene Meinung, irgendeinen eigenen Kommentar zu irgendeinem Ereignis von sich gab.

»Es ist schon spät«, wiederholte er.

»Wofür?«

»Für den Mount Leinster«, sagte Leander, der keine Ahnung hatte, was das war.

»Richtig«, sagte die Madam. »Das Licht wird wunderbar sein, wenn wir jetzt weiterfahren.«

Also fuhren sie weiter. Sie passierten Maloney's Shop und Sheridan's Bar. Die Männer und Jungen auf der Straße winkten dem Mercedes hinterher, den sie vor zwei Stunden erst so eingehend bestaunt hatten.

»Wie nett die Leute hier sind«, wunderte sich die Madam.

Mount Leinster war der höchste Gipfel der kahlen Berge. Die Madam musste nie überlegen, welchen Weg Leander durch das labyrinthisch wirkende Netz der kleinen Straßen steuern sollte. Sie wusste genau Bescheid, sie kannte offenbar jeden Winkel des Landes. Im Stillen zollte ihr Leander seine Hochachtung, wie sie ruhig und entschlossen neben ihm auf dem Beifahrersitz saß und genau bestimmte, was zu tun und wie es zu tun war. Zuletzt bogen sie auf eine schmale Passstraße, die steil die Bergflanke hinaufführte. Auf der Passhöhe unterhalb des Gipfels ließ die Madam Leander den Wagen abbremsen und an einem kleinen Parkplatz wenden.

»Sie können gerne aussteigen und ein paar Schritte gehen«, sagte sie.

Manuel und Leander stiegen gehorsam aus. Sie selbst blieb sitzen, um vom Wagen aus den Blick über das Land zu genießen. Ein kühler starker Wind traf Leander, der ihn frösteln ließ. Er zog die Lederjacke enger um sich und ging über den kleinen Parkplatz auf eine kahle Kuppe zu. Andächtig blieb er stehen. Unter ihm dehnte sich Irland aus mit seinem ganz eigenen Muster aus heckenumstandenen Weiden und Feldern. Die Wolken hingen schwer und niedrig und trieben nur knapp über Leanders Kopf dahin, aber die Sonne fand immer wieder Lücken, und ihre Strahlen glitten über das Land und ließen es aufleuchten. Das Land erstrahlte im Grün seiner Weiden und Hecken und erlosch wieder im dunklen Grau der Wolkenschatten. Leander hatte schon lange nicht mehr eine so stimmungsvolle Landschaft gesehen. Ein Fotoapparat, irgendein Fotoapparat, und wenn es nur eine kleine Autofocus-Knipse wäre, nur für ein einziges Bild von dieser schimmernden, phosphorisierenden Landschaft, in der jeder gefallene Regentropfen wie ein Diamant funkelte. Leander wusste, dieser Moment würde einer von jenen sein, den er nicht mehr vergessen würde, obwohl er, der Fotograf, der Mann der Augenblicke und der Bilder, hunderte, tausende von besonderen Stimmungen gesucht, gesehen und mit seinen Bildern dokumentiert hatte. Doch dieser Spätnachmittag war besonders, gerade weil er keine Kamera hatte, und seine Erinnerung alles sein würde, was er davon behalten würde. Nichts Unvergängliches würde bleiben von diesem Augenblick.

Leander war völlig hingerissen. Alles, was heute schief gelaufen war, schien bedeutungslos vor diesem Augenblick, der ergreifend und erhebend war, windig, friedvoll, wunderträchtig, eine Offenbarung von Licht, Weite, Stille, Klarheit, Reinheit. Er verstand auf einmal, dass Irland eine Droge sein konnte, die alle Rastlosigkeit aufhob, über alle Verluste hinwegtröstete, allen Niederlagen die Schwere nahm, alle Wunden der Seele heilte. Und zum ersten Mal begriff er, wie es sich anfühlte, losgelöst von aller Wirklichkeit durch die Stunden, Tage und Wochen zu treiben wie die Madam und Manuel. Die beiden waren reich, weil sie diesen traumnahen Zustand so gut kannten. Er beneidete sie fast darum.

»Schön, nicht wahr«, sagte Manuel, der neben ihn getreten war.

»Das Paradies«, murmelte Leander.

»O nein, das Paradies der Iren liegt draußen im Westen, im Meer. Es sind die heiligen Inseln, die Wunderinseln, die ›Tir na Nog‹ heißen, wenn Sie verstehen, was ich meine. Nach diesen Inseln haben sich die Menschen in Irland immer gesehnt, aber nur ein Einziger von ihnen hat sie je gefunden und betreten.«

»Mir reicht dies hier«, murmelte Leander.

Und so blieb er stehen – im Wind, in der Höhe, im Nachmittagslicht. Es war unwirklich, und es war vollkommen. Ein Wunder. Leander hoffte, dass dieser Zustand nie mehr enden möge. Dann würde er seinen Frieden finden.

7

Seit jenem Abend am Mount Leinster lag über allem ein eigenartig zeitloser Zauber. Leander hatte Schwierigkeiten, die einzelnen Tage auseinander zu halten. Sie vergingen in einer trägen Mischung aus unwichtigen Tätigkeiten und Untätigkeit. Sein Tag als Gesellschafter und Chauffeur begann damit, morgens die Asche im ausgebrannten Kamin des Wohnzimmers auszuräumen und Papier und Holz für ein neues Feuer anzulegen. Nach einigen Tagen begann er diese allererste Tätigkeit des Tages zu lieben. Es war sein Morgenritual. Vollkommene Stille erfüllte die Räume des großen Seitenflügels, und auch aus dem Herrenhaus war nichts zu hören. Nur Eisenhower, der missmutige Truthahn, schimpfte draußen im Park. Nach der Arbeit am Kamin sollte Leander das irische Frühstück zubereiten und warten. Die Madam hatte ihn genau angewiesen, Grapefruits richtig auszuschneiden, Porridge richtig anzusetzen, den Tee mit drei Löffeln Blätter aufzugießen, und alles für Bacon and Eggs und frischen Toast bereitzustellen. Er war immer sehr früh wach und hatte schon eine halbe Kanne Kaffee getrunken, lange bevor zuerst die Madam und eine ganze Weile später Manuel zum Frühstück erschienen. Aber es gab ja nichts, wozu es sich zu beeilen lohnte. Nach dem langen Frühstück rauchte Manuel im Wohnzimmer seine erste Zigarre und trank dazu ein Glas Portwein, während sich die Madam noch einmal in ihr Zimmer zurückzog. Leander räumte die Küche auf, und dann erwartete Manuel, dass er ihm beim zweiten Glas Portwein Gesellschaft leistete. Immer redeten sie über Geister, über Geisterinseln, Geisterschlösser und Geister im internationalen Vergleich. Und wenn danach die Madam erschien, gingen sie zu dritt die lange Buchenallee hinunter ans Meer.

Das Meer! Ballytober Beach war auf eine raue, unspektakuläre Art schön. Nicht sehr breit, abwechselnd feinsandig und steinig und um diese Vormittagszeit menschenleer. In einer weiten Bucht dehnte sich der Strand aus.

»Dort vorne heißt der Strand ›Carne Beach‹, und an seinem Ende liegen die Häuser von Carne, das ist ein kleiner Fischerhafen«, hatte die Madam beim ersten Spaziergang erklärt.

Manuel eilte mit großen Schritten und wehenden weißen Haaren voraus. Leander blieb bei der Madam, die wegen der Schmerzen in ihrer Hüfte langsam und leicht hinkend ging. Dann sprach sie von Eden Lodge. Wie Eden Lodge gefunden, gekauft und renoviert wurde. Wie bei einer Frau, die im Städtchen Gorey in einer riesigen verstaubten, spinnwebverhangenen Wellblechhalle einmalig schöne Antiquitäten anbot, das Mobiliar für Eden Lodge gekauft wurde. Und wie sich auf diese Weise Eden Lodge Stück für Stück mit Kostbarkeiten und Stil füllte. Wie der Gärtner eingestellt und das Whiskeyritual am Freitag begonnen wurde. Wie schön Eden Lodge im Sommer war, wie wunderbar die Rosen selbst im Winter blühten, und wie begeistert die Gäste des Hauses waren. Bei einem der ersten Spaziergänge hatte Leander weit draußen, fast schon hinter dem Horizont, in regelmäßigen Abständen Licht aufblitzen sehen.

»Das ist der Leuchtturm von Tuskar Rock«, hatte ihm die Madam erklärt. »In Eden Lodge hatten wir einen Hund, den wir Tuskar genannt haben.«

Nach diesen Spaziergängen fühlte sich Leander erfrischt und erschöpft gleichermaßen.

An den Nachmittagen unternahmen sie Ausflüge. So kam

Leander in den Fischerhafen Kilmore Quay, wo er zusammen mit Jurko vor einigen Jahren während einer zweitägigen ruinösen Sturmfahrt auf einem rostigen Kutter die Reportage über die einzige Fischerin von Irland fotografiert hatte. Mit der Madam und Manuel schlenderte er am Kai entlang. Er gab sich keine Mühe herauszufinden, ob es den Fischtrawler von damals noch gab und ob die Fischerin darauf immer noch zum Fang hinausfuhr. Er war jetzt jemand anderer und mit damals hatte er nichts mehr zu tun. Dann gingen sie in das Restaurant, das »Wooden House« hieß, so wie die Madam es beim ersten Telefongespräch angekündigt hatte.

Einmal in der Woche, immer dienstags, fuhr Leander die Madam in die Bezirksstadt Wexford, wo sie zum Friseur und zur Bank ging, bei den drei Immobilienmaklern der Stadt die neuesten Prospekte von Häusern, die zum Verkauf standen, mitnahm, und sich mit alten Bekannten zum Mittagessen im White's Hotel traf. Immer wieder wurde die Madam auf der Straße gegrüßt und angesprochen. Die Leute freuten sich ganz offensichtlich über die Begegnung. Dann staunte Leander, wie beliebt seine Chefin war. Manuel ging seiner eigenen Wege, stöberte in Antikmärkten nach alten Büchern oder saß in der Ruine der Abtei von Wexford. Oder er ging mit weit ausholenden Schritten von ihnen fort, um irgendwann, Stunden später, in Ballytober House wieder aufzutauchen. Leander hatte dann zwei, drei Stunden frei und schlenderte durch die eine Hauptstraße von Wexford oder entlang des Kais, denn Wexford war eine Stadt am Wasser, eine Stadt an der breiten Mündung eines Flusses, der Slaney hieß. Es gab nichts zu tun. Beim ersten Mal war er in den Plattenladen von Wexford gegangen und hatte die drei CDs der Saints gekauft. Das war alles.

Bereits nach dem dritten Besuch in Wexford kannte er die gesamte Stadt, die kleinen altmodischen Geschäfte an der

Hauptstraße, die Bars, die Schnellrestaurants, die Wettbüros, die Schaufenster der Immobilienmakler und die Friseure, von denen es allein in der schmalen Hauptstraße sieben gab. Der süß riechende, blaue Rauch von Torffeuern, den Leander vorher in Irland nie bemerkt hatte, trieb auch hier durch die Straße. Die Menschen sahen so altmodisch aus wie die Geschäfte. Junge Männer standen in Gruppen beisammen und redeten laut, rauchten und riefen den jungen Frauen nach. Viele dieser jungen Frauen schoben Kinderwägen vor sich her. Die Schulkinder trugen braune und grüne Uniformen. Frauen verkauften Klebesticker für wohltätige Organisationen. Wexford war eine Stadt, in der es niemand eilig hatte. Leander trieb durch die Stunden, seine Bewegungen und Gedanken wurden dabei immer langsamer. Er musste nichts unternehmen, nichts planen, musste sich für nichts anstrengen. Sein Leben hatte sich darauf reduziert Auto zu fahren, einzukaufen, Kamine zu reinigen, Frühstück vorzubereiten und zuzuhören. Das war alles. Und wenn er mit der Madam unterwegs war, um immer wieder Häuser zu besichtigen, die von den Auktionatoren Wexfords zum Verkauf angeboten wurden, die Farmen und Herrenhäuser, die Cottages und Strandbungalows, die niemals dem Vergleich mit Eden Lodge standhielten, brauchte Leander nur Anweisungen zu gehorchen, ohne Initiative zu zeigen. All dies versetzte ihn in einen trägen, träumerischen Zustand, wie es etwa Opium-Rauchen tut. Wenn lebendig begraben sein sich so anfühlte, dann war es gut zu ertragen, dachte er dann. Nur manchmal begann sein Herz zu rasen, kalter Schweiß trat ihm auf die Stirn, und alles in ihm wollte von hier flüchten. Er wollte weg, nichts wie weg. So schnell wie möglich, so weit wie möglich. Aber wohin hätte er fliehen können?

Wenn die Madam oder Manuel ihn in Ballytober House nicht beanspruchten, saß Leander in seinem Zimmer oder im runden Feenpark und summte den Refrain des Songs, den Ieva für ihren Bruder im Radio hatte spielen lassen. Immer wieder, immer wieder. Er hatte die Melodie nicht vergessen. Traurige, melancholische Musik, die wie schwerer Wein das Gemüt umnebelte. Manchmal kam Manuel zu ihm in den Park, um ihn mehr und mehr in die Welt der irischen Geisterwesen einzuweihen. Leander wusste, er würde sich bis ans Ende seiner Tage an Manuel von Tattenbachs langsame, bedachtsame Worte erinnern. Leander sorgte dafür, dass er immer eine Flasche Portwein und zwei Gläser mit in den Pfauenpark nahm, und dann tranken er und Manuel zusammen in stiller Übereinkunft, einander nicht weiter kennen lernen zu wollen und trotz aller Unterschiede zu respektieren.

Auch die Einkäufe mit der Madam im SuperValu-Supermarkt von Rosslare Harbour erschienen Leander nicht mehr quälend, sondern wie ein schönes alltägliches Ritual völliger Unwichtigkeit. Leander hätte geschworen, dass er in diesem Zustand seltsamer Betäubung unendlich leben konnte, ohne unglücklich und ruhelos zu werden, weil Unglück und Ruhelosigkeit ihre Bedeutung verloren hatten. Auch er selbst hatte aufgehört, von irgendwelcher Bedeutung zu sein. Nur manchmal wurde er noch aufgestört, wenn nachts in seinen Träumen die Lockenfrau zu ihm kam und ihm großzügig ihren Körper darbot. Doch bevor er Hand an sie legen konnte, bevor sie herrlich obszöne Dinge mit ihm tat, erwachte er. Dann klopfte sein Herz, sein Schwanz pulsierte und vibrierte nervös, sein Körper schmerzte und sträubte sich gegen dieses irische Begrabensein. Das war der einzige Preis, den er zu zahlen hatte, nachts, bebend und schwitzend. Dann lag er in der allumfassenden Stille und Schwärze der irischen Nacht, starr und steif wie ein ertappter Sünder, bis er sich wieder beruhigte und einschlafen konnte. Am nächsten Morgen war alles wieder vergessen und gut. Ungezählte Tage vergingen so.

An einem Nachmittag wollten die Madam und Manuel zu einem der Häuser chauffiert werden, dessen Foto auf dem Prospekt des Maklers wunderbar verwunschen aussah. Die Madam dirigierte Leander durch das Netz der engen, heckenumstandenen Straßen im Hinterland der Küste, die alle so gleich aussahen, dass es Leander schien, als würden sie unentwegt dieselbe Strecke fahren.

Schon hieß die Madam Leander in einen schmalen Weg zwischen hohen Weißdornhecken einbiegen. »For sale« stand auf einem Plastikschild, das tief ins Laub der Büsche weggedrückt war. Über eine Zufahrt mit tiefen Pfützen erreichten sie ein altes und sehr romantisches Bauernhaus. Grau und von wilden Rosen überwuchert waren die Wände, die Fenster klein und blind, das Dach aus unebenen Schieferstücken, auf denen dicke Moospolster gewachsen waren. Die Rohre der Regenrinnen hingen rostig und krumm von den Hausecken. Als Leander den Mercedes vor dem Haus anhielt und sie alle langsam ausstiegen, stoben Krähen krächzend aus einem Baum hinter dem Haus auf und zogen in einem wirren Schwarm in den Himmel empor.

»Ich liebe Häuser wie diese«, sagte Manuel. »Sie sind so selten. Kommen Sie!«

Manuel ging voraus, hielt sich an der verschlossenen Vordertür nicht lange auf, sondern ging zur Rückseite des Hauses. Dort verharrte er einen Moment, prüfte dann die Hintertür und die Fenster. Als er auch diese nicht offen fand, schlug er mit einer knappen harten Bewegung des Ellenbogens eine der Fensterscheiben ein. Mit der Routine eines Mannes, der das nicht zum ersten Mal tut, fingerte er durch die halb ausgebrochene Scheibe nach dem Riegel des Fensters und schob es nach innen auf.

»Kommen Sie!«, sagte er noch einmal und stieg ein.

Ärmliche Möbel standen in dem niedrigen Zimmer. Ein

schäbiger Sessel vor dem Kamin. Ein kleiner Holztisch mit zwei Stühlen. Eine Kommode. An der Wand neben dem Kamin hingen zwei Kitschbilder, die Jesus und die Jungfrau Maria zeigten. Es roch nach Feuchtigkeit, Moder und Schimmel. Manuel stand einen Moment still im Raum, dann ging er zur Tür, ließ seine Mutter ein, kam wieder zu Leander und witterte in die schale Luft.

»Was glauben Sie?«, fragte er.

»Was soll ich glauben?«, gab Leander zurück.

»Hier können Sie Ihre Intuition schärfen. Kommen Sie, strengen Sie sich an. Wer hat hier gelebt? Der Raum ist voll von Schwingungen. Wenn Sie die Menschen nicht spüren können, werden Sie auch die Geister nicht spüren. Also wer hat hier gelebt?«

»Eine alte Frau«, riet Leander aufs Geratewohl.

»Falsch! Sie strengen sich nicht an. Kommen Sie. Machen Sie die Augen zu. Atmen Sie. Spüren Sie.«

Leander starrte Manuel an.

»Sie sollen die Augen schließen«, fuhr Manuel ihn mit einem Hauch von Ungeduld in der Stimme an.

Leander gehorchte. Er schloss die Augen und stand so in dem feuchten, schlecht gelüfteten Raum. Der Raum roch nach Mann. Leander konnte nicht sagen, warum und wonach genau, aber er war sich sofort sicher.

»Mann«, sagte er.

»Richtig«, lobte Manuel. »Alt? Jung? Lassen Sie sich Zeit.«

»Alt.«

»Richtig. Wie alt?«

»Fünfundsiebzig.«

»Falsch. Sie haben nur geraten. Achtundneunzig. Besondere Kennzeichen?«

»Keine Ahnung.«

»Strengen Sie sich an!«

Leander strengte sich an und versuchte mit aller Kraft, eine Vorstellung von dem Leben zu bekommen, das hier gelebt worden war. Mäuse raschelten über ihm in der Decke. Draußen schrien Krähen. Sonst war es still. Es roch nach kalt gewordenem Feuer und nach uralten Schmerzen. Leander fröstelte.

»Schmerzen«, sagte er also.

»Richtig, sehr gut«, lobte Manuel. »Was noch?«

Leander starrte gegen seine geschlossenen Augenlider und lauschte in den Raum, dass ihm die Ohren schmerzten. Irgendwo in der Nähe spielte ein Radio. Musik, Geige und Stimme.

»Musik«, sagte Leander.

»Richtig«, sagte Manuel. »Was noch?«

Leander stand da. Nichts mehr. Auch die Musik war wieder verstummt. Er öffnete die Augen.

»Nichts mehr«, sagte er.

»Sie haben viel zu früh aufgegeben«, tadelte Manuel streng. »Aber es war nicht schlecht.«

»Was war nicht schlecht?«

»Hier hat der alte Brady gelebt. Er hatte eine englische Kugel aus dem Bürgerkrieg im Bauch, die brannte wie Feuer, wenn er den Schmerz nicht mit selbst gebranntem Whiskey löschte. Er war ein großartiger Geschichtenerzähler, wenn Sie verstehen, was ich meine. Viel von dem, was ich weiß, habe ich von ihm erfahren. Und er war ein großer Sänger und Geigenspieler. Sie haben sicherlich seine Musik gehört.«

»Ich habe ein Radio gehört.«

»Es gibt hier kein Radio. Es gibt keine Häuser in der Nähe und keine Nachbarn.«

»Aber ich habe Musik gehört.«

»Das war der alte Brady. Ein Nachklang. Er weiß, dass wir hier sind. Er hat für uns gespielt. Ganz normal.«

»Sie machen Witze.«

»Witze sind Zeitverschwendung. Ich mache niemals Witze. Oder sehe ich so aus?«

»Nein.«

»Seien Sie nicht beunruhigt. Es war der alte Brady. Es war Anfängerglück, dass Sie ihn hören konnten. Er ist vor zwei Tagen gestorben, morgen wird er begraben. Jetzt müssen Sie sich jahrelang anstrengen, um so etwas noch einmal zu erleben. So ist das.«

Um die Madam hatten sie sich nicht gekümmert, und sie stöberte durch das Obergeschoss. Und auch Manuel begann jetzt, sich mit der ruhigen Präzision eines geübten Einbrechers in dem ärmlichen Haus umzusehen. Er untersuchte die kleine Kommode, ging in die winzige Küche und wühlte dort herum. Mit einigen Blatt Papier und einem Kerzenleuchter aus schwarz verfärbtem Silber trat er wieder zu Leander.

»Vor einer Generation noch gab es hunderte solcher verlassenen Häuser in Irland, weil die Menschen vor der Armut in die Emigration geflohen sind«, erklärte er. »Das Land war übersät mit leeren Häusern und ihren Geschichten. Heute ist Irland reich. Heute müssen die Menschen sterben, um mir ihre leeren Häuser zu hinterlassen.«

Die Madam gesellte sich zu ihnen. »Sehr schön, aber viel zu klein«, lautete ihr Urteil über das Haus des alten Brady. »Kein Stil. Kein Vergleich mit Eden Lodge.«

»Warum haben Sie Eden Lodge verkauft?«, wollte Leander wissen.

Jetzt. Jetzt war der Moment der Wahrheit gekommen. Doch die Madam tat so, als habe sie die Frage nicht gehört und verließ unten das Haus.

»Warum haben Sie Eden Lodge verkauft?«, wiederholte Leander mit Blick auf Manuel.

Der sah versonnen seiner Mutter nach, die sich in den Wagen setzte und wartete, dass die beiden Männer nachkämen. Schließlich sagte er:

»Eden Lodge war wunderschön. Es war vollkommen, es war wie ein Paradies sozusagen. Für uns war es das schönste Haus Irlands, wenn Sie verstehen, was ich meine. Es lag in einem stillen Tal nördlich von Wexford an einer kleinen Nebenstraße. Vor fünfzehn Jahren hat sich ein betrunkener Lastwagenfahrer in unsere kleine Straße verirrt. Er hat die Kontrolle über sein Fahrzeug verloren, ist ins Schleudern geraten und mit seinem Sattelschlepper in das Tor von Eden Lodge gekippt. Können Sie mir folgen? Er hat alles zerstört, die Pfosten, das Tor, die Bäume dort.«

Manuel hielt inne. Leander konnte nicht nachvollziehen, warum ein kaputtes Gartentor so eine Tragödie darstellte.

Aber Manuel fuhr fort: »Mein Vater war an diesem Morgen am Tor, um die Briefe zu holen, die der Postbote dort immer abgelegt hat. Mein Vater ist von dem umstürzenden Lkw begraben worden. Er war nicht sofort tot. Meine Mutter konnte ihn unter den Trümmern nicht sehen, aber er hat noch mit ihr gesprochen, wimmernd vor Schmerzen wie ein Kind, bis er ohnmächtig wurde. Als endlich Hilfe eintraf und der Lkw mit einem Kran angehoben wurde, war er längst verblutet. Darum hat meine Mutter Eden Lodge verkauft. Aber sie kann den Tod meines Vaters genauso wenig verwinden wie den Verlust von Eden Lodge. Darum sehen wir uns immer wieder Häuser an, die zum Verkauf stehen, und hoffen, ein neues Eden Lodge zu finden. Aber das wird nicht passieren.«

Sie schwiegen. In die Stille gab plötzlich Leanders Handy ein Signal. Er zuckte vor Schreck zusammen und aktivierte sein Gerät.

»Hallo Papa«, sagte Lilian mit dünner Stimme. »Hast du mich vergessen?«

»Ja. Nein. Natürlich nicht.«

»Aber warum hast du mich nicht angerufen?«

»Es ist alles so fremd hier, so anstrengend. Ich bin überhaupt nicht Herr meiner Zeit«, stieß Leander hervor.

»Mami holt gerade Gemüse fürs Abendessen. Ruf bitte gleich zurück, damit ich nicht so viele Einheiten mache. Bitte!«

Lilian, die hatte Leander total vergessen. Gehorsam wählte er Ingas Nummer.

»Hallo mein Schatz!«, sagte er munter.

»Hallo Papa. Was machst du in Irland?«

»Ich putze Kamine, mache Frühstück, fahre Auto und höre den ganzen Tag Geschichten von Geistern und Feen.«

»Ui, das ist ja toll. Das würde ich auch gern.«

»So toll ist das auch nicht. Und was machst du?«

»Ich kriege vielleicht eine Zahnspange und habe im Mathetest eine Zwei geschrieben, und Mami will mir vielleicht einen Hamster kaufen, und letzte Nacht habe ich gekotzt und weiß auch nicht warum, aber heute geht es mir schon wieder besser, und Krieg der Sterne fand ich ganz doof. Und ich vermisse meine Lego-Steine.«

»Ich vermisse dich auch, mein Schatz.«

»Ich glaube, das glaube ich dir nicht, aber das macht fast gar nichts«, sagte Lilian ernsthaft.

»Wie geht es Mami?«

»Sie ist gar nicht böse auf dich, weil du nicht angerufen hast. Früher war sie immer böse, aber diesmal ist sie es nicht. Das ist doch komisch, nicht?«

»Das freut mich«, sagte Leander.

»Sonst ist es hier irgendwie langweilig, obwohl sich Sergio in mich verliebt hat, aber das ist eher nervig. Kann ich dich mal in Irland besuchen?«

»Ich weiß nicht. Vielleicht. Ich muss sehen, ob ich mal Urlaub kriege, damit ich Zeit für dich habe.«

»Das ist toll. In drei Wochen ist Pfingsten, da habe ich Ferien. Oh, Mami kommt. Tschüss, Papa.« Damit legte sie auf.

Leander hatte auf einmal das Gefühl, als wäre er neben sich getreten. Er betrachtete sich selbst und wusste mit großer Klarheit, dass er noch lebte. Es war nicht vorbei, es gab ihn noch. Nichts war gut, aber das war die Tatsache. Er versuchte, die Nachwirkung von Lilians Telefonanruf abzuschütteln. Doch es änderte sich nichts mehr. Er war lebendig, er war wieder da. Seine irische Trance war zerbrochen. Es war wie das Erwachen aus einem intensiven Traum, in dem es kein Zurück mehr gab. Nach dem ersten Schreck war er wieder der Fotograf ohne Jobs und ohne Kameras, der er nicht sein wollte. Der Mann mit dem toten Partner, der schlechte Vater, der Chauffeur und Gesellschafter wider Willen. Der Leander, der hier irgendwie fehl am Platz war. Der rasche Wechsel schmerzte ihn in allen Gliedern wie nach einem Sturz mit dem Motorrad. Lilians Anruf hatte ihn in die Wirklichkeit zurückgeholt, hatte ihn wiederbelebt, wie man einen Toten mit Elektroschocks zurück ins Leben zwingt.

»Ich möchte gehen«, sagte er zu Manuel. Seine Worte klebten am Gaumen.

»Gut, wir sind fertig hier«, erwiderte der Geisterforscher. Was er aus dem Besitz des toten Brady mitgenommen hatte, zeigte er Leander nicht.

8

An dem darauf folgenden Dienstag machte Leander mit dem Einzigen weiter, was ihm zu tun blieb, mit der Suche nach Padraigh Bridged Maloney. Der Plattenladen von Wexford war das einzig wirklich Große an dieser kleinen Stadt, der Plattenladen und vielleicht noch die Ruine der Abtei. In den Hallen eines ehemaligen Lagerhauses am Kai erstreckten sich die Verkaufsräume über drei Etagen und hunderte von Quadratmetern. In den Regalen standen mehr CDs, als ein ganzer Kontinent in einem Jahr kaufen konnte. Eine Beschallung von sieben verschiedenen sich aus allen Lautsprechern aller Abteilungen und aller Stockwerke mischenden Musikstilen erfüllte die Halle. Synthetische Drum-Sequenzen durchdrangen Seventies-Revival-Disco-Geigen. Ein Goa-Trance-Klangteppich legte sich über verzerrte Heavy-Metal-Gitarren. Die Verkäufer fühlten sich offenbar überaus wohl darin und lebten in einer Art Dauerkarneval mit stilgerechter Verkleidung. Der Spezialist für Hip-Hop trug einen ausgesucht hässlichen Anorak aus graublauem Plastik mit eng um das Ziegenbart-Gesicht geschnürter Kapuze und Schlabberjeans, deren Schritt bis auf die Waden herabgezogen war. Die Verkäuferin für Gothic Rock war eine füllige junge Frau, die sich kreideweiß geschminkt und ihre ausgezupften Augenbrauen mit einem messerscharfen schwarzen Fettstrich nachgezogen hatte. Ihre Lippen waren eine blutrote Wunde in der kalkfarbenen Starre ihrer Züge. Natürlich trug sie mehrere Schichten aus schwarzen Spitzenkleidern übereinander. Die Fachfrau für Brit-Pop und Seventies-Revival trug einen peinlichen hautengen rosa-oliv gestreiften, nabelfreien Pullunder und eine in schrecklichen Brauntönen gestreifte Schlaghose. Aber alle wirkten sie glücklich. Sie durften wie ihre Stars aussehen und fast so etwas wie Stars sein. Sie verkauften CDs, sie waren am Puls der Zeit, sie wussten alles.

Außerdem gab es einen völlig in Weiß gekleideten Riesen, der sich für die Abteilung Irish-Pop zuständig erklärte. Mit ihm stand Leander beisammen und fühlte sich mit seinen normalen Jeans, den Stiefeln und der Lederjacke in diesem gigantischen Plattenladen als Fremdkörper.

»Die Sache ist doch längst gelaufen, Mann«, sagte der weiße Riese mit viel Überzeugungskraft in der Stimme. »Paddy ist weg, seit zwei Jahren schon, und nur die ganz unverbesserlichen Fans weinen ihm noch eine Träne nach. Die Sache ist gegessen, Mann. Die Welt dreht sich weiter. Jetzt ist was anderes angesagt, Mann.«

»Aber warum sind diese vielen Geschichten in den Zeitungen? Da ist doch noch so viel Leben drin, so viel Neugier.«

»Pah«, machte der weiße Riese. »Das ist doch nur, weil Jubiläum ist, Mann. Paddy hatte letzte Woche Geburtstag. Seinen dreißigsten. Und Zeitungen lieben Geburtstage. Dann können sie die ollen Stories von vorgestern noch mal aufwärmen, wenn sie gerade nichts Besseres haben. In zwei Wochen ist alles vorbei, Mann, spätestens.«

»Und dann herrscht wieder Ruhe. Bis zum nächsten Januar, wenn es drei Jahre her sein wird, dass Paddy verschwunden ist.«

»So ist es, Mann!«

Der weiße Riese packte einen Karton voll CDs aus und begann, sie dem Alphabet nach in die Plattenregale seiner Abteilung einzusortieren.

»Es ist eine heiße Geschichte«, beharrte Leander.

»Nur für Leute, die keine Ahnung haben, Mann. Die finden alles aufregend, die staunen darüber wie die Babies. Aber der Fall ist durchgekaut, ausgespuckt, ausgelöffelt und noch einmal durchgekaut, Mann, da ist nichts mehr dran, glaub mir. Nicht mal der verdammte letzte Fetzen einer Faser ist an der Geschichte noch dran.«

Eigentlich war Leander nur in den Plattenladen gegangen, um nach dem Song zu fahnden, den Ieva Maloney nach ihrer Radiomessage an ihren Bruder hatte spielen lassen.

»Kein Problem, alle Hardcore-Fans haben schon danach gefragt«, hatte der weiße Riese souverän gesagt. »Es ist die ›Ballade von Ned Divine‹ aus dem Album ›Waking Ned‹. Ein Film-Soundtrack.«

Und er hatte Leander die CD herausgesucht.

»Sechster Song«, hatte er dazu bemerkt.

»Sie waren auch ein Saints-Fan?«, setzte Leander das Gespräch mit dem weißen Riesen fort.

»Ich bin immer noch ein Saints-Fan, Mann. Aber von den neuen Saints. Die alten waren schwarz und fies, die neuen sind weiß und hell.«

»Und darum bist du auch ganz in Weiß?«

»Na klar. Schwarz tragen nur noch Starrköpfe. Aber Veränderung ist alles, und Stehenbleiben ist Shit.«

»Aber du warst ein totaler Fan.«

»Bin ich immer noch, Mann, immer noch. Aber die Paddy-Phase ist vorbei, endgültig. Ich habe Fotos von den Saints gesammelt wie irre. Jahrelang. Echt peinlich. Kindisch, wie ein Teenager-Rotznasen-Fan. Aber jetzt ist alles anders. Kann den ollen Kram nicht mehr sehen, habe ihn kistenweise auf den Speicher gepackt. So ist das, Mann.«

»Fotos?«

»Ja, alte Fotos.«

Fotos! Kein Wort hatte für Leander mehr Klang und Bedeutung als das Wort Foto. Fotos waren sein Leben, seine

Leidenschaft, seine Droge. Seit er ohne seine Kameras in Irland lebte, schmerzten seine Augen, weil er so viel sah, so viele Dinge bemerkte und beobachtete, die er nicht fotografieren konnte. So viele Szenen und Ereignisse, die er Tag für Tag verlor, weil er sie nicht auf Film festhalten konnte. Da war das mit einem Wall aus Abfall befestigte Lager der Tinker, der irischen Zigeuner, am Rande der Straße. Oder das Licht eines Abends über dem Meer, das den fernen Leuchtturm von Tuskar Rock aufglühen ließ wie eine senkrecht aufsteigende Säule aus Feuer am Horizont. Bilder, Szenen, Fotos. Fotos, die Leander nicht als Beute mitnehmen würde. Er war der Fischer mit zerrissenem Netz, der Jäger mit Ladehemmung. Fotos!

»Du hast Fotos von den alten Saints?«

»Na klar doch. Aber Bilder von den schwarzen Saints will keiner mehr sehen. Heute spielen sie in Weiß. Das ist die Gegenwart. Schwarz ist tot, Weiß lebt!«

»Kann ich die Fotos haben?«, fragte Leander den weißen Riesen so beiläufig wie möglich.

»Warum?«

»Um Platz auf deinem Speicher zu schaffen.«

»Na klar doch. Dachte mir schon, dass du einer von denen bist, die nicht vergessen können. Aber bist du nicht ein bisschen zu alt für die Saints? Außerdem kostet es was.«

»Wie viel?«

»Ähm, ähm, zweihundertfünfzig Euro.«

»Zweihundertfünfzig?«

»Klar, Mann, war verdammt viel Arbeit, die Fotos zu sammeln.«

»Sie sind doch nur noch Altpapier«, sagte Leander kalt. »Ich gebe dir fünfzig Euro, wenn du mir den Kram jetzt gibst. In zehn Minuten gebe ich dir dreißig und in einer halben Stunde zehn Euro. In einer Stunde habe ich kein Interesse mehr.«

»Du bist wohl ein verdammt harter Kerl«, maulte der weiße Riese. Und fügte dann doch hinzu: »Ich bin gleich zurück, Mann.«

Er raste aus dem Geschäft, wetzte den Kai entlang und bog in eine Seitenstraße. Nach siebeneinhalb Minuten war er zurück mit fünf Kartons, die er vor seinem Bauch gestapelt schleppte.

»Da«, keuchte er. »Wo ist das Geld?«

Leander gab ihm fünf Zehner, packte die Kartons, nahm die CD mit dem Radiosong auch noch und verließ den Laden. Mit seiner Beute eilte er zum Parkplatz, wo der Mercedes stand. Der übliche Ring aus Männern und Jungen hatte sich darum gebildet.

»Ist ja gut, Leute, ist ja okay«, sagte er und scheuchte die Neugierigen beiseite.

Dann setzte er sich hinter das Steuer und stellte die Kartons auf den Beifahrersitz. Er hatte zwei Stunden Zeit, bevor er die Madam vom Mittagessen abholen sollte. Er öffnete den ersten Karton. Er war randvoll mit Fotos, die aus Zeitungen und Illustrierten ausgeschnitten waren, Dutzende, Hunderte. Es war ein Schatz, ein echter Schatz.

In dieser Nacht schlief er nicht. Er packte alle Kartons aus und schichtete einen dicken Teppich aus Fotos um sich. Er wollte sie alle sehen, am liebsten gleichzeitig, wollte sie genießen und betrachten, wollte sie sich einverleiben und einscannen. Leander war in seinem Element. Anderen hätten nach zwei Stunden die Augen geflimmert und entzündet geträt. Ihm aber schärfte sich der Blick, bis er jedes Detail, jede Kontur, jeden Schatten völlig präzise sehen konnte. Fotos, das war sein Leben. Sein ganzes Wesen reduzierte sich auf das Sehen. Paddy wurde vor seinem Auge lebendig. Er sah ihn in unzähligen Bühnenposen, wenn er bei den Auftritten den wilden Gitarrespieler markierte, er sah ihn auf den offiziellen Bandporträts, wenn alle Saints geschminkt und kostümiert ihr selbst gewähltes schwarzes Image inszenierten. Er sah ihn bei Interviews, bei Fernsehauftritten, sah ihn mit den jeweils neusten Tattoos, mit dem zerschnittenen Arm. Er sah Paddy the Saint mit den weichen schwarzen Popstarlocken am Beginn seiner Karriere und den weißblond gebleichten Haaren vor seinem Verschwinden. Er sah ihn verschüchtert wie einen Pennäler bei der Unterzeichnung des ersten Plattenvertrages, sah ihn mit dem hohläugigen Elendsblick auf dem Höhepunkt seines Verfalls, und er sah ihn mit glänzenden Augen und einem seltsam lasziv sexuellen Lächeln in der Woche vor seinem Verschwinden. Er sah ihn in Farbe und Schwarzweiß, grobkörnig und gestochen scharf, amateurhaft platt und professionell prägnant. Als der Morgen dämmerte, kannte Leander jede Geste, jeden Gesichtsausdruck, jedes bevorzugte Kleidungsstück, jede Bühnenaktion von Padraigh Bridged Maloney. Doch das war nur der Anfang. Als Nächstes würde er die Fotos sortieren und in eine chronologische Abfolge bringen. Und dann würde er sie sich einzeln Stück für Stück vornehmen. Und wenn es etwas zu entdecken gab, dann würde er es finden. Irgendwann. Er war optimistisch. Alle Fotos verrieten irgendein Geheimnis. Das war ihr Wesen, das war ihre Natur. Es gab keine Fotos, die nichts enthüllten. Fotos waren Dokumente der Enthüllung. Sie verbargen nichts. Sie gaben nur preis, offenbarten, zeigten, stellten bloß – wenn man sie zu lesen und zu deuten verstand. Und das war Leanders Beruf, das war sein Leben. Totsein konnte er auch später noch.

»Was warst du doch für ein Idiot, Jurko. Du kannst nicht mehr zurückkommen so wie ich«, murmelte Leander einmal in dieser Nacht.

Von nun an trug Leander immer fünf Fotos bei sich, was immer er auch tat. Wenn er die Madam zum Einkaufen in den SuperValu-Supermarkt oder zum Friseur fuhr, wenn er sie und Manuel zum Essen begleitete, wenn er sie zu Begegnungen mit ihren Freunden oder zum Besuch bei Kathy, der Kassiererin, und dem unehelichen Baby von Aoife chauffierte. Stets hatte er fünf Fotos bei sich, die er in jeder freien Minute betrachtete. Er ging systematisch vor, nachdem er sie tatsächlich in eine zeitliche Abfolge gebracht hatte. Dann wählte er einen Satz Fotos aus Padraighs letzter Phase, danach einen vom ersten Höhepunkt der Saints, dann wieder ganz frühe Dokumente. Er versenkte sich minutenlang in ihre Betrachtung, eine Art Meditation – oder Besessenheit. Als er nach einer Woche, nach sieben Tagen, nach fast fünfzig Stunden immer noch nichts auf den Fotos gefunden hatte, keine Spur, kein Indiz, keinen Hinweis, ließ er die Fotos einen Tag lang unbetrachtet in seinem Zimmer liegen, um seinen Blick neu zu schärfen. Danach nahm er seine Bilderarbeit wieder auf. Noch war er zuversichtlich.

An einem Donnerstagabend ließen sich die Madam und Manuel zu einem einfachen Pub in einem Nest fahren, das Bannow hieß. Dort fand ein »Sing-Song« statt, ein Musiker- und Sänger-Wettstreit von Leuten aus der Nachbarschaft.

»Der alte Brady hat hier immer gespielt und oft gewonnen«, erklärte Manuel bedeutungsschwanger.

Leander bat die Madam, vor dem Pub im Wagen warten zu dürfen. Er wollte keine Musik, er wollte die Fotos. So saß er in dem wunderbar komfortablen Wagen, hörte Gitarren und Geigen, hörte Stimmen und das Klingen von Gläsern aus dem Pub und betrachtete die fünf Fotos dieses Tages immer und immer wieder. Es waren Fotos aus der letzten Phase von Padraigh Bridged Maloney. Wie immer versammelten sich auch hier Menschen um den Mercedes, bewunderten die elegante Limousine mit dem deutschen Kennzeichen und stellten Vermutungen über den Fahrer an, der hinter dem Steuer saß und Fotos betrachtete. Leander war sein Publikum mittlerweile so gewöhnt, dass er sich nicht mehr von ihm stören ließ. Und dann hatte er das Bild! Er wusste nicht, was genau es war, das ihn alarmierte. Sein Unterbewusstsein reagierte, lange bevor sein Bewusstsein erkennen konnte, was bei diesem Foto falsch war. Ein sehr scharfes Bild von Padraigh, der fröhlich lachend eine neue Tätowierung auf seiner Schulter zeigte.

»Jede Tätowierung ist schmerzhafter als alle Messerschnitte, die ich mir je beigebracht habe«, lautete die Bildunterschrift.

Es musste der Ausschnitt aus einem aufwendig produzierten Musikmagazin sein, denn die Qualität des Fotos war ausgezeichnet. Der Hintergrund zeigte einen hässlichen olivfarbenen Raum, der die Garderobe eines Clubs oder einer Konzerthalle sein mochte, in der die Saints einen Auftritt hatten. Nur Padraigh war auf dem Foto, kein anderer seiner Freunde. Und Padraigh lächelte in die Kamera, als würde ihn die neue Tätowierung besonders glücklich machen. Was seltsam war, denn er trug mindestens ein Dutzend Tattoos auf den Armen, der Brust und dem Rücken. Was war das Geheimnis, das dieses Bild barg und Adrenalin in Leanders Adern pumpte? Was war besonders? Was war falsch? Das Lächeln? Der Ort? Das Tattoo? Da klopfte es ans Seitenfenster. Leander zuckte vor Schreck zusammen, als wäre ein Schuss gefallen. Manuel von Tattenbach stand mit einem Glas Rotwein neben dem Wagen.

»Das ist für Sie. Damit Ihnen das Warten leichter fällt«, sagte Manuel.

Leander kurbelte das Fenster herunter und sagte: »Vielen Dank.«

»Es wird noch etwas länger dauern. Es geht jetzt erst richtig los«, entschuldigte sich Manuel.

»Kein Problem«, erwiderte Leander. »Ich kann warten, ich kann wirklich sehr ausdauernd warten.«

»Dann ist es ja gut.«

Was war falsch an diesem Foto? Was war es nur? Das Foto war so übersichtlich, so eindimensional, so unkompliziert. Und trotzdem gab es Leander Rätsel auf. Was war mit diesem Foto? Padraigh trug seine normalen Bühnenklamotten aus der letzten Phase, die Kampfhose irgendeiner Armee, ein schwarzes T-Shirt. Sein Gesicht zeigte die verschwitzten Spuren seines Totenschädel-Make-ups aus jener Zeit. Das Foto war nach einer Show entstanden. Padraigh lächelte in die Kamera. Das war es, was nicht stimmte. Es gab kaum andere Fotos, die Padraigh lächelnd zeigten. Warum also lächelte Padraigh Bridged Maloney? Lächelte er den Fotografen an? Oder war es eine Fotografin? Unter dem Foto stand kein Name. Warum lächelte Padraigh, während er eine Tätowierung zeigte, obwohl er sich bereits ein Dutzend Mal hatte tätowieren lassen? Was war mit diesem neuen Tattoo? Alle Tätowierungen zeigten die üblichen schwülstigen Symbole wie messerdurchbohrte Schlangen, Feuer speiende Reiter der Apokalypse, gekrönte Totenschädel oder rosenumrankte Maschinengewehre, stets mit einem Slogan versehen: Generation Holocaust oder Rock'n' Roll Is Agony, Vip Destruction oder Suicide Survivor. Die neue Tätowierung zeigte einen Drachen, der in einer Wolke aus Feuer aus einem hohen Himmel herabzustoßen schien. In die züngelnden Flammen waren ebenfalls Worte geschrieben, die nur schwer zu entziffern waren. Life Kills stand da und Music Hurts und >_>ˆ/ Heals. So lautete die Botschaft der Tätowierung. Das Leben tötete, die Musik verletzte – was aber war das, was heilte? Was verbarg sich hinter den Symbolen >_>ˆ/? War die Botschaft Spielerei oder ein Hinweis, ein Irrweg oder eine Spur. Ob irgendjemand diese seltsamen Zeichen bemerkt hatte? Und war ihr Rätsel bereits gelöst worden? So viele Fragen. Leander hatte, soviel war klar, weder in Jurkos Textfragment noch in den Zeitungsausschnitten einen Hinweis auf die rätselhafte Tätowierung gelesen.

Als das letzte Licht der Abenddämmerung vergangen war und in der Bar die Musik, die Stimmen und das Klingen der Gläser und Flaschen immer lauter wurden, saß Leander immer noch reglos im Wagen und dachte nach. Er war zufrieden und doch zugleich enttäuscht. Er hatte etwas gefunden, wie er gehofft hatte, aber es war zu wenig, um damit zu Ieva Maloney zu gehen, um wie ein Sieger bei ihr aufzutauchen und zu sagen: Sieh her, stolze, abweisende Ieva, ich hab's, ich habe die Lösung, ich habe vollbracht, woran so viele andere gescheitert sind. Ich habe die Spur, die uns zu deinem Bruder führt. Aber Leander wusste genau, es war zu wenig. Er musste weitersuchen. In dem Moment, als er aussteigen, in die Bar gehen und sich für den Abend mit einem Glas Wein belohnen wollte, traten die Madam und Manuel aus der Tür. Sie stiegen ein und brachten den starken Geruch nach Menschen, Zigarettenrauch und Bier mit sich. Wie immer saß die Madam neben Leander und Manuel saß im Fond.

»Das nächste Mal lassen wir Sie nicht einfach vor der Tür sitzen«, sagte die Madam. »Ein echteres Irland als hier werden Sie nicht mehr erleben.«

»Es war auch hier draußen interessant. Ich habe die Menschen kommen und gehen sehen«, entgegnete Leander. »Es war sehr authentisch. Und ich habe die Musik gut hören können.«

»Einen irischen Sing-Song erlebt man nicht von draußen«, warf Manuel ein. »Man ist mittendrin oder man ist nicht dabei.«

»Sehr richtig«, bekräftigte die Madam. »Und jetzt fahren Sie bitte.«

Leander chauffierte sie durch die Nacht. Es war das erste Mal, dass er das Gefühl hatte, sich in dem Netz der immergleichen Heckenstraßen einigermaßen zurechtzufinden. Langsam hatte er ein System erkannt, hatte Spuren gelegt in der Monotonie der schmalen Straßen, sodass er sich nicht mehr verlor, sondern den direkten Weg finden konnte. Er erkannte verfallene Cottages, Tankstellen, Pubs, Bahnübergänge und mächtige Tore in endlosen Mauern wieder. Er begann, sich langsam, ganz langsam hier zu Hause zu fühlen, und war stolz darauf. Ein halber Mond hing am Himmel, Wolken von Mücken trieben im Licht des Wagens über dem Asphalt. Manuel auf dem Rücksitz summte eines der irischen Lieder. So fuhren sie durch die Nacht.

»Biegen Sie an der nächsten Kreuzung links ab!«, sagte die Madam plötzlich in das Schweigen.

»Nach Ballytober House geht es geradeaus«, protestierte Leander.

»Biegen Sie links ab«, wiederholte die Madam scharf. »Und schweigen Sie! Bitte.«

Leander gehorchte. Es war sein Job zu gehorchen. Er war der Chauffeur, er war der Diener.

»Dort vorne rechts abbiegen«, kommandierte die Madam nach einer Weile.

Sie fuhren auf diese Weise nicht an die Küste, wo Ballytober House lag, sondern Richtung Wexford. Doch die Madam wies Leander auf kleinen Nebenstraßen einen Weg um die Stadt, bis sie den orangefarbenen Widerschein ihrer Straßenbeleuchtung im Rücken hatten. Noch einmal musste Leander rechts und noch einmal links abbiegen. Er hatte keine Ahnung, wo sie sich befanden.

»Und jetzt fahren Sie ganz langsam«, befahl die Madam.

Leander gehorchte. Im Schritttempo fuhren sie eine schmale Straße entlang, die aussah wie alle schmalen Straßen in der Gegend. Eine tiefe Senke fuhren sie hinunter und danach ein steiles Stück wieder bergauf.

Die Atmosphäre im Wagen war plötzlich so angespannt und so schwer zu ertragen, dass Leander flach atmete. Manuel hatte sich im Fond steif aufgerichtet. Die Madam saß völlig reglos.

»Sie kommen gleich in ein Dorf. Dort biegen Sie rechts ab«, sagte sie, und ihre Stimme klang brüchig und elend.

Leander warf ihr einen Blick zu, und sah zu seiner Bestürzung, dass die Madam still weinte. Völlig reglos saß sie neben ihm, und Tränen rannen über ihre Wangen.

»Bitte langsam jetzt, ganz langsam«, flüsterte sie, als Leander das Dorf erreichte und wie befohlen an der kleinen Kreuzung rechts abbog. Im ersten Gang fuhr Leander weiter. Er wusste nicht, was gerade passierte, aber er fror, er wünschte sich weit weg aus diesem Wagen, weit weg von dieser verrückten Fahrt durch die Nacht.

»Wir fahren nach Eden Lodge«, stammelte Manuel so erschüttert, als säße ein leibhaftiger Geist neben ihm. Die Madam schwieg.

»Wir fahren nach Eden Lodge«, wiederholte Manuel wie in einem tiefen Schockzustand. »Es ist wie früher. So sind wir immer nach Hause gekommen. Als alles noch gut war.«

Leander sträubten sich die Haare im Nacken. Eine Mischung aus Verzweiflung, unendlicher Trauer und Resignation, aus totalem Verlust und heroischem Trotz füllte den kleinen Raum im Wagen. Leander fuhr so vorsichtig, als chauffierte er Nitroglyzerin. Plötzlich begann Manuel eine Melodie zu summen und fand in den Text: »So fill to me the parting glass, good night, and joy be to you all.«

Es war ein Abgesang, ein Abschiedslied, eine Hymne für einen Toten. Leander sah kein Haus, sah nur ein weißes Tor, das eine Einfahrt zwischen düsterschwarzen Bäumen markierte. Das war alles. Die Madam seufzte einmal wie von Schmerzen geplagt. Doch als sie dann sprach, klang ihre Stimme wieder so sachlich, als würde sie die Einkäufe für den nächsten Tag absprechen:

»Jetzt können Sie wieder normal fahren. Im nächsten Dorf halten Sie sich rechts, dann kommen Sie auf die Straße nach Wexford und zurück nach Ballytober House.« Manuel verstummte. Wortlos fuhren sie durch die Nacht. Leander klebte das T-Shirt schweißnass am Körper.

Am nächsten Morgen gingen sich alle drei aus dem Weg, verkatert von dem, was vergangene Nacht geschehen war. Die Madam blieb in ihrem Zimmer. Manuel war frühmorgens, früher als je zuvor, aufgebrochen zu einer seiner langen Wanderungen, ohne das Frühstück anzurühren, das Leander vorbereitet hatte. Leander war sich selbst überlassen. Hätte Manuel ihm nicht vor zwei Tagen vom Tod seines Vaters in Eden Lodge erzählt, Leander hätte ihn und die Madam für verschrobene, merkwürdige Individuen gehalten, doch nun konnte er tatsächlich so etwas wie Mitgefühl empfinden. Die beiden taten ihm Leid, wie sie ihr Leben wie ein privates Theaterstück voller unumstößlicher Rituale inszenierten, nur weil das echte Leben vor zehn Jahren von einem betrunkenen Lastwagenfahrer zerstört worden war.

Zur Erholung saß er in ständiger Rufbereitschaft in seinem Zimmer und studierte Fotos von Padraigh Bridged Maloney. Draußen ging ein feiner grauer Regen nieder, der ohne einen Hauch von Wind still und senkrecht vom Himmel fiel. Da die rätselhafte Tätowierung nur wenige Wochen vor Padraighs Verschwinden entstanden war, nahm sich Leander nur die Fotos aus dem letzten Vierteljahr des Stars vor. Es waren 186 Stück. Gegen ein Uhr Mittag hatte er noch nichts gefunden. Die Stille im Flügel von Ballytober House begann ihn zu bedrücken. Also ging er hinunter in die Essküche. Das Frühstück, das er pünktlich für neun Uhr morgens angerichtet hatte, war noch immer unberührt. Er räumte die verderblichen Lebensmittel zurück in den Kühlschrank, dann trat er an den Treppenaufgang und rief:

»Madam, wenn Sie mich nicht brauchen, würde ich gern an den Strand gehen!«

Keine Antwort. So schrieb Leander auf einen Zettel »Ich bin am Strand und gegen achtzehn Uhr zurück« und legte ihn neben das Frühstücksgeschirr.

Danach wickelte er die 186 Fotos in Zeitungspapier und steckte das Päckchen in eine Plastiktüte, damit sein Schatz nicht nass werden würde. Dann ging er tatsächlich durch die schattige, tropfensatte Buchenallee an den Strand. Der Regen erstickte fast alles Rauschen des schwach sich brechenden Wassers. Leander marschierte los, wandte sich in die Richtung, wo am Ende der weiten Bucht das kleine Dorf Carne lag, das dem ganzen Strand den Namen gegeben hatte: Carne Beach. Dort gab es eine Kaimauer mit einigen vertäuten kleinen Fischerbooten, ein paar verfallende Schuppen, ein Fischrestaurant mit rosa gestrichenem Verputz, das niemals geöffnet hatte. Und es gab in einem grauen alten Haus einen Coffeeshop für die wenigen versprengten Besucher von Carne Beach. Manuel von Tattenbach hatte einmal von den beiden Frauen erzählt, die den Coffeeshop mit stoischem irischen Gleichmut geöffnet hielten, egal ob es Gäste gab oder nicht. Dorthin ging Leander durch den Regen und hoffte, das kleine Café würde tatsächlich auch an diesem regennassen Tag geöffnet haben.

Er hatte Glück. Als er nach einer halben Stunde durchnässt nach Carne kam, sah er Licht in dem kleinen Coffee-Shop. Er trat ein, und fand sich als einzigen Gast.

»Treten Sie ein«, sagten die beiden Frauen hinter der Theke gleichzeitig. Die eine hatte rote dichte Haare, die sie hochgesteckt trug, und rote Wangen, als habe sie eine Anstrengung heftig erhitzt. Die andere hatte schwarze Haare und einen blassen Teint. Beide waren etwa gleich alt, Ende vierzig, und lächelten freundlich. Wie eigenartig, dass ich Frauen immer als Erstes nach der Farbe ihrer Haare unterscheide, dachte Leander.

»Brauchen Sie ein Handtuch?«, fragte die Schwarzhaarige.

»Ich brauche ein Handtuch, eine große Kanne mit starkem Tee und Toast«, erwiderte er.

»Wird gemacht, wird gebracht«, lächelte die Rothaarige. Er nahm an einem der Tische Platz. Der ganze Raum atmete Einfachheit. Die Stühle bestanden aus Stahlrohr mit steifen Sitzflächen und Lehnen aus Sperrholz. Über den Tischen lagen rosendekorierte Plastikdecken. Die Wände waren mit billigen Relieftapeten beklebt, die das Grau des Regentages trugen, an der Decke hingen Styroporplatten, die das Teerbraun der vielen in diesem Raum gerauchten Zigaretten angenommen hatten. Trotzdem fühlte sich Leander in diesem Raum geborgen. Es war genau der Ort, an dem er an diesem seltsamen verkaterten Regennachmittag sein wollte. Dankbar nahm er das dünne Handtuch, das ihm die rothaarige Frau brachte. Und als er sich so weit trockengerieben hatte, dass er die Fotos nicht gefährdete, packte er sie aus der Tüte und dem Zeitungspapier und breitete sie vor sich aus.

Die Schwarzhaarige kam mit einem Tablett aus der Küche, auf dem eine Blechkanne und ein kleiner Stahlständer mit sechs halben, fast schwarz gerösteten Toastscheiben standen, dazu Butter und zwei Glasschalen mit roter und gelber Marmelade.

»Hallo, ich bin Anne, und das ist June«, sagte die schwarzhaarige Frau. »Du bist doch der Mann aus Deutschland, der die Madam und Manuel herumfährt?«

»Stimmt.«

»Es sind gute Leute, etwas verrückt, aber sie lieben Irland, und darum mögen wir sie auch.«

Damit ließ sie ihn sitzen. June und Anne zogen sich in die kleine Küche zurück. Sie schienen kein Wort miteinander zu sprechen, denn Leander hörte ihre Stimmen kein einziges Mal, dafür aber die hauchdünnen Musikreste eines sehr leise gestellten Radios.

Für einen Moment stieg Mutlosigkeit in ihm auf angesichts der vermessenen Aufgabe, irgendetwas in diesen Bildern zu finden, das von Bedeutung sein würde. Aber schon packte ihn wieder die Faszination der Fotos, die er so liebte. Und er versank in der Betrachtung. Die Zeit verlangsamte sich und blieb schließlich stehen.

»Ach, du bist auch einer, der versucht, das Rätsel von Padraigh Bridged Maloney zu lösen«, sagte plötzlich Anne, die neben Leander getreten war, ohne dass er sie bemerkt hätte. Sie blickte ihm über die Schulter und auf die Fotos.

»Gibt es denn mehr Leute wie mich?«, fragte er zurück.

»Ich weiß nicht, wie viele es noch gibt, aber am Anfang haben es Heerscharen von Padraigh-Schnüfflern versucht. Die Plattenfirma hatte 125 000 Euro Belohnung ausgesetzt. Alle waren scharf auf das Geld, aber keinem ist es gelungen, Paddy zu finden. Irgendwann wollten die Saints und die Plattenfirma aber gar nicht mehr, dass er gefunden wird. Alles lief ohne ihn viel besser als mit ihm. So ist das Leben. Die Suche ließ nach. Es wäre interessant zu wissen, ob die Belohnung noch gilt.«

»Geld interessiert mich nicht«, sagte Leander knapp.

»Dann hast du eine gute Chance«, gab Anne zurück.

»Natürlich«, sagte Leander, hob den Blick von den Fotos, um sich eine frische Tasse Tee einzuschenken.

Und dann hatte er es! Adrenalin schoss durch seine Adern.

Jetzt, jetzt hatte er es! Er stellte die Kanne ab, wühlte in den Fotos. Und suchte zwei, drei davon, die in seinem Unterbewusstsein längst zusammengehörten. Alle drei Fotos zeigten Motive von Konzerten. Die Saints tobten über die Bühne. Die Fans schrien, tanzten, winkten. Padraigh stand den lautlosen Gitarrero mimend am Rand der Bühne. Zu seinen Füßen drängten sich die Fans, die bewundernd und verzückt zu ihm aufsahen. Hingabe, Verzauberung, Ekstase in ihren Blicken. Junge Männer und junge Frauen. Junge Frauen, schöne junge Frauen. Doch in dem Gewimmel der anonymen Fans gab es eine junge Frau, die auf drei Fotos wiederkehrte. Sie starrte Paddy verzückt an, und dessen Blick war auf sie gerichtet, als wäre seine ganze Show nur ihr, ihr ganz allein gewidmet. Eine wunderschöne junge Frau war es, mit einer mächtigen, ungezügelten Flut blonder Haare, die um ihr Gesicht fielen, ebenmäßigen Zügen und einem seligen, verzauberten Lächeln, das seine Widerspiegelung in Padraighs Zügen fand. Leander stand unter Strom. Er blätterte durch alle Fotos, die bei Konzerten aufgenommen worden waren, niemals fand er einen Fan zweimal. Nur diese hingerissene Schönheit war mehrmals fotografiert worden, immer an der äußersten linken Bühnenkante stehend, ganz vorne, immer links, wo Padraigh seinen Platz während der Shows hatte. Wer war diese Frau? Wer war sie? Was bedeutete ihr Lächeln und das von Padraigh Bridged Maloney? Was war die Geschichte der beiden? Gab es überhaupt eine Geschichte?

Als Leander am frühen Abend wie versprochen nach Ballytober House zurückkehrte, fand er den Frühstückstisch abgeräumt, aber keine weitere Spur von der Madam oder Manuel. So ging er direkt in sein Zimmer, nahm sich eines der unwichtigen Padraigh-Fotos und schrieb auf die Rückseite eine Nachricht an Ieva Maloney. Er schrieb nur vier Sätze: »Haben Sie jemals die Fotos Ihres Bruders nach Spuren untersucht? Haben Sie jemals die rätselhafte Botschaft seiner letzten Tätowierung bemerkt? Kennen Sie die Frau, die immer wieder zu den letzten Konzerten Ihres Bruders gekommen ist wie ein ganz persönlicher besessener Fan? Wenn Sie diese drei Fragen mit Nein beantworten müssen, rufen Sie mich an.« Darunter schrieb Leander seine Handynummer.

Am nächsten Morgen kamen die Madam und Manuel zum Frühstück, als wäre nichts geschehen.

»Wir müssen nachher dringend einkaufen fahren«, bemerkte die Madam.

An diesem Vormittag warf Leander im kleinen Postamt neben dem SuperValu-Supermarkt den Brief an Ieva Maloney ein. Drei Tage später rief sie ihn an.

»Wer sind Sie?«, fragte Ievas Stimme, ohne sich vorzustellen.

»Ich bin der Fotograf ohne Kameras, der vor unendlicher Zeit in Ihrem Laden war.«

»Ich will Sie sehen. Aber wenn Sie bluffen, bringe ich Sie um.

»Wie wäre nächster Dienstag?«

»Wo?«

»Am besten in der Nähe von Wexford und am besten mittags.«

»Um ein Uhr im Ferrycarrig Hotel«, sagte Ieva Maloney und unterbrach die Verbindung.

»Ja!«, freute sich Leander. »Na klar. Ich werde kommen.«

9

Ieva Maloney ließ Leander warten. Er saß in der Bar des Ferrycarrig Hotel und bestellte ein Glas Rotwein. Es war ein großer Raum, modern aber geschmackvoll eingerichtet, mit wenigen Gästen. Beherrscht wurde dieser Raum von der ausladenden Theke, einem Segelboot, das mit voller Besegelung mitten im Raum stand, und der hohen Fensterfront, die den Blick auf weites, dunkelbraunes Wasser freigab. Vor dem Hotel verbreitete sich der River Slaney allmählich zu der Meeresbucht, an deren Ufer ein Stück weiter flussabwärts Wexford lag. Leander breitete seine Fotos vor sich auf dem niedrigen Bartisch aus wie ein Berufsspieler seine Trumpfkarten und wartete. Er würde sich keine zweite Abfuhr holen. Wahrscheinlich saß Ieva längst draußen auf dem Parkplatz in ihrem Wagen und ließ Zeit vergehen, um bloß nicht pünktlich oder gar zu früh zu dem Treffen zu erscheinen. Leander traute ihr so ein kleines Machtspiel durchaus zu. Vermutlich wollte sie sich selbst zeigen, wie unabhängig sie war, wie wenig versessen darauf, ausgerechnet diese Fotos zu sehen, die er ihr angekündigt hatte.

Endlich betrat sie die Bar, blickte sich suchend um und ging dann zielstrebig auf Leander zu. Der Raum schien sich zu verdunkeln, als würden tiefe Schatten mit Ieva hereinkommen, als würde die Welt um sie herum Trauer tragen. Ihre Haare waren noch zorniger zerwühlt. Ihre Augen glühten über den schwarzen Schatten, die sie sich wieder als Kriegsbemalung auf die Wangen geschmiert hatte. Sie trug ihre schwarze Traueruniform wie damals im Laden in Borris. Ihr

Gang wirkte so schwer, als würde sie zu ihrer Hinrichtung gehen, doch ihr Gesichtsausdruck glich dem einer Boxerin, die bereit war, den Ring zu einem entscheidenden Kampf zu betreten und zu gewinnen. So viel Widersprüchlichkeit. In ihrer Seele mussten Stürme toben. Leander sah ihr entgegen. Er hätte sie mit einem einzigen Foto zu einer Symbolfigur der Verzweiflung machen können. Sie war störrische Hoffnung gegen jede Vernunft und bebende Angst vor einer weiteren Enttäuschung. Grußlos setzte sie sich zu Leander, griff nach den Fotos und betrachtete sie lange, sehr lange. Fast zehn Minuten lang. Die Zeit gerann zu einem dicken Klumpen. Leander betrachtete die Frau in dieser Zeit, sein Bewusstsein fotografierte jede ihrer Regungen, die Konzentration, die Überraschung, die Ungläubigkeit, die Ratlosigkeit. Manchmal trank er einen Schluck von seinem Rotwein.

Plötzlich warf Ieva die Fotos wie angeekelt auf den Tisch zurück und schaute Leander mit einem harten Blick an.

»Ich weiß nicht, wer die Tätowierung gemacht hat, und ich weiß nicht, warum sie bisher noch nie jemandem aufgefallen ist. Ich weiß nicht, wer die Frau auf den Fotos ist, und ich weiß nicht, ob sie irgendeine Rolle spielt. Aber ich weiß, warum Sie mit diesen Fotos hier sind.«

»Warum?«

»Sie wollen eine Titelgeschichte in irgendeinem Magazin erzwingen, um zu zeigen, was für ein toller Journalist Sie sind. Oder Sie wollen einfach nur die Belohnung. Stimmt doch? Alle wollen das, alle, die mich wegen Paddy ansprechen.«

»Falsch.«

»Dann müssten Sie ein besessener Paddy-Fan sein, aber dafür sind Sie zwanzig Jahre zu alt. Warum also sind Sie mit diesen Fotos hier?«

Leander schwieg.

»Warum?«, beharrte Ieva.

Leanders Gedanken rasten.

»Warum?«

»Warum? Sie wollen wissen, warum?«, fuhr er sie an. »Weil sich mein Partner, der mein bester Freund war, vor einen Zug geworfen hat, um sich köpfen zu lassen. Weil er mir die unvollendete Geschichte Ihres Bruders wie ein Vermächtnis hinterlassen hat. Weil ich auch ein Todeskandidat bin. Weil ich ein Fotograf bin, dessen Fotos niemand mehr haben will. Ich bin in Irland, weil es meine Art ist, mir das Leben zu nehmen. Und weil ich doch nicht sterben kann und auch nicht sterben will. Und weil es nur noch die Suche nach Ihrem Bruder ist, die mich am Leben hält. Darum! Weil ich sonst nichts mehr habe! Weil ich nicht leben und nicht sterben kann. Darum! Verdammt, darum! Darum!!!«

Leander starrte sie wutentbrannt an. Ieva Maloney hielt diesem Blick stand. Der Raum um sie gefror. Die Wirklichkeit zog sich in ungefährlichere Bereiche der Bar zurück. Und dann begann Ieva zu lächeln. Es war ein entgleistes Lächeln in einem Gesicht, das seit zwei Jahren nur Trauer getragen hatte. Doch mit ihrem schiefen Lächeln ging die Sonne auf. Wolken zerstoben, und die Welt erstrahlte. Der Mann hinter der Bar atmete auf. Ein kühler, frischer Luftzug strich durch den Raum. Das Wasser draußen leuchtete wie von Sinnen. Vögel begannen zu singen.

»Das ist wohl sehr komisch«, fauchte Leander. Er hätte morden können in diesem Moment.

»Nein, es ist wunderbar«, entgegnete Ieva. »Ich glaube dir. Du bist der erste Mensch, dem ich das glaube, seit Paddy verschwunden ist.«

»Warum?«

Ievas Lächeln wurde breiter, und die Wärme nahm weiter zu im Raum. Statt einer Antwort streckte Ieva ihm die Hand entgegen.

»Lass es uns versuchen«, sagte sie. »Lass uns deinen Spuren nachgehen. Es ist alles, was es noch gibt. Ich staune, dass es überhaupt noch etwas Neues gibt. Es ist wie ein Wunder. Aber bitte, bitte enttäusch mich nicht, betrüg mich nicht mit irgendwelchen falschen Spuren und wirren Theorien. Nutz mich nicht aus für irgendwelche egoistischen Zwecke.«

Leander war von seinem Ausbruch wie betäubt. Es war nicht seine Art, sich so zu erregen. In seinem Gehirn arbeiteten Gedanken, ohne sich weiter um ihn zu kümmern. Der Bann war gebrochen. Leander nahm ihre Hand.

»Lass es uns versuchen, zusammen«, bekräftigte er.

»Dann wollen wir auch darauf trinken, bitte hol mir ein Bier, ein Smithwicks.«

Und als Leander an die Bar ging, um das Getränk für Ieva Maloney zu holen, wunderte er sich, wie schnell alles gegangen war. Und nur, weil er wütend und ehrlich gewesen war. Er konnte sich nicht erinnern, ob er in den vielen vergangenen Jahren jemals derart die Beherrschung verloren hatte. Das war nicht seine Art. Aber an diesem Tag hätte jedes gelassene, ausweichende Gerede Ieva in die Flucht getrieben. Er hätte sie für immer verloren, und er beschloss, dies als eine Lektion zu nehmen. Er hätte die Fotos gehabt, aber sie wären für ihn, den Fremden, ohne jeden Nutzen gewesen. Er brauchte Ieva. Die Fotos. Leander hielt inne. Erstarrte drei Schritte vor der Theke. Der Barkeeper sah ihn verwundert an. Da war noch etwas! Da war noch etwas an den Fotos, das er bisher übersehen hatte. Er schloss die Augen, er brauchte nicht zurück an den Tisch. Vor seinen geschlossenen Augen erschienen die Bilder, Projektionen seines Gedächtnisses. Gestochen scharf. Es ging nicht um die Tätowierung, es ging um die Frau. Er kannte sie! Er war dieser Frau schon einmal begegnet.

»Sind Sie in Ordnung?«, fragte der Barkeeper.

Leander ignorierte ihn. Er kannte die Frau, die auf diesen

drei Fotos den Star der »Fucked up Saints« anhimmelte. Von irgendwoher, von irgendwann. Es gab keinen Zweifel. Und er würde herausfinden, wer sie war. Es war nur eine Frage der Zeit. Sein Gehirn glich einem gigantischen Fotoarchiv. Er musste nur lange genug darin suchen, um die Frau zu finden. Und wenn er die Frau erkannt hatte, stand der Weg zu Padraigh Bridged Maloney offen.

»Na klar, natürlich, Deutschland«, sagte Ieva ohne überrascht zu sein, als Leander mit dem Bier an den Tisch trat. Es war klar, dass er die Frau nur aus seiner Heimat kennen konnte.

»Was ist mit Deutschland?«

Ieva erzählte ihm, dass Padraigh Bridged Maloney nach seinem Verschwinden aus dem Hotel in Dublin über einen kurzen Zwischenstopp in Holland nach Deutschland gegangen war. Dort hatte er sich zwei Wochen herumgetrieben, in Berlin und Hamburg, bevor er nach Wien gereist und von dort nach München zurückgekehrt war. Erst dort hatte sich seine Spur endgültig verloren. Leander war total überrascht.

»Aber davon steht nichts in den Presseberichten und nichts in den Aufzeichnungen meines Partners.«

»Natürlich nicht. Wie naiv bist du eigentlich, dass du glaubst, alles Wichtige stünde in den Zeitungen. In den Zeitungen steht nur der Abfall, die Wirklichkeit findest du darin niemals«, sagte Ieva kalt. »Was wirklich wichtig war, haben wir niemals an die Presse gegeben.«

»Aber warum nicht?«

»Es ist wie Krieg. Wenn die Presse dich einmal ins Visier genommen hat, dann überfällt sie dich, plündert dich aus, brandschatzt und vergewaltigt dich, nagelt dich ans Kreuz und verschachert deine Qualen hohnlachend. Gnade Gott all jenen, die der Presse zum Opfer fallen. Ich habe es erlebt. Die Reporter schänden dich. Darum haben wir alles Wichtige für uns behalten. Es war unsere Rache, es war das Einzige, was wir hatten. Die Fotografen und Schreiber und Fernsehteams sind über Borris, über meine Familie und die Band hergefallen wie ein Kommando von Freibeutern. Sie wollten alles, unsere Tränen, unsere Hoffnung, unsere Verzweiflung, unsere Seelen. Alles. Aber irgendwann haben wir erkannt, dass diese Hyänen alles fressen, auch wenn wir ihnen nur die Abfälle hinwerfen und das Wichtige für uns behalten. Und das haben wir getan. Es war unsere einzige Chance zu überleben. Die Journalisten haben die Abfälle von Paddys Schicksal verschlungen wie ausgehungerte Köter. In ihrer Gier bemerkten sie nicht, dass nichts Wichtiges darunter war, dass es nur Abfall war.«

»Und was war wichtig?«

Für einen Moment zögerte Ieva, betrachtete Leander und entschloss sich dann zu reden. Und sie erzählte, dass ihr Bruder nach seinem Verschwinden weiter eine seiner Bankkarten benutzt hatte, um von Automaten Geld abzuheben. So konnten sie seinen Weg von Dublin über Amsterdam nach Deutschland, nach Österreich und zurück verfolgen. Irgendetwas musste Paddy nach Deutschland gelockt haben. Eine Frau könnte ein guter Grund gewesen sein. Aber die beiden Detektive, die die Plattenfirma der Saints hinter Paddy hergeschickt hatte, konnten niemals eine Spur des verschollenen Popstars finden.

»Warum hat Padraigh seit München kein Geld mehr abgehoben?«, stellte Leander die naheliegende Frage.

»Die Plattenfirma hat sein Konto gesperrt.«

»Aber warum?«

»Damals brauchten die Saints Paddy noch. Er war ihr Star. Sie wollten ihn zwingen zurückzukommen, sie wollten ihn aushungern.«

»Aber er ist nicht zurückgekommen.«

»Nein. Sie haben alles nur schlimmer gemacht. Er ist endgültig verschwunden. Seither gibt es keine Spur mehr von ihm.«

»Und alle anderen Sichtungen, von denen ich gelesen habe?«

»Alles Hirngespinste. Wir haben sie nie ernst genommen. Wir haben die Journalisten informiert und niemals einen Detektiv geschickt.«

»Also muss ich mich nur erinnern, woher ich die Frau auf den Fotos kenne und wer sie ist.«

»Schaffst du das? Und schnell?« Ievas Stimme wurde eindringlich.

»Ich verspreche es dir.«

»Gut so. Gut. Und ich versuche den Tätowierer zu finden und herauszufinden, was es ist, das Paddy so verändert und geheilt hat. Aber ich glaube, es wird nur wieder eine neue Droge sein.«

Als Leanders freie Zeit ablief, schieden sie voneinander. Auf dem grauen Parkplatz im Schatten des Hotels blickte Leander Ieva Maloney nach, wie sie zu ihrem Wagen ging, der seltsamerweise ein teures BMW-Cabrio war. Er aber hatte nur Augen für die Frau, schlank, mit straffem Rücken, der ihre Brüste vorragen ließ, mit dieser schmal gezurrten Taille, die bei jedem Schritt die runden Bewegungen ihres Hinterns noch stärker betonte. Und da wusste er, dass er nicht nur ihren Bruder finden würde, sondern dass er erst zufrieden war, wenn er sie berührt hatte, ihren Körper gespürt, verführt, entkleidet, geliebt hatte. Sie war Verheißung, Versprechen, Widerstand, Eroberung, Erfüllung. Aufregende Wochen lagen vor ihm.

Später, im edlen Mercedes, als Leander die frisch frisierte Madam und Manuel von Wexford nach Ballytober House fuhr, herrschte eine seltsame Atmosphäre im Wagen. Manuel wirkte erregt. Und die Madam musterte Leander eine Weile von der Seite.

»Was machen Sie eigentlich in Ihrer freien Zeit?«, fragte sie schließlich.

Es war die erste direkte Frage, seit sie zusammen in Irland waren. Entweder hatte sie sich entschlossen, persönlicher und zugänglicher zu werden, nachdem Leander ihre Geschichte erfahren hatte, oder er hatte sich seit dem Treffen mit Ieva Maloney verändert. Er war wieder ganz er selbst geworden. Er lebte. Endgültig. Und die Madam hatte einen wachen Instinkt. Sie bemerkte die Veränderung sofort.

»Ich gehe irischen Geschichten nach«, sagte er ausweichend. Normalerweise würde dies genügen, die Madam zufrieden zu stellen. Aber sie fragte nach:

»Welchen Geschichten?«

»Von einem verschwundenen Mann und seiner Schwester, die ihn sucht.«

»Sie meinen diesen schrecklichen Sänger?«

»Ja.«

»Ich bin niemandem begegnet, der ihn mochte. Ein unangenehmer junger Mann. Er hat Irland nur beschimpft. Seine Musik war schrecklich, und Irland hat so schöne Lieder. Es ist wohl gut, dass er gegangen ist.«

Leander äußerte sich nicht dazu. Er ließ den Wagen durch diesen seltsamen Nachmittag rollen. Vom Meer her drückten dichte Nebelbänke.

»Meinen Sie nicht auch?«, hakte die Madam nach.

Sie ließ nicht locker. Sie wollte Leanders Meinung wissen.

»Ich mag seine Musik auch nicht«, sagte er und fühlte sich wie ein Verräter.

»Dann bin ich beruhigt«, nickte die Madam zufrieden. »Irland hat so viel Schönes zu bieten. Sie sollten sich nicht mit dem Hässlichen abgeben!«

Plötzlich beugte sich Manuel zu Leander vor. »Halten Sie an, jetzt gleich!«

Leander bremste scharf ab. Und Manuel öffnete heftig die Tür, stieg aus, und sagte nur:

»Es kann spät werden heute Abend.«

»Willst du dich nicht erst umziehen?«, mahnte die Madam.

»Nein«, gab Manuel mit einer ungewohnten Schärfe zurück. Dann ging er zu einem schmalen Feldweg, der sich zwischen den Hecken auftat, und verschwand mit ein paar raschen Schritten.

»Habe ich etwas Falsches gesagt?«, fragte Leander verwirrt.

»Oh, nein, Manuel forscht nur wieder«, sagte die Madam.

Der Nebel strich um Ballytober House. Die Madam ließ sich von Leander den Kamin anzünden, schenkte sich ein Glas Portwein ein, goss es mit heißem Wasser auf und setzte sich in einen der schweren Ledersessel ans Feuer. Wie jeden Dienstag studierte sie die neuen Verkaufsausschreibungen für Häuser, die sie von den fünf Auktionatoren aus Wexford mitgebracht hatte.

»Ich gehe in den Park«, gab Leander ihr Bescheid.

»Gut, aber bitte seien Sie um sechs zurück. Ich habe vielleicht noch einen Auftrag für Sie.«

Doch statt in den Park ging Leander ans Meer. Er fühlte sich wie ein trotziger Sohn im Pubertätsalter und lächelte unbehaglich über sich und sein Verhalten. Aber am Meer fühlte er sich gut. Der Nebel war dicht, seltsam orangefarben und ungewöhnlich warm. Leander wollte ohnehin nichts sehen. Er wollte in seinem Gedächtnis die Frau finden, welche die Schlüsselfigur im Geheimnis des Padraigh Bridged Maloney darstellte. So saß er auf einer Düne und starrte blicklos in den Nebel, ließ vor seinen Augen alles unscharf werden, als hätte er ein Objektiv willkürlich verdreht. Das Meer war so still wie niemals zu vor. Zum ersten Mal gab es keinerlei Wellen, die zischend am Ufer entlangleckten. Das Meer lag unter der Last des Nebels leblos wie aus Blei gegossen. Und nur ein einzelnes Nebelhorn blies echolos in den späten Nachmittag. Leander saß auf der Düne, reglos. Feine Wassertropfen bildeten sich an seinen Haaren und seinen Wimpern. In Gedanken blätterte er durch Dutzende Monate, hunderte Begegnungen, tausende Gesichter. Er war vollkommen konzentriert. Und er freute sich auf den Moment des Erkennens, des Wiedererkennens. Es würde ein Triumph sein. Einmal kam ein herrenloser schwarzer Hund aus dem Nebel getrottet, tauchte nur einige Schritte vor Leander auf, beschnüffelte ihn und legte sich zu seinen Füßen nieder. Leander saß still, bis es sechs Uhr wurde, bis es Zeit war, zurück ins Haus zu gehen. Noch hatte er die Frau in seiner Erinnerung nicht gefunden. Aber es war nur eine Frage der Zeit.

Die Madam erwartete ihn schon. Sie hatte eine Jacke für ihren Sohn bereitgelegt und einen Picknickkorb mit Sandwiches, einer Flasche Wein und Sherry gepackt.

»Fahren Sie zum Tacumshin-See und bringen Sie meinem Sohn die Jacke und das Essen. Und bleiben Sie bei ihm, bis er nach Hause fahren will. Nehmen Sie sich auch eine Jacke mit, es kann spät werden.«

»Wo finde ich ihn?«

»Fahren Sie zum Dorf Tomhaggard und fragen Sie, wo das Unglück geschehen ist. Dort finden Sie meinen Sohn.«

Leander setzte sich in den Mercedes und studierte die Landkarte der Gegend. Es war ein Leichtes, den Tacumshin-See zu finden, ein Süßwassersee, der unmittelbar hinter dem Dünenstreifen der Südküste lag. Er fand auch das Dorf Tomhaggard schnell auf der Karte. Viel schwieriger war es, sich den Weg dorthin einzuprägen. Er würde etwa 25 Kilometer durch diese ewig gleichen schmalen Heckenstraßen fahren müssen. Er scannte die Landkarte in sein Bewusstsein ein und fuhr los. Der Nebel lag wie eine schwere Last über dem Land. Dämmerung kam auf, obwohl es an einem normalen Tag noch lange hell geblieben wäre. Leander fuhr durch Straßen, die in betäubender Monotonie an ihm vorüberstrichen. Wieder und wie so oft spürte er die Kraft und die Schönheit des Wagens, den er fuhr. Die Stille der Fahrt war ihm willkommen, denn sein Geist leerte sich dabei, und er hoffte jeden Moment die entscheidende Erinnerung an die mysteriöse blonde Frau packen zu können. So traf er in Tomhaggard ein. Natürlich gab es einen alten, rauen Pub. Er parkte den Wagen davor und trat ein. Der Raum war voller Menschen und schwer von Zigarettenrauch und dem Geruch nach ungepflegten Körpern und Bier. Männer und Frauen standen beisammen, und die Stimmung wirkte angespannt. Er trat zu den Menschen an der Bar, und als sich ein Mann hinter der Theke vor ihm aufbaute, fragte er: »Ich muss zu dem Platz, wo das Unglück geschehen ist.«

»Was wollen Sie dort?«, herrschte ihn der Mann an, der neben ihm stand.

»Ich soll dort einen Mann finden, um ihm eine Jacke und sein Abendessen bringen.«

»Seine Jacke und sein Abendessen!«, kreischte eine Frau, die an der Theke stand und mit beiden Händen ein Glas dunkles Bier vor sich festhielt. Und dann lachte sie schrill auf, wie es Irre tun. Es wurde totenstill im Raum.

»Jetzt machen sie schon Picknick am See!«, schrie die Frau weiter. »Das ist toll, das ist wunderbar.« Sie packte ihr Glas, schleuderte es gegen die Wand und stürzte auf Leander zu, packte ihn am Pullover und versuchte auf ihn einzuschlagen.

»Endlich«, bemerkte der Mann neben Leander trocken dazu. »Gut so. Sehr gut.«

Leander wurde von dem Angriff überrascht und reagierte nur im Reflex. Er packte die Frau, hielt sie sich vom Leib, so gut es ging. Niemand kam Leander zu Hilfe. Alle Männer und Frauen standen interessiert als Zuschauer da und taten nichts, um die Szene zu beenden.

»Was soll das?«, schrie Leander den Mann hinter der Theke an.

»Das ist Rosy. Die drei Kinder ihrer Schwester sind heute Mittag im See ertrunken«, antwortete stattdessen der Mann neben Leander.

Die Frau rang mit Leander, ihre Nägel schlitzten seine Haut durch den Pullover auf. Dann versuchte sie, ihm ein Knie in seinen Unterleib zu rammen. Aber er schob sie mit aller Kraft so weit von sich, dass sie ihn nicht mehr erreichen konnte. Sie zappelte und wand sich in seinem Griff, bis sie plötzlich erschlaffte und schluchzend zu weinen begann.

»Ja, lass es raus, Rosy«, bestärkte sie der Wirt. »Lass alles raus, dann fühlst du dich besser.«

Leander hielt die weinende Frau. Als sie sich endlich beruhigte und aus seinem Griff löste, stand ihm der Schweiß auf der Stirn, und sein Pullover war feucht.

»Ich suche nur einen Mann mit langen weißen Haaren, der dort draußen sein muss. Ich soll ihm seine Jacke und etwas zu essen bringen. Er will wohl länger bleiben«, wiederholte Leander.

»Meinst du Manuel, den Geisterforscher?«

»Ja. Kennen Sie ihn?«

»Na klar, jeder hier kennt ihn. Warum hast du das nicht gleich gesagt?«

»Wo finde ich ihn?«

»Irgendwo dort draußen. Irgendwo am Ufer, wo es passiert ist. Frag die Polizisten, die sind auch noch da.«

Leander löste sich von der Theke und ging los. Rosy hob

den Kopf und blickte ihn an. Ihre Augen waren rot von Tränen.

»Entschuldigung«, flüsterte sie.

Irgendwann traf Leander auf ein gelb-schwarzes Plastikband, das als Absperrung quer über den Weg gespannt war. Er schlüpfte darunter durch. Sofort tauchte eine Gestalt in Uniform aus dem Nebel auf.

»Was wollen Sie hier?«, fragte der Polizist. Er sprach seltsam leise. Aber vielleicht war es auch nur der Nebel, der seiner Stimme allen Klang nahm.

»Ich suche Manuel, den Geisterforscher«, erwiderte Leander auf gut Glück. »Er braucht seine Jacke und etwas zu essen.«

»Ich darf Sie nicht vorbeilassen«, sagte der Polizist. »Es ist gesperrtes Gelände, Schauplatz eines Vorfalls mit Todesfolge. Die Untersuchungen sind noch nicht abgeschlossen.«

»Was ist genau passiert?«

»Drei Kinder sind mit dem Boot auf den See gefahren und ertrunken. Keiner weiß, wie das geschehen konnte.«

»Und wo finde ich den Geisterforscher? Er muss hier draußen irgendwo sein.«

Der Polizist wedelte mit der Hand in den Nebel. »Dort irgendwo. Am Wasser.«

»Ich muss zu ihm.«

»Meinetwegen. Gehen Sie. Es gibt hier nichts mehr zu tun und zu finden. Tot ist tot. Gehen Sie. Aber ich habe Sie nicht gesehen. Klar?«

Nachdem er lange am nebligen Ufer des Sees entlanggegangen war und sich mit dem Korb und der Jacke über dem Arm wie das männliche Rotkäppchen fühlte, sah Leander ein irreal flackerndes Lichtlein. Es schwebte in langsamen, kreisförmigen Bewegungen durch den Nebel. Dazu ertönte ein klagender Ton von merkwürdigem Klang. Sonst war es totenstill. Leander fühlte sich wie in einer in Watte gepackten Welt. Der Nebel war so dicht, dass er alle Bewegungen zähfließend machte. Für einen Moment wurde Leander zornig, dass er sein Leben in einer so absurden Situation verschwendete. Würde er an einer Reportage arbeiten, es hätte all sein Können herausgefordert, in dieser grauen Suppe ein brauchbares Foto zu Stande zu bringen. Doch er war nur mit einem Proviantkorb und einer Jacke auf der Suche nach einem verrückten Geisterforscher.

Natürlich stammten das flackernde Irrlicht und die merkwürdigen Töne von Manuel von Tattenbach. Der kauerte in einer grotesken Haltung reglos am Wasser des Tacumshin-Sees. Die eine Hand hatte er ins Wasser getaucht, die andere hielt er mit einem Feuerzeug hoch, dessen kleine Flamme er in langsamen Kreisen durch die Nacht schwenkte. Dazu spitzte er den Mund und stieß ein seltsam hohles Heulen aus. Seine weißen Haare phosphoreszierten, als wären sie aus dem Inneren seines Kopfes erleuchtet.

»Ich habe hier eine warme Jacke und einen Imbiss für Sie«, sagte Leander lapidar.

Manuel kippte vor Schreck fast ins Wasser und fing sich im allerletzten Moment. Das ist der Augenblick, in dem er endlich auch einmal wütend werden muss, dachte Leander. Aber Manuel atmete nur einmal tief durch und murmelte:

»Sie haben mich bei meiner Arbeit gestört.«

»Ich habe eine warme Jacke und ein paar Sandwiches und Sherry für Sie mit einem Gruß von Ihrer Mutter.«

»Vielen Dank. Sie haben mich dennoch gestört.«

»Was machen Sie denn?«

»Hier sind drei Kinder ertrunken, und keiner weiß, wie es geschehen ist. Und wenn Menschen auf unerklärliche und rätselhafte Weise ertrinken, sind es die Sheeries, die sie in den Tod locken. Wasser-Sheeries, um genau zu sein.« Und dann hielt Manuel einen kurzen Vortrag über die gefährlichsten aller irischen Geister, die man Sheeries nennt, die wie Irrlichter erscheinen und die Seelen ungetaufter Kinder sein sollen.

»Ihr Daseinszweck besteht darin, den lebenden Menschen, auf die sie eifersüchtig sind, Unglück und Tod zu bringen, wenn Sie verstehen, was ich meine. Sie besitzen die Fähigkeit, jeden Menschen, der ihnen begegnet, in den Wahnsinn zu treiben. Die Opfer, die in ihren Bann geraten sind, werden verwirrt und hysterisch, beginnen wirr zu reden und machen sinnlose und hektische Bewegungen.«

»Und Sie glauben, hier gibt es Sheeries?«

»Wenn drei Kinder auf rätselhafte Weise ertrinken, und keiner weiß, wie das Unglück geschehen konnte, geht das nicht mit rechten Dingen zu.«

»Und was machen Sie jetzt hier? Die Kinder sind doch schon tot.«

»Ich versuche, die Sheeries anzulocken.«

Leander betrachtete Manuel von Tattenbach und wusste nicht, ob er ihn für einen Spinner, einen heiligen Narren oder einen kühnen, ausgeflippten Privatforscher halten sollte.

»Jedenfalls habe ich eine warme Jacke und ein Abendessen für Sie mitgebracht.«

Manuel erhob sich.

»Danke. Und jetzt lassen Sie mich wieder allein.«

»Wie lange werden Sie hier bleiben? Es ist fast acht Uhr.«

»So lange, wie es nötig ist«, erwiderte Manuel von Tattenbach.

»Ich habe neben dem Pub von Tomhaggard geparkt und warte dort auf Sie.«

»Gut. Aber es kann dauern.«

»Macht nichts, ich warte auf Sie.«

Leander stapfte durch den Nebel zurück, holte sich ein Glas Wein aus dem Pub, scheuchte die Gaffer von dem Wagen weg und setzte sich in den Mercedes. Um Mitternacht erschien ihm seine Lage wie reiner Wahnsinn. Um ein Uhr war er sich sicher, dass er die Frau auf den Fotos mit Padraigh Bridged Maloney niemals in Deutschland gesehen hatte. Um zwei Uhr schlief er ein. Um halb sechs Uhr kam Manuel von Tattenbach an den Wagen, stieg ein und sagte nur kurz:

»Lassen Sie uns fahren.«

Manuel sprach während der ganzen Fahrt kein einziges Wort. Leander blickte ihn einige Male von der Seite an, konnte aber nicht sagen, ob der Geisterforscher enttäuscht oder zufrieden war. Was für ein Tag, was für eine Nacht! Es begann zu dämmern. Und aus dem Nichts der Dämmerung kam die Erinnerung an die geheimnisvolle Frau auf den Fotos. Eine Erinnerung, die ihn frösteln ließ.

Einen ganzen Tag nahm sich Leander Zeit, bis er sich seiner Erinnerung ganz sicher war, dann erst rief er Ieva an.

»Was gibt es Neues?«, fragte er zuerst.

»Ich weiß noch nicht, wer die Tätowierung gemacht hat, aber ich habe die Jungs von den Saints angerufen und sie danach gefragt. Keinem ist aufgefallen, dass Paddy ein neues Tattoo hatte. Er hat nicht mit ihnen darüber gesprochen. Und er hatte bereits so viele, dass eines mehr oder weniger bedeutungslos war, meinten die Saints. Sie wissen nichts, nichts von einer verschlüsselten Botschaft und nichts darüber, was ihn von der Welt und der Musik heilen konnte. Ich habe alle Drogen durchbuchstabiert, die mir eingefallen sind, keine passt als codiertes Wort auf diese Zeichen«, berichtete Ieva. »Den Tätowierer werde ich noch finden. Und was gibt es bei dir Neues?«

»Ich bin mir sicher, dass ich die Frau auf den Fotos nicht aus Deutschland kenne.«

»Nicht aus Deutschland? Woher dann?«

»Aus Irland.«

»Aber du bist doch nicht von hier, du kennst doch hier niemanden.«

»Nein, aber ich habe zwei Reportagen für meinen Partner in Irland fotografiert.«

»Und da bist du der Frau begegnet?«

»Ja. Ich glaube schon.«

»Was waren das für Reportagen?«

»Eine handelte von einer Fischerin in Kilmore Quay.«

»Paddy hasste Fisch. Ihm ist schon beim bloßen Geruch von Fisch schlecht geworden.«

»Ich meine auch die andere Geschichte.«

»Und wovon handelte die?«

»Es ging um die Unterwelt von Dublin. Es ging um den Bandenkrieg der Drogenbarone. All diese Überfälle und Schießereien und Morde, du weißt schon.«

»Und da bist du dieser Frau begegnet?«

»Ja, ich bin mir ziemlich sicher.«

»Ach du Scheiße«, seufzte Ieva flach. »Ach du heilige Scheiße.«

10

»Setzen Sie uns am St. Stephen's Green ab«, sagte die Madam. »Ich weise Ihnen den Weg.«

»Ich kenne den Weg«, erwiderte Leander.

»Sehr schön«, murmelte die Madam.

Leander kannte Dublin von dem Banditen-Job mit Jurko. Außerdem hatte er am Abend zuvor den Stadtplan noch einmal genau studiert. Er hatte sich das Abbild der Stadt eingeprägt, so wie er sich auch ein Gesicht einprägte. Die Plätze schienen ihm Fixpunkte wie Augen und Ohren, die Straßen wie ein feines Netz aus Falten, das einmalig, unverwechselbar und individuell gesponnen lag. Quer durch das Gesicht der Stadt Dublin aber lief wie eine Narbe der Fluss, Liffey. Und die Brücken, die sich darüber spannten, waren wie die Fäden einer chirurgischen Naht, die beide Ufer der Stadt zusammenhielten.

Leander hatte die Madam und Manuel überredet, für einen Tag nach Dublin zu fahren. Zuerst reagierten die beiden verblüfft, dass Leander nach sieben Wochen Neutralität, Anpassung und Gehorsam auf einmal die Initiative ergriffen hatte und neugierig geworden schien auf die alte Hauptstadt des Landes. Doch dann waren sie von der Idee sehr angetan. Die Madam wollte die Gelegenheit nutzen, eine alte Freundin zu treffen und außerdem bei den großen Auktionshäusern Prospekte von Häusern mitzunehmen, die zum Verkauf standen.

»In Dublin haben sie natürlich die viel interessanteren Angebote als in Wexford«, hatte sie gesagt.

Und Manuel wollte in alten Antiquariaten nach außergewöhnlichen Büchern stöbern. Also waren sie früh am Morgen nach einer schnellen Tasse Kaffee Richtung Dublin aufgebrochen, waren auf breiten, neuen, geraden Straßen gefahren und hatten die Stadt knapp zwei Stunden später erreicht.

»Früher hat die Fahrt fast doppelt so lange gedauert«, hatte die Madam einmal melancholisch gesagt. »Die Straßen waren schmal und kurvig. Und die Autos waren alt und langsam.«

Am Park St. Stephen's Green im Herzen von Dublin hielt Leander an und ließ die beiden aussteigen.

»Seien Sie um sechs Uhr abends in der Lounge des Shelbourne Hotel«, sagte die Madam.

»Selbstverständlich«, nickte Leander willfährig wie ein professioneller Chauffeur.

»Und fahren Sie den Wagen unbedingt in ein Parkhaus oder besser noch zu einem bewachten Parkplatz. Autos werden hier andauernd gestohlen. Es ist eine unangenehme Plage.«

»Selbstverständlich.«

Es blieben ihm sieben Stunden, um seiner eigenen Wege zu gehen. Mittags um zwölf Uhr hatte er sich mit Ieva am Tor der alten Universität Trinity College verabredet, um die mysteriöse Frau aus der Unterwelt der Stadt zu identifizieren.

Jurkos Geschichte damals war ideal für den *Playboy* gewesen, eine Story von selbstherrlichen, selbstgerechten, filmreifen, bösen und verrückten Verbrecherbossen, die über Dublin herrschten wie Könige von Teufels Gnaden. Von einfachen Einbrechern und Bankräubern waren sie zu Drogenhändlern geworden, die Bandenkriege um die Heroinmärkte ihrer Reiche führten, und sich gegenseitig Killerkommandos auf den Hals hetzten, um noch mehr Einfluss, noch mehr Geld zu erringen. Leander war sich vollkommen klar darüber, worauf er sich da einließ. Es wurde wild gelebt und schnell gestorben in Dublin. Die Unterwelt existierte im Schatten des normalen bürgerlichen Alltags und des Tourismusbetriebes mit Zuständen wie in den Mafiastädten Süditaliens. Natürlich hatte die Polizei den Drogenbanden irgendwann den Krieg erklärt und viele der kleinen Gangster und sogar einige der Bosse festgenommen. Andere kamen bei Schießereien ums Leben, bevor sie verhaftet werden konnten. Doch die alten feudalen Bosse wurden nur von neuen jungen Bossen ersetzt. Statt wie früher nur Banken und Postämter zu überfallen oder mit Heroin und Haschisch zu dealen, war nun ein Business mit Kokain und illegaler Computersoftware entstanden, denn das war der neue Markt, das waren die neuen Drogen im modernen Irland ebenso wie im modernen Rest von Europa. Die Oberherrschaft über Dublin aber hielten einer der alten Bosse, der alle Razzien und alle Veränderungen unbeschadet überlebt und überstanden hatte, und ein Nachwuchs-Gangster. Der Newcomer wurde »Der Priester« genannt, weil er nicht trank, keine Drogen nahm, sich angeblich bei jedem Mordauftrag, den er gab, bekreuzigte und regelmäßig in die Kirche ging. Er herrschte über den lukrativen Süden der Stadt. Der andere hieß »Der Joker«, weil er niemals tat, was man erwartete. Beide waren zu schlau oder zu verrückt, um der Polizei ins Netz zu gehen. Sie regierten Dublin. Niemand konnte ihnen etwas anhaben. Das alles wusste Leander, seit er für Jurko die Geschichte fotografiert hatte. Kein Wunder, dass Ieva nur »Ach du heilige Scheiße« gesagt hatte, als sie von Leander erfuhr, woher er die Frau auf den Fotos zu kennen glaubte. »Gangland«, wie es in der Presse hieß, das Revier der Gangs war lebensgefährlich. Es wurde gekämpft und getötet mit einer handgreiflichen Leidenschaft, als wollten die Gangster jeden Tag neu beweisen, dass es neben dem angepassten, modernen Irland auch noch das archaische, blutdürstige Irland gab.

Es gab in Dublin nur zwei Kriminalreporter, die auf Berichte aus der Verbrecherszene der Hauptstadt spezialisiert waren, einen Mann und eine Frau. Die Spezialistin für Crime-Reportagen hieß Valeria Gallison, eine ehrgeizige Reporterin der renommierten Sonntagszeitung *Sunday Independent*. Doch diese Valeria Gallison war erst vor wenigen Monaten von einem Killerkommando auf offener Straße erschossen worden. Sie hatte sich mit einem der Bosse angefreundet und hatte dadurch mehr als jeder andere Reporter oder jeder Polizist in Erfahrung bringen können. So wurde sie zur Star-Reporterin von Irland. Sie merkte nicht, oder wollte nicht bemerken, dass sie von dem Gangster ausgenutzt wurde und nur Informationen erhielt, die den anderen Unterweltbossen der Stadt schadeten. So wurde sie zu einer zentralen Figur im immer währenden Bandenkrieg von Dublin. Doch eines Tages hatte sie wohl zu viel oder auch nur das Falsche geschrieben und starb vor der roten Ampel an einer Kreuzung in Dublin. Ein Motorrad hielt direkt neben ihrem Audi-Cabrio, der Mann auf dem Soziussitz beugte sich herab, zog einen schweren Revolver aus seiner Lederjacke und jagte ihr aus nächster Nähe vier Kugeln in den Kopf. Dann gab der Fahrer Gas und raste davon.

Für Jurkos Reportage hatte Leander den Tatort und das Grab der Valeria Gallison fotografiert. Außerdem hatte er Fotos in einer billigen Vorortbar gemacht, in der sich angeblich die härtesten Schurken und die Killer der Stadt trafen. Und hatte sich dort freundlichen, gemütlich ihr Bier trinkenden Männern gegenüber gesehen, die sich leutselig rühmten, mehr Menschen umgebracht zu haben als ihre Hände Finger besaßen. Leander hatte die frischen Schusswunden und das aschfahle Gesicht eines Kleingangsters fotografiert, der im Krankenhaus lag, weil er versucht hatte, einen der großen Drogenbarone um eine Lieferung Kokain zu prellen. Er war beim Fernsehen durch das Fenster seines Wohnzimmers zusammengeschossen worden und hatte nur durch Zufall überlebt. Dafür war sein dreijähriger Sohn tödlich getroffen worden.

Um zehn Minuten vor zwölf traf Leander an dem grauen Tor ein, den Haupteingang des Trinity Colleges. Das Tor wirkte, als würde hinter der hohen Mauer nicht eine Universität, sondern eine Festung liegen. Studenten und Touristen gingen ein und aus oder standen herum und warteten auf irgendjemanden oder einfach nur darauf, dass der Vormittag zum Nachmittag wurde. Der Himmel über der Stadt war von einem klaren fast metallenen Blau, durch das dunkelgraue Wolken trieben wie schwere Schiffe. Das Licht wechselte zwischen grellscharfem Sonnenschein und dunklen Schatten, in denen alle Farben der Stadt erloschen. Leander war zu früh und nutzte die Zeit, rief die Telefonauskunft an und ließ sich die Nummer der skandalsüchtigen Boulevardzeitung *Weekend Mirror* geben. Denn dort arbeitete der andere Crime-Reporter Dublins, William Pauling. Leander wollte ein Treffen mit ihm verabreden, erfuhr jedoch von einer Sekretärin, dass Pauling gerade an einem Drehbuch für eine TV-Dokumentation über die Verbrecherszene Dublins arbeitete. Er hatte auf Mallorca eine Finca gemietet und schaltete sein Handy nur einmal in der Woche für dringende Nachrichten ein, und zwar immer mittwochs von 15 bis 16 Uhr. Und heute war Donnerstag.

»So ein Mist!«, fluchte Leander.

Einige Touristen und Studenten sahen ihn irritiert an. Er hatte sich auf Dublin ebenso schlecht vorbereitet wie auf das erste Treffen mit Ieva Maloney in Borris. Und schon sah er Ieva herankommen. Es schien ihm, als teilte sie die Passanten auf der Straße vor sich, wie auserwählte Propheten das Wasser des Meeres vor sich teilen, aber das war natürlich nur eine optische Täuschung. Aber für Leander war sie die ungewöhnlichste Frau der Stadt. Die stolzeste Frau der Stadt. Sie trug wieder diese eng um ihre schmale Taille gegürteten schwarzen Jeans, zur Abwechslung aber einen dunkelgrünen weichen Pullover, als wollte sie ein vorsichtiges Signal der Hoffnung geben. Ihre düstere Kriegsbemalung, die wilde Lederjacke und die Motorradfahrerstiefel aber ließen keinen Zweifel daran, dass sie nach wie vor kampfbereit war. Sie ahnte sicherlich nicht, wie anbetungswürdig sie trotzdem aussah. Leanders Körper ächzte unter der Sehnsucht, diese Frau in die Arme zu nehmen und festzuhalten, diese spröde Schönheit, diesen Körper, diesen Stolz. Er hatte schon so lange keine Frau mehr berührt. Aber dazu hatten sie sich nicht verabredet.

»William Pauling ist nicht in der Stadt«, begrüßte Leander die junge Frau, um das Schlimmste gleich vorweg zu sagen.

»Ich weiß. Er ist auf Mallorca und schreibt ein Drehbuch.«

»Woher weißt du das?«

»Ich habe telefoniert. Genauso wie du.«

»Und was machen wir jetzt?«

»Der Reihe nach alle anderen Leute fragen, die uns Antwort geben können. Was denn sonst?«, sagte Ieva.

Sie klang keineswegs enttäuscht, sondern tatendurstig.

»Komm. Ich habe ein Motorrad gleich um die Ecke stehen. Das ist schneller in Dublin als ein Auto.«

Sie ging los. »Ich wusste nicht, dass du ein Motorrad hast«, sagte Leander, und setzte sich mit schnellen Schritten in Bewegung, um neben Ieva zu bleiben.

»Es ist nicht mein Motorrad. Und ich habe auch keinen Führerschein dafür. Ich hoffe, das stört dich nicht.«

»Ich würde mit dir durch Himmel und Hölle fahren«, hörte sich Leander verblüfft sagen.

Ieva zuckte zusammen, als hätte sie einen Schlag erhalten.
»Red keinen Schwachsinn.«

»Ich würde mit dir überall hinfahren«, wiederholte Leander langsam. Er wusste, dass es die vollkommenen Worte für diesen Moment waren.

Ieva blieb stehen und sah ihn frontal an. Sie spürte sicherlich, dass ihr Gesicht rot geworden war, aber es störte sie nicht.

»Danke«, sagte sie nur.

Das Motorrad erwies sich als eine alte 750er Honda mit Vierzylindermotor und jeweils zwei mächtigen, aber verrosteten Auspufftöpfen auf beiden Seiten. Irgendwann einmal war es rot gewesen, doch durch die Jahre und wegen vieler Stürze war es zerschrammt und hatte die Farbe von altem Motoröl angenommen. Das schwarze Leder der Sitze war eingerissen und mit Klebeband geflickt. Am Gepäckträger hingen zwei Sturzhelme, die so mitgenommen waren wie das Motorrad. Ieva schnallte sie los und reichte Leander den größeren.

»Ich glaube, du bist auch ein Mann, den man überallhin mitnehmen kann«, lächelte Ieva und stülpte sich den Helm über die struppigen Haare.

»Ich bin Fotograf«, erwiderte Leander.

»Ach ja, richtig. Ein Fotograf ohne Kameras.«

Als Ieva das Motorrad startete, sprang der Motor sofort weich und geschmeidig an. So kaputt das Motorrad auch aussah, so perfekt gewartet war seine Maschine. Und Ieva fuhr so sicher, als habe sie viel Übung. Leander lehnte sich an ihren Rücken und genoss die Fahrt durch die Straßen von Dublin. Er war bereits lange genug in Irland, um an das Fahren auf der falschen Straßenseite gewöhnt zu sein, und reagierte nicht überrascht auf die ungewohnten Bewegungen, die Ieva vollführte, als sie sich durch das Gewühl der Autos schlängelte. Sie kamen schnell voran.

Obwohl sie William Pauling beim *Weekend Mirror* nicht treffen würden, steuerte Ieva als Erstes das Redaktionsgebäude an, um die drei Fotos zumindest dem Mann im Fotoarchiv zu zeigen. Sie trafen in einem baufälligen Schuppen hinter dem Haupthaus nur auf einen kleinen alterslosen Mann, der über ein Chaos aus Schachteln, Mappen, Pappkartons, klaffenden Ordnern und schief getürmten Fotostapeln herrschte, ein Chaos, das ihm längst über den Kopf gewachsen war.

»Ich kenne diese Frau«, sagte er sofort, als Leander ihm die Fotos hinhielt. »Ich kenne diese Frau, aber ich weiß nicht, wer sie ist. Moment, Moment, das haben wir gleich.« Dann begann er, unsystematisch in Kartons und Schubladen zu wühlen, doch offensichtlich nicht, um dort irgendetwas zu finden, sondern um beflissen und engagiert zu wirken.

»Ach was«, sagte er nach einer Weile. »Ich raube euch die Zeit. Ich suche heute Nachmittag in Ruhe und ihr könnt morgen wiederkommen, dann weiß ich Bescheid.«

»Ja gut«, nickte Leander.

»Bis morgen«, fügte Ieva hinzu.

Aber sie alle wussten, dass Ieva und Leander nicht mehr kommen würden.

Danach suchten sie mit den drei Fotos der geheimnisvollen Frau die Redaktionen der *Irish Times* und der einzigen anderen ernst zu nehmenden Zeitung, des *Irish Independent,* auf. Mehr überregionale Zeitungen gab es in Irland nicht. Doch die Redakteure, die sie trafen, sagten alle übereinstimmend:

»Keine Ahnung. Wir wissen nicht, wer diese Frau sein könnte.«

Überall wohin sie kamen, sahen sie die Schilder an den Eingangstüren mit der Aufschrift »Motorradfahrer müssen ihre Helme abnehmen, bevor sie eintreten«. Leander hatte von Jurko erfahren, dass diese Schilder noch aus der Zeit stammten, als alle Raubüberfälle in Irland von Motorradfahrern begangen wurden, die als einfachste Art aller Maskierungen Sturzhelme mit dunklen Visieren getragen hatten. Es war sehr seltsam, nun selber einer dieser verdächtig behelmten Motorradfahrer zu sein.

Bei den Fernsehsendern in Dublin waren alle Redakteure viel zu beschäftigt, um sich überhaupt mit Fotos zu befassen, die zwei Jahre alt waren. Und auch bei der Polizei hatten sie keinen Erfolg.

»O Gott, schon wieder ein Spinner, der Paddy the Saint finden will«, stöhnte der Chefermittler gegen das organisierte Verbrechen am Telefon, als Leander ihn vom Empfangstresen des Hauptquartiers anrief. Der Polizist machte sich nicht einmal die Mühe, Leander und Ieva zu empfangen.

»Lass uns einen Kaffee trinken«, schlug Ieva vor, als sie vor dem Hauptquartier der Polizei am Motorrad standen, und ihr nichts mehr einfiel, was sie noch tun konnten. Ihre Stimme klang flach und leer. Und Leander begriff, wie anfällig ihre Tatkraft war, wie sehr Verzweiflung und Pessimismus in ihr wühlten wie ein schädlicher Virus. Wie schnell der Optimismus in ihr zusammenbrach.

»Eine Möglichkeit gibt es noch«, sagte er.

»Und die wäre?«

»Du musst mich in eine Straße fahren, deren Namen ich nicht weiß, zu einer Bar, deren Namen ich auch vergessen habe.«

»Und was sollen wir dort?«, fragte Ieva mit beißender Ironie.

»Ich habe dort vor zwei Jahren ein paar Killer fotografiert. Vielleicht kommen wir da weiter.«

»Du bist verrückt.«

»Ich bin Fotograf.«

»Das kommt auf dasselbe raus. Und wie willst du eine namenlose Bar in einer namenlosen Straße finden?«

»Mit geschlossenen Augen.«

»Na prima.«

Aber genau so machten sie es. Leander ließ Ieva zurück zum Park St. Stephen's Green fahren und von dort zu einer Brücke über einen alten Kanal, an der er und Jurko vor drei Jahren losgefahren waren zu der besagten Bar. Dort schloss er die Augen und erinnerte sich. Erinnerte sich an alles, was er damals auf der Fahrt gesehen hatte, und erzählte es Ieva. Und sie steuerte seinen Anweisungen nach. Vorbei an den Häuserzeilen einer Vorstadt mit kleinen Lebensmittelläden, Wäschereien, Bars und Reisebüros. Dann durch ein Viertel mit den Doppelhausvillen einer urbanen Mittelschicht bis in einen Vorort, in dem die entlang der Straße lückenlos aufgereihten Häuser klein und niedrig waren, nicht viel anders als in dem Dorf Borris. Leander wusste, dass er sich auf seine Erinnerung verlassen konnte.

»Hier irgendwo ist es«, murmelte er zuletzt. »Die Bar hatte ein rotes Schild mit goldenen Lettern über der Tür und den Fenstern.«

»Da drüben ist eine Bar mit rotem Schild. Sie heißt O'Malley's«, sagte Ieva.

»O'Malley's! Richtig, das war der Name.«

Leander erkannte das Innere der Bar sofort wieder. Die alten geschnitzten und gedrechselten Flaschenregale, der schwere Holztresen, das Dämmerlicht, der Geruch nach Bier und Zigarettenrauch. Eine dieser Dubliner Bars, die zu groß, zu schön, zu prächtig ausgestattet waren für ihre bedeutungslose Lage in einer armen Vorstadt. Leander erkannte auch den Wirt wieder. Er sah aus, als wären die letzten Jahre nicht vergangen, als habe er die ganze Zeit hinter dem Tresen gestanden. Ein dünner Mann mit grauen lockigen Haaren. Drei Männer saßen an der Theke und hatten große Gläser mit dunklem Guinness vor sich stehen.

»Ich kenne dich«, sagte der Wirt. »Du hast hier fotografiert vor ein paar Jahren.«

»Richtig.«

Leander sah die drei Männer an der Theke an. Er kannte sie nicht.

»Wo sind die Männer von damals? Trinken sie nicht mehr hier?«

»Sie sind tot«, sagte der Wirt emotionslos.

»Alle?«

»Fast alle. Zwei sind im Gefängnis.«

Leander sah sich noch einmal um. Für eine Sekunde hatte er Scheu, seine Fotos zu zeigen.

»Damals hattest du einen Mann dabei«, sagte der Wirt mit Blick auf Ieva. »Was ist mit ihm?«

»Er ist auch tot.«

»So ist das Leben«, nickte der Wirt.

Da zog Leander die Fotos aus seiner Jackentasche.

»Kennen Sie diese Frau?«, fragte er den Wirt.

Der besah sich die Fotos sehr lang. Viel zu lang. Und dann sagte er:

»Ich habe die Frau niemals gesehen.«

Also schob Leander die Fotos zu den Männern an der Theke. Und die sahen sie sich ebenfalls lang an. Es war eine willkommene Abwechslung in der Monotonie ihres Nachmittages. Und dann sagten auch sie: »Niemals gesehen. Keine Ahnung, wer die Alte ist.«

»Sie kennen sie. Sie wissen genau, wer sie ist«, zischte Ieva Maloney wütend, als sie O'Malley's Bar verlassen hatten.

»Natürlich«, sagte Leander. »Aber es bringt uns nicht weiter. Vorerst jedenfalls nicht.«

»Dann lass uns jetzt einen Kaffee trinken«, resignierte Ieva.

»William Pauling hat ein Handy mit Faxfunktion. Ich werde ihm nächsten Mittwoch ein Foto von der Frau faxen«, versuchte Leander die Frau an seiner Seite zu trösten.

»Lass uns einen Kaffee trinken«, wiederholte Ieva nur. »Ich zeige dir etwas. Ich zeige dir zwei Plätze, an denen Paddy sich wohl gefühlt hat. Einen, bevor er ein Star war, und einen andern, als er berühmt geworden war. Das wird dir alles über Ruhm und Geld sagen.«

So fuhren sie zurück ins Zentrum von Dublin, durch die Straßen einer Stadt, die Leander mochte. Herrschaftliche Häuser mit Klinkerfassaden, hohen Fenstern und bunten Eingangstüren. Kleine Privatparks in der Mitte von Straßengevierten. Regierungsgebäude aus hellgrauem Stein mit Säulen, schweren Giebeln und Portalen. Braune Doppeldeckerbusse, die durch die Straßen dröhnten. Bohemienhafte Studenten und junge Mädchen, die in Gruppen unterwegs waren. Alte Penner, die mit unerschütterlicher Geduld Hinweisschilder auf Geschäfte in Nebenstraßen hielten. Jurko hatte Leander viel über Dublin erzählt. Dass im großen Park St. Stephen's Green, wo Müßiggänger auf dem Gras lagen und Liebespaare schlenderten, vor über 80 Jahren einmal Schützengräben im Bürgerkrieg der Iren gegen die Engländer gegraben worden waren, und dass der Park vier Jahrhunderte früher eine alte Richtstätte war, auf der einmal sogar eine junge Frau gehängt worden war, weil sie ihr uneheliches Baby erdrosselt hatte. Und dass es keine 50 Schritte von der Haupteinkaufsstraße O'Connell Street einmal die finstersten Slums Europas gegeben hatten. Leander liebte Dublin mit seiner schweren Geschichte auf eine unmittelbare Weise. Die Stadt schien ihm wesensverwandt zu sein, geschichtsschwer und unschuldig gleichermaßen.

Es war gut, nicht als Tourist hier zu sein, sondern als ein Mann, der etwas hier suchte, eines ihrer Geheimnisse aufdecken wollte. Dublin war eine gute Stadt, um zu lieben und geliebt zu werden. Um Bücher zu schreiben und Bilder zu malen, zu trinken und zu singen. Der Fluss, der Liffey hieß, lief mitten durch die Stadt zum Meer und trennte seit tausend Jahren den Norden der Stadt vom Süden. Es war Wasser mit unverrückbarer Gültigkeit. Und das Gangland der Drogenbarone, das der Fluss für den Priester und den Joker schied, schien in einer anderen Welt stattzufinden. Auf den Brücken über den Fluss saßen schmutzige Frauen mit ebenso schmutzigen Säuglingen und bettelten. Sie saßen, als hätten sie seit Generationen so gesessen.

Ieva bog in eine schmale Nebenstraße ein und stoppte das Motorrad vor einer klinkerroten Markthalle, in der nicht mehr Fleisch oder Gemüse verkauft wurde wie früher einmal, sondern billige Post-Punk-Klamotten, Schallplatten, Postkarten, antiquarische Bücher und Piercings. Dort gab es einen kleinen Coffeeshop.

Das Café war ein Wunderort. Dort einzutreten kam einer Zeitreise in das Jahr 1974 gleich. Es gab eine billig gezimmerte Holztheke mit zwei diensteifrigen Mädchen dahinter, einige Tische und Stühle aus rohem Holz, und an den Wänden hingen dutzende Plakate von Underground-Theaterstücken, Underground-Konzerten, Underground-Dichterlesungen und Underground-Ausstellungen. Mädchen saßen an den Holztischen und waren gekleidet in alles, was jemals als unbürgerlich gegolten hatte, bevor der Punk erfunden wurde. Sie trugen labberige Wollpullover mit Löchern, durch die verwaschene Batik-T-Shirts zu sehen waren, weite Cordhosen mit bunten Flicken, schwere Schnürstiefel und zerraufte lange Mähnen. Die Männer waren ebenfalls jung, mager, unrasiert und rochen nach schlechter Ernährung, Zorn und Avantgarde. Und alle rauchten wie besessen. Leander betrat diese Welt untergegangener Werte und Ideale wie ein Forschungsreisender. Ieva dagegen bewegte sich auf eine Art sicher, die bewies, dass sie nicht zum ersten Mal hier war. Sie bestellte zwei Becher Kaffee und zwei Stück Schokoladenkuchen, ohne Leander nach seinen Wünschen zu fragen.

»Paddy war hier Stammgast«, begann die junge Frau, als wollte sie etwas erklären, doch schon nach dem ersten Satz schwieg sie und rührte nur in ihrem Kaffee.

»Erzähl mir mehr von deinem Bruder«, forderte er sie nach einer Weile auf.

»Wenn man in Borris, County Carlow, zur Welt kommt, liebt man das Land, die Menschen, die Musik, die Magie, in die man hineingeboren wird. Es ist wie ein Instinkt, gegen den man nichts machen kann. Doch irgendwann, wenn man dreizehn oder vierzehn Jahre alt geworden ist, empfindet man vor allem Bedeutungslosigkeit. Nur wer in Dublin lebt, ist wichtig. Der Rest spielt keine Rolle. Man kann sich in Borris damit abfinden und bleiben, oder man kann sich dagegen auflehnen. Wenn man sich auflehnt, merkt man schnell, dass die Bedeutungslosigkeit kein Naturgesetz ist, sondern von Menschen für uns gemacht worden ist. Von Menschen, die in Kirchen predigen, die in Schulen lehren, und von den Menschen, die Priestern und Lehrern die Macht geben, das zu predigen und zu lehren, was sie sollen. Unwichtige Bürger haben kein Selbstbewusstsein, mit ihnen kann man viel leichter machen, was man will, wenn man an der Macht ist. Vor allem, wenn man dafür sorgt, dass sie genug Bier, Whiskey und traurige Musik haben. So extrem hat Paddy es jedenfalls empfunden. Und so extrem hat er es beschrieben und besungen. Vielleicht wäre es leichter für ihn gewesen, wenn er mit einem anderen Namen getauft worden wäre.«

»Warum heißt er Padraigh Bridged?«
»Es sind die beiden größten Heiligen Irlands.«
»Sind deine Eltern so fromm?«

»In Irland sind alle irgendwie fromm. Auch wenn sie es nicht sein wollen.«

»Aber warum heißt du nicht Bridged?«

»Als Paddy geboren war, meinten die Ärzte, meine Mutter würde keine weiteren Kinder mehr bekommen können. Da haben sie ihm beide Namen gegeben. Es sollte ein besonderer Segen sein, aber es ist zu einem Fluch geworden. Als ich geboren wurde, hatten sie keinen richtig guten Heiligennamen mehr übrig.«

»Aber es gibt doch Schlimmeres auf der Welt, als nach zwei alten Heiligen zu heißen.«

»Nicht wenn du Padraigh Bridged Maloney heißt und aus Borris, County Carlow, stammst.«

Leander betrachtete die kriegsbemalte Frau, die ihm gegenübersaß, und musste sich eingestehen, dass er nicht verstand, was sie meinte. Er begriff nicht, was an zwei Namen so schlimm sein sollte. Er selber wäre auch als Jesus Maria Leander Fotograf geworden und kein hasserfüllter Musiker. Und genau genommen war ihm auch Ievas Verhalten rätselhaft. Es war in Ordnung, unter dem Verschwinden eines Bruders zu leiden, sie aber tat es mit einer unerklärlichen rigorosen Verzweiflung. Vielleicht lag es daran, dass sie Irin war. Bisher hatte er Iren nur fotografiert, doch wie sie wirklich dachten und empfanden, konnte er nicht sagen.

»Was war Paddys Fluch?«, nahm er das Gespräch wieder auf.

»Paddy hat seine beiden Namen wie einen Auftrag empfunden. Der alte Saint Patrick hat die heidnischen Iren bekehrt, und Bridged hat geheilt und Wunder gewirkt. Und das wollte Paddy auch tun. Er wollte der Prophet eines aufsässigen und neugierigen Irland werden. Ein wilder Erlöser. Er hat begonnen, die Priester und die Kirche zu hassen. Und die Lehrer und ihre Lehren. Er hat begonnen, Borris zu hassen, unsere Bedeutungslosigkeit und das ganze alte Irland dazu, die Traditionen, die Starre, die Bewegungslosigkeit. Alles sollte anders werden. Darum hat er geschrieben. Darum hat er gesungen. Darum hat er die Wut und die Kraft gehabt, ein Rockstar zu werden. Und seine Fans haben ihn angebetet dafür. Aber irgendwie hat er vor lauter Hass die Liebe zu sich selbst verloren. Darum hat er sich die Haut zerschnitten, hat gehungert und von Whiskey gelebt. Früher wäre er Revolutionär oder Attentäter geworden, heute konnte er auch Rockstar werden. Es macht keinen Unterschied. Er hasste alles Alte mit einer fanatischen Energie, die ihn selbst zur Verzweiflung getrieben hat. Aber er konnte nicht anders. Und hierher ist er gekommen, um andere zu treffen, die so wild waren wie er, die schrieben, sangen, malten, die kämpften wie er. Solange es diesen Platz hier gibt, werden sich die Zornigen, die Wütenden und die Verzweifelten, die Dichter, Maler und Musiker hier treffen. Sie werden miteinander reden, sich zusammentun und einander in ihren Gefühlen bestärken. Und wenn es dieses Café nicht mehr gibt, werden sie heimatlose Wanderer sein, verloren, zerstoben, verjagt, zerrieben und vergessen. So wie Paddy jetzt schon verschwunden ist ... verschwunden ... einfach so ... verschollen ... spurlos ...«

Ievas Stimme erlosch. Leander starrte sie an. Sie saß mit gesenktem Kopf über ihre Tasse gebeugt, und Tränen tropften in den Kaffee. In diesem Moment erkannte er, dass er sie berühren musste, jetzt, da eine sanfte Geste der einzig mögliche Trost sein würde. Aber sie saß ihm gegenüber, die Breite des Tisches trennte sie. So stand er auf, trat neben die trauernde Frau, kniete nieder und legte seinen Arm um ihre Schulter. Und Ieva ließ ihren Kopf gegen seine Schulter sinken, lehnte sich schwer an ihn und weinte ein seltsames, völlig lautloses, fast bewegungsloses Weinen. Irgendwann versiegten ihre Tränen, aber Ieva blieb wie sie war, an Leander gelehnt, dem sie schwerer und schwerer wurde. Bis sie sich zuletzt straffte, aufrichtete und sich einmal übers Gesicht wischte.

»Danke, das habe ich gebraucht«, sagte sie. Ihre Stimme klang fest, ohne Bedauern.

»Lass uns den Kaffee austrinken und gehen. Ich will dir noch etwas zeigen. Und dann ist deine Zeit um.«

Als sie aus dem Café traten, schlug ihnen blendendes Blitzlicht entgegen. Wieder und wieder.

»Was soll der Scheiß?«, schrie Ieva den Mann an, der sie fotografierte.

»Paddy Maloneys Schwester folgt einer neuen geheimnisvollen Spur«, sagte der Mann, »denkst du, das lassen wir uns entgehen.«

»Hau ab, hau bloß ab!«, schrie Ieva ihn an.

»Immer mit der Ruhe, Ieva, ich hab ja schon, was ich will.« Und damit drehte sich der Fotograf um und eilte davon.

»Was war das?«, fragte Leander perplex.

»Wahrscheinlich ein Mann vom *Weekend Mirror*. Siehst du, du bist plötzlich in einen prominenten Fall verwickelt.«

Für Leander hielt die Zeit für einen Augenblick an, drehte sich um sich selbst und tickte dann erst weiter, als wäre nichts geschehen. Aber es war etwas geschehen. Er, der Fotograf, war plötzlich von einem Paparazzo abgeschossen worden.

»Da staunst du, was?«, grinste Ieva und war nach der ersten Wut sichtlich froh, dass etwas passiert war, das ihre Trauer durchbrochen hatte. Sie schien plötzlich bester Stimmung zu sein.

Sie ließen das Motorrad stehen und schlenderten durch Seitenstraßen, bis sie wieder am Park St. Stephen's Green ankamen. Dort betrat Ieva ein neues, postmodern gestaltetes Gebäude und ging eine breite Treppe hoch. Oben schob sie eine schwere Glastür auf, in die der Name »Eagle Avenue« geätzt war, und trat in ein leeres, extrem teuer aussehendes Restaurant. Ein dunkelhäutiger Ober kam sofort auf sie zu.

»Was wünschen Sie? Wir haben erst ab achtzehn Uhr geöffnet?«

»Ich will nur diesem Mann das Restaurant zeigen. Er ist ein Journalist aus Deutschland«, konterte Ieva.

»Gut, drei Minuten«, sagte der Ober.

Ieva nickte beiläufig.

»Ein einfaches Menü kostet hier 300 Euro, ohne Drinks und Wein – mindestens«, sagte sie zu Leander. »Paddy war hier, nachdem er die erste Million gemacht hatte. Hier hat er mit den Saints gegessen, wenn sie in Dublin waren. Hier hat er die Manager der Plattenfirma getroffen. Hier hat er die Verträge für die neuen CDs und die Tourneen mit den Saints ausgehandelt.«

»Hier war er nicht mehr bedeutungslos«, sagte Leander.

»Genau. Der Laden hat einen Michelin-Stern, der Koch heißt Constantin, ist nur zwei Jahre älter als Paddy und auch eine Art Popstar.«

»Ich verstehe. Paddy war hier, um sich zu beweisen, dass ihn sein Hass zum gemachten Mann gemacht hat. Dass er es geschafft hat. Dass er seinen Doppelnamen vergoldet hat.«

Nebeneinander traten sie wieder in die Wirklichkeit von Dublin. Einen Moment standen sie unentschlossen auf dem Gehsteig. Es war Zeit auseinander zu gehen. Die Madam und Manuel warteten wohl schon. Leander musste den Mercedes vom Parkplatz holen. Autos und Motorräder rauschten an ihnen vorbei.

»Wir sind keinen Schritt weitergekommen«, sagte Leander.

»Nein. Aber dafür sind wir nächstes Wochenende in der Zeitung«, griente Ieva schief. »Das wird ein Spaß.«
»Es ist gut, dich lachen zu sehen.«
»Es tut auch gut«, nickte sie. »Danke. Danke für alles.«
Plötzlich erstarrte ihr Gesicht wie unter Schock.
»Vorsicht!«, keuchte sie.
Die Welt explodierte. Alles war plötzlich Bewegung und Chaos. Und dann wurde es schwarz.

11

Als Leander zu sich kam, lag er auf dem Gehweg. Ieva hielt seinen Kopf. Sie war aschfahl im Gesicht.

»Ist okay, okay«, stammelte er und versuchte sich aufzurichten.

Irgendetwas war verkehrt daran, so zu liegen. Er sollte neben Ieva stehen. Stattdessen lag er. Passanten waren um ihn stehen geblieben und starrten auf ihn herab. Ieva half ihm beim Aufstehen. Sein Kopf dröhnte los.

»Was ist passiert?«, fragte er.

»Normalerweise wärst du tot«, sagte Ieva. »Ich weiß nicht, warum sie dich nicht erschossen haben. Sie machen sonst keine halben Sachen.«

»Was ist passiert?«, beharrte Leander.

»Zwei Männer auf einem Motorrad. Wir nennen sie Hit-Team. Sie tragen Sturzhelme mit Visier. Der Fahrer steuert so nahe ans Opfer wie möglich. Der Beifahrer schießt. So machen sie es immer.«

»Warum haben sie auf mich geschossen?«

»Das haben sie nicht. Das ist das Merkwürdige. Hätten sie geschossen, dann wärst du jetzt tot.«

Leander stand unsicher. Das Dröhnen in seinem Kopf konzentrierte sich an seinem Hinterkopf. Dort pulste und vibrierte es. Und tropfte seltsam feucht und kühl werdend in den Kragen seiner Lederjacke.

»Sie haben dich nur geschlagen«, sagte Ieva. »Mit einem Hurling-Schläger. Es sollte wohl eine Warnung sein.«

»Dann ist das Blut in meinem Nacken?«

»Ja. Es ist eine Menge Blut, könnte aber schlimmer sein«, nickte Ieva.

Sie gab sich betont ruhig, um Leander aufzubauen. Dann ließ sie ihre Lederjacke von den Schultern gleiten, streifte ihren Pullover über den Kopf. Für einige Sekunden stand sie da nur mit einem schwarzen BH, in dem wundervoll rund ihre Brüste lagen. Doch schon zog sie ihre Lederjacke wieder über. Ihren Pullover aber knotete sie wie einen improvisierten Verband um Leanders Hals und stellte den Kragen seiner Jacke auf.

»Das müsste reichen«, murmelte sie. »Du siehst aus, als würdest du einen dicken Schal tragen. Sehr chic.«

Irgendjemand der Passanten applaudierte. Ieva zeigte keine Reaktion.

»Ich muss zum Wagen. Ich muss zur Madam und Manuel«, stieß Leander hervor. »Wie viel Zeit ist vergangen?«

»Nicht viel. Nur ein paar Minuten.«

»Ich muss los.«

»Natürlich. Ich begleite dich. Schaffst du es?«

»Ja, klar. Ich glaube schon.«

Sie gingen zu dem bewachten Parkplatz, wo Leander den Mercedes eingestellt hatte. Jeder Schritt war eine Anstrengung. Eine merkwürdige lauwarme Schwäche trieb durch seinen Körper, und er hatte ihr nur die Kraft seiner Konzentration und seines Willens entgegenzusetzen. Sein Körper wollte liegen, seine Augen wollten sich schließen, sein erschüttertes Bewusstsein wollte wegdämmern. Aber der Tag war noch lang, und der Weg zurück zum Ballytober House unendlich weit. Es würde ein erbitterter Kampf gegen das Schwachwerden sein.

»Warte einen Moment«, sagte Ieva plötzlich, lehnte Leander gegen eine Hauswand, lief über die Straße und verschwand in einer Bar.

Kurz darauf kehrte sie mit einem großen Glas voll farbloser Flüssigkeit zurück.

»Was ist das?«, wollte Leander wissen.

»Medizin«, sagte Ieva. »Trink!«

Und er trank. In einem langen Zug. Er trank Feuer. Pures, kühles, flüssiges Feuer. Sein Magen rebellierte, doch Leander zwang die Flüssigkeit in seinen Körper. Und plötzlich strömte Hitze durch seine Glieder, und eine fast irreale Klarheit herrschte in seinem Kopf.

»Das ist Poteen. Moonshiner. Schwarzgebrannter Whiskey«, erklärte Ieva, bevor Leander fragen konnte, was sie ihm eingeflößt hatte. »Das ist das Wasser des Lebens. Damit wirst du bis zum Abend durchhalten.«

Sie setzten den Weg zum Parkplatz fort, gingen ganz nah beieinander. Sie gehörten zusammen in diesem Moment. Ihre gemeinsame Geschichte hatte an diesem Tag begonnen. Als sie neben dem Mercedes standen, als der Augenblick gekommen war, auseinander zu gehen, den Tag zu beenden, um allein weiterzumachen, fiel es Leander schwer, den Schlüssel ins Schloss zu stecken und dort zu drehen, den Wagen aufzuschließen, die Tür zu öffnen, einzusteigen. Das war es, was als Nächstes zu tun war, aber er konnte es nicht. Und Ieva konnte nicht einfach gehen, stand unschlüssig neben ihm. Sie erstarrten für einige Sekunden. Und sahen sich an. Und hoben gleichzeitig die Arme, um sich aneinander zu ziehen. Und so war es gut, denn so gehörten sie zusammen. Sie hielten sich. Sie küssten sich. Lange. Ieva schmeckte nach Kaffee, nach Rauch und nach Rosen. Leander trank ihr Aroma. Seine Hände hielten ihre schlanke Taille, nach der sie sich so lange gesehnt hatten. Ihr Körper war fest und elastisch unter seinem Griff. Und ihre Zunge war weich und ruhig, als er mit seiner Zunge nach ihr forschte. Und als es vorüber war, weil es nicht ewig dauern konnte, lächelte Ieva ihn an.

»Du riechst nach Blut und du schmeckst nach Poteen und Gefahr. Das ist ziemlich sexy«, sagte sie.

»Und du bist alles, was ich berühren und spüren wollte«, erwiderte er, und dann lachten sie beide, denn sie hatten gesagt, was zu sagen war. Jetzt konnten sie auseinander gehen.

Als Leander wie verabredet die Lounge des Shelbourne Hotel am St. Stephen's Green betrat, war er nur neun Minuten zu spät. Sein Kopfschmerz hatte sich zu einem dunklen Grollen zusammengerollt. In seinen Adern pulste der farblose Whiskey und Ievas Kuss. Er würde durchhalten. In der hohen Lounge mit dunkelgrüner Seidentapete, Stuckdecke, schweren Gemälden und einem mächtigen Kamin warteten die Madam und Manuel. Sie saßen in einer der bequemen Couches, die in großzügigen Gruppen um niedrige Tische arrangiert waren, und sahen glücklich und zufrieden aus.

»Hatten Sie einen guten Tag? Was möchten Sie trinken?«, fragte die Madam.

»Poteen«, sagte Leander.

»Sie kommen langsam auf den Geschmack«, nickte die Madam zufrieden und bestellte für Leander einen Whiskey, so als müsste er nicht Auto fahren, und für sich und Manuel einen Sherry. Sie hatte einen Stapel Hausprospekte vor sich liegen. Und nachdem Leander sich in die Couch ihr gegenüber niedergelassen hatte, fächerte sie die Prospekte vor ihm auf. Durch einen Nebel, der sich wie ein Gazevorhang vor sein Denken und Wahrnehmen gelegt hatte, betrachtete Leander die Bilder und Beschreibungen der Häuser. Alte verwahrloste Farmen mit unermesslich viel Land waren darunter und riesige Herrenhäuser, graue Burgen ohne Wasser- und Stromversorgung, reetgedeckte Cottages, ein abgelegener Bahnhof, eine Bar und ein Leuchtturm. Die Madam war begeistert. Es würde in den kommenden Tagen wieder viel zu besichtigen geben.

Also würdigte Leander jedes der Hausangebote mit einem langen Blick, nickte dazu, kommentierte es und ließ sich das Nächste vorlegen. Er handelte ganz automatisch. Ievas Pullover in seinem Nacken, der durch trocknendes Blut fest mit seinem Kopf verklebt war, gab ihm Haltung und Kraft. Die Madam war mit ihm zufrieden, und auch als Manuel den Stapel Bücher präsentierte, die er erworben hatte – über niemals entzifferte Zeichenschriften in prähistorischen Gräbern, über Häuser und Schlösser, in denen der Teufel spukte, und über Wassergeister in abgelegenen Moorseen –, blätterte Leander viele Seiten gehorsam durch. Der Schmerz in seinem Kopf, der Whiskey in seinem Blut, die Erinnerung an Ievas Kuss wirkten wie eine nie genossene Droge. Leander fixierte jedes Blatt, jedes Bild mit eiserner Aufmerksamkeit. Doch endlich meinte die Madam, es sei Zeit zum Aufbruch. Sie bezahlte. Dann erhoben sie sich und gingen hinaus. Ein gutes Dutzend Schaulustiger stand wie üblich um den Mercedes. Leander brauchte nur noch die 150 Kilometer bis Ballytober House durchzuhalten, dann hatte er es geschafft.

Sie rollten aus der Stadt. Leander fixierte die Straße vor sich wie eine Schlange ihr Opfer vor dem Biss. Er durfte die Konzentration nicht verlieren, durfte der wattigen Schwäche in seinem Kopf nicht die Oberhand lassen. Die Madam neben ihm und Manuel auf dem Rücksitz waren nur Schatten für ihn, ihre Stimmen nur nebensächliche Geräusche. Er fuhr nicht zu langsam, sodass es nicht unnormal wirkte, und nicht zu schnell, denn er spürte, dass seine Reaktionen verlangsamt waren. Er steuerte den kostbaren alten Mercedes sicher durch den Verkehr. Er hatte sich unter Kontrolle, hatte alles unter Kontrolle. Damit war er vollauf beschäftigt. Noch weigerte sich sein Bewusstsein, darüber nachzudenken, was eigentlich passiert war. Ievas Pullover verklebte mit Leanders Nacken zu einer harten starken Einheit. Es war so gut gewesen, sie zu halten, ihren Körper unter seinen Händen zu spüren. Ihre Lippen, ihre Zunge zu spüren. Verheißung. Und da begriff Leander mit all seinen angeschlagenen, beschädigten Gedanken, dass er vollkommen glücklich war, dass er durch einen Abend des Glücks fuhr, in dem alles Wünschen und Hoffen zu einer einzigen dichten Realität geworden war. Ieva war keine fremde Frau mehr für ihn. Sie hatte den Tag mit ihm geteilt, die Suche, die Enttäuschung, die Spannung in der Bar der Gangster, den Schock des Angriffs, den Kuss, der die einzige Auflösung aller Ereignisse bot. Das war das pure Glück.

Sie fuhren vorbei an hohen Bäumen und Hecken, Dörfern aus grauen Häusern mit roten, gelben und blauen Türen, Tankstellen und Take-away-Cafés, Baumschulen und langen hohen Mauern, in denen sich unvermittelt trutzige Tore auftaten. Immer noch trieben schwere Wolken durch den Himmel, schoben Schatten über das Land, um es unvermittelt erstrahlen zu lassen unter dem Ansturm der Sonnenstrahlen, die schon das Rotgold des Abends in sich trugen. Ein Motorrad folgte ihnen, überholte nicht, fiel nicht zurück, folgte ihnen mit auffälliger Hartnäckigkeit. Es dauerte viele Minuten, bis Leander das Motorrad registrierte. War das wieder das Hit-Team, um diesmal Ernst zu machen? Leander hätte Gas geben müssen, um das Motorrad abzuschütteln, oder um zumindest zu klären, ob es tatsächlich hinter ihm her war. Aber er hatte die Kraft nicht, konnte nur monoton fahren und versuchen, den Wagen unauffällig und sicher auf der Straße zu halten. Filzgraue Gedanken erfüllten Leanders Kopf. Würde das Motorrad neben den Mercedes aufschließen, würde der Mann auf dem Sozius einen schweren Revolver ziehen und feuern? Es wäre Leander egal. Er hatte keine Kraft mehr übrig, um um sein Leben zu fürchten. Manuel sagte etwas zu seiner Mutter. Die Madam sagte etwas zu Leander.

»Wie bitte?«, fragte Leander überrascht zurück.

Er musste seine Aufmerksamkeit mühsam auf die gesprochenen Worte richten.

»Wir kommen nach Gorey. Es gibt nur eine Ampel in dem Ort. Biegen Sie dort links ab. Wir wollen noch Primrose und Henry besuchen. Wir tun das immer, wenn wir aus Dublin zurückfahren.«

O Gott, dachte Leander, nicht noch eine Pause, nicht noch einen Besuch bei irgendjemandem. Ich kann nur noch Auto fahren, ich halte nur noch eine Stunde durch. Ich kann nicht anhalten und irgendjemanden sehen. Doch er musste tun, was die Madam von ihm wünschte – oder erzählen, was geschehen war.

Also bog er in dem Städtchen Gorey an der einzigen Ampel links ab und geriet auf eine schmale Nebenstraße. Das Motorrad blieb hartnäckig hinter dem Mercedes. Kilometer um Kilometer auf einer kurvigen Straße, vorbei an einem Steinbruch, durch lange Alleen und entlang an niedrigen Steinmauern, durch menschenleere Straßendörfer und vorbei an vereinzelt stehenden Bauernhöfen mit uralten Häusern und neu gebauten Silotürmen aus silbernem Wellblech. Das Motorrad folgte ihnen unablässig. Irgendwann sagte die Madam:

»Langsamer jetzt! Da vorne kommt ein großer Parkplatz an einem großen abgebrannten Pub. Eine schwarze Ruine. Halten Sie dort!«

Und tatsächlich tauchte auf der linken Straßenseite ein großer, völlig leerer Parkplatz vor den rußigen Mauerresten eines Gebäudes auf.

»Das war der größte und modernste Pub der Gegend«, erklärte Manuel. »Eine Bar, eine Lounge und ein riesiger Ballroom. Neu, hässlich und viel zu groß. Alles daran war falsch, wenn Sie verstehen, was ich meine. Aber die jungen Leute haben den Platz geliebt. Eines Nachts ist alles abgebrannt. Es hat, glaube ich, siebzehn Tote und sehr viele Verletzte gegeben. Niemand hat den Platz wieder aufgebaut. Und wissen Sie warum? Er ist verflucht. Wenn Weißdorn und Brombeeren über die Ruinen gewachsen sind, werden die siebzehn Toten hier umgehen.«

»Und was wollen wir hier?«, fragte Leander schwach.

»Wir besuchen den richtigen Platz«, erklärte die Madam.

»Aber hier gibt es doch nichts mehr«, wandte Leander ein.

»Nicht für normale Leute«, sagte Manuel.

Leander bremste und bog auf den Parkplatz. Das Motorrad zog vorbei. Der Fahrer hob die Hand zum Gruß. Da erst erkannte Leander, dass es Ieva war, die seiner Fahrt bis hierher Deckung gegeben hatte. Und er lächelte.

Hinter einem Wall aus Gestrüpp stand ein winziges Cottage, dessen Strohdach grün von Moos war. Die niedrigen Wände hatte man vor unendlich langen Jahren einmal weiß gekalkt, doch längst hatten sie die Farbe von grauen Flechten und braunen Pilzen angenommen. Die Fenster waren winzig mit trüben Scheiben und verwittertem grünem Lackanstrich. Das Cottage schien Leander so klein, dass normale Menschen darin nicht wohnen konnten. Aber vielleicht lag es nur an Leanders angeschlagenem Geist, dass er den Sinn für Dimensionen verloren hatte, denn aus dem Schornstein quoll blauer Rauch, und der eigenartig süße Geruch von Torffeuer lag in der Luft.

Sie traten in einen dunklen, winzigen Raum, der nur vom unsteten Licht eines Kaminfeuers erhellt war. Drei kleine Stühle standen vor dem Feuer. Auf einem saß eine alte Frau, auf dem anderen saß ein alter Mann, der dritte Stuhl war leer. Auf den setzte sich die Madam, als sei es das Selbstverständlichste auf der Welt. Sie wirkte riesig neben den beiden Alten.

»Willkommen, willkommen«, lächelte die alte Frau. Sie hatte unordentlich kurz geschnittene Haare, die aussahen, als wären sie nachlässig mit einer stumpfen Schere oder einem Messer gekürzt worden. Der Kittel, den sie trug, war einmal geblümt gewesen, doch nach unzähligen Jahren an ihrem Körper hatte er die Farbe einer Herbstwiese unter dichtem Raureif angenommen.

»Hallo Primrose, hallo Henry«, sagte die Madam, und ihre Stimme klang seltsam weich und voller Liebe.

»Guten Tag«, nickte der alte Mann.

Er war einmal groß und schlank gewesen und hatte den Kopf höher getragen, als es die niedrige Decke des Cottages zuließ. Doch er war krumm geworden, hatte einen Buckel bekommen und einen tief nach vorne gebeugten Hals. Trotzdem lächelte er ein warmes, schelmisches Lächeln, und seine Augen blitzten. Manuel und Leander blieben hinter den Stühlen stehen.

»Die beiden sind älter als die Zeit«, flüsterte Manuel in Leanders Ohr. »Sie haben schwarzgebrannten Whiskey ausgeschenkt, bevor der abgebrannte Pub gebaut wurde. Das hier war eine Shebeen, eine illegale Poteen-Kneipe. Sie haben Poteen ausgeschenkt, als der Bürgerkrieg war. Sie haben hier Menschen bewirtet, als das letzte Jahrhundert noch neu war. Sie sind uralt. Sie sind so alt wie Irland, glaube ich.«

Leander nickte, und eine Welle aus Schmerz brandete durch seinen Kopf.

Der alte Mann hatte einen Steinkrug neben seinem Stuhl hervorgeholt und füllte fünf dickwandige Gläser mit einer klaren Flüssigkeit.

»Poteen«, flüsterte Manuel.

»Ich weiß«, gab Leander zurück, »ich weiß es schon lange.«

Dann stand der alte Mann auf, und man konnte sehen, wie steif sein Körper war, wie abgenutzt von Alter, Feuchtigkeit und Rauch. Er reichte seiner alten Frau das erste Glas.

»Auf dein Wohl, Primrose«, sagte er.

Er lächelte die Alte an, und sie strahlte. Dann gab er der Madam das zweite Glas.

»Auf Ihr Wohl und Ihre Gesundheit«, sagte er und verbeugte sich.

Es schien überhaupt nicht klar, ob er die Madam eigentlich erkannte, oder ob er diesen Toast für jeden Gast gesagt hätte. Das nächste Glas reichte er Manuel und entbot ihm den irischen Trinkspruch, den Leander von dem Geisterforscher schon einmal gehört hatte: »Seo sláinte na h-Éirinn.«

Dann trat der Alte mit dem letzten Glas zu Leander und betrachtete ihn einen langen Moment.

»Der Tod ist nahe bei dir, ganz nahe«, nickte er knapp und rief dann aus: »Und jetzt lasst uns trinken!«

Es war ein seltsames Ritual. Gehorsam setzten alle ihr Glas an die Lippen und tranken es mit einem einzigen Schluck leer. Wieder explodierte der Poteen in Leanders angeschlagenem Kopf. Der Raum taumelte, das Feuer drehte eine Pirouette. Der alte Mann wurde zu einem diffusen Schatten und seltsam durchsichtig.

»Der Tod ist nahe bei dir, der Tod, aber auch die Liebe«, flüsterte seine Stimme noch einmal.

Alle Gläser wurden noch einmal gefüllt. Leander trank dankbar. Feuer, Betäubung und eine unendliche Ruhe erfüllte seinen Geist. Sehnsucht nach Ieva flackerte durch seinen Körper und verwehte. Rauch wirbelte aus dem Kamin und erfüllte den zwielichtigen Raum.

Als sein Handy anschlug, bog Leander gerade in die Einfahrt von Ballytober House. Er konnte nicht sagen, wie er bis hierher gekommen war, aber er hatte es geschafft. Und als er das Gerät aktiviert hatte, hörte er Ingas Stimme.

»Ich habe für Lilian ein Ticket nach Dublin für den kommenden Sonntag gekauft«, sagte sie. »Sie freut sich wie verrückt auf dich.«

»Aber ...«

Die Zunge lag träge in Leanders Mund. Es fiel ihm schwer, sie für ein Wort in Bewegung zu setzen.

»Was aber?«

»Ich kann nicht ... nicht jetzt ...«

»Hör auf, Leander. Du hast deiner Tochter versprochen, dass sie zu dir kommen darf. Es sind Ferien, jetzt kneif nicht, nur dieses eine Mal nicht!«

»Ich habe nichts versprochen!«

»Du versprichst, was du willst, und vergisst es nur sofort wieder, ich weiß. Das ist mir auch egal, aber es geht um Lilian. Sie vermisst dich so. Mit mir kannst du machen, was du willst, aber nicht mit deiner Tochter. Hast du mich verstanden!«

»Aber hier ist es gefährlich. Ich habe die schlimmsten Verbrecher Dublins am Hals. Ich bin heute fast umgebracht worden. Der Tod ist ganz nahe!«

»Erzähl keinen Unsinn, Leander! Lilian kommt am Sonntag um 13.45 Uhr an. Sie ist deine Tochter und sie hat Sehnsucht nach dir, verstehst du, sie vermisst dich, seit du einfach nach Irland verschwunden bist. Sie braucht dich. Sie ist nur noch traurig und unglücklich ohne dich! Ich konnte es nicht mehr mit ansehen. Bitte, sei für sie da! Sie bleibt nur eine Woche. Bitte, Leander, bitte!«

Er spürte den verwunderten Blick der Madam auf sich ruhen.

»Gut!«, sagte er knapp und unterbrach die Verbindung.

»Welche Verbrecher sind hinter Ihnen her?«, wollte die Madam wissen.

»Es war nur ein Scherz«, log Leander und bemühte sich, seine Stimme leichthin klingen zu lassen.

Die Madam akzeptierte die Ausrede. Wahrscheinlich füllte der Poteen ihre Gedanken mit Milde. Leander fühlte sich plötzlich sehr nüchtern und so schlecht wie ein erwachsener Sohn, der seine Mutter immer noch belügen musste, um seine Ruhe und sein eigenes Leben haben zu können.

Eine Stunde später konnte sich Leander endlich freinehmen. Er hatte im Kamin des großen Wohnraums ein Feuer entfacht, genug Holz aus einem der Schuppen von Ballytober House geholt, hatte eine Flasche Wein für die Madam entkorkt und sich dann endlich zurückgezogen. Der Poteen verlor beängstigend schnell an Wirkung, und er fühlte sich sterbensmüde. Sein Körper war steif und zäh, als er die Lederjacke auszog. Jede Bewegung ließ Schmerzen in seinem Nacken aufflammen. Ievas Pullover war fest mit seiner Wunde verklebt. Er zog sich aus, trat unter die Dusche und ließ warmes Wasser über seinen Kopf und seinen Körper laufen. Er hoffte, irgendwann würde der aufgeweichte Pullover sich ohne Schmerzen von seinem aufgeplatzten Nacken lösen, aber so war es nicht. Zuletzt riss er ihn mit einer einzigen wilden verzweifelten Bewegung von der blutverklebten Wunde und stöhnte vor Schmerz. Das Duschwasser lief dunkelrot an seinem Körper herab, blutrot. Er lehnte sich an die kühlen Fliesen der Duschkabine und hoffte, dass es besser würde. Aber nichts wurde besser. Er drehte das Wasser ab, taumelte aus der Dusche, trocknete sich mit fahrigen Bewegungen ab und legte sich auf dem Bauch aufs Bett und schloss die Augen. Er war am Ende. Er brauchte jemanden. Jurko zum Beispiel, der immer wusste, was zu tun war, der ihm einen Verband anlegen und einen Plan für die nächsten Tage haben würde. Oder Ieva, die seine pulsierende Wunde, aus der ein stetiger kühler Strom von Blut rann, mit einem Kuss verschließen und heilen würde. Aber er war allein.

Erst jetzt kam der Schock über das, was geschehen war.

Bis zu dieser Minute hatte sich Leander durch pure Willensanstrengung und durch Poteen aufrechtgehalten. Jetzt kam der Zusammenbruch. Die Suche nach Padraigh Bridged Maloney war kein Hirngespinst mehr, sie war Realität geworden, blutige Realität. Und er hatte Mächte aufgestört, die er nicht beherrschen würde, so viel stand fest. Er war Fotograf, er befand sich eigentlich immer außerhalb der Ereignisse, er war nur Beobachter, war Zeuge, war niemals ein Beteiligter. Doch diesmal schützten ihn keine Kameras und kein Auftrag. Er hatte die Gangster Dublins herausgefordert, aber er war nur ein Spieler. Sie dagegen waren Verbrecher, die kein Spiel spielten, sondern ihren erbarmungslosen Krieg führten, gegen jeden. Leander fror und zitterte. Als er noch einmal die Augen öffnete, sah er, dass das Kissen um seinen Kopf von Blut getränkt war. Dann schlief er ein.

12

Ein steter Regen rauschte auf den Park von Ballytober House, als Leander erwachte. Er lag immer noch auf dem Bauch. Sein Nacken war hart und steif, und als er die Wunde betastete, spürte er knorrigen Schorf in seinem Haar etwa so lang wie seine Handspanne. Er erhob sich vorsichtig, blickte auf das Kissen mit den dunkelbraun eingetrockneten Blutflecken. Im Bad gab es keinen zweiten Spiegel, mit dem er seine Wunde hätte begutachten können, und vielleicht war das auch gut so. Eine Welle von Schwindel trübte seine Gedanken und verflüchtigte sich wieder. Schließlich fühlte er sich stark genug, sich zu waschen, zu rasieren und anzuziehen. Er wählte einen Pullover mit großem Kragen, den er aufstellen und so seine Wunde verbergen konnte. Es war acht Uhr, die Zeit, zu der er immer aufstand. Es würde gut sein, sich nach den Vorfällen des vergangenen Tages wieder den üblichen Morgenverrichtungen zu widmen.

Leander räumte die noch warme Asche aus dem Kamin, baute neues Holz auf und entzündete es. Er brühte Kaffee in der Küche, deckte den Frühstückstisch, setzte sich mit einer Tasse ans Feuer und blickte in die Flammen. Er war auf der Suche nach Padraigh Bridged Maloney sehr schnell sehr weit gekommen. Zu schnell und beängstigend weit. Es war vollkommen still in der großen Wohnung. Nur die Flammen zischelten und das Holz knackte. Irgendwann kam Manuel aus seinem Zimmer. Das war ungewöhnlich, denn er war sonst immer der Letzte. Leander blickte erstaunt hoch.

»Guten Morgen, Manuel«, grüßte er.

»Auch Ihnen einen schönen guten Morgen«, nickte Manuel höflich.

Er hatte seinen Laptop-Computer und eine dicke Landkarte bei sich, kniete sich vor den Kamin und entfaltete sie dort auf dem Boden. Leander erkannte, dass es sich um eine sehr alte, ziemlich fleckige und erstaunlich genaue Landkarte dieser Gegend handelte. Alle Straßen, alle Wege und jedes einzelne Haus waren darauf verzeichnet.

»Sehen Sie sich das an«, sagte Manuel.

Leander kniete sich neben ihn. Als Erstes zeigte ihm der Geisterforscher Ballytober House mit all den Ländereien, die vor 200 Jahren zum Besitz gehört hatten. Jeder Baum der Allee zum Meer war eingezeichnet, jeder Stein an der Küste und der weite Bogen aus Sandstrand, der sich bis zum Hafen von Carne erstreckte. Aber es war nicht Ballytober House, was Manuel wirklich interessierte. Er zeigte Leander das Symbol einer Windmühle an der Südküste.

»Vor 250 Jahren ist bei einem Sturm einer der Mahlsteine zerbrochen. Er ist genau genommen zerplatzt wie von einer Granate getroffen, wenn Sie verstehen, was ich meine. Die herumfliegenden Splitter haben den Müller durchbohrt wie eine Geschossgarbe«, erklärte Manuel.

Dann deutete er mit dem Zeigefinger auf ein kleines Haus am Rand eines Friedhof der »Our Lady's Island« hieß.

»Das Haus ist abgerissen worden. Dort haben die Totengräber gewohnt. Drei von ihnen haben sich im Abstand von fünf Jahren erhängt und immer am selben Haken in der Decke.«

Manuel ließ seinen Finger weiterwandern zum Zeichen eines alten Burgturms.

»Hier hat es vor 100 Jahren ein sehr seltsames Feuer gegeben. Es ist im untersten Geschoss ausgebrochen und hat sich in genau zehn Stunden durch alle Holzdecken und Treppen nach oben gefressen. Der Burgherr, der in einem der oberen Stockwerke geschlafen hatte, konnte nicht entkommen. Er hatte nicht den Mut, aus einem der Fenster in die Tiefe zu springen. Niemand konnte ihn retten. Er ist nach zehn Stunden Todesangst verbrannt. Der Turm steht heute noch als Ruine da.«

»Und?«, fragte Leander.

»Sehen Sie selbst«, erwiderte Manuel und tippte auf die Plätze, die er Leander gezeigt hatte.

Der starrte die Karte an. Sie war alt und wertvoll und schön gezeichnet. Aber was begeisterte Manuel daran? Leander sah sie an, und dann bemerkte er es: Die drei Orte, die der Geisterforscher ihm mit ihren schauerlichen Geschichten beschrieben hatte, lagen so auf der Karte, dass sie durch eine ganz feine gerade rote Linie miteinander verbunden werden konnten. Und diese Verbindungslinie war scheinbar sinnlos mitten auf der Wasserfläche des Tacumshin-Sees mit einem Kreuz markiert worden.

»Dort sind vor drei Wochen die Kinder ertrunken«, murmelte Leander.

»Richtig! Sehr gut!«, lobte Manuel. »Aber wer hat diese rote Linie auf der alten Karte gezogen? Und wann? Und warum? Sie werden mich heute hinausfahren, damit ich mir den Verlauf der Linie vor Ort genau ansehen kann. Ich möchte eine Computersimulation der Ereignisse anlegen, um den nächsten Todesort und den möglichen Zeitpunkt berechnen zu können. Hoffentlich ist Ihre Kopfverletzung nicht so schlimm, dass Sie pausieren müssen.«

»Meine was ...?«, stammelte Leander vollkommen überrumpelt.

»Ihre Kopfverletzung, wenn Sie verstehen, was ich meine. Wer hat sie Ihnen denn zugefügt?«

»Wann haben Sie sie denn bemerkt?«

»Gestern, gleich als Sie in die Lounge des Shelbourne Hotel kamen.«

»So schnell?«

»Natürlich, so schnell«, sagte Manuel emotionslos. »Ich glaube, Sie unterschätzen mich. Wenn man sich mit Geistern beschäftigt, hat man auch eine gute Witterung für Gewalt und Blut. Wissen Sie das denn nicht?«

»Nein. Sie sind der erste Geisterforscher, mit dem ich zu tun habe.«

Die Entwicklung des Gesprächs überraschte Leander. Er hatte Manuel in all den irischen Wochen unterschätzt und war wütend auf sich. Jurko hatte ihn immer damit geärgert, dass er als Fotograf nur ein Mann der Äußerlichkeiten war. Doch in diesem Moment schien es Leander genau so zu sein. Er hatte sich ein schnelles, einfaches Bild von Manuel gemacht: der Geisterjäger, der verschrobene Sonderling, der treu ergebene Sohn, nett und höflich, aber ein Spinner, harmlos und nicht weiter ernst zu nehmen. Und Manuel war an diesem Morgen extra früh aufgestanden, um Leander all seine Vorurteile gründlich heimzuzahlen.

»Die Verbrecher Dublins sind tatsächlich hinter Ihnen her«, fuhr Manuel unerbittlich fort. »Sie haben gestern am Telefon die Wahrheit gesagt.«

Er war noch nicht fertig mit seinem Chauffeur und Gesellschafter.

»Ja, stimmt.«

»Und wer war am Telefon?«

»Meine Tochter.«

»Und wer war der Motorradfahrer?«

»Meine Verbündete.«

»Und alles hat mit Padraigh Bridged Maloney, dem verschollenen Popstar, zu tun.«

»Woher wissen Sie das?«

»Ich habe die Zeitungsausschnitte in Ihrem Zimmer gelesen«, sagte Manuel sachlich.

Es schien Leander, als sei die Welt seit dem heftigen Schlag auf seinen Kopf aus den Fugen geraten. Es war, als habe sich die Welt und damit auch Manuel von Tattenbach in den wenigen Minuten seiner Ohnmacht auf dem Straßenpflaster von Dublin vollkommen verändert.

»Was weiß Ihre Mutter davon?«, fragte Leander schwach. Doch schon hörte er die Schritte der Madam die Treppe herunterkommen. Manuel faltete die Landkarte zusammen und sagte: »Wir fahren um Punkt 12 Uhr.«

»Was weiß Ihre Mutter von allem?«

»Alles oder nichts. Das ist schwer zu sagen. Fragen Sie sie doch einfach.«

Aber Leander fragte sie nicht, noch nicht. Das Frühstück verlief wie immer. Trotz des Regens bestand die Madam auf dem Spaziergang am Meer. Sie ging unter einem großen Regenschirm an einem unter dem Aufprall der Regentropfen singenden Meer. Kein Mensch war zu sehen. Die Luft war feucht und schwer. Die Madam atmete immer wieder tief durch. Sie wirkte glücklich. Und als sie nass ins Haus zurückkehrten, drängte Manuel sofort zum neuerlichen Aufbruch. Es war tatsächlich 12 Uhr mittags.

»Ich würde heute gerne frei haben. Du hast doch nicht vor, bei diesem Wetter Häuser zu besichtigen?«, fragte er seine Mutter.

»Nein, geh nur. Und sei um sechs zurück«, entgegnete sie.

Leander fuhr auf Manuels Geheiß zuerst zum Friedhof von Lady's Island. Dort stapften sie um die niedrigen Ruinen des Hauses, in dem sich die Totengräber umgebracht hatten. Es war nicht viel mehr als ein rechteckiger Haufen aus Steinen und Ziegeln, der überwachsen war mit Brombeerbüschen und Weißdornbäumen. Manuel drängte sich immer wieder durch das dornige Gestrüpp, stieg auf den höchsten Punkt der Ruine, blickte über die niedrige Friedhofsmauer hinaus in den Regen und in die Richtung, in welcher der Tacumshin-See lag. Leander stand einfach nur da und spürte, wie der Regen durch den Kragen seiner Jacke in den Pullover lief und ihn mit klammer Kälte füllte. Seine Hosenbeine waren längst nass. Nur seinem Kopf und der Wunde tat die feuchte Kälte gut. Der Regen war wie eine lindernde, heilende Massage. Manuel hatte seine Peilung vorgenommen und ging auf geradem Weg in die Richtung, die etwa der Linie auf der Landkarte entsprach. Er ging keine Umwege, sondern stieg über Gräber, zwängte sich durch Büsche, kletterte über Mauern, bis er ans Wasser kam. Und dann schien er alles in Erfahrung gebracht zu haben, was es hier zu entdecken gab, und wollte zur Burgruine gefahren werden.

Die vor 100 Jahren ausgebrannte Burg von Ballyhealy bestand tatsächlich nur aus einem einzelnen quadratischen Turm, der hoch und hohl auf einer Viehweide stand. Hier wiederholte Manuel Ähnliches, was er schon auf dem Friedhof getan hatte, kletterte in der Ruine herum, erklomm sogar die raue Innenmauer so hoch er konnte und peilte durch eine der Schießscharten in den Regen, ging daraufhin eine weite Strecke schnurgerade ab und ignorierte Leander. Der stand frierend im Regen.

Plötzlich schlug sein Handy an. Es war Ieva.

»Wie geht es dir?«, wollte sie sofort wissen.

Eine Welle von Sehnsucht erfüllte seinen Körper. Seine Lippen prickelten.

»Der Kopf ist okay. Ich fühle mich etwas seltsam, aber sonst bin ich in Ordnung.«

»Das ist gut«, seufzte sie.

»Danke für den Begleitschutz gestern«, lächelte er. »Ich dachte erst, du wärst ein Hit-Team.«

»Hattest du Angst?«

»Dazu waren die Kopfschmerzen viel zu stark.«

Sie lachte. Und dann wurde sie einen Moment still. Und dann erst sagte sie: »Ich habe keine Kopfschmerzen, und darum habe ich Angst.«

»Um mich?«

»Ja, um dich. Und um mich. Um uns. Ich habe mitbekommen, was in den letzten Jahren in Dublin passiert ist. Wenn wir weitermachen, werden sie nicht mehr zuschlagen, sondern schießen. Und sie schießen nie daneben.«

»Ja, ich weiß«, sagte Leander. »Mir ist das Ganze auch zu viel. Lass uns treffen und bereden, was wir tun sollen. Morgen. Kannst du nach Carne kommen? In den Coffeeshop von June und Anne. Es gibt dort nur das eine Café. Morgen um vier Uhr.«

»In Ordnung«, sagte Ieva.

»Ich freue mich auf dich.«

»Das ist gut«, sagte Ievas Stimme und klang nach einem Lächeln.

Als die Verbindung unterbrochen war, wurde Leander bewusst, dass er von Ieva ebenso wenig wusste wie von Manuel. Er hatte den Geschmack ihrer Lippen auf den seinen. Ihre Stimme war ihm vertraut, und seine Augen betrachteten ihren Körper mit Wohlgefallen. Er war ihre letzte Hoffnung bei der Suche nach ihrem verschollenen Bruder. Aber wer war sie? Wovon lebte sie? Jobbte sie im Laden ihrer Eltern? Wo und wie wohnte sie? Gab es einen Mann in ihrem Leben? Leander erkannte, dass er sich tatsächlich immer nur um die Äußerlichkeiten der Menschen gekümmert hatte. Wie sahen sie aus, welches Schicksal konnte man mit ihnen abbilden, welche Träume machten sie für die Betrachter wahr? Er dachte stets nur in Bildern. Für das Leben, die Geschichten, die Hoffnungen, Träume und Seelen war Jurko zuständig gewesen. Er empfand sich als arm und leer und beschloss, zumindest Ieva kennen zu lernen und schon beim nächsten Treffen damit zu beginnen.

Manuel kam auf ihn zu. Er war völlig durchnässt, schien dem aber keinerlei Bedeutung beizumessen.

»Warum tun Sie das?«, fragte Leander, um seine Neugier zu erproben.

»Was?«, wunderte sich Manuel.

»Warum forschen Sie nach Geistern?«

»Es interessiert mich. Und es tut niemandem weh.«

Leander begriff, dass es leicht war eine Frage zu stellen, aber viel schwieriger, mit der Antwort etwas anzufangen.

»Warum forschen Sie wirklich nach Geistern?«, setzte er auf gut Glück nach.

»Warum fotografieren Sie?«, konterte Manuel.

»Weil ich nie etwas anderes tun wollte. Und Sie?«

Manuel hielt inne und blickte den so plötzlich neugierig gewordenen Mann an seiner Seite an. Er lachte ein lautloses Lachen, nickte ein paarmal mit dem nassen Kopf und holte tief Luft, bevor er zu sprechen begann: »Ich fühle mich in die falsche Zeit geboren, wenn Sie verstehen, was ich meine. Schon als ich klein war. Die Gegenwart ist nichts für mich. Sie macht mir Angst. Zu viel Geschwindigkeit, zu viel Lärm, zu viel Technik und zu wenig Geheimnisse. Ich hätte eigentlich um die Mitte des 18. Jahrhunderts geboren werden müssen. Damals wäre ich genau richtig gewesen. So aber konnte ich nur Philosophie und Ethnologie studieren und versuchen, mich so gut wie möglich aus der Gegenwart herauszuhalten, wenn Sie verstehen, was ich meine.«

»Hmmm«, meinte Leander nur dazu und versuchte, so zu klingen, dass es Manuel zum Weitererzählen animierte.

»Zum Glück ist meine Familie sehr wohlhabend«, fuhr Manuel auch tatsächlich fort. »Sie machten es mir möglich, als Privatier zu leben. Dafür stört es mich auch nicht, immer in der Rolle des unmündigen Sohnes zu verharren, falls Sie das interessiert.«

»Und Geisterforschung ist die ideale Beschäftigung, um möglichst viel in der Vergangenheit zu leben«, warf Leander ein, »und Irland ist das ideale Land dafür.«

»Leider nicht mehr lange. Es wird hier neuerdings alles so schnell modern, wenn Sie verstehen, was ich meine. Meine besten Jahre in Irland sind schon gezählt.«

Der Geisterforscher nickte einige Male sinnend vor sich hin und fixierte Leander dann mit einem scharfen Blick: »Jetzt wissen Sie über mich alles, was von Bedeutung ist. Als Nächstes sind Sie an der Reihe, von sich zu erzählen, Herr Popstar-Jäger. Sie sollten nicht mehr zu lange damit warten. Meine Mutter und ich sind schon sehr gespannt.«

Danach gab es nichts mehr zu sagen. Die beiden Männer stiegen in den Mercedes, und Leander steuerte das dritte Ziel an, die alte Windmühle von Tacumshin.

»Was suchen Sie eigentlich genau?«, begann Leander noch einmal.

»Unglück und Tod halten sich an ziemlich einfache Gesetze«, erklärte Manuel. »Wenn man auf einer Landkarte die Ruine des Turms mit der Mühle von Tacumshin verbindet und diese Linie um diesen Punkt spiegelt, trifft sie genau auf das Haus der Totengräber von Lady's Island. Wenn man diese Strecke im Verhältnis 13 : 7 teilt, ergibt sich ein Punkt im Tacumshin-See.«

»Dort, wo die Kinder ertrunken sind.«

»Richtig. Niemand weiß bis heute, warum es geschehen ist. Dabei brauchte es keinen anderen Anlass als den, dass sich dort ein neuer Ort des Todes gebildet hat.«

»Und diese Linien sind alle auf Ihrer alten Karte?«

»Sie sind merkwürdigerweise bereits vor etwa zweihundert

Jahren dort eingezeichnet worden. Als habe jemand die Ereignisse vorausgeahnt. Oder vorausberechnet.«

»Und was machen wir hier noch? Die Kinder sind doch schon tot.«

»Wenn man den neuen Todespunkt mit den drei alten verbindet und möglichst geschickt extrapoliert, entsteht ein neuer Punkt.«

»Und dort wird wieder jemand sterben.«

»Ja. Natürlich.«

»Und wann?«

»Keine Ahnung. Irgendwann. Wenn es soweit ist.«

Leander fuhr eine Weile schweigend.

»Das ist doch alles Zufall«, entgegnete er dann trotzig.

»Natürlich«, sagte Manuel sanft. »Aber wenn es Sie dennoch interessiert, kann ich Ihnen ja den neuen Todespunkt auf der Karte zeigen, sobald ich ihn berechnet habe. Vielleicht wollen Sie ja dort doch lieber einen Umweg fahren, wenn es darauf ankommt.«

Die Windmühle von Tacumshin stand bewegungslos im Regen. Das Strohdach glänzte wie schwarz lackiert. Manuel stieg sofort aus und nahm seine Untersuchungen und Beobachtungen auf. Leander blieb im Wagen sitzen. Ihm war kalt. Und die kalte Nässe in seinem Haar tat der Wunde nicht mehr gut, sondern erzeugte einen dumpfen kalten Schmerz. Er war erleichtert, dass es noch fünf Tage dauern würde, bevor er William Pauling auf Mallorca anrufen konnte. So würden die Gangster zumindest eine Weile glauben, er habe eingeschüchtert aufgegeben. Er würde Zeit gewinnen müssen, um seine Wunde verheilen zu lassen. Außerdem musste er sich wegen Lilian ruhig verhalten, um sie nicht in Gefahr zu bringen. Es würde viel Zeit vergehen, bevor er weitermachen konnte.

In diesem Moment kam Leander der Verdacht, dass er,

was den Crime-Reporter William Pauling anging, auf einen ganz plumpen Trick hereingefallen war. Jurko war ebenfalls Reporter gewesen und hatte praktisch niemals, unter gar keinen Umständen sein Handy abgestellt. Und wenn er es während irgendwelcher Interviews aus Höflichkeit doch tun musste, hatte er Qualen gelitten, nicht erreichbar zu sein und irgendeine wichtige Information zu verpassen. Und William Pauling würde nicht viel anders sein, er würde jeden Tag und jede Nacht in seiner Finca auf Mallorca erreichbar sein. Auch heute. Auch jetzt. Leander zog seine Geldbörse aus der Gesäßtasche, entnahm ihr den Zettel mit William Paulings Handynummer, die man ihm in der Redaktion des *Weekend Mirror* gegeben hatte, wählte und wartete auf das Signal.

Dann war eine Stimme am Apparat, die nur ein, zwei Worte sagte:

»Ja, hallo!«

»Sind Sie William Pauling?«

»Ja.«

»Hi William, mein Name ist Leander. Ich bin ein Journalist aus Deutschland, und ich suche eine Frau aus der Unterwelt von Dublin, von der ich nur ein Foto habe.«

»Für wen schreibst du?«, fragte Pauling.

»Für den *Playboy*«, log Leander.

»Du schuldest mir sechs Hefte, wenn ich dir helfen kann.«

»Ist klar.«

»Okay, wie sieht die Frau aus?«

Leander schloss die Augen. Er hatte vorgehabt, die Fotos zu faxen. Er war nicht vorbereitet, die Frau am Telefon mit Worten zu porträtieren. Aber sein Gedächtnis ließ ihn nicht im Stich. Er beschrieb dem Reporter die fast weißblonden Haare mit dem langen Pony, der bis über die Augen fiel. Die hellen Pupillen der Frau. Die Nase, die so perfekt war, dass sie wie von einem Chirurgen geformt wirkte. Die hohen Wangen. Die vollen Lippen, bei der jeder Mann sofort an eine wundervolle Fellatio dachte.

»Das ist sicher Susan Atkins«, sagte der Reporter, ohne lange nachzudenken. »Sie ist ein Partygirl und war die Geliebte des Priesters. Weißt du, wer der Priester ist?«

»Klar doch. Ein Mann, der betet, bevor er töten lässt, aber nicht zu katholisch für einen Seitensprung ist.«

»Ja, da hast du verdammt Recht, so ist das mit den Priestern«, lachte Pauling.

»Wo finde ich Susan Atkins?«

»Keine Ahnung. Schwer zu sagen. Ich habe länger nichts mehr von ihr gehört. Sie hat mit einer Freundin eine Wohnung in Dublin am Fitzwilliam Square gehabt. Nummer 19 glaube ich. Im Souterrain.«

»Wann haben Sie zuletzt etwas von Susan gehört?«

»Das ist eine ganze Weile her. Ein Jahr, zwei Jahre. Diese Mädchen kommen und gehen. Und Priester lieben die Abwechslung.«

»Vielen Dank. Sie haben mir sehr geholfen.«

»Vergiss die sechs *Playboys* nicht.«

Leander staunte, wie leicht, wie unglaublich leicht alles war. Ein einziger Telefonanruf, mehr brauchte es nicht. Innerhalb von zwei Minuten hatte er die Identität der geheimnisvollen Frau enträtselt. Er wollte sofort Ieva anrufen, wollte nur nach Ballytober House, um sich dort trocken anzuziehen, und dann sofort nach Dublin fahren, um Susan Atkins zu finden und nach Padraigh Bridged Maloney zu fragen. Die Wunde an seinem Kopf würde einfach nebenbei heilen müssen. Doch da kam Manuel an den Wagen und störte Leanders Gedanken.

»So, jetzt müssen wir noch auf den Tacumshin-See«, sagte er. »Wir haben noch mehr als zwei Stunden Zeit.«

»Aber der Regen, wir sind doch jetzt schon nass«, wandte Leander schwach ein.

»Dann können wir ja nicht mehr viel nässer werden«, lächelte Manuel.

Leander musste Geduld haben. Bis Sonntag, bis er Lilian vom Flughafen abholen konnte. Und genau das, die Sache mit Lilian und ihrem Besuch wollte auch noch der Madam beigebracht sein. Leander fühlte sich mit einem Mal unendlich müde, kalt und kraftlos.

»Was getan werden muss, muss zu Ende gebracht werden. Lassen Sie uns fahren«, unterbrach Manuel seine Gedanken. »Vielleicht finden wir ein Boot.«

Sie fanden ein Boot in dem Dorf am Tacumshin-See, in dem Leander schon einmal stundenlang auf Manuel gewartet hatte. Doch diesmal wollte Manuel, dass Leander mitkam, mit ihm hinausruderte in das stetige Rauschen des Regens.

Auf dem See hörte die Welt auf zu existieren, es gab keinen Himmel und keinen Horizont mehr, keine Richtung und keine Zeit. Sie trieben in dem Boot auf dem Wasser des Sees, umhüllt und zugedeckt von Wasser, das sich unerschöpflich aus dem Himmel auf sie herab ergoss. Manuel hatte sich in den Bug des Bootes gestellt und blickte konzentriert hinaus in den Regen. Leander ruderte langsam, bis Manuel »Halt!« befahl. Er hob die Riemen aus dem Wasser und ließ das Boot treiben, bis es still auf dem See zu liegen kam.

»Hier ist es«, murmelte Manuel. Hier, genau hier ist es passiert.«

Dann herrschte völlige Stille. Leander starrte in die Trübnis und wartete, dass etwas geschah. Manuel verharrte schweigend und völlig reglos. Und dann hörte Leander einfach auf, noch etwas zu erwarten oder etwas zu wollen. Dieser eigenartige irische Zauber funktionierte wieder. Leander hörte noch einmal auf zu existieren. Er empfand nur eine umfassende Gleichgültigkeit und die alles beherrschende nasse Kälte. Die Regentropfen begannen beim Aufprall auf dem Wasser zu tuscheln, zu wispern und raschelnde unverständliche Botschaften zu flüstern. Und Manuel von Tattenbach hörte ihnen zu. Er glich selbst einem Gespenst mit klebrigen nassen weißen Haaren und schwarzem Gehrock, schwarzer Hose.

Plötzlich kam Wind auf, ließ kleingerippte Wellen auf dem See entstehen und leckte an Leanders Körper. Manuel wandte sich um und sagte: »Das reicht, das ist genug. Rudern Sie mich zurück.« Müde tauchte Leander die Riemen ins Wasser und ruderte los. Manuel setzte sich ihm gegenüber auf das Holzbrett im Bug und fragte: »Wie wird der nächste Tod aussehen?«

»Welcher Tod?«

»Im Totengräberhaus war es ein Tod frei hängend in der Luft. In der Burg war es ein Tod im Feuer. In der Mühle war es ein Tod durch Steine, der geballten Kraft der Erde. Und hier draußen war es ein Tod im Wasser. Das sind die vier Elemente. Was bleibt da noch? Wie kann der nächste Tod aussehen, der passieren muss?«

Leander starrte Manuel ratlos an.

»Wahrscheinlich wird es ein moderner Tod sein«, mutmaßte er aufs Geratewohl. Ihm war alles egal. »Ein Tod durch eine Revolverkugel vielleicht. Kaliber 45.«

»Sehr gut. Sehr gut. Etwas in dieser Art. Sie lernen dazu. Sie machen Fortschritte«, lobte Manuel.

Leander wollte nur noch zurück. Wollte nach Ballytober House. Wollte heiß duschen, endlos heiß duschen und zehntausend Stunden schlafen.

»Es ist halb sechs. Wenn wir uns beeilen, sind wir pünktlich zurück«, sagte Manuel von Tattenbach.

13

Der Tag, an dem sich alles ändern sollte, begann mit einem Telefonanruf für die Madam beim Frühstück am Samstagmorgen. Sie sagte einige Male »Aha« und »Soso«, dann hängte sie ein und wandte sich an Leander: »Leander, würden Sie bitte zum SuperValu nach Rosslare Harbour fahren und mir eine Ausgabe des *Weekend Mirror* holen.«

Da war klar, dass das Foto von Leander mit Ieva tatsächlich erschienen war. Und eine von Madams Freundinnen hatte die Zeitung bereits zum Frühstück gelesen. Leander nickte wortlos, erhob sich und verließ den Frühstückstisch. Während der Fahrt trödelte er, ließ den Mercedes langsam durch die engen Straßen rollen. Immer noch regnete es. Ein heftiger kalter Wind war über Nacht aufgekommen, der die Regentropfen in Wolken und Schwaden über das Land trieb. Der Mercedes war wie eine rollende Schutzzone an diesem Morgen. Der Motor schnurrte, die Scheibenwischer gaben kein Geräusch, das Leder der Sitze duftete nach Alter und Erhabenheit. Trotzdem erreichte Leander den SuperValu-Supermarkt schneller als ihm lieb war. Er hätte auch zwanzig oder vierzig Stunden so langsam durch das regenschwere Land fahren können.

Der Laden war noch wenig besucht. Leander ging zum Zeitschriftenstand und griff nach dem *Weekend Mirror*. Das Foto von Ieva und ihm nahm die halbe Titelseite ein. Und die fette Schlagzeile lautete:

»Die Entscheidung? Deutscher Spezialfahnder sucht Paddy the Saint in der Dubliner Unterwelt!«

Darunter stand:

»Alle Fakten zu der ungewöhnlichen Suche auf den Seiten sechs und sieben.«

Leander wurde fast übel. Er ging zur Kasse, und dort saß Kathy.

»Ich wusste gleich, dass Sie kein normaler Chauffeur sind«, bemerkte sie.

Leander sagte nichts dazu, bezahlte und stürmte aus dem Supermarkt.

Er setzte sich in den Mercedes, faltete die Zeitung bis zur Seite sechs und sieben auseinander.

»Neue Spur im Fall Padraigh Bridged Maloney«, verkündete hier die Schlagzeile.

Ein weiteres Foto von Ieva und Leander vor dem Dubliner Café war hier abgedruckt. Die Bildunterschrift lautete:

»Was wissen sie? Paddys Schwester Ieva mit dem geheimnisvollen Sonderfahnder aus Deutschland.«

Dazu gab es zwei Fotos von Padraigh Bridged Maloney und eines von den »Fucked up Saints«. Darunter die Story: »Was gibt es Neues im Fall Padraigh Bridged Maloney, dem verschollenen Star der »Fucked up Saints«? Wer ist der mysteriöse Fahnder aus Deutschland, der wie aus dem Nichts in Dublin aufgetaucht ist? Warum hat er ein Foto mit Paddy und einer unbekannten Frau bei sich, nach deren Identität er überall in Dublin fragt? Informierte Quellen haben bestätigt, dass der deutsche Fahnder, der sich Lee Ainder nennt, bereits vor zwei Jahren in Dublin war, um gegen die Verbrecherszene der Stadt zu ermitteln. Was hat unser Paddy the Saint mit dem organisierten Verbrechen in Dublin zu tun? Welche Verbindung nach Deutschland gibt es? Es scheint, als würde sich das Gerücht bestätigen, dass sich der vor zwei Jahren verschollene Padraigh Bridged Maloney nach Deutschland abgesetzt hat und dort mehrmals gesichtet worden ist. Paddys Schwester Ieva, die ihr ganzes Leben dem Versuch widmet, Kontakt mit ihrem spurlos verschwundenen Bruder aufzunehmen, scheint von den Beweisen des deutschen Fahnders so überzeugt, dass sie sich zum ersten Mal seit vielen Monaten wieder aktiv an der Suche beteiligt. Am vergangenen Donnerstag suchten Ieva Maloney und der geheimnisvolle Deutsche einige Plätze auf, an denen der Saints-Star häufig verkehrt ist. Vom Management der »Fucked up Saints« war keine Stellungnahme zu erhalten. Die drei verbliebenen Saints befinden sich zurzeit auf einer Tournee mit 17 ausverkauften Konzerten durch Skandinavien. Nur so viel war zu erfahren, dass der deutsche Fahnder nicht im Auftrag der Saints ermittelt. Zeugenberichten zufolge soll es gegen 17.45 Uhr am Donnerstagnachmittag sogar zu einem Mordanschlag auf Lee Ainder gekommen sein. Er soll unmittelbar neben Ieva Maloney am St. Stephen's Green niedergeschossen worden sein. Ob er schwer verletzt worden ist und wo er sich zurzeit aufhält, ist nicht bekannt. Die Reporter des *Weekend Mirror* haben sich auf die Fährte des Mannes aus Deutschland gesetzt und werden auch Ieva Maloney zu den Vorgängen befragen. Lesen Sie den nächsten *Weekend Mirror* mit den neuesten, besten und heißesten Informationen zum Fall Padraigh Bridged Maloney.«

Leander faltete die Zeitung zusammen, blickte aus dem Mercedes auf die Straße und lachte. Er machte sich aus Erfahrung keine Illusionen darüber, was Journalismus bedeutete, aber diese Geschichte war zu haarsträubend mit ihren wilden Vermutungen, unverfrorenen Halbwahrheiten und reißerischen Fehlschlüssen. Doch schlimmer noch: Ab sofort konnte er nicht mehr unauffällig hinter Padraigh Bridged Maloney herforschen, weil er plötzlich im ganzen Land bekannt war. Das machte ihn plötzlich unruhig und missmutig. Was wäre, wenn jemand anderes ebenfalls die Suche nach Paddy the Saint wieder aufnahm? Wenn irgendjemand durch einen dummen Zufall die Lorbeeren erntete, die nur ihm zustanden. Oder wenn die Polizei plötzlich besondere Anstrengungen unternahm? Oder irgendwelche Fans? Oder wenn William Pauling, der berühmteste Crime-Reporter des Landes, so viel Kontakt zu seiner Zeitung hielt, dass er über die Schlagzeilen-Geschichten informiert war? Wenn ihm sein Drehbuch egal war für die tolle Chance, der Mann zu sein, der den seit Jahren verschollenen Padraigh Bridged Maloney fand? Wenn William Pauling den nächsten Flieger aus Mallorca nach Dublin nahm, könnte er bereits an diesem Wochenende in der Stadt sein und direkt zu Susan Atkins fahren. Leander brach der Schweiß aus. Paddy the Saint gehörte doch ihm. Ihm ganz allein!

Zum ersten Mal, seit er den Mercedes fuhr, drehte er den Schlüssel hart im Zündschloss, ließ den schweren Motor aufheulen und schoss wie von Sinnen vom Parkplatz des Supermarktes davon. Er raste durch die engen Straßen, fluchend, mit der Faust immer wieder aufs Lenkrad einschlagend und ohne Gedanken an das Risiko, den edlen alten Wagen an einem entgegenkommenden Traktor zu zerschmettern. Erst kurz vor Ballytober House trat er an einem Feldweg auf die Bremsen, sodass der Wagen mit blockierenden Reifen und auf der Straße schlingernd zum Stehen kam. Er bog in den Weg, stellte den Motor ab, lehnte sich im Sitz zurück und versuchte, mit langen Atemzügen zur Ruhe zu kommen.

»Mist, verdammter Mist aber auch!«, murmelte er. Gleich würde er der Madam die Zeitung überbringen. Und dann würde er Rede und Antwort stehen müssen wie ein dummer kleiner Junge. Es war besser, nicht kochend vor Wut diese erbärmliche Situation über sich ergehen zu lassen. Leander blickte auf seine Hände. Sie zitterten. Es waren keine Hände, mit denen er scharfe Fotos machen würde. Es waren nicht die ruhigen Hände eines kühlen Beobachters. Das brachte ihn zur Vernunft.

Die Madam und Manuel erwarteten Leander in den Sesseln am Kamin sitzend. Er reichte seiner Chefin die Zeitung, legte Holz nach und setzte sich auf die Couch zwischen den beiden. Und wartete. Die Madam betrachtete die Titelseite eingehend, dann blätterte sie zu den Innenseiten. Las diese in Ruhe. Las sie offenbar immer und immer wieder, denn kein normaler Mensch brauchte zehn Minuten, um einen Artikel zu lesen, der aus nicht mehr als sieben Vermutungen und ein paar weiteren kurzen Sätzen bestand. An ihren starren Augen bemerkte Leander dann, dass die Madam schon lange nicht mehr las, sondern nachdachte, intensiv nachdachte.

»Und, sind Sie ein Spezialfahnder, Herr Leander?«, fragte sie endlich.

»Natürlich nicht«, wehrte er ab.

»Ein Chauffeur sind Sie aber auch nicht. Also was sind Sie dann, Herr Leander?«

Also erzählte er seine Geschichte. Vom toten Jurko und von seinen eigenen Fotos, die niemand mehr drucken wollte. Von Jurkos halbfertiger Story über das Verschwinden des Padraigh Bridged Maloney. Von dessen trauriger Schwester Ieva, von den Hinweisen auf den Fotos von Paddy the Saint, von seiner gemeinsamen Suche mit Ieva und von allem, was er in dem Fall bereits herausgefunden hatte. Und zuletzt von dem Anschlag in Dublin und von Lilian, die am nächsten Tag eintreffen würde.

»Das ist aber interessant«, meinte die Madam.

Leander wusste sofort, dass sie das gesagt hätte, egal welches Geständnis, welche Geschichte er ihr erzählte. Selbst wenn er sich als Drogenhändler, Justizminister, christlicher Prediger oder als leibhaftige Banshee zu erkennen gegeben hätte, wäre der erste Kommentar der Madam wohl dieses »Das ist aber interessant« gewesen. Sie wollte damit Zeit gewinnen. Wenn sie Leander auf der Stelle feuerte, hatte sie keinen Chauffeur mehr und saß auf Ballytober House fest. Wenn sie ihn aber im Job behielt, hatte sie einen Amateurdetektiv mit irischer Freundin und unehelicher Tochter im Haus, der seine Autofahrten nur noch halbherzig unternehmen würde. Manuel beobachtete sie wortlos.

»Würden Sie bitte Manuel und mir ein Glas Whiskey einschenken«, sagte die Madam langsam. »Und Sie dürfen sich auch eines nehmen.«

Als Leander den beiden die Gläser gebracht hatte, fragte die Madam: »Was werden Sie als Nächstes tun?«

»Ich habe Ieva versprochen, ihren Bruder zu finden. Ich habe meiner Tochter versprochen, dass sie eine Woche bei mir sein darf. Und ich habe Ihnen versprochen, drei Monate lang Ihr Chauffeur zu sein. Wenn Sie erlauben, würde ich gerne alle drei Versprechen halten.«

Die Madam betrachtete ihn eine Weile. Dann hob sie das Glas, doch als sie sprechen wollte, war ihre Stimme so belegt, dass sie sich mehrmals räuspern musste. Was sie sagen wollte, schien ihr im Hals stecken bleiben zu wollen.

»Einverstanden«, sagte da Manuel ruhig an ihrer Stelle. »Ich glaube, ein bisschen Abwechslung kann uns allen nicht schaden.«

Seine Mutter warf ihm einen kurzen Blick zu. Und Leander, der Übung darin besaß, auch sekundenkurze Reaktionen wahrzunehmen und zu deuten, wusste, dass es ein Blick voll Dankbarkeit war. Daraufhin trank sie als eine Art offizieller Bekräftigung ihr Glas mit Whiskey in einem Zug aus. Danach konnte die Madam wieder sprechen:

»Ich hoffe, Sie stellen uns Ieva bald vor?«

»Und ich würde mir gerne das Foto von der rätselhaften Tätowierung ansehen«, fügte der Geisterforscher hinzu.

Leander wollte Ieva mit der guten Nachricht überraschen, dass er Susan Atkins bereits identifiziert hatte. Er wollte ihr Lob und ihre Bewunderung. Und danach würde er alles über sie in Erfahrung bringen, was für ihn wichtig zu wissen war. June und Anne begrüßten ihn wie einen alten Bekannten, wie einen Stammgast in ihrem Coffeeshop. An einem Tisch saß eine irische Familie. Sonst war das Café leer. Leander fühlte sich sofort wie zu Hause. Er bestellte Tee, die kleinen süßen Brötchen, die Scones heißen, dazu Butter und Marmelade. Er freute sich auf Ieva. Freute sich wie ein Mann auf die Frau, in die er verliebt war, und bereits erfüllt von dem Stolz, dass die schöne Ieva, die gleich den Raum betreten würde, an seinen Tisch kommen und bei ihm Platz nehmen würde.

Doch als Ieva das Café betrat, war ihr Gesichtsausdruck finster. Ihr Mund lächelte ihn zwar zur Begrüßung an, aber ihre Augen waren dunkel und wirkten wie erloschen. Sie riss sich heftig die Lederjacke von den Schultern und warf sie achtlos neben dem Tisch auf den Boden.

»Was ist passiert?«, fragte Leander sofort.

»Die Saints«, stieß Ieva hervor. »Die Saints machen mir die Hölle heiß. Sie wissen schon von unserer Schlagzeile im *Weekend Mirror*. Sie haben schon bei mir angerufen. Erst ihr Manager und später die drei selbst. Sie wollen, dass wir sofort mit der Suche aufhören.«

»Aber warum. Dein Bruder ist doch ihr Freund. Er ist doch einer von ihnen. Immer noch.«

»Das denkst du. Sie haben längst ein Image als Dreier-Combo aufgebaut. Paddy würde sie nur noch stören. Alles läuft bestens ohne meinen Bruder. Es läuft sogar viel besser als mit ihm. Die Saints können Paddy so wenig brauchen wie einen schweren Autounfall.«

»Das heißt, sie sind froh, dass sich niemand mehr für Paddy interessiert.«

»Klar. Aber das wären wir auch. Glaub mir, so ist das Showgeschäft, so ist das Leben.«

»Aber was hat das mit uns zu tun? Sollen sich die Saints doch aufregen. Wir können doch machen, was wir wollen. Immerhin geht es um deinen Bruder.«

»Ach Leander!«, seufzte Ieva und blickte ihm in die Augen. »Wenn du wüsstest.«

»Können wir denn nicht machen, was wir wollen?«

»Nein!«

»Ich kann machen, was ich will. Aber warum du nicht?«

»Weil ich zu den Saints gehöre.«

»Das verstehe ich nicht.«

Ieva wühlte verzweifelt in ihren Haaren, starrte Leander an.

»Ich gehöre zu den Saints, aber nicht einfach als Paddys Schwester. Ich war immer schon bei den Saints, ein Mitglied der Band. Von Anfang an. Und jetzt immer noch.«

»Das wäre mir irgendwann aufgefallen«, versuchte Leander zu scherzen. »Du spielst kein Instrument, du singst nicht, du stehst nicht auf der Bühne. Jedenfalls habe ich nie ein Foto von dir auf der Bühne gesehen. Was bist du? Die Managerin? Die Köchin? Die Therapeutin?«

»Ich schreibe alle Texte ihrer Songs. Jedes Wort, das sie singen, stammt von mir. Ich habe die Titel ihrer Alben erfunden und die Slogans auf ihren T-Shirts und auf ihren Tätowierungen.«

Leander musste irgendeine Bewegung ausführen. Er goss sich Tee nach, löffelte zu viel Zucker in die Tasse und rührte lange um.

»Ich denke, Paddy hätte dies alles getan. Paddy war doch das zornige Genie und der Star.«

»So sollte es immer aussehen. Paddy war auch ein Genie. Er hatte unglaubliches Charisma, aber er konnte nicht Gitarre spielen und konnte keine Liedertexte schreiben. Er hätte sich vor eine Menschenmenge hinstellen und in einem einstündigen Monolog aus Wut und Wahnsinn die Welt in Stücke reißen können. Wilde Worte, aberwitzige Symbole, bluttriefende Bilder, Sätze wie ein Massaker, die man nie wieder vergisst, oder die man albträumt, wenn man sie verdrängen will. Aber Paddy konnte keine Songtexte schreiben. Sein kürzester Text war, glaube ich, neun eng beschriebene Manuskriptseiten lang. Keiner der Saints konnte damit etwas anfangen. Aber keiner der anderen hatte diese Wut oder diese Worte, um Songs daraus zu machen. Also habe ich begonnen, seine Texte zu bearbeiten. Ich war die Einzige, die es konnte, denn ich kannte Paddy so gut. Keine Zeile, die ich schrieb, hat er je zurückgewiesen. Es war so, wie wenn man an einem riesigen groben Geröllblock herumhämmert und ihn in Stücke schlagen muss, bis man den Diamanten findet, der in seinem Inneren ist. Und diesen herausgemeißelten Diamanten musste ich auch noch schleifen, bevor er leuchtete und schimmerte und die Leute um den Verstand brachte. Das habe ich getan, und tue es bis heute. Paddys Nachlass besteht aus fünf Kartons mit Hunderten von Seiten mit irgendwelchen Texten und Ergüssen. Ich könnte noch zwanzig Jahre Liedertexte daraus herstellen. Ohne mich gäbe es die Karriere der Saints vielleicht gar nicht. Ich gehöre zu ihnen. Und wenn sie anrufen und befehlen, ich soll die Finger von der Suche nach Paddy lassen, dann können sie das.«

»Es gibt Verträge?«, fragte Leander.

»Ja. Na klar.«

Dann fiel ihm Ievas teures BMW-Cabrio wieder ein.

»Und es fließt Geld?«

»Ja.«

»Eine Menge?«

»Mehr als du in hundert Jahren verdienen könntest.«

»Und als trauernde Schwester bist du den Saints gerade recht, aber nicht als Schwester, die etwas unternimmt.«

»Du hast es begriffen.«

»Das heißt, du steckst verdammt in der Klemme?«

»Ja, und wie!«

Sie saßen nebeneinander, tranken Tee und schwiegen. Ieva schwieg, weil sie nichts mehr zu sagen hatte. Und Leander musste erst verdauen, was er eben gehört hatte. Nichts war, wie es schien. Die Wirklichkeit erwies sich als völlig beliebig. Und für einen Moment hatte er es satt, sich mit dieser unberechenbaren Realität herumschlagen zu müssen. Schließlich hob er den Kopf und betrachtete das einfache, karge Café, in dem June und Anne ihr Geld verdienten. Zumindest diese Wirklichkeit war eindeutig und gültig. Er lächelte den beiden Frauen hinter der Theke zu. Er wusste, was zu tun war. Er musste sich an die eine, an die stabile, an die eindeutige Wirklichkeit halten und die andere, die flüchtige der Lügen und falschen Darstellungen meiden. Das Dumme daran war nur, dass er damit einer Wirklichkeit angehörte, Ieva aber einer anderen. Und er wollte Ieva. Unbedingt. Er hatte sie gewollt, seit er im Auto auf der französischen Autobahn ihre Stimme gehört, als er ihre Seele, ihren Schmerz, ihre verzweifelte Liebe und ihre Verzweiflung wahrgenommen hatte. Er wollte sie, und dazu musste er ihr Held sein. Und musste sie auf seine Seite, in seine Wirklichkeit ziehen. Aber das war mit einem Mal schwer, unlösbar schwer geworden.

»Ich habe eine gute und zwei etwas schwierige Neuigkeiten für dich«, begann er.

»Und keine schlechte? Was für ein Glück«, bemerkte Ieva bitter. »Also los, erzähl.«

Leander erzählte von Susan Atkins. Er erzählte von der Madam und von seiner Tochter Lilian, die morgen um 13.45 Uhr in Dublin eintreffen würde.

»Irgendwie bin ich froh, dass du eine Tochter hast«, sagte Ieva.

Das war ungefähr der letzte Satz, den Leander erwartet hatte.

»Warum?«, stieß er verblüfft hervor.

»Ich weiß nicht. Ich glaube, weil es dich lebendig und real macht.«

»Ich bin überhaupt nicht real. Sonst wäre ich nicht hier.«

»Vielleicht«, entgegnete sie. »Aber Männer werden immer irgendwie zu Besessenen, egal ob sie Musik, Politik oder Fotos machen oder nach verschollenen Stars suchen. Männer brauchen Frauen, die sie zur Vernunft bringen. Männer brauchen regelmäßig guten Sex und sie brauchen Kinder, damit sie normal bleiben. Ich bin eifersüchtig und gleichzeitig froh, dass du eine Frau und eine Tochter hast.«

»Ich habe keine Frau. Seit sieben Jahren schon nicht mehr.« Leander war sich nicht im Klaren, ob er in diesem Moment Inga verriet oder nicht. Aber es war die Wahrheit.

»Das ist gut«, murmelte Ieva. Es schien Leander, als ob in ihrer Stimme Erleichterung mitschwang.

Sie hatten keine Übung darin, ein schwieriges Gespräch in Gang zu halten. Für eine Weile waren sie wieder wortlos. Die irische Familie bezahlte und brach lärmend auf. Dann war es still im Raum. Draußen wirbelte der Wind um das Café, und Regen prasselte gegen die Fenster. Die Atmosphäre war angespannt. June und Anne standen an der Theke und beobachteten, was Leander und Ieva taten.

»Und was machen wir jetzt?«, fragte Leander, um das Schweigen zu brechen.

»Ich weiß es nicht. Was soll ich auch tun? Wenn ich weitermache, verrate ich die Saints. Wenn ich aufhöre, verrate ich meinen Bruder.«

»Dann mach weiter. Wir sind frei. Wir sind nur uns selbst verantwortlich. Du kannst die Saints nicht verraten. Du kannst nur dich selbst verraten.«

»Ach Leander. Ich bin so müde. Ich habe es so satt. Ich will alles nur vergessen. Ich will nur noch Schluss machen.«

Das war der Moment, in dem Leander aus der Szene ausstieg, wie er es immer wieder als beobachtender Fotograf getan hatte. Er blieb neben Ieva sitzen und entfernte sich gleichzeitig von sich selbst, als würde er rückwärts an das andere Ende des kargen Raumes gehen, um die Szene unbeteiligt zu betrachten. Ieva war am Ende ihrer Kräfte. Der Anruf der Saints gab ihr jede Entschuldigung, endlich aus dem Kampf um Aufklärung auszusteigen. Dieser verzweifelte Kampf, der alle ihre Kräfte, alle Hoffnungen, alle Wünsche und Gebete aufgebraucht hatte. Jetzt konnte sie mit gutem Recht und ohne das Gesicht vor sich selbst zu verlieren aufhören, nach ihrem Bruder zu suchen.

»Ich werde nicht mehr weitermachen«, sagte Ieva, wie Leander es vermutet hatte. »Ich kann nicht mehr, ich mag nicht mehr. Ich höre auf. Ich weiß längst, dass ich Paddy nie mehr wiedersehen werde. Du kannst machen, was du willst, aber ich höre auf. Heute. Jetzt.«

»Ja. ich weiß.«

Ieva bückte sich nach ihrer Lederjacke und stand auf. »Ich soll dir noch Grüße bestellen.«

Leander war sofort alarmiert.

»Grüße? Von wem?«

»Von William Pauling. Er hat mich heute Morgen angerufen. Er wollte wissen, was wir wissen. Und er wollte wissen, wo er dich finden kann.«

»Verdammt. Verdammt, ich wusste es. Er hat Blut gerochen. Hat er aus Mallorca oder schon aus Irland angerufen?«

»Keine Ahnung. Die Verbindung war gut.«

»Und was hast du ihm gesagt?«

»Ich habe ihm nichts gesagt. Nur dass ich dir Bescheid gebe, und dass du dich bei ihm meldest, wenn du willst.«

Leanders schlimmste Befürchtungen gingen in Erfüllung. William Pauling, der berühmte Crime-Reporter, hatte sich auf die Spur von Susan Atkins und Padraigh Bridged Maloney gesetzt. Er war der Profi. Er war der Mann mit den besten Kontakten. Er hatte sofort die Sensation gewittert und war nach Dublin zurückgeflogen. Er würde alle Schlagzeilen, den Sieg und den Ruhm erringen. Gegen William Pauling hatte Leander keine Chance. Von einer Sekunde zur anderen war die Suche auch für ihn vorbei.

»Lass uns gehen«, sagte Leander dumpf. »Es ist für uns beide zu Ende. Wir sind aus dem Spiel, kaum dass wir richtig dabei waren. Pauling wird alles für uns erledigen. Lass uns gehen.«

Sie traten nach draußen in den Wind und den scharfen Regen. Sie hatten verloren, kaum dass alles begonnen hatte, aber sie hatten zumindest gemeinsam verloren. Leander legte seinen Arm um Ievas Schulter und nickte wortlos in die Richtung der langen Bucht von Carne Beach. Sie gingen nahe ans Wasser, das in wilden Brechern heranstürmte und sich brüllend und tobend überschlug, und der Sturm hetzte die Gischt wie waagrechten Nebel über den Strand.

Sie gingen langsam, Arm in Arm, denn das war alles, was es noch zu tun gab. Der Wind schlug mit seinen Böen auf sie ein, und salzige Gischt erfüllte die Luft. Der Sturm und das Meer schlossen sie so ein, dass dieser Mann und diese Frau zum Mittelpunkt der Welt wurden. Es gab nur noch sie. Leander und Ieva blieben stehen, wandten sich einander zu und küssten sich. Es war ein anderer Kuss als jene schnelle Berührung ihrer Lippen zwei Tage zuvor in Dublin nach dem Schock des Angriffs. Diesmal küssten sie sich, wild entschlossen, stunden-, tage-, wochenlang nicht mehr damit aufzuhören. Denn das war wirklich alles, was ihnen noch blieb. Ihre Lippen erkundeten das Aroma des anderen. Ihre Hände versuchten, unter der schweren Jacke des anderen den Körper zu erspüren. Leander wollte endlich wissen, wie sich diese Frau anfühlte, wollte ein Gefühl von ihrer schmalen Taille und ihren Hüften, wollte wissen, wie sich ihre Brüste anfühlten, und wie es war, sie nicht nur verlockend zu sehen und zu ahnen, sondern sie wirklich und tatsächlich zu spüren.

Sie standen im Sturm, der um sie heulte und sie doch nicht stören konnte. Sie wollten sich nicht sättigen aneinander. Denn jenseits dieses endlosen Kusses gab es erst einmal nichts mehr, was sie noch verband. Sie mussten sich neu erfinden oder voneinander ablassen. Bisher war es die Suche gewesen, die sie verband, die Hoffnung, die Spannung, die Gefahr waren ihr Aphrodisiakum gewesen. Doch nun war es zu Ende mit ihnen, bevor es richtig begonnen hatte. Sie verloren sich, bevor sie sich gewonnen hatten.

In diesem Moment konnten sie nur auseinander gehen. Konnten versuchen, am nächsten oder übernächsten Tag wieder zusammenzufinden als Mann und Frau ohne gemeinsame Geschichte, ohne Suche, ohne Hoffnung und Gefahr. Einfach so. Nur sich selbst gelten lassend. Oder sie konnten alles mit diesem Kuss im Sturm enden lassen. Ieva wandte sich ab und ging über den Strand davon. Leander blickte ihr nach, bis sie im Nebel der Gischt über dem Strand verschwunden war. Danach konnte er nur noch seinen eigenen Rückweg antreten. Alles war vorbei, und es gab kaum mehr Hoffnung, dass es weitergehen würde.

14

Lilians Flug landete pünktlich auf die Minute. Inga hatte an diesem Morgen bereits dreimal auf dem Handy angerufen, um sicher zu sein, dass Leander seine Tochter auch tatsächlich am Flughafen abholte. Aber er war rechtzeitig in der Ankunftshalle, bewaffnet mit einer Tüte Gummibärchen. Und als Lilian endlich von einer Stewardess aus der Halle der Gepäckbänder geführt wurde, ließ Leander einen Regen bunter Gummibärchen über sie niedergehen.

»Papa, Papa!«, schrie sie und rannte in seine Arme. Erst in diesem Augenblick, als er sie so hielt und ihr über das Haar strich, spürte Leander, wie sehr Lilian ihm während der vielen Wochen in Irland gefehlt hatte. Auf eine merkwürdige Art gehörten sie zusammen, sie zu ihm und er zu ihr. Er unterschrieb das Formular der Stewardess und nickte ihr seinen Dank zu. Sie lächelte.

»Na, wie war der Flug?«

»Toll, wie immer. Ich hatte einen Fensterplatz und die Sonne hat ganz toll geschienen oben am Himmel, und über England habe ich zum ersten Mal Regenbögen von oben gesehen, und die Piloten haben mich vorne reingelassen und ich konnte Irland schon am Horizont erkennen, ganz lange bevor wir hier angekommen sind, und die Stewardess war nett, aber das Essen war fürchterlich. Essen alle Iren so schlecht?«

»Nicht mehr so schlecht wie früher.«

»Und fahren wir jetzt gleich zu deinem Schloss am Meer?«

»Ja klar, wir fahren sofort los, aber es dauert eine Weile, bis wir ankommen.«

»Und lerne ich die Frau und den Mann kennen, für die du Auto fährst?«

»Ja klar, sie sind schon neugierig und freuen sich auf dich«, sagte Leander, der keine Ahnung hatte, wie die Madam und Manuel über ihr höflich-freundliches Interesse hinaus wirklich über Lilian dachten.

»Au, cool«, sagte Lilian, als sie vor dem Mercedes im Parkhaus des Flughafens standen.

»Wie geht es Inga?«, fragte Leander, während sie das Flughafengelände verließen. Er hatte seiner Tochter erlaubt, auf dem Beifahrersitz Platz zu nehmen.

»Mami ist gut drauf. Sie hat sich verliebt, glaub ich, aber sie gibt es noch nicht zu. Und wer der Mann ist, weiß ich auch nicht. Aber sie singt und lacht viel und macht lauter verrückte Sachen. Hoffentlich ist der Mann nett.«

»Ganz sicher.«

»Stimmt es, dass die schlimmsten Gangster Irlands hinter dir her sind? Mami hat das gesagt und dann über dich geschimpft.«

»Ja, das stimmt. Es ist ein großes Abenteuer. Ich bin sogar in der Zeitung.«

»Ehrlich? Krass. Zeig mal.«

Leander griff auf die Rückbank, wo eine Ausgabe des *Weekend Mirror* lag, und reichte sie Lilian. Er hatte nicht erwartet dass es so leicht sein würde, dass sie das Thema so schnell und ohne sein Zutun angesprochen hatte. Lilian betrachtete die Titelseite und blätterte auf Leanders Geheiß auf die Seiten sechs und sieben. Sie betrachtete die Seiten und da erst wurde Leander klar, dass sie den englischen Text gar nicht lesen konnte.

»Wer ist die Frau?«, fragte sie als Erstes.

Er grinste. Die Gangster Dublins und der Grund, warum sie hinter ihrem Vater her waren, schienen für Lilian unbedeutend im Vergleich zu der Frage, wer Ieva war. »Diese Frau heißt Ieva. Die Gangster haben ihren Bruder entführt, glaube ich. Ihr Bruder ist ein bekannter Popstar und hat bei den »Fucked up Saints« gespielt. Wir suchen zusammen ihren Bruder, und seither sind die Gangster auch hinter uns her.«

»Warum tust du das?«

»Ich glaube, es war die letzte Geschichte, mit der Jurko angefangen hat. Ich bringe sie nur zu Ende für ihn.«

»Oh, Jurko. Ist es so richtig gefährlich?«

»Im Moment nicht so sehr, wir haben gerade eine ruhige Phase.«

»Schade.«

»Aber wenn du Lust hast, können wir hier in Dublin eine wichtige Zeugin befragen. Hast du Lust?«

»Ja klar, toll.«

Es lief alles perfekt, obwohl klar war, dass es nach William Paulings Rückkehr nach Dublin nichts mehr für Leander zu holen gab. Und obwohl er damit auch ganz klar und eindeutig aus dem Spiel um Paddy the Saint ausgeschieden war, wollte Leander zumindest Susan Atkins aufsuchen. Der verrückte Gedanke, es gäbe irgendeine abseitige Kleinigkeit, die Pauling vielleicht übersehen oder überhört hatte, erfüllte Leander mit einer trügerischen, aber belebenden Hoffnung. Er hatte beschlossen, nicht einfach nur nach Dublin zu fahren, um Lilian abzuholen. Er wollte Susan Atkins treffen. Mit seiner Tochter im Schlepptau. Es würde nicht gefährlich sein.

Der Fitzwilliam Square erwies sich als eine edle alte Wohngegend mit ehrwürdigen Bürgerhäusern, die ihre hohen Klinkerfassaden und die langen Reihen aus hohen Sprossenfenstern aneinander reihten. Im Zentrum des Platzes lag hinter einem schmiedeeisernen Zaun ein üppiger gepflegter Privatpark. Es gab wenig Autoverkehr an diesem Sonntagnachmittag und keine Fußgänger. Leander fand einen Parkplatz nahe bei Nummer 19, und sie stiegen aus. Souterrainwohnungen in den Kellern von alten Bürgerhäusern waren in Deutschland nicht üblich. Doch hier gab es vor jedem dieser Häuser einen Zaun und dahinter eine schmale steile Treppe, die in die Tiefe führte. Und immer gab es dort im Keller zwei Fenster und eine Tür. Es musste ein merkwürdiges Gefühl sein, drei Meter unter dem Gehsteig-Niveau zu wohnen. Der Abgang an Nummer 19 war weiß lackiert und die Fenster sahen sauber geputzt, die zugezogenen Vorhänge dahinter gewaschen aus.

»Wohnen hier Leute?«, staunte Lilian.

»Ja. Eigenartig, nicht?«

Es gab keine Klingel, also klopfte Leander an die Tür. Nichts regte sich. Er klopfte fester.

»Niemand da«, meinte Lilian nur.

Leanders flüchtige Hoffnung verwehte. Wie konnte er auch erwarten, dass Susan Atkins hier war und nur darauf wartete, ihn zu treffen und die ganze Wahrheit über Padraigh Bridged Maloney zu erzählen, und dazu noch die entscheidenden Details, die sie William Pauling verschwiegen hatte? Es war vermessen, an dieser Hoffnung festzuhalten.

»Ja, niemand da«, murmelte Leander enttäuscht.

Sie drehten sich um und gingen die steile Treppe wieder hinauf, als Leander plötzlich innehielt. Sein Instinkt oder eine Ahnung sagte ihm, dass sich doch jemand in dieser Wohnung befand. Also drehte er sich um, stieg wieder hinunter zur Souterrainwohnung und klopfte noch einmal. Und dann rief er:

»Haben Sie keine Angst! Ich bin kein Reporter und kein Gangster. Ich bin Ievas Freund!«

Nichts rührte sich. Oben auf der Straße fuhr dröhnend einer der Dubliner Stadtbusse vorbei. Hier unten vor der Souterrainwohnung war das nur ein Geräusch und ein Schatten.

Man konnte nichts von dem sehen, was oben auf der Straße geschah.

»Haben Sie keine Angst. Ich will nur Paddy Maloney finden. Das ist alles.«

Nichts geschah.

»Niemand da«, sagte Lilian ungeduldig, die nicht verstand, was Leander auf Englisch sagte, aber ahnte, was vor sich ging.

»Doch, es ist jemand da. Ich weiß es.«

Leander blieb einfach vor der Tür stehen mit dem Trotz und der Zuversicht dessen, der nichts mehr zu verlieren hat. Dann hörte er ein Geräusch: Ein Schlüssel wurde in seinem Schloss herumgedreht. Die Tür öffnete sich, und eine junge Frau mit weißem T-Shirt und schwarzer Lederhose stand dahinter. Eng um den Kopf trug sie ein schwarzes Tuch geknotet, das ein Muster aus weißen Totenschädeln hatte. Ihr Gesicht hatte sie weiß geschminkt. Sie war nicht Susan Atkins, das sah er sofort.

»Danke«, sagte Leander verwirrt.

»Du bist der geheimnisvolle Sonderfahnder aus Deutschland«, sagte die Frau.

»Ich bin Ievas Freund.«

»Egal. Wer ist das Mädchen?«

»Meine Tochter.«

»Haben Leute wie du Kinder?«

»Nein. Eigentlich nicht.«

»Du suchst Susan Atkins?«

»Ja.«

»Da bist du nicht der Einzige.«

»Ich weiß.«

»Susan ist mit Paddy abgehauen. Mehr gibt es dazu nicht zu sagen.«

Die Frau klang abweisend. Leander betete innerlich um die

Abgeklärtheit und Geistesgegenwart, die Jurko bei einer solchen Begegnung an den Tag gelegt hätte. Schließlich log er:

»Entschuldigung, mein Englisch ist nicht besonders gut. Ich muss mich sehr konzentrieren. Könnten wir nicht reinkommen?«

Die schwarzweiße Frau überlegte kurz.

»In Ordnung«, nickte sie.

Die Wohnung war von fast aseptischer Sauberkeit und Ordnung. Alle Wände, der Boden, die Decken und die Möbel waren weiß lackiert. Die Räume wirkten wie ein Bühnenbild. Obwohl die Wohnung drei Meter unter der Straße lag, war sie hell. Kein einziger Gegenstand lag unordentlich herum. Leander registrierte alle Details mit seinen Fotografenaugen. Er konnte nicht sagen, womit die Frau beschäftigt gewesen war, als sie klopften. Es gab nicht eine einzige Spur, keinen einzigen Hinweis auf irgendeine Tätigkeit. Es war die spurloseste Wohnung, in der sich Leander jemals aufgehalten hatte. Eigentlich war es eine Männerwohnung, so wie sie aussah. Eine schwarzweiß gekleidete Frau hätte man hier nie vermutet.

»Wollt ihr einen Tee?«

»O ja, sehr gerne.« Leander setzte sich mit Lilian auf eine der weiß lackierten Couches.

»Wer ist diese Frau?«, fragte sie.

»Keine Ahnung. Es ist nicht die Frau, die ich befragen wollte.«

»Ganz schön weiß hier.«

Dann kam die Frau mit einem weißen Tablett und weißem Geschirr aus der Küche. Ihre Gestalt verschwamm in dem weißen Bühnenbild ihrer Wohnung und ließ durch den harten Kontrast die Augen schmerzen. Auf einem Foto wäre nur der Raum, das Kopftuch und die Hose zu sehen gewesen, die Frau selbst jedoch nicht mehr als ein fast durchsichtiger Schemen. Leander wusste, dass alles Absicht und exzentrische Selbstinszenierung war. Die Frau schenkte Tee ein und reichte Lilian einen Teller mit weißen Marshmallows.

»Susan hat hier gewohnt?«, nahm Leander das Gespräch wieder auf.

»Ja, aber sie hat mir die Wohnung vermietet, als sie sie nicht mehr brauchte.«

»Warum nicht mehr?«

»Weil sie von einem Mann mit Geld ausgehalten wurde. Sie lebte nur noch in teuren Hotels.«

»Und wo ist sie jetzt?«

»Ich weiß es nicht. Sie ist mit Paddy Maloney untergetaucht.«

»Untergetaucht?«

»Klar doch. Sie konnten nur untertauchen. Susan hatte was mit diesem Banditenboss. Wenn er herausgefunden hätte, dass sie sich in Paddy verknallt hat, hätte er sie umgebracht. Klar, dass die beiden spurlos verschwinden mussten. Geld genug hatte Paddy ja. Wahrscheinlich sitzen sie in der Toskana, oder auf Gran Canaria oder in Marokko und sind glücklich. Lass sie in Ruhe. Das haben sie verdient.«

»Susan war Ihre Freundin?«, fragte Leander, um Zeit zu gewinnen.

»Klar, in der ersten Zeit. Aber dann hat sie den Priester kennen gelernt, und alles wurde anders.«

»Und wo sind die beiden jetzt?«

»Selbst wenn ich es wüsste, würde ich es Ihnen bestimmt nicht sagen.«

»Hat schon jemand nach ihr gefragt?«

»Ja, natürlich.«

»Wer?«

»Ein Reporter vom *Weekend Mirror*. Der kam gestern Abend.«

»William Pauling, der Crime-Reporter?«

»Ja.«

»Und was haben Sie ihm erzählt?«

»Dass Susan von irgendeinem Halunken geschwängert worden und heimgefahren ist in ihr Dorf in Donegal, um das Kind auszutragen.«

»Und stimmt das?«

»Natürlich nicht. Aber diese Vampire von der Zeitung sollen nichts wissen von dem, wie es wirklich ist. Ich würde ihnen niemals die Wahrheit sagen. Sie würden Paddy und Susan nackt auf der Titelseite ihrer Zeitung kreuzigen, nur um ihre Sensation zu haben.«

»Wo war Susan denn wirklich zu Hause?«

»Auf Dursey Island, County Clare. Stellen Sie sich vor, sie kam vom Arsch der Welt und war eine Weile die heißeste Nummer in der Stadt.«

Dann stockte das Gespräch, weil die Frau Tee nachschenkte und Lilian zulächelte, die von allem nichts mitbekam und mit unendlicher Geduld an einem Marshmallow kaute. Sie mochte keine Marshmallows oder vielleicht hatte sie noch nie welche gegessen. Bei Inga gab es nur Schokolade, weil darin keine synthetischen Farb- und Aromastoffe enthalten waren.

»Und dann hat Susan den Priester kennen gelernt?«, fing Leander wieder an.

»Er war total verknallt in sie. Sie hat alles bekommen von ihm, einen BMW Z3, eine Suite im Clarens Hotel, Bargeld zum Einkaufen und Ausgeben.«

»War sie glücklich?«

»Glaub nicht. Sie war zweiundzwanzig Jahre alt und beeindruckt. Sie fühlte sich wie ein Star. Jede Tür stand ihr offen. Der Priester ist ein Gott in Dublin.«

»Aber zu sich holen wollte er Susan nicht?«

»Er ist verheiratet. Und er ist der Typ Ire, der sich zwar Geliebte hält, aber seine Frau und seine Kinder niemals im Stich lassen würde. Außerdem wollte Susan nicht mehr als das, was sie erreicht hatte. Ein schnelles Leben, ein schnelles Auto und Geld. Verdammt, sie war jung, da plant man nicht fürs Leben. Da darf es auch noch ein bisschen verrückt sein.«

Leander lächelte zu der heftigen Verteidigungsrede der Frau. »Und nichts davon haben Sie dem Reporter erzählt?«

»Nein. Susan war meine beste Freundin. Niemand von der Presse soll ihr nachschnüffeln.«

»Und warum erzählen Sie es mir?«

Die Frau schwieg.

»Warum?«, beharrte Leander. »Ich schnüffle doch auch hinter Paddy her und damit auch hinter Susan.«

Die Frau hob den Blick und bohrte sich damit in Leanders Augen. Leander hielt dem Blick stand. Lilian an seiner Seite versteifte sich, weil sie die Spannung in der Atmosphäre spürte.

»Weil ich Angst habe, dass die beiden es nicht geschafft haben, einfach abzuhauen, um irgendwo glücklich zu sein, sondern dass etwas Furchtbares passiert ist«, bekannte die Frau endlich. »Wer den Priester betrügt, spielt mit seinem Leben. Und Susan hat ihn betrogen. Sechs Wochen lang, bevor sie mit Paddy verschwunden ist.«

An diesem Abend gingen sie am Strand von Carne Beach entlang, als wären sie eine Familie. Manuel mit großen Schritten voweg. Dann Lilian, die am Saum der Wellen entlanglief und immer wieder umkehrte und wieder loslief. Den ganzen Tag hatte eine graue Wolkenschicht über dem Land gelegen und sich erst am Abend gelichtet. Jetzt lagen der Strand und das Meer in einem unirdisch schönen Orangelicht. Der Himmel war absolut makellos. Die Wellen leckten in einem langsamen Rhythmus heran. Das Licht schien wie in einem Edelstein gefiltert. Die Luft war weich und warm, klar und aromaschwer. Der Leuchtturm von Tuskar Rock stand wie eine ferne Säule aus Gold am Horizont. Ein zeitloser Frieden lag über der Küste, als wäre er durch nichts und niemanden zu stören. Leander ging neben der Madam und sah Lilian zu, die am Wasser entlangrannte.

»Danke«, sagte er. »Danke, dass Sie meine Tochter so freundlich aufgenommen haben.«

»Das ist doch selbstverständlich«, sagte die Madam. »Sie scheinen keine besonders gute Meinung von mir zu haben.«

Leander schwieg.

Als er mit Lilian in Ballytober House eingetroffen war, hatten die Madam und Manuel den Eingang zur Wohnung im Seitenflügel mit Papierfähnchen und einer langen Girlande in den irischen Farben dekoriert. Im Kamin brannte ein hohes Feuer, der Tisch war gedeckt mit einer riesigen Platte, auf der Schinken und Eier, Hühnchen und Lachs, Gurken, Karotten und Tomaten angerichtet waren. In einem Korb lagen vier verschiedene Sorten Brot bereit, es gab Saft, Limonade und Mineralwasser.

»Wir wussten ja nicht, was du magst«, hatte die Madam Lilian erklärt, als sie sich zum Abendessen niedersetzten. Lilian bedankte sich und beschloss ganz offensichtlich, die Madam und Manuel zu mögen. Immerhin sprachen sie Deutsch. Als das diamantene Abendlicht zu leuchten begann, beschlossen sie alle, noch einmal an den Strand hinunterzugehen. Es wurde eine Stunde wie in einem raffiniert ausgeleuchteten Film, wie auf einer aufwendig vorbereiteten Fotoinszenierung.

»Im Fall Padraigh Bridged Maloney führt eine Spur nach Dursey Island«, erklärte Leander. »Ich würde gerne dorthin fahren. So bald wie möglich.«

»Wo liegt Dursey Island?«, fragte die Madam.

Leander, der längst auf der Irland-Karte nachgesehen hatte, konnte antworten: »Es ist eine winzige Insel vor der Halbinsel Beara im Südwesten von Irland.«

»Wenn Sie ein gutes Hotel für uns finden und einen Geisterplatz für Manuel, dann könnten wir am Mittwoch fahren. Ist Ihnen das recht?«

»Ja, perfekt. Ich danke Ihnen.«

»Ich glaube, ich habe Ihnen zu danken«, erwiderte die Madam. »Übrigens, Sie haben eine ganz außergewöhnliche und sehr gut erzogene Tochter.«

Am Montagnachmittag, als sie alle im alten Pfauenpark von Ballytober House beim Kaffee saßen, tauchte plötzlich wie aus dem Nichts William Pauling auf. Er war ein Mann Ende dreißig, klein und drahtig, gekleidet mit einem nicht besonders modern geschnittenen grauen Anzug. Seine Haare hatten die Farbe seines Anzugs, als wäre beides aufeinander abgestimmt worden. Er kam vom schimpfenden und fauchenden Truthahn Eisenhower verfolgt in den Park spaziert, ging direkt auf Leander zu und grüßte:

»Hallo Lee. Ich bin William Pauling, mit dem du auf Mallorca telefoniert hast. Bist du nun *Playboy*-Reporter oder ein Zielfahnder, der sich als Chauffeur tarnt?«

»Wie haben Sie mich gefunden?«, fragte Leander ausweichend.

»Ach, das war eine Kleinigkeit«, bemerkte Pauling mit einer wegwerfenden Handbewegung. »Irland ist ein kleines Land, in dem sich schnell herumspricht, wo du dich aufhältst und dass du ein ganz besonderes Auto fährst.«

Obwohl es lässig wirken sollte, bemerkte Leander, dass der Reporter angespannt wirkte.

»Lassen Sie uns an den Strand gehen und reden«, schlug er instinktiv vor.

Und Pauling war sofort einverstanden.

Der Strand war menschenleer.

»Ich hätte dir den Namen Susan Atkins niemals nennen dürfen. Aber am Freitag wusste ich ja noch nicht, dass du am Tag darauf in den Schlagzeilen des *Mirror* sein würdest. Du hast mich ganz schön verarscht.«

Es war klar, dass Pauling seinen Fehler bis an die Schmerzgrenze bereute.

»Ich tue nur, was zu tun ist.«

»Und was willst du?«

»Ich will Padraigh Bridged Maloney.«

»Ach den. Den kannst du von mir aus haben. Aber ich will den Priester. Verstehst du mich, ich will ihn schon seit fünf Jahren fassen. Vor der Polizei. Ich will ihn. Das wäre mein Triumph, auf den ich so lange schon hinarbeite. Denn dann bin ich der Größte.«

Die Stimme des Reporters klang eindringlich und scharf, fast so heftig wie die eines Besessenen.

»Wer immer du auch bist, pfusch mir nicht ins Handwerk! Du und Ieva Maloney!«, stieß er hervor.

»Sonst noch was?«, gab Leander schärfer zurück als er eigentlich wollte.

»Ja! Lass die Finger von Susan Atkins. Die gehört auch mir!«

Leander ging eine Weile wortlos neben dem Reporter her. Das war also der Typ Mann, der es jetzt schon zum Star unter allen Reportern eines ganzen Landes gebracht hatte. Freundlich, gelassen und hilfsbereit zu allen, die ihm bei seiner Arbeit keine Konkurrenz boten. Doch hart und aggressiv zu allen, die ihm in die Quere kamen. Er war ein guter Mann, ein guter Reporter. Leander mochte ihn. William Pauling war ganz anders als Jurko. Aber Leander konnte sich vorstellen, dass es ein guter Job wäre, für den Crime-Schnüffler des *Weekend Mirror* zu fotografieren. Er bückte sich und hob ein von Wellen und Sand blind geschabtes Stück blauen Glases auf.

»Das ist etwas ganz Seltenes«, lächelte er.

»Wie bitte?«, fragte Pauling verblüfft.

»Ich suche mit meiner Tochter am Strand keine schönen Steine und keine Muscheln, sondern nur angespülte Glasstücke. Weiße findet man ziemlich viele, grüne schon seltener, blaue fast gar nicht. Und rote ebenfalls nicht.«

William Pauling starrte Leander ratlos an. Und der musste grinsen. Es war ein Spiel, wie es nur Männer spielen können. William Pauling, der Leander einschüchtern will. Leander, der statt klein beizugeben, von Glasstücken am Strand spricht. Wie verabredet blieben sie stehen. Sie wandten sich einander zu, maßen einander, schätzten einander ein, überlegten, ob sie Verbündete oder Feinde sein wollten. In diesen langen Augenblicken wurde Leander plötzlich klar, dass er keineswegs der chancenlose Außenseiter in diesem Spiel war, sondern ebenbürtig, vielleicht sogar mit kleinen Vorteilen auf seiner Seite. So war es ihm möglich, sich zu entspannen und das Gespräch wieder aufzunehmen: »Lassen Sie uns einen Handel abschließen. Paddy the Saint gehört mir. Und der Priester gehört Ihnen.«

Pauling schien angestrengt nachzudenken.

»Einverstanden?«, drängte Leander.

Pauling streckte ihm die Hand entgegen und nickte: »Einverstanden.«

Sie nahmen ihre Hände, drückten sie lange und fest zur Bekräftigung. Es war ihr Deal, ihre Abmachung. Und sie galt. Zwischen Männern. William Pauling schien erleichtert.

»Sehr gut«, bestätigte er.

»Und was machen Sie als Nächstes?«, fragte Leander.

»Ich fahre jetzt gleich los, um Susan Atkins zu finden.«

»Wo?«

Pauling zögerte. Noch hatte er kein Vertrauen in ihre Abmachung. Seine Gedanken rasten, schätzten ab, überlegten, zögerten die Antwort hinaus.

»Im County Donegal«, gab er dann widerstrebend preis. Und fügte hinzu: »Lass dich dort bloß nicht blicken!«

»Auf gar keinen Fall«, winkte Leander ab. »Sie können sich darauf verlassen.«

Abends dann, als Lilian bereits tief und fest in dem Klappbett schlief, das die Madam und Manuel neben seinem Bett hergerichtet hatten, rief Leander bei Ieva an. Es meldete sich nur der Anrufbeantworter:

»Hier ist der Anschluss von Ieva. Hinterlassen Sie Ihre Nachricht für mich oder lassen Sie es bleiben.«

»Ich bin am Mittwoch auf Dursey Island, County Clare. Es gibt dort eine Spur zu Susan Atkins«, sagte Leander knapp und unterbrach die Verbindung.

Kurz darauf klopfte es an der Tür. Es war Manuel, der den Kopf durch den Spalt steckte und flüsterte: »Ich habe das Geheimnis der Tätowierung gelöst.«

Leise stand Leander auf und folgte dem Geisterforscher in sein Zimmer. Auf einem großen Schreibtisch, zwischen Stapeln von Büchern und alten Folianten, stand der Laptop mit hellem Bildschirm. Manuel drückte drei Tasten und es erschienen die fünf rätselhaften Zeichen der Tätowierung: >_>ˆ⁷.

»Und jetzt passen Sie auf!«, sagte Manuel.

Wieder tippte er Tasten, und in seltsam geformten Buchstaben geschrieben erschien der Name SUSAN auf dem Bildschirm. Als der Geisterforscher mit dem Zeigefinger über das Sensorfeld seines Computers strich, wanderte der Name langsam nach oben, erreichte die rätselhaften Zeichen, legte sich über sie, verschmolz mit ihnen.

»Wenn man die Zeichen zu Ende tätowiert, kann man daraus den Namen Susan machen, wenn Sie verstehen, was ich meine«, erklärte Manuel, obwohl es keiner weiteren Erklärung bedurfte. »Das ist es, was Padraigh Bridged Maloney der Welt mitteilen wollte, ohne es gleichzeitig zu verraten.«

»Susan Atkins hat ihn von seinem Hass und seiner Selbstzerstörung geheilt«, murmelte Leander fasziniert. Doch dann hob er den Kopf: »Aber die Geschichte mit Paddy the Saint und Susan Atkins weiß ich ja längst.«

»Natürlich«, schmunzelte der Geisterforscher. »Aber wissenschaftlich arbeiten bedeutet, dass man nicht einfach wichtige Indizien aus den Augen verliert, nur weil man glaubt, dass man sie nicht mehr braucht.«

15

Später in der Nacht erwachte Leander vom wütenden Gebell der Hunde. Jacob O'Sullivans Jagdhunde tobten wie von Sinnen in ihren Gehegen und bellten, dass die Nacht schrille Echos warf. Auch Lilian schreckte von dem Lärm hoch.

»Was ist los?«, fragte sie verschlafen.

»Keine Ahnung. So habe ich die Hunde noch nie erlebt.«

Zusammen traten sie ans Fenster, konnten aber nichts sehen in der Nacht, denn sie war vollkommen schwarz. Eigentlich hätte der Mond am Himmel stehen und alles mit seinem blassen Schein erleuchten müssen. Aber es waren wohl schwere Wolken am Himmel, es gab kein Licht. Dann klang es, als würden zwischen dem wütenden Gebell der Hunde schnelle Schritte im Kies des Hofes sein. Es gab das Schlagen von Metall, und plötzlich jagte das Bellen der Hunde durch den Park von Ballytober House. Irgendjemand hatte sie aus den Zwingern gelassen. Die Tiere rasten unter dem Fenster vorbei, aber immer noch konnten er und Lilian nichts sehen. Plötzlich fiel ein Schuss. Er klang dumpf und massiv, und er kam aus der Nähe, denn Leander konnte das lange Mündungsfeuer sehen, nur ein paar Meter entfernt. Weitere Schüsse peitschten, zwei, drei vier. Die Hunde bellten plötzlich nicht mehr, sondern stoben auseinander und heulten auf. Dann war es sehr still. Einmal jaulte noch ein Hund, dann erstarb auch dieser Laut. Einen schrecklich langen Moment geschah nichts. Dann waren Schritte zu hören und das hektische Blitzen einer starken Taschenlampe im Park zu sehen. Jacob O'Sullivan suchte nach seinen Hunden.

»Alles in Ordnung?«, rief Leander aus dem Fenster.

»Nichts ist in Ordnung«, schrie O'Sullivan zurück. Er stieß einen erstickten Fluch aus und begann auf einmal zu schluchzen wie ein kleines Kind.

Auf der Treppe trafen Leander und Lilian die Madam und Manuel, die ebenfalls halb angezogen nach unten hasteten.

»Wissen Sie, was passiert ist?«, fragte die Madam.

»Jacob O'Sullivan hat seine Hunde auf irgendjemanden losgelassen. Und der hat geschossen.«

»Ein Einbrecher?«

»Keine Ahnung.«

Sie fanden Jacob O'Sullivan im Gras kniend. Seine Taschenlampe lag neben ihm, und ein Lichtkegel strahlte scharf und schmal in die Nacht. Ein seltsam warmer Geruch von Blut, Tod und Trauer umgab den Herrn von Ballytober House. Zwei seiner Hunde lagen mit zerrissenem Kopf und aufgeplatzter Flanke im Gras. Überall war Blut, dunkelrot, lackartig glänzend, und von den Halmen des Grases tropfend. Seinen dritten Hund hielt O'Sullivan im Schoß. Tränen flossen über seine Wangen. Der Hund atmete flach und jammerte wie ein krankes Baby. Es war gespenstisch.

»Ich brauche einen Tierarzt, schnell«, flehte er. »Meine Frau ist bei unseren Kindern im Haus. Bitte gehen Sie zu ihr. Sie hat die Telefonnummer. Und bitte beeilen Sie sich!«

Manuel rannte nicht einfach los, sondern ging fast behutsam davon und doch erstaunlich schnell. Die Madam, Leander und Lilian blieben stehen. Jacob O'Sullivan redete zu seinem sterbenden Hund, sprach ihm Trost und Kraft zu. Lilian starrte mit aufgerissenen Augen und ohne einen Wimpernschlag auf die beiden. Die Madam aber, die einen Wollschal um die Schultern geschlungen hatte, nahm das warme Tuch ab, legte es um O'Sullivan, um ihm Schutz, Wärme und Trost zu geben. Die Zeit löste sich in ein schwarzes nächtliches Nichts auf. Irgendwann in diesem Nichts kehrte Manuel zurück. Wenig später seufzte der Hund in O'Sullivans Armen einmal auf, sein Körper zitterte und bebte und wurde schlaff. Dann traf der Tierarzt ein, der schweigend die beiden erschossenen Hunde aufhob und davontrug. Aber er war klug genug, O'Sullivan mit dem dritten toten Hund im Schoß im Gras sitzen zu lassen. Einmal kam O'Sullivans Frau, trat zu ihrem Mann, strich ihm übers Haar mit einer Bewegung, die so sanft, so weich, so zart war wie ein Lufthauch, und ging wieder. Allen war klar, dass es nichts zu trösten und nichts leichter zu machen gab.

Als die Kälte in ihre Glieder gekrochen war, kehrten die vier Gäste von Ballytober House schweigend in ihre Wohnung zurück. Sie sprachen nicht. Es würde bald Morgen sein, erst dann würden sie reden können. Etwas Unfassbares war passiert; die Konsequenzen würden sie besser bei Tageslicht besprechen. Weil Lilian vor Kälte und Müdigkeit schlotterte, ließ Leander sie neben sich im Bett liegen. Er strich ihr übers Haar und sang zu ihrer Beruhigung das indische Mantra, das sie besonders gerne mochte.

»Om benzasatto samyah, manu palyah. Benzasatto thei no pah. Tita dido mei bawah ...«

»Waren das die Gangster, die hinter dir her waren?«, fragte Lilian mit schwerer Zunge.

»Ich weiß es nicht. Vielleicht«, antwortete Leander wahrheitsgetreu.

»Wow, krass«, murmelte Lilian und schlief ein.

Nach dem Artikel im *Weekend Mirror* war alles möglich. Er war nicht mehr nur irgendein amateurhafter Schnüffler, er war von der Presse in den zweifelhaften Status eines geheimnisvollen deutschen Spezialfahnders erhoben worden. Und die Gangster, die ihn auf ein paar diffuse Fragen hin schon mit einem Hurlingschläger niedergeschlagen hatten, hatten jetzt allen Grund, ernst zu machen. Von einem Tag auf den anderen bestand Lebensgefahr. Für Leander, für Lilian, die in seiner unmittelbaren Nähe war. Und für Ieva. Die Ereignisse in dieser Nacht hatten eine neue Dimension angenommen, hatten an Brisanz und Gefahr zugenommen. Leander fröstelte trotz Lilians wärmender Nähe. Endlich schlief auch er ein.

Das Frühstück am nächsten Morgen nahmen sie spät und beklommen ein. Die Ereignisse der Nacht lagen wie eine Front aus klammer grauer Kälte über dem Tag. Sie fühlten sich unruhig und fiebrig. Dennoch mussten sie darüber spekulieren, was der Vorfall der Nacht bedeuten könnte. Hatte Leander die Gangster von Dublin zum Ballytober House gelockt? Oder war es ein Zufall, dass gerade in dieser Nacht Einbrecher hierher gekommen waren. Einbrecher, die bewaffnet waren und sofort schossen. Das Schlimmste war, dass sie keine Klärung fanden. Waren sie in Gefahr? Oder gab es keinen Grund zur Sorge?

»Was machen wir jetzt?«, fragte Manuel.

»Wir müssen zusammen bleiben«, sagte die Madam. »Einen Mann alleine kann man leicht angreifen. Vor einer Gruppe aus vier Personen hütet man sich eher.«

Leander konnte nur staunen. Wortlos betrachtete er die Madam. Er betrachtete sie sehr genau und fand feine graue Spuren von Schlaflosigkeit und Anspannung in ihrem Gesicht und ihren Bewegungen. Sie hatte wenig geschlafen in der vergangenen Nacht. Nicht so sehr, weil sie die gewalttätigen Ereignisse aufgeschreckt hätten, sondern weil sie intensiv nachgedacht hatte, was nun zu tun war. Sie hatte einige Stunden an genauen Überlegungen Vorsprung. Und sie hatte sich entschlossen, zu Leander zu halten. Er war ein viel zu guter Beobachter, um das nicht zu erkennen. Nur ihre Motive blieben ihm unklar.

»Eine gute Idee«, pflichtete Manuel seiner Mutter bei. »Die Hit-Teams der Gangster haben bisher nie eine Gruppe angegriffen. Immer haben sie versucht, ihr Opfer alleine zu stellen. Das ist ihre traditionelle Art zuzuschlagen, und das werden sie nicht so schnell ändern. Iren lieben ihre Traditionen. Trotzdem sollten Sie unbedingt versuchen, Ihre Ieva zu uns zu holen, Leander. Auch sie ist gefährdet. Rufen Sie am besten gleich nach dem Frühstück an.«

Wieder wunderte sich Leander, wie schnell auch Manuel sich verändert hatte, vom Geisterspezialisten zum Fachmann für irische Verbrecher. Er und seine Mutter schienen fast froh über diese Abwechslung. So als wären die Ereignisse, für die sie nichts konnten, eine perfekte Entschuldigung, ihre seit Jahren eingeschliffenen Rituale und Verhaltensweisen ändern zu können, ohne selbst dafür verantwortlich zu sein. Leander saß wortlos dabei und erlebte, wie einfach über ihn verfügt wurde. Er aß Bacon and Eggs, die wie Pappe schmeckten. Und er musterte Lilian. In ihr schienen Gedanken und Gefühle miteinander zu streiten, ob sie die Ereignisse für toll und spannend und einen Teil der besten Ferien ihres Lebens halten oder Angst haben sollte. Noch aß sie mit gutem Appetit und hörte den Worten der Erwachsenen aufmerksam zu.

Plötzlich klopfte es an der Tür. Ohne eine Antwort abzuwarten, stürmte Jacob O'Sullivan herein. Sein Gesicht war aschfahl.

»Meine drei besten Hunde sind tot. Jeder von ihnen hat eintausendfünfhundert Euro gekostet.«

Und dann fragte er Leander mit einer Stimme, die so hohl wie die eines Gespensts klang: »Verdanke ich das Ihnen, Sie seltsamer Sonderfahnder?«

»Nein«, sagte Leander.

»Mir wäre trotzdem lieber, Sie würden mein Haus verlassen.«

»Jetzt gleich?«

O'Sullivan starrte ihn an mit einer Mischung aus Trauer und Wut, Verzweiflung und Müdigkeit: »So schnell wie möglich.«

»Wir werden morgen früh in den Westen aufbrechen«, mischte sich die Madam vermittelnd ein. »Wir hatten das schon länger vor. Ist das in Ordnung für Sie?«

»Am besten, Sie kommen nie wieder«, fuhr O'Sullivan sie an, drehte sich um und verließ die Wohnung.

»Er meint es nicht so«, sagte Manuel. »Er ist im Moment fertig mit der Welt. Wenn wir zurückkommen, wird er mit sich reden lassen.«

Als sie diesmal zusammen an den Strand gingen, wie sie es jeden Morgen nach dem Frühstück taten, bewegten sie sich langsam und sorgfältig, als könne jederzeit der Boden unter ihren Füßen aufreißen. Immer wieder blickten sie sich um, ob auf dem hohen Kamm der Dünen oder entlang des Strandes irgendeine verdächtige Bewegung war. Nichts war mehr wie am Tag zuvor. Lilian lief nicht voraus. Leander sammelte keine Glasscherben für sie. Ihr Spaziergang glich einer Pflichtübung, die keinem von ihnen wohl tat. Irland war Feindesland geworden. Das Meer roch nach altem Tang und toten Fischen. Der Wind fuhr ihnen kalt entgegen. Die Möwen kreischten wütend und unangenehm laut auf sie herab. Sie bewegten sich wie durch einen schlechten Traum, in dem jeden Moment etwas Schreckliches passieren konnte. Nach dieser Nacht war alles möglich. Mehr Schüsse, mehr aufgeplatzte Körper, mehr Sterben. Auch Leanders Nackenwunde schmerzte wieder und schickte Wellen dieses Schmerzes in seinen ganzen Körper. Sein Magen rebellierte gegen das Frühstück. Immer wieder versuchte er zwischendurch, Ieva zu erreichen, um sie zu warnen, aber er wurde immer nur mit ihrer Voicebox verbunden.

»Da kommen Leute«, sagte Lilian plötzlich. Sie hatte Recht.

Von dem Dorf Carne her näherten sich zwei Gestalten. Noch waren sie weit weg und nur zwei kleine Figuren, die sich ihnen unmerklich näherten. Wie auf Befehl blieben sie alle stehen. Sie konnten noch nicht erkennen, ob es Männer oder Frauen waren, ob sie jung oder alt, harmlos oder gefährlich waren. Leanders Herz beschleunigte den Schlagrhythmus.

»Sie sind hier völlig ungeschützt«, sagte Manuel. »Wir können nichts für Sie tun, fürchte ich.«

»Wir sollten umkehren und zurück ins Haus gehen, wo wir sicher sind«, sagte die Madam.

Aber es war Leanders Sache zu entscheiden, was sie tun sollten.

»Ich habe Angst«, flüsterte Lilian und klammerte sich an seinen Arm. »Ich habe Angst, Papa!«

Leander stand still und starrte den Gestalten entgegen. Sollte er flüchten oder stehen bleiben? Doch es fiel ihm so verdammt schwer zu kneifen. Doch Weitergehen war nur sinnlose Verwegenheit, bloß um herauszufinden, wer ihnen dort entgegenkam, harmlose Spaziergänger oder ein Hit-Team.

»Ich habe Angst«, wiederholte Lilian, als wäre sie sich nicht sicher, ob ihr Vater sie beim ersten Mal überhaupt gehört hatte.

»Ja, lasst uns gehen«, stimmte er dann zu, obwohl er sich wie ein Verlierer, wie ein Feigling, wie ein Schwächling fühlte. Die Flucht in die Sicherheit erschien ihm wie eine Niederlage.

Manuel trat mit ein paar schnellen Schritten neben ihn. »Ich weiß, wie Sie sich fühlen«, sagte er. »Vor Verbrechern wegzulaufen ist genau so schwer, wie vor Geistern zu flüchten. Aber glauben Sie mir, es gibt auf den Friedhöfen in Dublin eine ganze Menge Männer, die es nicht geschafft haben, vorsichtshalber umzukehren. Und wenn man tot ist, kann man nicht mehr stolz auf sich und seinen Mut sein, wenn Sie verstehen, was ich meine. Man kann höchstens noch so lange unglücklich herumspuken, bis auch das kein Trost mehr ist.« Leander musste grinsen.

In Ballytober House wurden sie bereits erwartet. Ein weißer Bentley stand im Hof, der Truthahn Eisenhower hackte wütend am linken Hinterreifen herum, und drei junge weiß gekleidete Männer standen davor und unterhielten sich mit den beiden O'Sullivans. Es waren die »Fucked up Saints«. Wahrhaftig und leibhaftig. Sie blickten hoch, als sie Leander und die anderen herankommen hörten, und gingen direkt auf Leander zu. Sie sahen ganz anders aus als auf den vielen Fotos, die Leander so viele Stunden betrachtet hatte. Trotzdem erkannte er sie.

»Wir möchten dich sprechen«, sagte Jacky Moon, der Bassist.

»Ich denke, ihr seid in Skandinavien auf Tournee?«, wunderte sich Leander.

»Das sind wir auch. Und wenn wir um fünf Uhr zurückfliegen, schaffen wir es bis zu unserer Show in Kopenhagen«, sagte Sean O'Connor, der Sänger, kalt.

»Sind das die ›Fucked up Saints‹?«, fragte Lilian staunend.

»Ja.«

»Die sehen nicht sehr freundlich aus.«

»Da hast du Recht.«

»Aber warum? Du suchst doch ihren verlorenen Freund, oder?«

Der Sänger fuhr dazwischen: »Können wir dich allein sprechen, wir haben nicht viel Zeit.«

»Hier ist es so gut wie überall«, erwiderte Leander trotzig.

»Okay. Wir wollen nicht, dass du weiter nach Paddy suchst.«

»Ich weiß. Das habt ihr Ieva auch schon gesagt«, gab Leander zurück und versuchte ein kleines böses Grinsen.

»Lass Ieva aus dem Spiel. Lass die Finger von ihr, sie gehört zu uns«, drohte der Sänger.

Pete Robertson, der Drummer, stand wortlos dabei. Leander wusste, dass er so gut wie nie sprach, dass er es in allen Interviews stets seinen Freunden überließ, das große Wort zu führen. Und auch jetzt stand er stumm da wie ein Sack Kartoffeln.

»Ist es nicht ganz und gar meine Sache, was ich tue und was ich lasse?« Es tat Leander gut, Widerstand zu leisten, nachdem er eben erst auf dem Strand zurückgewichen war und gekniffen hatte. Jetzt bot sich eine neue Chance, bei einer Auseinandersetzung nicht klein beizugeben.

»Es ist nicht deine Sache. Paddy gehört zu uns. Wir sind die Saints und du hast mit uns nichts zu tun.«

»Wobei störe ich denn, wenn ich Paddy suche? Es gab eine Zeit, da wart ihr ganz wild darauf, Paddy zu finden.«

»Das ist lange her«, sagte der Bassist.

»Es gab eine Zeit, da habt ihr 250 000 Euro Belohnung ausgesetzt für den, der Paddy findet.«

»Du bist also hinter dem Geld her«, spie der Sänger mit Ekel in der Stimme aus.

»Sehe ich so aus?«

»Du siehst aus wie jemand, der Scheißfotos im *Weekend Mirror* abgibt, wenn du mich fragst.«

Das war der Moment, in dem sich Lilian von Leanders Hand löste und ins Haus lief. Sie hatte genug von diesem Streit, von dem sie zwar kein Wort verstand, aber jede der bösen Schwingungen spürte. Sie wollte nicht dabei sein. Nicht an diesem Morgen der Angst. Nicht nach dieser Nacht der Schüsse und der toten Hunde. Sie wollte, dass alles gut war, dass alles ganz besonders gut war. Leander zuckte zusammen. Er sollte ihr sofort nachgehen, sollte ihr sagen, dass er sie genau verstand, sollte sie in den Arm nehmen, sollte sie auf den Schoß nehmen. Sollte ein Spiel anbieten, irgendein Kinderspiel, Rommee oder Stadt-Land-Fluss oder einfach nur Kieselstein werfen auf eine leere Dose. Aber er konnte sich nicht umdrehen und gehen, nicht schon wieder. Dafür ging die Madam hinter Lilian her. Es war gut gemeint, aber Lilian würde nur ihn bei sich haben wollen, niemand anderen, nur ihren Vater.

»Wir bieten dir die Belohnung, die wir ausgesetzt haben, damit du Ruhe gibst«, sagte der Bassist der Saints. »Eine Menge Schotter, wenn man dafür einfach nur aufhören muss, irgendetwas zu tun«, fügte der Sänger hinzu.

Mit dieser Summe würde Leander auf Monate hinaus keinerlei finanzielle Probleme mehr haben. Er bräuchte nur seine Zustimmung geben und könnte um 250 000 Euro reicher hinter Lilian herlaufen, um sie zu trösten.

»Kein Interesse. Ich bin nicht käuflich«, sagte er aber nur, drehte sich um und ging ins Haus. Er hörte den Sänger einmal wütend mit dem Fuß in den Kies des Hofs kicken, und den Schlagzeuger das erste und einzige Wort sagen: »Super!«

Lilian saß vor dem Fernseher und starrte auf den Bildschirm, obwohl sie nicht verstehen konnte, was gesprochen wurde. Die Madam stand hilflos daneben. Leander kniete sich neben seine Tochter.

»Hey, ist okay. Alles ist gut.«

»Stör mich nicht«, fauchte sie ihn an. »Ich muss Englisch lernen, damit ich irgendwann mal verstehe, was du dauernd redest.«

Leander blieb reglos neben seiner Tochter knien. Irgendeine alberne Seifenoper lief im Fernsehen. Stimmen, Szenen, Dramen, Gefühle. Lilian starrte wütend auf den Bildschirm. Und Leander ließ ihr so viel Zeit, bis er spürte, dass sie erschöpft war. Draußen wurde der Bentley gestartet und rollte über knirschenden Kies davon. Eisenhower zischte und kollerte empört hinterher. Endlich nahm Leander seiner Tochter die Fernbedienung aus der Hand, schaltete den Fernseher aus und legte ganz behutsam den Arm um sie. Und sie lehnte sich gegen ihn und begann zu weinen.

»Ich habe mich so auf hier gefreut, und jetzt ist alles so blöd«, schluchzte sie.

»Ich weiß, ich weiß«, tröstete Leander.

Es war Dienstagmittag. Noch fünf Tage bis zu Lilians Rückflug.

Am Abend hatten sich die Nerven der Menschen von Ballytober House so weit beruhigt, dass die Madam Leander alleine zum Tanken und Waschen des Wagens nach Wexford fahren ließ. Er würde nur eine gute halbe Stunde dazu brauchen. Es war hell. Man konnte nicht ununterbrochen Angst haben. Lilian forschte mit Manuel in einem Gang, der aus dem Keller von Ballytober House zu einer Geheimtür im runden Pfauenpark führte und von dort zu der Ruine eines Hauses, das etwa einen Kilometer entfernt am Saum der Dünen von Ballytober Beach stand. Sie war begeistert von den spinnwebverhangenen Durchschlupfen, vom Modergeruch und den Geschichten von Leidenschaft, Verrat, Mord und Heldenmut, die Manuel ihr über die Vergangenheit von Ballytober House erzählte. Leander begriff, dass sie in Manuel ganz überraschend und unerwartet einen neuen Freund gefunden hatte, der mehr für sie da war und besser für ihre Bedürfnisse sorgte, als es Leander möglich war. Und mit der Klugheit ihrer acht Jahre ließ sich Lilian auf Manuel und seine Geister ein, wie sie sich zu Hause auf Leanders Lego-Steine und Tiefkühlpizzas eingelassen hatte. Sie sorgte selbst für ihr Glück, so viel hatte sie bei Leander bereits gelernt. Es erfüllte ihn mit Wehmut, Lilian so zu sehen. Sie war wieder glücklich, aber es war nicht sein Verdienst. Aber so konnte er das tun, was er immer und immer wieder tun musste: seinen eigenen Angelegenheiten nachgehen.

Immer noch schärfte es seine Sinne und beschwingte seine Stimmung, mit dem alten Mercedes einfach nur auf schmalen Seitenstraßen zu fahren, ohne ein bestimmtes Ziel zu haben. Leander kurbelte alle Scheiben herunter, um langsam durch die reine, laue Luft Irlands zu gleiten. Die Straße nach Wexford war an einer Stelle mit einer schwarz-gelben Barriere gesperrt worden. Es gab ein Umleitungsschild in eine noch schmalere Seitenstraße. Er fuhr diesen Umweg fast freudig, weil es sein Fahren durch die Heckenstraßen Irlands verlängern würde. Er liebte das Leben. Die vergangene Nacht lag weit zurück. Er würde seine Suche nach Padraigh Bridged Maloney zu Ende bringen. William Pauling würde ihn nicht davon abhalten können, die »Fucked up Saints« nicht und erst recht nicht die Halunken des Priesters, und wenn dieser ihm noch so viele Hit-Teams auf den Hals schickte. Leander fühlte sich groß und stark und stolz. Alle waren gegen ihn, und das machte ihn nur kräftiger. Er würde gewinnen. Er allein, gegen alle Widerstände. Er und Ieva. Leander griff nach seinem Handy und aktivierte Ievas Nummer. Doch wie jedes Mal an diesem Tag wurde er nur mit ihrer Voice-Box verbunden. Er hinterließ keine Nachricht. Wozu auch. Er würde sich nur wiederholen.

In diesem Augenblick verflog sein Hochgefühl schlagartig. Irgendetwas stimmte nicht mehr. Er war alarmiert, ohne zu wissen, warum. Die schmale Straße lag ohne jeden Verkehr vor ihm. Etwas weiter vorne war ein gelbes Arbeitszelt von Straßenarbeitern aufgebaut, die die Straße aufrissen, um ein Kabel oder eine Rohrleitung zu verlegen. Alles war ruhig. Alles schien ungefährlich. Und doch war er alarmiert. Leander bremste verwirrt. Was war los? Was hatte sich verändert? Was musste er bemerken? Wo war er? Was aktivierte alle seine Alarmsysteme? In Bruchteilen einer Sekunde rasten seine Gedanken los, um sich zu orientieren. Sein Verstand summte bei der Anstrengung zu begreifen, was hier falsch, was gefährlich war. Leander rollte langsam mit dem Mercedes voran, während Logik und Intuition hektisch versuchten, zu begreifen. Plötzlich schoss ein erster scharfer Gedanke durch seinen Kopf.

Die Umleitung hatte ihn in eine Gegend gebracht, die ein ganzes Stück abseits der direkten Route nach Wexford lag. Es war eine kleine Straße, die er noch nie gefahren war. Trotzdem kannte er die Straße. Er hatte sie schon einmal gesehen. Nicht als Autofahrer, sondern auf einer Landkarte. Er wusste es genau. Manuel hatte ihm die Straße gezeigt. Er war an dem Ort, wo entsprechend Manuel von Tattenbachs abstrusen Berechnungen nach den Toden im Totengräberhaus, in der Windmühle, der Turmruine und im Tacumshin-See der nächste Tod geschehen sollte. Ein moderner Tod, vielleicht durch Schüsse aus einer Handfeuerwaffe. Das war verrückt. Das war unmöglich. Aber er war in den Bereich des berechneten Todes vorgedrungen. Darum schlugen seine Sinne Alarm. Aber wovor sollte er sich hüten? Langsam ließ Leander den Wagen weiterrollen, blickte sich wachsam dabei um und konnte doch nichts Verdächtiges bemerken. Ein zweiter Gedanke wurde in seinem Bewusstsein lebendig. Es war völlig unsinnig und widersprach jeder Logik, dass er eine Umleitung fuhr, die ihn unmittelbar zu einer Baustelle führte. Eigentlich müsste die Baustelle an der gesperrten Straße sein und nicht an der Umleitung. Das war es! Das war falsch! Es gab keinen vernünftigen Grund, warum hier das Zelt von Straßenarbeitern aufgebaut war. Es war widersinnig, und es war lebensgefährlich. Da hatte der Mercedes das gelbe Plastikzelt bereits erreicht.

Als Leander den Fuß auf dem Gaspedal niederdrückte,

nahm er einen Schatten am Wagen wahr. Eine schnelle Gestalt auf der Beifahrerseite. Eine verschwommene und unglaublich schnelle Bewegung am offenen Fenster. Eine grau schimmernde Waffe stieß herein. Der Motor des Mercedes heulte auf, der Wagen machte einen Satz nach vorn. Ein Blitz, und ein ohrenbetäubender Knall erfüllte den Wagen. Eine Explosion jagte durch Leanders Körper. Der Wagen rammte das gelbe Zelt beiseite und schoss voran. Leanders Bewusstsein verlor sich in nebligen tauben Schwaden. Blindlings und mit höchstem Tempo raste er davon.

Erst kurz vor Wexford blickte er in den Rückspiegel, sah niemanden und hielt an. Er schwitzte und fror. Wenn er nicht die Zähne hart aufeinander biss, klapperten sie wie eine Kinderrassel. Es war das erste Mal, dass ein Schuss auf ihn abgefeuert worden war, und seine Gedanken konnten es noch nicht fassen. Dann spürte er, dass er sich vor Schreck in die Hose gemacht hatte, denn er fühlte die Feuchtigkeit im Schritt seiner Hose kalt werden. Und erst da bemerkte er den Riss in der Hose quer über seinem Oberschenkel und das Blut, das daraus hervorquoll. Der Schuss hatte ihn getroffen. Er starrte fasziniert auf sein Bein, versuchte den Schmerz zu spüren, der zu der Verletzung gehören musste, aber sein Bein war noch betäubt. Das war die zweite Wunde, die ihm die Gangster beigebracht hatten. Sein Gehirn begriff, dass diese Kugel eigentlich seinen Kopf durchschlagen sollte und nur deswegen fehlgegangen war, weil er den Wagen eine halbe Sekunde vor dem Schuss beschleunigt hatte. Doch sein Gehirn entschied, diesen mörderischen Gedanken fallen zu lassen, um normal weiterfunktionieren zu können.

Er schaffte es, den Wagen zu tanken und zu waschen, bevor der Schmerz begann. Währenddessen kam Leander zu dem Entschluss, Lilian und den anderen nichts von diesem Anschlag zu erzählen. Ein paar wirre Schüsse im Park konnten sie verdauen. Ein Mordanschlag aber stellte etwas dar, auf das sie nicht vorbereitet und dem sie nicht gewachsen waren. Innerhalb von Sekunden würde alles zerstört und kaputt sein, was sie hier lebten. Leander wunderte sich über seine eigene Kaltblütigkeit, denn er war ebenso wenig wie die Madam oder Manuel und Lilian auf echte Lebensgefahr vorbereitet. In der vergangenen Nacht war es nur eine Möglichkeit gewesen, jetzt war es Wirklichkeit: Der Priester versuchte, ihn zu ermorden. Noch ließ ihn diese Erkenntnis kalt.

Leander schmierte altes Motorenöl aus einer Tonne hinter der Tankstelle auf das Blut an seinem Hosenbein, sodass es aussah, als habe er sich unachtsam beschmutzt. Anschließend fuhr er nach Wexford, kaufte in einer Apotheke Verbandszeug, Desinfektionsmittel, starke Schmerztabletten und in einer Bar eine Flasche Whiskey. So ausgestattet steuerte er zurück zum Ballytober House. Er fühlte sich wie ein Held, der es fertig bringen wollte, seine Schusswunde am Bein zu verheimlichen. Das half ihm, den Schock über die Ereignisse zu unterdrücken.

Unterwegs hielt er einmal kurz an, um zu prüfen, wo eigentlich die Kugel, die seinen Oberschenkel aufgerissen hatte, in den Mercedes eingeschlagen war. Er fand das Loch in der Tür unterhalb der Armstütze. Die Kugel war dort in die Verkleidung eingedrungen und an der Unterkante der Außenseite ausgetreten. Ein Schaden an einer unauffälligen Stelle, der mit etwas Schweißen und Nachlackieren zu beheben war. Leanders Gehirn registrierte, dass es eine Waffe mit großem Kaliber gewesen sein musste, die auf ihn abgefeuert worden war. Die Kugel hatte die Wagentür einfach durchschlagen. Hätte sie seinen Kopf getroffen, wäre er zerplatzt wie eine überreife Melone. Leanders Gehirn nahm diese Fakten hin und beschloss wieder, sich nicht weiter um diese Erkenntnis zu kümmern.

Der Schock kam erst nachts. Leander war es gelungen, unbemerkt ins Bad zu schleichen, einen notdürftigen Verband anzulegen, eine neue Hose anzuziehen und den Abend am Kamin mit der Madam, mit Manuels Erzählungen und mit Lilian zu verbringen, als wäre nichts geschehen. Erst viel später, als seine Tochter bereits schlief und tiefe Stille im Haus herrschte, schlich sich Leander ins Bad, um die Wunde richtig zu säubern, zu begutachten und neu zu verbinden. Als er einen Zahnputzbecher voll Whiskey getrunken und die Wunde ausgewaschen hatte, konnte er feststellen, dass die Kugel seinen Schenkel so tief aufgerissen hatte, dass er drei Finger darin versenken konnte. Schlimmeres war nicht passiert. Trotzdem wurde ihm schlecht. Übelkeit gurgelte in ihm hoch, bis er vor der Toilette kniete und das Mittag- und Abendessen und allen Whiskey in übel riechenden Strahlen ausspie. Öliger Schweiß quoll aus den Poren seiner Haut auf der Stirn und zwischen den Schulterblättern und lief zäh an Gesicht und Rücken herab. Er krümmte sich unter der Erkenntnis, dass tatsächlich Killer gekommen waren, um ihn zu töten. Seine Organe stülpten sich von innen nach außen, und er gab alles von sich, womit sich sein Körper und seine Seele zu reinigen versuchten, Säure und Schleim, Tränen, Schweiß und Galle. Doch irgendwann war es vorüber. Leander hoffte, dass die wenigen Stunden der Nacht, die ihm noch verblieben, genügen würden, um sich zu erholen.

16

Sie fuhren durch Irland und fühlten sich mehr denn je wie eine Familie. Die Madam auf dem Beifahrersitz als Oberhaupt. Leander am Steuer und Manuel auf dem Rücksitz wie die Söhne der Madam, wie Brüder. Und Lilian neben Manuel wie die Enkelin der Madam. Sie passten perfekt zusammen. Leander war sich über seine Gefühle nicht im Klaren. Sollte er entspannt oder gestresst sein? Sie fuhren seit dem frühen Vormittag. Und obwohl Irland auf der Landkarte klein wirkt, dauerte es lang, die Strecke bis an die Westküste zurückzulegen. Viele Stunden länger, als Leander erwartet hatte. Es schien, als ob sich Irland immer mehr ausdehnte, je länger man damit beschäftigt war, es zu durchqueren. Waterford, Cork, Skibbereen hießen die Stationen ihrer Fahrt. Leander fuhr nicht schnell, sodass er wenig beschleunigen oder bremsen musste. Es war ein ruhiges Dahingleiten, das für ihn den vollkommenen Inbegriff des Chauffierens darstellte. Außerdem war es die Art des Fahrens, die sein zerschossenes Bein am meisten schonte. Im Mercedes herrschte eine ruhige, angenehme Atmosphäre. Ieva hatte sich seit Leanders vielen Anrufen nicht gemeldet, und so hatte er weitere Versuche unterlassen. Manuel erzählte Lilian lange Geschichten über die Geister, Gespenster und Feen, die er kannte. Lilian war begeistert. Die Madam saß reglos, blickte nach vorne und wirkte zufrieden. Einmal sagte sie: »Wir sind wenig in den Westen gekommen. Wir hatten das Haus und so viel Gäste und Verpflichtungen. Wir sind viel zu wenig in Irland herumgekommen.«

Nur Leander blieb wachsam, blickte ständig in den Rückspiegel, damit ihm nichts Verdächtiges entginge. Aber es schien, als hätten sie keine Verfolger.

Gegen Mittag hielten sie an einem Restaurant am Rande der Straße, das sich als so düster, rauchverhangen und archaisch erwies, als wären hier die letzten dreißig Jahre nicht vergangen. Es gab nur Steaks, Hamburger und Chicken Kiev zur Auswahl. Zu allem wurden Pommes frites serviert. Essen wurde hier nur als Nahrungsaufnahme und nicht als irgendeine Form von Genuss verstanden. Wie so oft hatte Leander das Gefühl, sich mit der Madam und Manuel nicht in der Gegenwart Irlands, sondern in einer Jahrzehnte zurückliegenden Vergangenheit zu bewegen. In der kargen Toilette verband Leander sein Bein neu, weil er fürchtete, der mit Blut voll gesogene Verband würde Flecken auf seinen Jeans machen. Er schluckte eine neue Schmerztablette und war für den Rest der Fahrt gerüstet. Er war stolz, dass bisher niemand etwas von seiner Verletzung bemerkt hatte. Er wollte nicht, dass die anderen dieselbe kalte Angst spürten, die ihn nicht mehr losließ.

Die Sonne stand schon tief im Westen, als sie endlich das Dorf mit dem merkwürdigen Namen Castletownbere an der Südküste der Halbinsel Beara erreichten. Leander hatte am Tag zuvor gute Arbeit geleistet und Quartier für sie in einem kleinen Hotel gebucht, das »The Post« hieß, weil es im ehemaligen Postoffice des Dorfes eingerichtet worden war. Der alte Tresor diente nun als Weinkeller. Dieses Dorf schien wie für sie gemacht zu sein. Es gab für Manuel in den Heidebergen der Umgebung einen großen, prähistorischen Steinkreis, der den Feen als Zuhause dienen mochte. Außerdem gab es die Ruine einer alten Burg, die Dunboy Castle hieß, und in welcher der Teufel zu Gast gewesen und eine Dienerin getötet haben soll. Für die Madam bot das kleine Hotel eine behagliche Lounge mit tiefen weichen Sesseln, Couches und einem großen Kamin. Und für Leander und Lilian lag es nur ein gutes Dutzend Kilometer von Dursey Island entfernt. Es war zu spät, um an diesem Abend noch zum Teufels-Castle oder gar nach Dursey Island zu fahren, also bezogen sie ihre Zimmer und verabredeten, eine halbe Stunde später zumindest den Steinkreis von Castletownbere in Augenschein zu nehmen, wie der Hotelbesitzer es ihnen empfohlen hatte.

Leander konnte sich unter dem Begriff Steinkreis wenig vorstellen. Aber wenn die Madam und Manuel so erpicht darauf waren, ihn unbedingt schon an diesem ersten Abend zu besuchen, dann musste etwas Besonderes an ihm sein. Anhand einer Karte, die ihnen der Hotelbesitzer gegeben hatte, folgten sie einem verschlungenen Weg durch die engen irischen Heckenstraßen immer weiter eine Hügelkette hinauf. Sie fuhren einem Himmel entgegen, durch dessen sanftes Abendblau hellviolette Wolken trieben. Schließlich endete die Straße, und sie mussten das letzte Stück auf einem schmalen Pfad gehen, an dem ein zur Unleserlichkeit verrosteter Wegweiser stand. Bald erreichten sie eine baumlose Kuppe. Dort standen neun mannshohe Steine in einem großen Kreis. Leander begriff sofort, was das Besondere an diesem Steinkreis war. Es handelte sich um einen uralten Platz, einen Andachtsort. Eine Atmosphäre ungeheurer Stille und Intensität lag über ihm.

»Das ist toll hier«, murmelte Lilian, »wie im Märchen.« Sie drängte sich an Leander, als könnte sie allein die ausstrahlende Kraft des Platzes nicht aushalten.

Sie standen wie in einer entrückten Welt. Um sie war nur Weite, am südlichen Horizont das Meer, im Norden schwangen kahle Moorberge ihre Gipfel gegen den Himmel. Leander spürte Dankbarkeit, dass die Madam und Manuel ihn zu immer neuen seltsamen und besonderen Plätzen führten.

Und wieder vermisste er seine Kameras, so schmerzlich und unmittelbar, als habe er sein wichtigstes Sinnesorgan verloren. Der Platz war vollkommen, das Abendlicht verschwendete vollkommene Schönheit. Und er hatte keine Chance, irgendetwas davon festzuhalten. Es war gerade wegen der besonderen Schönheit des Augenblicks zum Verzweifeln.

»Hast du keine Kameras dabei?«, fragte Lilian, die sich wunderte, dass ihr Vater nicht das tat, was er immer bei solchen Gelegenheiten tat: fotografieren.

»Nein. Ich bin ohne Kameras gefahren«, erwiderte Leander.

»Warum?«

»Ich bin zum Autofahren und nicht zum Fotografieren nach Irland gekommen.«

»Aha.«

»Es gibt hunderte solcher Steinkreise in Irland«, begann Manuel plötzlich. »Niemand weiß, welche Rituale hier gefeiert wurden. Welche Handlungen vollzogen, welche Gottheiten angebetet, welche Lieder gesungen wurden. Aber fast immer sind diese Steinkreise in ihrer Anordnung gleich. Egal aus wie viel Steinen sie gebaut sind, wie viel Fläche sie einschließen und wie groß die Steine sind, fast immer gibt es in ihrem Inneren einen liegenden Stein, einen Altarstein, und sehr oft einen weiteren Stein außerhalb des Kreises. Wurde hier gebetet oder geopfert, getanzt oder geschwiegen? Wir wissen es nicht.«

Der Steinkreis wirkte wie die Dekoration zu einem seltsamen Theaterstück, die fernen kahlen Berge wie naturalistische Bühnenmalerei. Die vier Besucher fühlten sich in eine fremde Realität versetzt, als ob sie im Bann einer sanften Macht stehen würden, die sie aus der Wirklichkeit entführte. Ein Motorengeräusch näherte sich und störte für einen Moment die Stille, bevor es erstarb. Doch schon blickten sie alarmiert auf und rückten zusammen. Ein Motorrad! Sie sahen sich um, starrten in die Richtung, wo die Straße endete und Leander den Mercedes abgestellt hatte. Sie waren allein, es gab keinen Schutz, keine Hilfe. Sie konnten sich nirgendwo in Sicherheit bringen.

»Das ist nicht gut«, sagte Manuel ruhig. »Wenn das ein Hit-Team ist, haben die Männer den Ort und den Zeitpunkt perfekt gewählt.«

Leander schob seine Tochter zum Geisterforscher. Er wollte sich allein stellen, wollte Lilian nicht in Gefahr bringen. Sie war ein Kind. Sie konnte ihren Vater nicht vor dem Angriff von bewaffneten Erwachsenen schützen, und Lilian wusste das auch. Dann entfernte Leander sich von allen. Nur er war das Ziel. Doch die Madam folgte ihm. Wortlos und entschlossen nahm sie unmittelbar neben ihrem Chauffeur und Gesellschafter Aufstellung. Noch nie waren sich die beiden so nahe gekommen. Sie standen so dicht nebeneinander, dass sich ihre Arme berührten. Mit erhobenem Haupt blickte die alte Dame in die Richtung, aus der sich schwere Schritte näherten. In knisternden blauen Funken entlud sich die Anspannung zwischen ihr und Leander. Eine einzelne, schwarze Gestalt kam heran. Schwarze Jeans, schwarze Lederjacke, schwarzer Motorradhelm. Eine Gestalt, die sich trotz der schweren Stiefel wie eine Frau bewegte.

»Ieva«, flüsterte Leander nur und lief los. Der Schmerz in seinem verwundeten Bein konnte ihn nicht bremsen.

Endlich waren sie komplett, und sie feierten im Restaurant des Hotels, als hätte einer von ihnen Geburtstag. Sie tranken zu viel, redeten zu viel, lachten zu laut. Es war der Abend, an dem die Madam und Manuel endgültig die Wirklichkeit, mit der sich Ieva und Leander herumschlugen, zwar störend, aber unabwendbar in ihr Leben ließen. Lilian musste erst noch verdauen, dass es mit dieser strubbelhaarigen und kriegerisch bemalten Ieva plötzlich eine andere Frau in ihrem Leben mit Leander gab. Jahrelang hatte sie ihren Vater als Einzelgänger erlebt, den nur sachliche Absprachen und Meinungsverschiedenheiten zu ihrer Mutter führten. Sie verband mit ihm immer nur Fotografieren, Lego-Steine, Pizzas und Abenteuergeschichten, in denen er und Jurko die Hauptrolle spielten. Ieva schloss Lilian bereits an diesem Abend in ihr Herz, obwohl sie kaum ein Wort miteinander sprechen konnten und auf die Übersetzungshilfe der anderen angewiesen waren.

Ieva und Leander aber mussten sich eingestehen, dass sie die Suche nach Padraigh Bridged Maloney trotz aller Widrigkeiten nur zusammen zu Ende bringen konnten. Sie gehörten zusammen, nur gemeinsam zählten sie. Auch darum aßen sie zu viel und tranken zu viel Bier und Wein. Und Lilian betrank sich an ihrer Müdigkeit und den seltsamen Energieströmen, die zwischen den Erwachsenen vibrierten. Sie redeten ausgelassen, lachten. Sie lachten sogar, als Ieva von dem Telefonanruf erzählte, den sie zwei Tage zuvor erhalten hatte. »Lass die Finger von Paddy«, hatte eine Männerstimme drohend gesagt, »lass Paddy in Frieden, oder es wird dir Leid tun.«

Und wie Ieva die Stimme des Mannes nachahmte, ließ alle schallend auflachen, wie in einer Kriminalkomödie.

»Fick dich ins Knie!«, hatte sie den Anrufer angeblafft. Daraufhin hatte der die Verbindung ohne ein weiteres Wort unterbrochen. Am Tag danach waren die Saints bei ihr aufgetaucht, hatten sie wie Leander aufgefordert, die Suche nach Paddy abzubrechen. Doch als Ieva sich weigerte, nahmen die drei Musiker sie in ihrem weißen Bentley nach Dublin mit. Dort, im Büro des Saints-Managers, warteten bereits drei junge Anwälte in teuren Anzügen und gut geübten Killerlächeln und legten Ieva einen Vertrag vor, der sie von jeglicher weiterer Zusammenarbeit mit den Saints ausschloss. Als pauschale Abfindung wurden ihr eine Million Euro zugesprochen. Dann war auch das erledigt. Und plötzlich war Ieva frei.

Manuel von Tattenbach, der sich sonst nur mit ernst zu nehmenden Geistern, Gespenstern und Teufeln beschäftigte, rauchte ein Zigarillo nach dem anderen und fand die Gangster von Dublin unglaublich pathetisch und die Saints ziemlich durchgeknallt. Die Madam nickte und wirkte so lebendig wie nie zuvor, seit sie in Irland waren. Lilian bewunderte ihren Vater und die fremde Frau, die so mutig waren, es gegen die schlimmsten Verbrecher und die erfolgreichsten Popstars Irlands aufzunehmen. Es war ein wundervoller Abend. Der Besitzer des Post-Hotels hatte seine Freude an seinen Gästen. Später begann Manuel irische Lieder zu singen, und der Wirt setzte sich an ein schwarzbraunes, verstimmtes Klavier und spielte die Musik zu Manuels Liedern.

In dieser Nacht kam Ieva zu Leander. Er lag neben Lilian in dem großen Doppelbett mit den viel zu weichen durchgelegenen Matratzen und den unbequem straff unter diese Matratzen gestopften Wolldecken, die wie zu enge Schlafsäcke wirkten. Irische Betten waren noch immer eine Strafe Gottes für schlafende Deutsche. Niemand konnte sich unter diesen Decken einkuscheln oder umdrehen. Man lag entweder flach hingestreckt wie auf einem Operationstisch oder in einem unentwirrbaren Geknülle aus Wolldecken und Leinentüchern. Man kämpfte gegen diese Betten und fand keinen Schlaf, oder man resignierte und überließ sich der Unbequemlichkeit. Ieva öffnete die Tür und huschte ins Zimmer. Leander schrak hoch. Er hatte sie nicht erwartet. Im diffusen Licht, das durch die Fenster drang, sah er, dass sie nur ein langes weißes Herrenhemd trug und ihre schwarze Kriegsbemalung abgeschminkt hatte. Sie zerrte neben Leander die

Wolldecke unter der Matratze hervor und schlüpfte neben ihn.

»Aber meine Tochter«, flüsterte er.

»Ich weiß«, wisperte sie zurück und drängte sich an ihn.

Als Leander zurückzuckte, fragte sie: »Was ist? Was ist mit dir?«

Und ihr erzählte er von dem Hinterhalt, dem Schuss, seinem aufgerissenen Bein.

»Ich werde achtsam sein. Ich werde dir nicht wehtun«, flüsterte sie.

Ihr Körper war weich und rund und sehr nahe. Das Hemd verlor unter seinen Händen jegliche Bedeutung. Er konnte Ieva spüren, so nahe, so weich, so total, dass sein Herz raste und sein Blut verrückt spielte. Sie seufzte leise und genoss seine Hände, die ihr Gesicht, ihre Schultern, ihren Rücken und ihren Bauch erforschten, weil sie nicht wagten, sofort ihre Brüste, ihre wundervoll runden, weichen, betörenden und verführerischen Brüste zu streicheln. Doch sie ließ zu, dass er ihr Hemd aufknöpfte, dass er ihre Haut freilegte, dass er den Stoff beiseite strich. Lilian seufzte unruhig im Schlaf, als spürte sie die Veränderung der Atmosphäre im Raum. Leander zügelte seine Hände, und Ieva schnurrte ein tiefes kehliges Lachen. Da wurde ihm klar, dass sie alles genau geplant hatte. Sie wollte sich mit ihm zusammentun, aber nur fast, nicht völlig, nicht schrankenlos, nicht rückhaltlos vorerst. Sie hatte beschlossen, den ersten Schritt zu tun, der sein musste, aber sie wollte nicht alles. Nicht in diesem Moment. Sie wollte ein Vorspiel der Verführung. Und diese Nacht war die ideale Gelegenheit dazu, dieses Bett der ideale Platz dafür. Auch ihre Hände wanderten über Leanders Körper. Suchten ihn, fanden ihn, fanden alles, was sie wollten. Und er seufzte und dehnte sich ihr entgegen, genoss und litt. Sie waren einander so nah und durften sich doch kaum bewegen. Es war eine süße Qual, die süßeste aller denkbaren Qualen, die ein Mann von einer Frau erfahren konnte. Es war schrecklich, es war schön, es war zum Explodieren und es war gut, sehr gut so. Sie war Atem und Aroma, Verführung und Verlockung. Sie war Versprechen und Erfüllung, betörende Nähe und Unerreichbarkeit. Leander konnte Ieva berühren bis zur Besinnungslosigkeit, aber er konnte sie nicht besitzen. Ihre Lippen boten ihm den vollkommenen Kuss, ihre Zunge liebkoste die seine wie ein wissendes Tier. Ihre Haut war weich und glatt, ihre Brüste so rund und so groß, dass seine Hände jubilierten, ihr Bauch so fest. Und diesem Nest aus struppigen Haaren am Schnittpunkt ihrer Schenkel entströmte ein Moschusduft so stark, so intensiv, dass er wie ein Halluzinogen wirkte. Ihre Hände aber, die Berührung ihrer feinen Finger, zündeten Feuer auf seiner Haut an und verbrannten ihn ganz und gar. Die Minuten vibrierten und glühten. Gier und Beherrschung, Verführung und Hinhalten, Glück und Qual. Lilian wälzte sich unruhig herum und murmelte unverständliche Worte im Halbschlaf.

»Das nächste Mal sind wir allein«, wisperte Ieva. »Ich freue mich darauf. Sehr!«

»Ich liebe dich«, stöhnte Leander.

»Nicht so schnell«, entgegnete Ieva.

Und damit schlüpfte sie aus dem Bett, so behende und schnell, wie sie gekommen war. Sie ließ einen bebenden Leander zurück, in dessen Adern das Blut brodelte.

Am nächsten Morgen wurde Leander von dem Klingeln seines Handys geweckt. Graues Nebellicht hing vor dem Fenster. Leander und Lilian schreckten gleichzeitig hoch. Eine Männerstimme war am Apparat.

»Wir wissen, wo du bist«, sagte eine Männerstimme. Die Verbindung wurde unterbrochen.

»Das war keine gute Nachricht, nicht wahr?«, murmelte Lilian verschlafen.

»Nein, keine gute Nachricht. Die Dubliner Gangster wissen, wo wir sind.«

»Au, cool!« Lilian schnalzte anerkennend mit der Zunge.

»Gar nicht cool, das ist scheißgefährlich!«, fuhr Leander sie an.

»Schick mich bitte nicht gleich wieder zurück. Ich bin doch erst vier Tage bei dir«, flehte Lilian und sah Leander mit Augen an, die dunkel und weit vor Angst waren. Und es lag nicht die Angst darin, neben ihrem Vater erschossen, sondern von ihm getrennt zu werden, kaum dass sie endlich bei ihm war. Leander drehte sich zu ihr, nahm sie in den Arm und hielt sie fest.

»Ich will dich doch gar nicht wegschicken«, log er. »Wir gehören zusammen. Und zusammen sind wir stark. Uns kann nichts passieren. Du wirst mich beschützen.«

»Ja«, nickte sie entschlossen. Und fügte dann mit fast beängstigender Klarsicht hinzu: »Verbrecher schießen auf Männer, aber nicht auf Mädchen. Und bis sie wissen, was sie tun sollen, sind wir schon weg und in Sicherheit.«

Sie hatte den Abend am Steinkreis bereits verdrängt. Leander aber dachte an den Sohn des betrügerischen Gangsters, der in Dublin beim Fernsehen erschossen worden war, und fror, als würde er in einem Bett aus Eis sitzen. Es war Donnerstagmorgen. Drei Tage musste er noch mit Lilian durchkommen, dann konnte er sie zum Flughafen bringen und zurück in die Sicherheit fliegen lassen.

»Ich finde es total aufregend. Bei Mami gibt es keine Verbrecher«, tröstete ihn Lilian.

»Bei mir normalerweise auch nicht«, erwiderte Leander schwach und streichelte seine Tochter. Wie unendlich liebte er dieses Kind, das so mitfühlend, so unschuldig und so naiv war. Noch erlebte Lilian die Welt als ein Märchen, eine Geschichte, ein Film. So musste es bleiben. Die Wirklichkeit sollte noch warten. Noch hatten die Märchen Vorrang im Leben seiner Tochter. Leander betete zu irgendwelchen namenlosen, nicht einmal schemenhaft zu ahnenden Kräften, Energien oder Geistern des Kosmos, dass er Lilian unbeschadet durch diese Woche brachte.

»Lass uns frühstücken gehen. Ich habe einen Bärenhunger«, sagte er leichthin.

Der Frühstücksraum war noch leer bis auf eine Person, die an einem der Fenstertische saß, ein unberührtes Glas Orangensaft vor sich: Ieva. Sie war so blass wie das Tischtuch vor ihr, so grau im Gesicht, wie der Nebeltag draußen. Und sie trug wieder ihre Kriegsbemalung.

»Was ist passiert?«, fragte Leander sofort.

»Sie haben mein Haus angezündet.«

»Wer?«

»Na wer schon. Wahrscheinlich Männer, die der Priester geschickt hat.«

»Und was ist passiert?«

»Das ganze Haus ist niedergebrannt. Alles ist Schutt und Asche. Mein Vater hat mich vor einer halben Stunde angerufen.«

»Ich wusste nicht, dass du ein eigenes Haus hast.«

»Ein altes Schleusenhaus am River Nore. Es war schön. Es ist egal. Aber alles Material, das ich von Paddy übernommen habe, ist mit verbrannt. Alle Erinnerungsstücke. Die alten Fotos und Texte und bemalten T-Shirts von den frühen Auftritten. Alles ist verbrannt, hat mein Vater gesagt. Ein Teil von Paddy ist heute Nacht gestorben.«

Sie nahm das Glas, hob es an die Lippen, doch auf halber Strecke fror ihre Bewegung ein und sie starrte aus dem Fenster, so reglos, als wäre sie aus Stein.

Nach dem Drohanruf, den er erhalten hatte, ersparte Leander es sich, irgendwelche Unglücksfälle oder Zufälle zu vermuten. Die Gleichzeitigkeit der Ereignisse war eindeutig.

»Was hat sie gesagt?«, wollte Lilian wissen.

Und Leander berichtete seiner Tochter von der Brandstiftung. Und sagte dann zu Ieva: »Sie haben uns den Krieg erklärt.«

»Dir auch?«, fragte sie fast erleichtert.

Leander nickte nur. Die Zeit war knapp, in der sie sich noch ungestört bewegen konnten. Trotzdem beschlossen Ieva und Leander weiterzumachen, denn sie waren schon zu weit gegangen, um jetzt noch ihre Suche abbrechen zu können. Es war endgültig eine Entscheidung auf Leben und Tod, aber Leander und Ieva trafen sie mit einer fast heiteren Gleichgültigkeit. Sie hatten einen Punkt ohne Wiederkehr erreicht und überschritten. Leanders angeschossenes Bein, das immer zitterte, wenn er es zu sehr belastete, war ihm keine Warnung, keine Einschüchterung mehr. Zur Bekräftigung erhob er sich, trat vor Ievas Stuhl, reichte der blassen Frau mit den strubbeligen schwarzen Haaren die Hand, zog sie hoch und nahm sie in die Arme. Sein Körper erkannte den ihren sofort wieder. Die Nacht lag nur wenige Stunden zurück. Sie gehörten zusammen. Bis zum Ende. Leanders fast verheilte Kopfwunde begann zu pochen, als wäre es ein Zeichen.

Da erschienen zuerst die Madam und wenig später auch Manuel. Beide hatten gut geschlafen und keine schrecklichen Telefonanrufe erhalten. Sie waren bester Stimmung und bestellten ein üppiges irisches Frühstück. Plötzlich verspürte auch Leander einen Hunger, der so stark war, als habe er seit Wochen nichts gegessen.

17

Nach Dursey Island gab es weder eine Brücke noch eine Bootsverbindung. Leander und Ieva mussten sich mit einer alten, knarrenden Seilbahn übersetzen lassen. Diese bestand eigentlich nur aus einer Holzkabine, groß genug für vielleicht sechs Menschen oder vier Schafe oder eine Kuh, und wurde an einem Trageseil über einen schmalen, felsschorfigen Meeressund gezogen. Es gab zwei schmale Bänke in der Kabine, der Boden war mit Stroh bedeckt, und es roch durchdringend nach Vieh. Die beiden waren die Einzigen, die an diesem milden, aber nebligen Vormittag nach Dursey Island wollten. Lilian hatte beschlossen, bei Manuel und der Madam zu bleiben, die die Ruine von Dunboy Castle erkunden wollten. Der Besitzer des Hotels hatte geschworen, dass gegen elf Uhr der Nebel von einer lauen Brise weggeblasen würde und ein wunderbar warmer Sonnentag bevorstand. Also hatte sich die Madam einen großen Picknickkorb packen und Klappstühle in den Mercedes laden und sich so ausgerüstet nach Dunboy Castle fahren lassen. Sie wollte dort am alten Yacht-Pier vor dem Haus in der versprochenen Sonne sitzen, Champagner trinken und Lachstoast essen, während Manuel mit Lilian durch die verwunschene Ruine streifte, um Kontakt mit den teuflischen Schwingungen zu bekommen. Leander aber, einem unerklärlichen Gefühl folgend, ließ den auffälligen Mercedes am Parkplatz vor der Burg stehen und fuhr mit Ieva auf dem Motorrad zur Seilbahnstation.

Sie betraten die Insel, die sich ihnen in einer Kargheit und

Armut darbot, dass es schmerzte. Es gab nur Ruinen von grauen Häusern und Ställen mit eingesunkenen Strohdächern und alte Mauern entlang des einzigen Weges. Ein Esel lief scheu vor ihnen über den Weg, ein Hund bellte. Es schien, als gäbe es auf dieser Insel, der Heimat von Susan Atkins, überhaupt keine Menschenseele mehr. Fast zaghaft und unentschlossen gingen Leander und Ieva Schritt für Schritt weiter. Drei Dörfer sollte es auf der Insel geben, die nicht mehr waren als drei Ansammlungen von Cottages, eines dort, wo die Seilbahn ankam, eines genau in der hügeligen Mitte der Insel und eines am entgegengesetzten Ende. Von dort stammte Susan Atkins.

Leander und Ieva gingen eng nebeneinander durch das erste Dorf. Es wirkte völlig ausgestorben. Doch plötzlich kam ein Mann hinter einem der grauen Ställe hervor, ging ohne einen Gruß oder irgendein Wort zu dem Esel, packte ihn am Zaumzeug und zerrte ihn zurück in den Stall. Ein Stück weiter spielten drei Kinder in einer Pfütze am Weg. Sie sprangen erschrocken auf und liefen davon. Als Leander und Ieva das mittlere Dorf erreichten, riss der Nebel auf und ein klarer, blauer Himmel wurde sichtbar. Das Licht der Sonne fuhr wie ein weiß glühendes Schwert in die grauen Schwaden. In diesem Dorf gab es nur ein einziges Haus, das noch bewohnt war. Davor saßen auf einer Bank zwei alte Männer, die sich so ähnlich sahen, als wären sie Zwillinge. Sie betrachteten die beiden Fremden neugierig und nickten einen wortlosen Gruß.

»Kein Wunder, dass Susan von hier wegwollte«, murmelte Ieva.

Als sie die Kuppe des Hügels erreichten, der die Mitte der Insel bildete, stockte ihnen der Atem. Das Meer glitzerte und funkelte um die Insel wie eine Unendlichkeit aus flüssigem Gold. Der Nebel trieb wie ein Vorhang, den man beiseite gezogen hatte, fern und bedeutungslos geworden über das Festland davon. Eine leichte Brise umfächelte sie, die satt war von den Aromen des Meeres und des Heidekrauts vor ihnen.

»Das ist mein Land. Das ist Irland«, lächelte Ieva.

Leander begriff, dass die Frau an seiner Seite für diesen einen flüchtigen Moment sehr, sehr glücklich war.

Die Häuser des dritten Dorfes standen so makellos weiß getüncht am Meer und waren mit so frischen Reetdächern gedeckt, als würden sie gar nicht auf diese raue, karge Insel gehören. Der Weg dorthin wirkte breiter und ebener, die Mauern links und rechts sorgfältiger geschichtet, ja sogar das Gras schien grüner und saftiger zu sein, die Luft milder und reiner. Ein paar Kühe grasten auf einer Weide, Schafe standen wie helle Flecken im Heidekraut der Hügel. An der kleinen Mole des Dorfes waren drei Kutter festgemacht, die ebenso makellos weiß strahlten wie die Häuser. Und aus dem Kamin eines dieser Häuser stieg blauer Rauch auf.

Ein Hund kam bellend herangelaufen, wollte aber nicht drohen und die Eindringlinge wegbeißen, sondern nur gestreichelt werden. Daraufhin öffnete sich die Tür des Hauses mit dem rauchenden Kamin, und eine Frau trat heraus. Sie trug einen bodenlangen Rock und eine leinenfarbene Bluse. Das Haar hatte sie auf altmodische Art hochgesteckt.

»Hallo!«, rief Ieva. »Wir sind Freunde von Susan, von Susan Atkins.«

»Willkommen«, sagte die Frau und runzelte zweifelnd die Stirn.

»Sie sind Susans Mutter, nicht wahr?«, begann Leander.

»Das ist richtig.«

Leander wusste sofort, dass diese Frau Verzweiflung in sich trug. Er konnte die Hieroglyphen aus feinen Falten und Schatten, aus Anspannung und Verhärtung in ihrem Gesicht wie eine Botschaft lesen. Er konnte ihre wortlose Klage aus

Blick, Mimik und Kopfhaltung verstehen. Susan war hier seit zwei Jahren nicht mehr aufgetaucht, und wie Paddy the Saint war sie spurlos und ohne die geringste Nachricht verschwunden.

»Kommen Sie herein«, sagte Susans Mutter. »Möchten Sie eine Tasse Tee?«

Das Innere des Cottages hätte in einem Folkloremuseum stehen können. Es gab nur alte Möbel, alte Steinböden, alte Stiche an den Wänden, alte Balken. Die Küche war im Originalzustand des vergangenen Jahrhunderts erhalten. Ein antikes Röhrenradio stand auf einem der Fensterbretter und alte irische Musik erklang. Die Zeit war hier nicht einfach stehen geblieben, sondern sie war mit viel Aufwand und viel Geschmack konserviert worden. Die Madam und Manuel wären entzückt gewesen. Susans Mutter ließ die Besucher im Wohnraum in alten Sofas Platz nehmen, ging in die angrenzende Küche und hängte einen rußschwarzen Wasserkessel über das Feuer im Kamin. Aus einer rostfleckigen Blechdose holte sie Kekse, die so rosa und grellgelb und grün waren, dass Leander sie für Schaustücke aus Schaumstoff hielt. Doch dann griff die Frau zu einem Mobiltelefon, das auf der Küchenkommode lag, drückte eine Zahlenfolge und sagte dann: »David, wir haben Besuch. Würdest du bitte kurz hereinschauen.«

Sie würde nichts Wichtiges besprechen, bis dieser David eingetroffen war, bei dem es sich vermutlich um ihren Mann handelte. Um kein Schweigen aufkommen zu lassen, begann Leander: »Sie haben es sehr schön hier. Aber was machen Sie auf dieser Insel? Wovon leben Sie? Sind Sie Fischer?«

Susans Mutter schien dankbar für dieses Angebot eines unverfänglichen Gesprächs.

»Diese Seite der Insel gehört dem Atkins-Clan«, erklärte sie. »Wir sind vor hundertfünfzig Jahren nach Amerika ausgewandert, damals, als der große Hunger in Irland herrschte. Wir sind drüben reich geworden. Und jetzt haben wir den Teil der Insel zurückgekauft, von dem wir stammen. Hier sind unsere Wurzeln. Darum haben wir das Dorf wieder aufgebaut. Wann immer es möglich ist, kommt ein Atkins aus Amerika hierher. David und ich haben uns bereit erklärt, das Dorf herzurichten und zu pflegen. Wir sind die konservativsten von allen. David und ich waren immer schon die wahren Iren. Wir können nur in unserer Heimat leben und nicht in New York. Darum sind wir hier und halten alles in Schuss für die anderen. Damit es schön ist, wenn sie im Urlaub hierher kommen. Sie sollen sich wohl fühlen und wie zu Hause.«

Inzwischen hatte das Wasser im Kessel über dem Feuer zu kochen begonnen. Susans Mutter ging in die Küche und goss den Tee auf. Leander und Ieva warfen sich einen kurzen Blick zu: nur Geduld.

Da hörten sie draußen Schritte näher kommen. Und bemerkten so erst, wie vollkommen still es jenseits der leisen Radiomusik und dem Hantieren von Susans Mutter war. Kein Motorengeräusch, keine Stimmen, kein Arbeitslärm. Nicht einmal Wind oder Wellen hörten sie, so ruhig war der Tag draußen. Der Mann, der das Haus betrat, trug einen blauen Arbeitsoverall, der mit Farb- und Ölflecken bedeckt war. Auf den roten langen Haaren saß schräg eine löchrige Wollmütze.

»Ich bin David Atkins, und das ist meine Frau Jennifer. Und wer seid ihr?«

Ieva antwortete zuerst: »Ich bin Ieva Maloney. Ich bin eine Freundin von Susan.«

»Schön, dich kennen zu lernen«, sagte David Atkins.

Leander bemerkte sofort die leichte Anspannung in der Stimme des Mannes.

»Habt ihr Nachricht von Susan?«, fragte Jennifer Atkins sofort, noch bevor Leander sich vorstellen konnte.

»Ich muss mich korrigieren«, räusperte sich Ieva. »Ich bin die Schwester von Padraigh Bridged Maloney. Ich suche meinen Bruder. Er ist seit zwei Jahren verschwunden. Und wir glauben, dass Susan seine letzte Freundin war. Kennen Sie meinen Bruder Paddy?«

»Nein«, sagte David Atkins.

»Ich habe schon von ihm gehört«, nickte seine Frau. »Er hat Musik gemacht. Keine schöne Musik. Er war ziemlich umstritten. Es kam im Radio. Er war ein Star mit Skandalen. Drüben in Dublin.«

Wie sie das sagte, klang es so, als läge Dublin für sie auf einem anderen Kontinent, in einer anderen und völlig fremden Welt.

»Sie haben also keine Nachricht von Susan?«, fragte sie noch einmal.

Und dann erzählten Ieva und Leander abwechselnd von ihrer Suche. Von den wichtigsten Vermutungen, von den Hinweisen und Ereignissen. Aber ohne sich vorher abgesprochen zu haben, erzählten sie die positive Version des Falles, dass Paddy und Susan als flüchtiges Liebespaar irgendwo in Europa oder Asien untergetaucht waren. Von ihren Befürchtungen erzählten sie nichts. Hin und wieder tranken sie einen Schluck Tee, der sehr schwarz und sehr stark war. Als sie geendet hatten, stand David auf und ging unruhig im Zimmer auf und ab. Jennifer aber weinte, als wüsste sie längst, dass hinter dem eben gehörten Bericht der Schatten eines anderen Schicksals lauerte, in dem es nicht Liebe und Flucht, sondern nur Verderben gab. Die beiden Besucher hatten Hoffnung gebracht, wieder einmal Hoffnung auf ein Lebenszeichen der verschwundenen Tochter. Aber die Sorge war stärker, dass etwas Schreckliches geschehen sein könnte. Trotz ihrer Tränen war es Susans Mutter, die zu sprechen begann: »Susan liebte unser Dorf, aber es war ihr zu einsam. Sie war zu schön und zu wild, um hier glücklich sein zu können. Ja, das war sie. Es gab keine Feste, keine Jungen, keine Komplimente, kein Tanzen oder Singen. Darum ist sie nach Dublin gegangen. Wir wissen nicht, was sie dort getan hat, aber wenn sie kam, um uns zu besuchen, wirkte sie glücklich. Jawohl! Dann konnte sie es genießen, hier zu sein. Aber nach einigen Tagen ist sie immer wieder abgereist. Irgendwann einmal wird sie hierher zurückkommen, mit einem guten Mann, und wird hier bleiben können.«

»Wir haben seit zwei Jahren nichts von Susan gehört«, bemerkte David dazu. Mehr sagte er nicht.

Während seine Frau viele Worte brauchte, um nicht an ihrer Angst und Verzweiflung zu ersticken, gab David nur ein knappes, hartes Statement ab, um sich selbst zu beweisen, wie sehr er Herr seiner Gefühle war. Leander durchschaute es sofort. Die beiden lebten in einem Dorf, das wie ein irisches Paradies wirkte, aber seit zwei Jahren lebten sie in diesem Paradies wie in der Hölle. Leander erkannte die Zerstörung, die das Verschwinden eines Menschen bei seinen Angehörigen anrichtet. Der Tod, selbst das schrecklichste Unglück kann nicht so viel Angst und so viel verzweifelte Hoffnung bringen. So saßen sie schweigend in dem Raum, unter dem Druck ihrer Gefühle sprachlos geworden. Es gab nichts mehr zu sagen. Ieva und Leander würden ohne einen weiteren Hinweis, ohne einen Fortschritt, Dursey Island wieder verlassen.

»Ach David, zeig doch unseren Besuchern das Dorf«, sagte Susans Mutter mit zitternder Stimme. »Dann sind sie wenigstens nicht ganz umsonst gekommen.«

Das Dorf bestand aus sieben verstreut stehenden Häusern, die alle makellos gepflegt waren. Die Gärten davor strotzten vor Blumen und harmonisch angelegten Buschgruppen. Es gab nur steinige Wege, keine geteerten. Nirgends stand ein Auto oder ein Motorrad. Nicht einmal ein Fahrrad sahen sie. Auch Strommasten und Leitungen gab es nicht.

»Also: Vor zwölf Jahren waren hier nur Ruinen«, erklärte David Atkins stolz. »Alle Mitglieder meiner Familie sind während des großen Hungers nach Amerika ausgewandert oder zugrunde gegangen. Es gab hier nichts mehr. Doch vor zwölf Jahren haben wir Erben der Atkins' uns zusammengetan, drüben in New York, und haben beschlossen, unser Dorf wieder aufzubauen. Wir haben das Geld zusammengelegt, und meine Frau und ich haben uns bereit erklärt, den Job hier zu tun. Die Häuser haben modernsten Komfort, aber man sieht ihn nicht. Wir haben Strom und Telefon, wir haben Fernsehen, Computer und Internet. Man kann alles benutzen, aber man muss es nicht sehen, wenn man dazu keine Lust hat. Wir haben Kabel und Rohre im Boden verlegt. Nichts Hässliches sollte hier sein.«

Sie schlenderten hinunter an den kleinen Pier, und die Kutter, die dort vertäut lagen, waren ebenso makellos gepflegt wie die Häuser des Dorfes. Alle Farben strahlten, es gab keinen Rost.

»Lebt außer Ihnen noch jemand hier?«, fragte Leander.

»Nein, nur noch Jennifer und ich, seit Susan fort ist.«

»Dann ist es hier ganz schön einsam?«

»Wir bekommen viel Familienbesuch. Gerade so viel, dass es uns noch Spaß macht. Danach ist die Einsamkeit genau richtig.«

Als sie alles gesehen hatten, was es zu sehen gab, konnten sich Ieva und Leander nur noch in die Sonne setzen und den klaren milden Mittag genießen oder gehen. Und in Dunboy Castle warteten die Madam, Manuel und Lilian. Als sie sich von David und Jennifer Atkins verabschiedeten, überreichte ihnen die Frau eine CD. Es war die letzte CD der »Fucked up Saints« zusammen mit Padraigh Bridged Maloney.

»Das hier hat uns Susan geschickt, bevor wir nichts mehr von ihr gehört haben. Es ist keine schöne Musik. Ich weiß nicht, warum wir sie bekommen haben. Susan wusste, dass sie uns nicht gefallen würde. Wir haben sie einige Male angehört, um herauszufinden, ob sie uns etwas damit sagen wollte. Aber wir haben nichts gefunden, und die Musik hat uns nicht gut getan. Möchten Sie sie haben?«

»Ja, gerne«, nickte Ieva.

»Hat Susan etwas dazu geschrieben?«, wollte Leander wissen.

»Nur die üblichen Grüße«, antwortete David.

»Nein, ein merkwürdiger Satz war noch auf der Karte«, erinnerte sich seine Frau.

»Alles im Leben hat zwei Seiten, hat sie noch unter ihren Namen geschrieben. Können Sie sich vorstellen, was Susan damit gemeint haben könnte?«

»Wahrscheinlich meinte sie, dass sie zuletzt eine Art Doppelleben geführt hat«, vermutete Leander.

»Das haben wir uns auch gedacht«, sagte David Atkins.

Leander schüttelte David Atkins kräftig die Hand, Ieva umarmte Susans Mutter lange. Dann drehten sich Ieva und Leander um und gingen den Weg über die Insel zurück, zurück über den Hügel in den grauen, armen Teil der Insel, zurück zur Seilbahn. Ieva hielt die CD immer noch in den Händen, betrachtete sie ratlos.

»Was soll das bedeuten?«, fragte sie.

»Ich habe nicht den blassesten Schimmer.«

Als sie in der Kabine über die schartige Meerenge gezogen wurden, gab Leanders Handy ein Signal. Er aktivierte das Gerät.

»Ja, hallo?«

»Du hast eine Tochter«, sagte eine Männerstimme mit schwerem Akzent. »Pass gut auf sie auf. Am besten, du tust nichts anderes mehr, als nur gut auf sie aufzupassen.«

Die Verbindung wurde unterbrochen, bevor Leander ein Wort sagen konnte.

»Was war das denn?«, fragte Ieva.

»Noch eine Drohung.«

Ieva trat mit dem Stiefel wütend gegen die Holzwand der Kabine.

»Es ist zum Verrücktwerden!«, schimpfte sie. »Diese Bastarde zünden mein Haus an, schießen in dein Bein, drohen dir, als wären wir auf der heißesten aller Spuren. Und wir stöbern nur hoffnungslos in der Gegend herum und kommen keinen Schritt weiter. Aber der Priester hat Angst vor uns. Er hat Paddy und Susan auf dem Gewissen, das ist so sicher wie jedes verdammte Amen in der Kirche. Er hat sie auf dem Gewissen, und wir werden es ihm nie nachweisen können. Wir werden nie wissen, was passiert ist.«

Dabei trat sie immer heftiger und wütender gegen die Kabinenwand, dass das alte Holz knirschte und splitterte. Ieva trat zu, wie von Sinnen, als habe sie den Priester vor sich liegen.

»Verdammt! Verdammt! Verdammt!«, schrie sie bei jedem Tritt, bis ihre Stimme überkippte.

Leander packte sie an den Schultern, zog sie an sich. Ieva krallte sich am Gürtel seiner Jeans fest, als könnte sie nicht mehr alleine stehen. Die Kabine hielt ruckend und ausschwingend an. Leander kümmerte sich nicht darum und hielt nur Ieva fest, ganz fest. Das war alles, was es im Moment zu tun gab. Ein alter Mann schob die Tür der Kabine auf, starrte herein, murmelte etwas und knallte die Tür wieder zu. Das Geräusch ließ Ieva zusammenzucken und zur Besinnung kommen.

»Entschuldigung«, murmelte sie.

Doch Leander ließ sie noch nicht los.

»Warum trauerst du so sehr um deinen Bruder?«, fragte er.

»Wie bitte?«

»Warum trauerst du so um Paddy? Warum bist du so verzweifelt?«

»Warum nicht?«, gab sie völlig entgeistert zurück.

Es war klar, dass sie sich niemals Gedanken über ihr Verhalten gemacht hatte. Sie fuhr sich durch die zerrauften Haare und hob ratlos die Schultern.

»Keine Ahnung.«

Sie blickte Leander an, aber es war, als würde sie durch ihn hindurch einen Punkt in weiter Ferne fixieren, während sie versuchte, eine Antwort zu finden. Und dann stieß sie hervor: »Wir waren wie Zwillinge. Niemand, nicht einmal unsere Eltern oder die Saints kannten Paddy so gut wie ich. Ich wusste genau, was er dachte, und ich spürte, was er fühlte. Nur darum konnte ich seine Lieder schreiben. Und wenn er sich die Haut zerschnitt, habe ich seine Schmerzen mit ihm geteilt. Ich bin nur noch halb ohne ihn ...«

Sie zögerte. Doch dann tauchte ein Gedanke in ihrem Bewusstsein auf, der sie schaudern ließ.

»Falsch ... alles falsch ... ach, du Scheiße aber auch«, stammelte sie. »Das ist es nicht ... das ist es ja gar nicht.«

In ihren Augen stand Panik, blanke Panik.

»Ich bin wie Paddy ... ich bin genau wie er ... genau so ... wahnsinnig ... extrem. Er hat gehasst und gewütet und getobt wie ein Verrückter ... und ich ... ich trauere ... um ihn ... wie eine Verrückte. Und hasse ... und wüte ... und tobe. O mein Gott! Ich mache genau so weiter, wie er war.«

Sie schlug die Hände vors Gesicht und rieb die Stirn, die Augen und die Wangen, als wollte sie sich von klebrigem

Schmutz reinigen. Und dann sagte sie mit rauer Stimme: »Lass uns schnell nach Dunboy Castle fahren, damit den anderen dort nichts passiert.«

Der Mercedes stand beruhigend massiv auf dem Parkplatz. Leander stieg vom Motorrad und schnallte seinen Sturzhelm auf den Gepäckträger. Er wusste, dass Ieva nicht bleiben, sondern weiterfahren würde. Die Rückschläge hörten nicht auf. Jeder Schritt voran, warf sie ein Dutzend Schritte zurück. Kaum hatten sie sich gewonnen, verloren sie sich auf unbestimmte Zeit wieder. Es war zum Verzweifeln. Doch Ieva stellte den Motor ab, hob den Helm von ihrem Kopf, legte ihn vor sich auf den Tank, griff nach Leanders Arm und zog ihn an sich. Küsste ihn direkt und hart auf den Mund. Sie schmeckte nach Salz und nach Trüffel.

»Danke«, sagte sie dann. »Danke.«

»Und jetzt?«

»Dieser gottverdammte Priester«, fauchte sie. »Er hat meinen Bruder beseitigt. Er hat mein Haus angezündet. Jetzt soll er mich kennen lernen!«

»Und dann?«

Für einen Moment dachte Ieva nach.

»Ich weiß es nicht. Ich kann jetzt nur noch so weitermachen, wie ich angefangen habe. Es ist zu spät, um irgendetwas zu ändern.«

Sie zog die CD aus ihrer Jackentasche, drückte sie Leander in die Hand, startete das Motorrad neu und schoss davon, ohne den Helm aufzusetzen. Leander blieb zurück und versuchte zu spüren, wie er sich fühlte.

Die Madam saß in ihrem Korbsessel an der kleinen Mole von Dunboy Castle in der Sonne, so wie sie es sich gewünscht hatte. Manuel war nirgends zu sehen. Und Lilian war auf irgendeine Weise zu einem halb versunkenen Schiffswrack übergesetzt, das vor der Mole schräg im Wasser lag.

»Hallo Pappa!«, rief sie, sobald sie Leander heranschlendern sah. »Komm rüber, es ist toll hier auf dem Schiff! Ich habe ein Geheimnis entdeckt.«

»Haben Sie etwas erreicht?«, fragte die Madam, als er neben sie getreten war.

»Nichts, gar nichts«, gab er zu.

»Und wo ist Ieva?«

»Sie ist bereits enttäuscht abgefahren.«

»Hm. Dann gehen Sie erst einmal mit Ihrer Tochter spielen. Im Wasser liegen ein paar große Steine, sodass man sich nur die Hosenbeine hochkrempeln muss, um hinüberzugelangen.«

Also zog Leander seine Stiefel aus, fand den Anweisungen seiner Tochter folgend die Steine und kletterte zu ihr auf das Wrack. Das Holz des Decks war schwarz verwittert und dicke Moospolster waren zwischen den Planken herausgewachsen. Das Schiff lag so schräg, dass es nicht leicht war, sich auf dem schiefen Deck sicher zu bewegen. Über eine steile Treppe konnten sie in die Kajüte hinabsteigen. Und dort umfing Leander eine zwielichtige Welt, die nach Tang, Teer und Fisch roch. Lilian hatte alles bereits erkundet. Sie kannte ihren Vater gut genug, um nicht von ihm zu verlangen, mit ihr hier Pirat zu spielen. Also machte sie mit ihm eine Art Fremdenführung, zeigte Leander die Luke, durch die man ins Vorschiff klettern konnte. Dort befanden sich vier Kojen und vier Wandschränke. Zwei der Kojen lagen unter Wasser, die anderen beiden ragten schräg verkantet auf. Sie mussten jeden Schritt vorsichtig setzen und sich gut festhalten, um nicht in dem schiefen Raum auszugleiten und ins Wasser zu rutschen.

»Komm, ich zeige dir das Geheimnis«, flüsterte Lilian.

Sie öffnete die Tür des einen Schrankes. Die Bretter darin waren nicht leer, wie Leander vermutet hatte, sondern sie waren angefüllt mit den seltsamsten Gegenständen. Münzen, Steine und Muscheln lagen dort, die feucht und fleckig gewordenen Fotos irgendwelcher Menschen, eine leere Flasche, Glasscherben, eine vermoderte Blume, vier Rosenkränze, eine Heiligenstatue, deren Farben und Gesicht so von Feuchtigkeit zerfressen waren, dass nicht mehr zu erkennen war, welchen Heiligen sie einmal verkörpert hatte. Dazu eine halbe Gabel, und eine Tasse aus blau bemaltem Steingut ohne Henkel.

»Es sieht wie ein Altar aus«, murmelte Lilian. »Als würden Leute hier für etwas beten und zum Dank etwas zurücklassen.«

»Hast du schon gebetet?«, fragte Leander.

Seine Tochter schüttelte den Kopf.

»Ich wollte es mit dir tun.«

»Und an wen?«

»Ich weiß nicht. An Gott vielleicht.«

»Und worum wollen wir beten?«

»Dass du bald wieder zu Hause bist«, sagte Lilian.

Leanders Herz zitterte und riss ein kleines Stück ein. »Gut«, sagte er kläglich.

Und so beteten sie. Oder zumindest saßen sie eine Weile schweigend und mit geschlossenen Augen nebeneinander vor dem kleinen Altar. Zuletzt griff Leander nach seinem Geldbeutel, entnahm ihm eine indische Rupien-Münze, die er seit Jahren als Glücksbringer mit sich trug, und legte sie zu den anderen Gegenständen. Lilian, die die Münze und ihre Geschichte kannte, nickte zufrieden. Das Opfer, die Weihegabe, schien ihr angemessen. Dann saßen Leander und seine Tochter eng beieinander im grünblauen Zwielicht der halb überfluteten Kajüte. Wellen gluckerten draußen sacht gegen die Bordwand. Kleine Krebse huschten durch das Wasser in der Kajüte. Neben seiner Tochter fühlte sich Leander ruhig und glücklich. Nichts anderes spielte hier eine Rolle. Der verschollene Paddy und die wütende Ieva und der gottlose Priester waren nicht mehr wichtig. Leander zog seine Tochter an sich und seine Seele fand Frieden.

Am Abend saßen sie zusammen in der Lounge des Hotels, waren aber nicht halb so fröhlich wie am Abend zuvor. Ieva fehlte. Da es keinen Grund gab, sofort wieder zum Ballytober House zurückzukehren, beschloss die Madam, dass sie noch etwas Sightseeing im Westen machen wollte. Sie wollte sich die höchsten Klippen Europas ansehen, die Cliffs of Moher. Und sie wollte auf die legendäre irische Klosterinsel Skellig Michael. Leander stimmte allen Wünschen der Madam zu. Wieder einmal und wie so oft schon, war er in einer Sackgasse gelandet. Es musste ein Wunder geschehen, wenn er noch eine Chance haben sollte. Aber vielleicht war es auch gleichgültig, und das einzige Wunder, auf das zu warten sich lohnte, war die Rückkehr von Ieva. Irgendetwas führte sie im Schilde in ihrer Wut und ihrer Hoffnungslosigkeit. Es war ihr zuzutrauen, dass sie nach Dublin fuhr, dort vor dem Haus des Priesters anhielt, um ihn Auge in Auge zur Rede zu stellen.

Später wartete Leander, bis Lilian eingeschlafen war. Sein Bein schmerzte stärker, und er musste es neu verbinden. Als er den Verband gelöst hatte, sah er, dass sich die Wunde entzündet hatte. Der tiefe Riss, den die Kugel durch sein Fleisch geschlagen hatte, war dunkelrot und violett verfärbt und dick aufgequollen. Leander musste so bald wie möglich einen Arzt aufsuchen. Aber er war auf der Fahrt entlang der Westküste Irlands und würde wohl kaum Gelegenheit dazu haben. Dann fragte er sich, ob er nicht nur ein dickköpfiger Idiot war, diese Verletzung zu verheimlichen. Aber er hatte fast masochistischen Spaß daran, dieses Geheimnis so lange wie möglich zu bewahren.

Als er den neuen Verband angelegt und die blutigen Fetzen des alten so unauffällig wie möglich im Papierkorb verstaut hatte, war er vom Schmerz so wach, dass er unmöglich das Licht löschen und neben Lilian einschlafen konnte. Also griff er nach der CD, die Susan Atkins an ihre Eltern geschickt hatte. Es war eine ganz normale Saints-CD. Aber was sollte der seltsame Gruß bedeuten? Alles hat zwei Seiten? Leander nahm die CD aus der Plastikpackung, drehte beide wieder und immer wieder. Nichts Besonderes. Was hatte Susan Atkins gemeint? Ihre Eltern hatten die CD abgespielt und nichts Besonderes bemerkt. Was hatte sie gemeint? Und dann bemerkte er einen winzigen Schimmer auf der CD-Hülle. Das Licht im Zimmer war schwach, damit Lilian schlafen konnte. Aber etwas hatte sich auf der Hülle gespiegelt. Nur den Bruchteil einer Sekunde lang. Doch so sehr Leander die Hülle drehte und wendete, der Schimmer glomm nicht wieder auf. Also erhob er sich ächzend aus dem Bett, hinkte ins Bad und besah sich die CD-Hülle im kaltgrünen Neonlicht der Leuchte über dem Waschbecken. Und in dem scharfen Licht erkannte er, dass er nicht eine normale Hülle in den Händen hielt, sondern eine, die man ein weiteres Mal aufklappen konnte. Eine Hülle für eine Doppel-CD. Der Schimmer, den er bemerkt hatte, ging von einer zweiten Scheibe aus, die auf der Innenseite der Hülle eingeklemmt war.

»Ja! Verdammt, ja, ja, ja!«, flüsterte Leander. Aber es gelang ihm nicht, das zweite CD-Fach zu öffnen. Sosehr er auch drückte und drehte, presste und knickte, nichts tat sich. Da er in seinem Hotelzimmer nichts fand, mit dem er die CD-Hülle aufbrechen konnte, schleppte er sich die Treppe hinunter in die Küche des Hotels. Dort brannte noch unruhiges blaues Licht. Der Besitzer saß vor einem kleinen Fernseher und sah sich einen deutschen Softporno an, den er wohl über Satellit empfing. Er fuhr verwirrt hoch, schaltete den Fernseher ab.

»Was kann ich noch für Sie tun?«

»Ich brauche einen doppelten Whiskey, ein kräftiges Messer und einen CD-Player. Und einen Arzt könnte ich auch gebrauchen.«

Leander erhielt alles. Er stürzte den Whiskey hinunter, brach mit dem Messer die CD-Hülle auf und verstand dann auch, warum sie nicht einfach zu öffnen war. Jemand hatte sie mit Plastikkleber verklebt. Er klemmte die silbern schimmernde Scheibe ab und schob sie in die HiFi-Anlage, die eigentlich das Restaurant des Hotels mit sanfter Musik berieselte. Doch als er auf »Play« drückte, passierte nichts. Das Display auf der Anlage zeigte die ablaufenden Sekunden an, aber die Lautsprecher blieben völlig still. Das war nicht fair! Das war einfach nicht fair! Statt einer Nachricht hatte er nur eine leere CD gefunden. Aber warum war sie so sorgfältig versteckt und eingeklebt worden?

»Vielleicht ist es eine Daten-CD?«, vermutete der Wirt, der allem mit großem Interesse folgte und hoffte, dass Leander vor Aufregung vergessen würde, ihn beim Pornoschauen ertappt zu haben.

»Haben Sie einen Computer mit CD-Drive?«

»O nein. Wir sind hier in Castletownbere und nicht im Silicon Valley. Ich brauche keinen CD-Drive.«

»Hat irgendjemand im Dorf einen neuen Computer?«, fragte Leander.

Er wäre bis nach Dublin gehinkt, nur um zu erfahren, was es mit der CD für eine Bewandtnis hatte.

»Der Arzt hat einen Computer. Er ist nachts lange wach. Und was immer Ihnen fehlt, er wird Sie kurieren. Sie müssen ihn nur bar bezahlen.«

Der Arzt von Castletownbere war ein dicklicher, grauesichtiger Mann mit schütterem Haar und starken Schuppen, die bei jeder Körperbewegung wie Schnee auf seine Schultern rieselten. Außerdem war er Trinker oder Morphinist, auf jeden Fall aber einsam, unglücklich und einer der stillen Helden der Menschheit. Er untersuchte Leanders Bein, schenkte ihm ein Glas Whiskey als Schmerzmittel ein, schnitt einen Teil der verfaulenden Haut mit einer Schere ab, füllte den violett verfärbten und gelblich nässenden Schusskanal mit Antibiotika-Salbe, jagte zwei Spritzen links und rechts neben der Verletzung in den Schenkel und verband sie professionell. Leander erlebte die Schmerzen wie in einem schlechten Traum, in dem jedes Gefühl, jede Empfindung verstärkte Echos warf.

Erst als Leanders Verletzung versorgt war, schaltete der Arzt seinen Computer ein, einen ultramarinblauen I-Mac, der wie ein utopischer Fremdkörper von einem fremden Planeten in seiner Praxis wirkte, die nur aus einem winzigen Wartezimmer mit Bildern des Papstes, der Jungfrau Maria und des gekreuzigten Jesus an der Wand und einem unordentlichen Behandlungszimmer bestand. Der Arzt startete das Betriebsprogramm, dann schob er die CD ein und öffnete die einzige Datei darauf. Eng beschriebene Textseiten flimmerten über den Bildschirm. Briefe, Bilanzen, Kontoabrechnungen, handgeschriebene Notizen, die jemand eingescannt hatte. Es wirkte wie die komplette, drei Jahre umfassende Korrespondenz eines Geschäftsmannes, die Leander da von der CD ablas. Er verstand nichts davon. Alles war fremd. Aber es war ein Schatz, den er gehoben hatte. Und eine Ahnung sagte ihm, dass alles, was er hier dokumentiert vor sich auf dem Bildschirm sah, mit dem Priester zu tun hatte. Er ahnte mit der von Schmerz und Alkohol verschärften Klarsichtigkeit, dass er das Schicksal des schlimmsten Verbrechers Irlands vor sich ausgebreitet sah. Das also war es, was Susan Atkins in ihren Besitz und bei ihren Eltern in Sicherheit gebracht hatte. Leander fieberte. Noch konnte er nicht deuten und verstehen, was er da vor sich hatte. Aber es war der Durchbruch. Doch noch ein Schritt zum Sieg! Es war ohne Zweifel brisantes Material. Es war die Seele des Priesters. Wenn er dieses Material richtig zu lesen verstand, konnte er den Priester vernichten. Schweiß brach Leander aus, seine Hände zitterten, seine Augen hatten Schwierigkeiten, den Blick zu halten.

»Sie sollten ins Bett gehen und drei Tage durchschlafen«, sagte der Arzt.

»Keine Zeit, keine Zeit«, erwiderte Leander.

Aber natürlich hatte der Arzt Recht.

18

Wieder klingelte das Handy. Leander zuckte zusammen. Es war zu lange her, dass er normale Gespräche über das Handy geführt hatte. »Wir haben Ieva«, sagte eine Männerstimme. »Wir möchten auch dich sehen. Sei morgen um Mitternacht am Sally Gap!«

»Verdammt, ich bin mitten auf dem Meer«, schnappte Leander zurück.

»Das wissen wir«, sagte die Stimme. »Deswegen lassen wir dir ja so viel Zeit.«

Die Verbindung wurde unterbrochen. Der Boden unter Leander zitterte einmal, als wäre ein schwerer Gegenstand aus dem Himmel herabgestürzt und hart auf die Welt geprallt.

»Alles in Ordnung?«, fragte die Madam.

»Nein«, sagte Leander leichthin.

»Was ist passiert?«, wollte Lilian wissen.

»Ieva will mich dringend sehen«, log er. »Morgen. In Dublin. Sie hat etwas Wichtiges für mich.«

Jeder Gedanke fiel Leander schwer. Er fühlte sich wie ein alter Mann. Er wusste zu viel über die Verbrecher von Dublin. Sie töteten ohne zu zögern, wenn es ihnen nötig erschien. Sie entführten. Sie quälten. Sie hatten Ieva, und sie hatten das Sagen. Sie konnten also befehlen, was sie wollten, und Leander würde alles befolgen. Es war klar, dass es nicht sinnvoll war, die Polizei zu verständigen. Immer noch hatte die irische Gardai wenig Chancen gegen diese Gangster. Und er rechnete. Noch 37 Stunden bis zur verabredeten Mitternacht. Leander hatte keine Ahnung, was oder wo Sally Gap war. Eigentlich war es auch bedeutungslos, denn er saß mit Lilian, der Madam und Manuel und mit zwanzig anderen Fahrgästen in einem offenen Kutter, der sie durch eine weich rollende Dünung hinausbrachte zu der Klosterinsel Skellig Michael. Zwei schroffe Felsklippen ragten abweisend steil und himmelhoch aus dem Wasser. Ein hoher dunkelgrauer Dunst lag darüber wie eine fleckige Decke. Die kleinere von ihnen war nur bewohnt von Tausenden von Vögeln. Auf dem Gipfel der größeren aber lag eine 800 Jahre alte verlassene Klostersiedlung. Manuel hatte von der Insel als einem der ganz besonders magischen Plätze Irlands geschwärmt, aber es war der letzte Platz auf der Welt, an dem Leander jetzt sein wollte. Er wollte sofort nach Dublin, wollte wissen, was ihn in Sally Gap erwartete. Er wollte irgendetwas tun, irgendwie in Bewegung sein. Und doch saß er in diesem Kutter fest.

Sie passierten die kleinere Insel, die vor ihnen wie ein bizarr ins Meer gerammter Felskeil aufragte, weiß leuchtend von Vogelkot. Die Luft war erfüllt vom Wirbeln und Wimmeln der abfliegenden und landenden Tiere. Ein dissonanter Chor aus heiseren Schreien drang zu ihnen. Leanders Augen nahmen die Schönheit der Insel wahr, aber zum ersten Mal in seinem Leben interessierte ihn nicht, was er sah. Er hatte aufgehört, Fotograf zu sein. Was war mit Ieva? Wie hatten diese Leute sie bekommen? Was hatten sie ihr angetan? War sie tatsächlich wütend wie eine Verrückte zum Haus des Priesters gefahren? Gab es etwas zu tun, etwas vorzubereiten? Nichts. Leander konnte nur den Ausflug nach Skellig Michael hinter sich bringen und in der nächsten Nacht nach Sally Gap fahren.

»Was ist Sally Gap?«, fragte er Manuel, als Lilian aufgestanden und an den Bug des Kutters gegangen war, um zuzusehen, wie das Boot die Wellen durchschnitt.

»Sally Gap liegt ganz nahe bei Dublin«, erklärte er. »Im Süden der Stadt beginnen hohe Moorberge, die Wicklow Mountains. Es ist völlig kahl dort oben. Der ideale Platz, wenn man den Überblick bewahren und Überraschungen vermeiden will. Über diese Berge führen zwei alte Militärstraßen, und der Punkt, an dem sie sich kreuzen, heißt Sally Gap.«

»Das ist alles?«

»Ja, alles. Eine völlig leere Heidelandschaft. Ein paar Torfstiche. Nichts sonst. Von ein paar Sheeries abgesehen, die dort morgen Nacht vielleicht Unsinn treiben. Morgen ist zunehmender Viertelmond. Da kommen sie zum letzten Mal aus ihren Höhlen im Torf. Sie hassen es, wenn der Mond zu hell scheint. Sie sind Lichtgeister, wenn Sie verstehen, was ich meine, sie brauchen Dunkelheit, um leuchten zu können, und keinen Mondschein. Es wird wohl ganz gesellig sein dort oben morgen Nacht.«

»Ach ja, die Sheeries«, erinnerte sich Leander.

»Man nimmt an, dass es die Seelen von Kindern sind, die starben, bevor sie getauft werden konnten. Sie können keine Ruhe finden und kehren immer in die Realität der Menschen zurück, obwohl sie die Lebenden hassen, wenn Sie verstehen, was ich meine. Sie können nicht sprechen und stoßen nur helle Schreie oder ein seltsames Pfeifen aus, das klingt wie das Pfeifen des Blutes in den Ohren. Wenn man dieses Pfeifen zu lange hört, wird man wahnsinnig davon, heißt es. Sheeries spuken meistens an alten Ruinen oder ehemaligen heidnischen Kultplätzen, an Steinkreisen oder Hügelgräbern. Auch am Sally Gap hat man sie schon gesehen, was beweist, dass dieser Platz mehr Bedeutung hat, als nur eine Wegkreuzung zu sein.«

»Sheeries sind das Letzte, was ich brauchen kann. Zehn Kämpfer einer Anti-Terror-Einheit wären mir lieber.«

Und so erzählte Leander doch, was mit Ieva passiert war, und dass ihm nichts anderes übrig blieb, als sich morgen um Mitternacht den Gangstern am Sally Gap zu stellen.

»Möchten Sie eine Waffe mitnehmen?«, fragte Manuel nach diesem Geständnis als Erstes.

Die Madam blickte überrascht auf, und auch Leander staunte.

»Haben Sie denn eine Waffe?«

»Natürlich nicht. Aber in Irland wird seit über 800 Jahren gegen die Engländer und um die Freiheit gekämpft. Waffen gibt es so viele wie Werkzeuge auf der Insel, wenn Sie verstehen, was ich meine. Was hätten Sie denn gerne? Pistole? Revolver?«

Leander überlegte.

»Oder können Sie nicht schießen?«, fügte Manuel hinzu.

»Ich weiß nicht, ob mir eine Waffe morgen Nacht nützen würde.«

Doch dann wollte er doch wissen, ob Manuel nur bluffte oder die Wahrheit sprach.

»Ein Revolver wäre vielleicht doch gut. Nicht zu großes Kaliber. Und reichlich Munition.«

»Wird gemacht«, nickte Manuel in seiner ganzen, gewohnten Ernsthaftigkeit.

Der Skipper des Kutters legte in einer kleinen Felsenbucht von Skellig Michael an und ließ seine Passagiere aussteigen.

»In fünf Stunden fahre ich wieder ab«, sagte er.

Fünf Stunden auf dieser Insel. Es kam Leander vor wie eine ganz abgefeimte Grausamkeit des Lebens. Psychoterror. Und plötzlich überrollte ihn unsägliche Wut auf die Madam und Manuel. Ständig hielten sie ihn davon ab, einfach nur zu tun, was zu tun war. Sie waren seine Bremsen, zwangen ihm ihre Launen und Umwege auf. Sie behinderten ihn. Sie waren gut, wenn man tot sein wollte, aber wenn man sein Leben riskierte, um gegen alle Widerstände einen verschollenen Popstar zu finden, waren sie nur noch im Wege. Missmutig begann er den Aufstieg über steile in den Fels gebaute Steinstufen. Lilian, die ihren Vater genau kannte und wusste, wann sie völlig unsichtbar sein musste, stieg munter allen voran die Treppen hoch. Für sie war die Bootsfahrt und die geheimnisvolle Klosterinsel ein Abenteuer. Weit oben in einem extremen Gipfelgrat würden die Stufen »Treppe in den Himmel« heißen, und Lilian war gespannt auf diesen letzten Anstieg und wie das Kloster aussehen würde.

Diesmal konnte Irland Leander nicht mehr heilen. Er kletterte mechanisch die Stufen hoch. Dass sich sein verwundetes Bein bei jedem Schritt vor Schmerz verkrampfte, kümmerte ihn nicht. Er dachte nur noch an Ieva, an die flüchtigen Stunden ihrer einen gemeinsamen Nacht, an ihren Körper, an ihre Stimme, an die Tränen und die Küsse, die Zärtlichkeit und die Wut. Und plötzlich kamen ihm zwei Sätze wie eine Eingebung in den Sinn: »Du wirst gewinnen. Alles wird gut.«

Diese Worte wie ein Mantra wiederholend, stieg Leander die groben Steinstufen empor, bis er nach einer Kurve um eine Felsnadel den letzten Anstieg sah, die »Treppe in den Himmel«. Sie war sehr steil und wirkte, als könnte sie jeden Moment aus der Felswand brechen und ins Meer kippen. Hoch über ihm stand Lilian und winkte. Sie wirkte begeistert. Leander stieg weiter. Und es war, als wäre nicht mehr nur eine Stimme in seinem Denken, sondern eine wispernde, tuschelnde, murmelnde Schar, die immer nur die gleichen Worte wiederholte: »Du wirst gewinnen. Alles wird gut.«

Das Kloster sah anders aus als alles, was Leander erwartet hatte. Es bestand nur aus acht kleinen Steinhütten, die aus grauen Felstrümmern geschichtet nebeneinander standen. Eine Gemeinde von nur zwölf Mönchen hatte hier vor 800

Jahren in völligem Ausgeliefertsein an Sturm, Regen und Kälte gelebt, um ihrem Gott Jesus Christus nahe zu sein. Es war ein Ort, der auch Jahrhunderte später noch Besessenheit und Entbehrung atmete. Jede der einem großen Bienenkorb ähnlichen Steinhütten hatte nur einen niedrigen Durchschlupf, und innen war es kühl, feucht und dunkel. Wenn man sich stillhielt, konnte man das leise Zirpen kleiner Vögel hören, die in den Steinfugen lebten und dort ihre Nester hatten. Es war, als flüsterten die Steine. »Du wirst gewinnen. Alles wird gut.«

Die Hütten waren auf einen schmalen Felsvorsprung der Insel gebaut worden, Schwindel erregend hoch über dem Meer. Es gab nur Platz für diese Hütten und einen kleinen Friedhof, auf dem ein grob behauenes Steinkreuz stand. Das Panorama war überwältigend. Leander trat neben Lilian, die am Rand der Siedlung stand und über das Meer blickte. In der Ferne war das irische Festland zu sehen. So hoch waren sie geklettert, dass sie die graue Wolkendecke fast mit den Händen greifen konnten. Sie waren dem Himmel sehr nahe. Das Meer, die kleine Vogelinsel und der Horizont glommen dunkelviolett. Lilian war verzückt. Leander wusste, was sie empfand. Es war der irische Zauber. Sie würde diesen Moment nie vergessen. Doch er hatte keine Gefühle mehr übrig für diesen Moment. Die Madam war erschöpft von dem langen Aufstieg und hatte sich auf eine kleine Steinmauer gesetzt, blickte über das Meer und wirkte zufrieden.

Manuel gesellte sich zu Leander und Lilian. »Genau zwölf Mönche und nicht einer mehr konnten auf dieser Insel überleben. Sie hatten sich eine Zisterne für das Regenwasser gebaut und ein paar winzige Gärten und Äcker zwischen den Felsen angelegt«, erklärte er. »Die Mönche haben ihr Leben in solchen Einsiedeleien das ›grüne Märtyrertum‹ genannt, wenn Sie verstehen, was ich meine. Weil sie im abgelegenen

Irland nicht für ihren Christus sterben konnten wie die echten, die roten Märtyrer des Blutes, haben sie zumindest ihr Leben den äußersten Strapazen unterzogen. Sie haben gefastet und gebetet wie von Sinnen. Diese Mönche waren Extremisten des Glaubens.«

Manuel von Tattenbach war der ideale Fremdenführer, und Lilian hing fasziniert an seinen Lippen.

»Du wirst gewinnen. Alles wird gut«, flüsterten die Stimmen weiter in Leanders Kopf. Vielleicht war er nur deswegen in dieses graue, raue Bergkloster über dem Meer geraten, um diese leisen, unermüdlichen Stimmen zu hören, die ihm Mut zusprachen: »Du wirst gewinnen. Alles wird gut.«

Die Angst vor dem, was ihm bevorstand, traf Leander spät am Abend, als er in einem kleinen Hotel neben Lilian im Bett lag und nicht einschlafen konnte. Es war Wahnsinn, was er tun würde. Vielleicht war dies die letzte Nacht, die er bei seiner Tochter verbrachte, die letzte Nacht seines Lebens. Die Dubliner Gangster hatten ihm schon jemanden geschickt, um ihn zu töten. Und jetzt hatten sie Ieva, konnten ihn zu sich bestellen, um zu beenden, was ihnen bisher nicht geglückt war. Leanders Zunge lag schwer in seinem Mund, seine Kehle vibrierte, sein Magen bäumte sich auf. Er wusste, dass Menschen sich so fühlten, die zum Tode verurteilt worden waren und erfahren hatten, dass es am nächsten Tag passieren würde, die Kugel, der Strang, der elektrische Stuhl. Kälte erfüllte den Raum, als läge er in einem Eispalast, und Leanders Atem schlug Dampfwolken. Er richtete sich auf, betrachtete seine Tochter, die schon tief schlief. Ihr wunderschönes Gesicht war so entspannt, wie er es bei ihr nicht kannte. Er liebte sie, er liebte sie so sehr, so unvollkommen, aber so intensiv, dass Tränen in seine Augen traten. Lilian war alles, was er hatte auf dieser Welt, alles, was er je zustande gebracht hatte in seinem Leben. Sie wog tausend vollkommene Fotos auf, sie war jede Sekunde wert, die er mit ihr verbracht hatte. Sie war sein Leben, sie war sein Vermächtnis. Sie war alles, wofür zu leben sich lohnte. Trotzdem würde er sie morgen verlassen, würde sie in der Obhut der Madam und Manuels zurücklassen. Er würde Lilian durch jeden Tod und durch drei Ewigkeiten vermissen, aber sie würde ohne ihn leben können und zurechtkommen. Sie war nicht in Gefahr, nicht wirklich. Aber Ieva würde sterben, wenn er nicht kam. Lilian würde leben, Ieva würde sterben. So einfach war das. So klar war die Entscheidung, die er treffen musste, und trotzdem die schwerste seines Lebens.

Eine Welle des Staunens schwappte durch Leanders Denken. Ein tiefes Staunen darüber, dass all seine vielen Wege, die er gegangen war, nun am Sally Gap enden würden. Alle Pläne, alle Siege und Enttäuschungen, alles Wollen, alles Streben, alles war nur passiert, um so und jetzt und hier zu enden. Jurko hatte es bis zum Ostbahnhof und dem Gleis am Bahnsteig zwei geschafft, Leander bis Irland. Er nahm Abschied von allem, was er je gewesen war, Abschied von dem Jungen, an den er sich so selten erinnert hatte, Abschied von dem ersten Mädchen, das er geküsst, Abschied von der ersten Frau, mit der er geschlafen hatte, Abschied von seinem ersten Foto, das gedruckt wurde, und Abschied von allen Ländern, die er bereist, von allen Gesichtern und Menschen, die er fotografiert hatte. Abschied von dem einzigen Wesen, das ihn überleben würde – Lilian.

Die Stimmen, die Leander auf Skellig Michael Mut zugeflüstert hatten, waren verstummt. Er starb in dieser Nacht in diesem kleinen Hotel seinen Tod dutzende Male, bevor er vor Erschöpfung in einen zermürbenden Schlaf fiel. Doch dieser Schlaf erlöste ihn. Denn als er am nächsten Morgen erwachte, war die Angst verschwunden. Er fühlte sich ruhig und gefasst. So weckte er Lilian, packte ihre Sachen ein, ging mit ihr in den Frühstücksraum und traf dort die Madam und Manuel. Dann machte er den Wagen reisefertig.

Es war eine Reise ohne Zukunft. Leanders Bewusstsein konzentrierte sich auf jede Meile, jeden Ausblick, jedes Landschaftsdetail, jede Ortsdurchfahrt. Manuel hatte ein dickes, altes, reich illustriertes Buch über alle irischen Geister aus seiner Tasche geholt und las Lilian über die kleinen und hässlichen Spriggans vor und über die Leprechauns, die Goblins und Pixies, die Kelpies und den schauerlichen Meeresgeist Nuckelavee. Lilian war wie immer begeistert. Sie befand sich in der irischen Euphorie, diesem stillen Rauschzustand, den Leander so gut kannte. Fast beneidete er sie. Die Madam saß wie immer neben ihm und gab ihm Anweisungen, welchen Weg er einschlagen sollte. Leander hatte sich die direkte Straße nach Dublin auf der Landkarte genau angesehen, aber die Madam wies ihn an, eine andere Strecke zu nehmen.

Erst als er nach sieben Stunden Fahrt kahle Berge vor sich aufragen sah, ahnte Leander, dass ihn die Madam jenen Ort ansteuern ließ, wo er in ein paar Stunden, um Mitternacht, seinem Schicksal begegnen sollte. Als sie den Kamm der Berge erreicht hatten, sagte sie: »Dort vorne ist die Kreuzung, dort ist Sally Gap.«

Alles war genau so, wie Manuel es beschrieben hatte. Die Hügel waren vollkommen kahl, es gab keinen Baum, kein Gebüsch, keine Mauern oder Zäune. Es gab nur Heidekraut und graue Felsen. Es war eine Landschaft von größtmöglicher Kargheit und Leere. Kein Auto fuhr auf den schmalen Straßen, die sich hier kreuzten. Es war vier Uhr nachmittags, acht Stunden, bevor Leander an diesem Ort seinem Schicksal begegnen würde.

»Man kann sich kaum vorstellen, dass es von hier nur

zwanzig Kilometer bis ins Zentrum von Dublin sind«, sagte Manuel.

Leander nickte stumm.

Lilian lief durch das Heidekraut. Für sie war alles gut. Leanders Handy gab Laut.

»Schön, dass du dich schon mal orientierst«, sagte die Stimme, die Leander nun schon so gut kannte. »Wir sehen uns heute Nacht. Bis dann.«

Das war alles. Leander blickte sich alarmiert um. Er wurde beobachtet. Die Gangster wussten von allem, was er tat. Aber er konnte nichts und niemanden in der kahlen Berggegend entdecken. Er verstand nicht, wie man ihn beobachten konnte, ohne aufzufallen. Es war eine Demonstration ihrer Macht, und Leander war jetzt schon in ihrer Gewalt.

»Lasst uns in die Stadt fahren«, sagte er.

Natürlich wollte die Madam in dem großen, stilvollen Shelbourne Hotel am St. Stephen's Green Quartier nehmen. Es schien Jahre zurückzuliegen, dass Leander die Lounge betreten hatte, an jenem Tag, als ihm das Hit-Team den ersten Schlag versetzt, die erste Verletzung zugefügt hatte. Sie bezogen ihre Zimmer und verabredeten sich zu einem frühen Abendessen in der Lounge. Manuel hatte sich zu einem Spaziergang verabschiedet. Lilian war von dem alten Hotel mit seinen schmalen, ächzenden Korridoren und den hohen Zimmern beeindruckt und auch von der Tatsache, dass sie im Fernseher auf ihrem Zimmer deutsche Programme sehen konnte. Sie entschied sich für die Simpsons und war glücklich. Leander duschte lange, verband seine Schusswunde neu, die inzwischen grünviolett geworden war. Zuletzt zog er sich frische Sachen an, schwarze Jeans, schwarzes Sweatshirt, schwarze Lederjacke. Die Minuten vertickten. Die Zeit arbeitete gegen Leander. Lilian lachte laut auf. Die Simpsons waren wieder mal besonders komisch.

Es klopfte an der Tür. Manuel von Tattenbach stand davor.

»Könnten Sie für ein paar Minuten in mein Zimmer kommen?«, fragte er mit gesenkter Stimme.

»Ich bin gleich zurück!«, rief Leander seiner Tochter zu.

»Ja, ja«, nickte sie abgelenkt, während Bart Simpson wieder einmal von seinen bösen Klassenkameraden verhauen wurde. In seinem Zimmer zog Manuel einen schwarzen Revolver aus der Tasche.

»Ein 38er«, erklärte er. »Gutes Kaliber. Klein genug, dass er nicht zu sehr auffällt, aber mit genügend Durchschlagskraft, um einen Mann einigermaßen zu stoppen, wenn Sie verstehen, was ich meine.«

Mit diesen Worten reichte er Leander die Waffe. Und der wog sie in seiner Rechten. Sie fühlte sich fremd, aber effektiv an. Er war Fotograf, seine Waffen waren seine Kameras und die Objektive, mit denen er zielte und die Objekte seines Interesses abschoss. Instinktiv wusste er, dass ein guter Fotograf auch ein guter Killer sein konnte.

»Er ist gereinigt und geladen. Ein gutes Stück. Drei Menschen sind mit ihm schon getötet worden«, erklärte Manuel, als habe er gerade eine teure digitale Kamera überreicht und keine Schusswaffe.

»Woher haben Sie ihn?«

»Das tut nichts zur Sache, meinen Sie nicht auch?«, erwiderte Manuel.

»Aber warum tun Sie das? Ich denke, Sie haben Angst vor der Gegenwart?«

»Ihre Situation hat mit der Gegenwart nichts zu tun«, erwiderte der Geisterforscher sofort. »Sie befinden sich in einer zeitlosen Auseinandersetzung, wenn Sie verstehen, was ich meine. Der Kampf ›Gut gegen Böse‹ ist ein Drama so alt wie die Welt. Und in alte Dramen mische ich mich ganz besonders gerne ein.«

Leander betrachtete die Waffe in seiner Hand.

»Und wohin damit? Ich werde sicher durchsucht, wenn man mich nicht sofort erledigt.«

Manuel räusperte sich.

»Man hat mir gesagt, wenn Sie nicht sitzen müssten, sondern die ganze Zeit gehen könnten, wäre der beste Platz am Körper in der Gesäßfalte. Der Griff müsste neben Ihren Hoden liegen, der Abzug sich in Ihren Anus schmiegen, und der Lauf in ihrer Gesäßfalte verborgen sein. Dort wird auch bei professioneller Körperkontrolle selten gesucht. Ihre Chancen stünden neun zu eins. Aber man sagte mir, dass eine längere Autofahrt mit einer solcherart verborgenen Waffe eher quälend sein würde.« Manuel von Tattenbach lächelte ein schmales, eigenartiges Lächeln.

»Woher wissen Sie das? Gibt es Geister, die sich so gut mit Waffen auskennen?«

Der Geisterforscher ließ sich nicht provozieren: »Es wird viel geschossen und gestorben in Dublin. Was ich Ihnen erzähle, ist Basiswissen.«

»Und was mache ich mit der Waffe, wenn ich mit dem Auto zum Sally Gap fahren muss und sie mir nicht in den Hintern klemmen kann, ohne mich dabei zu entjungfern und gleichzeitig zu kastrieren?«, fragte Leander betont grob.

»Ach ja, übrigens, wir haben Ihnen einen Mietwagen besorgt. Unser Auto ist ja wohl etwas zu ... hmmm ... extravagant für Ihr Abenteuer.«

Erst da wurde Leander restlos klar, was für ein Mensch Manuel von Tattenbach tatsächlich war. Mit klarem Verstand, kompromisslos entschlossen, seine einmal gewählte Rolle als weltfremder Sohn und Geisterforscher lückenlos bis zum Ende zu spielen, aber auf eine vollkommen emotionslose, gelassene und kontrollierte Art scharfsinnig, tatkräftig, erbarmungslos und unbestechlich.

»Also, was mache ich mit dem Ding hier?«, fragte Leander und wog die Waffe erneut in seiner Hand.

»Die zweitbeste Möglichkeit, eine Waffe trotz Leibesvisitation unbemerkt am Körper zu tragen, besteht darin, sie sich mit Klebeband zwischen die Schulterblätter zu kleben. Mit dem Griff nach oben, sodass man sie mit einer Bewegung im Kragen packen, von der Haut reißen und in Anschlag bringen kann. Die Reservemunition wird Patrone für Patrone auf das Brustbein geklebt. Und genau diese Methode empfehle ich Ihnen auch.«

»Alle Achtung«, sagte Leander anerkennend.

»Ja, natürlich«, gab Manuel gelassen zurück.

Er war so selbstbewusst, dass er keinerlei Anerkennung oder Lob brauchte. Das war Manuel von Tattenbachs wahres Gesicht. Er hatte sogar schon schwarzes Klebeband besorgt, um den Revolver auf Leanders Rücken und die Munition auf seiner Brust zu befestigen.

»Gibt es noch etwas, das ich wissen sollte?«, fragte Manuel zuletzt.

»Ich habe eine CD mit irgendwelchen Daten. Wenn ich bis morgen Mittag nicht zurück bin, händigen Sie sie bitte an William Pauling vom *Weekend Mirror* aus. Er weiß dann, was damit zu tun ist.«

»Stört es Sie, wenn ich mir die CD bis morgen Mittag etwas genauer ansehe? Nur für den Fall, dass Sie wider Erwarten zurückkommen.«

»Einverstanden.«

Da klingelte das Telefon neben Manuels Bett.

»Das ist sicherlich meine Mutter, die uns zum Dinner bittet.«

Manuel streckte seine Hand Leander zum Handschlag entgegen. »Alles Gute für Sie. Wir werden uns um Lilian kümmern, falls nötig, seien Sie unbesorgt.«

19

Die Madam und Manuel hatten ihm einen silbernen Ford Focus besorgt. Es war ein schlechter Ersatz. Nachdem Leander so viele Kilometer mit dem großartigen alten Mercedes gefahren war, empfand er es fast als Schande, jetzt mit diesem neutralen, modernen Mietwagen seine letzte Fahrt anzutreten. Das hatte keinen Stil, und es spendete keinen Trost. Leander hatte sich den Weg, den er durch Dublin zu fahren hatte, sorgfältig eingeprägt und fand sich zurecht, ohne noch einmal anhalten und auf dem Stadtplan nachsehen zu müssen. Dennoch fuhr er langsam und bedächtig. Es war Viertel vor elf. Er hatte beim Dinner wenig gegessen, hatte Lilian um zehn Uhr ins Bett gebracht und ihr erzählt, er würde noch einmal für ein paar Drinks in die Stadt gehen. Das war nichts Außergewöhnliches für seine Tochter. Und es war ihm gelungen, sich so beiläufig von ihr zu verabschieden, als würde er in einer oder zwei Stunden wieder zurück sein, statt möglicherweise für immer aus ihrem Leben zu verschwinden.

Als die Straße hinauf in die Wicklow Mountains anzusteigen begann, schaltete Leander das Autoradio an. Sein verletztes Bein pochte, der Revolver drückte in seinem Rücken, und die Klebestreifen, mit denen ihm Manuel zwölf Patronen auf die Brust geklebt hatte, zerrten an seinen Haaren. Leander brauchte Kraft, und vielleicht fand er Musik, die ihm diese Kraft geben konnte. Aber als er den Suchlauf durch alle Sender schickte, stieß er immer auf Musik und Programme, die er nicht gebrauchen konnte in dieser Nacht.

Nichts was Kraft oder Trost spendete bei einer solchen Fahrt. Doch plötzlich fand der Suchlauf ein wildes Duell zwischen heulend verzerrten Gitarren und einer Hammondorgel, das von einem hämmernden Schlagzeug und wummernden Bassläufen getragen und vorangetrieben wurde. »Walk on! Walk on!«, klangen Stimmen in diesem Duell auf. Leanders Nackenhaare sträubten sich. Das war seine Musik! Harte Musik! Es war ein pathetischer Zweikampf der Klänge und fingerfertige, gehetzte Virtuosität. Es war die Musik für einen blutigen Showdown, die Leanders Haut prickeln ließ. Kraft tankend rollte er in die kahle Dunkelheit der Moorberge und seinem Schicksal entgegen. Der Himmel war hoch und weit mit schimmernden, zitternden Sternensplittern und einem Viertelmond knapp über dem Horizont im Westen.

Aber es kam der Moment, an dem Leander seine geliebte Musik nicht mehr ertrug. Seine Nerven zitterten, seine Seele lag offen wie eine einzige große Wunde. Unvermittelt begann er zu murmeln: »Ich werde gewinnen! Alles wird gut! Ich werde gewinnen! Alles wird gut!«

Mit diesen Worten auf den Lippen erreichte er die Wegkreuzung von Sally Gap. Er steuerte den Wagen neben die Straße und drehte den Schlüssel im Schloss. Der Motor erstarb. Stille. Er stieg aus dem Wagen.

»Ich werde gewinnen. Alles wird gut!«

Zwanzig Minuten vor Mitternacht. Es blieb ihm nichts weiter zu tun, als zu warten. Die Nacht war lau, und ein müder Wind rieb sich am Heidekraut. Die Luft roch nach rauen, harzigen Gewürzen. Was hatten die Gangster vor? Würden sie ihm ein weiteres Hit-Team schicken? Hatten sie ihn deswegen hierher bestellt? Würden sie danach Ieva laufen lassen oder sie ebenfalls töten? Wie standen seine Chancen zu überleben? Leander verharrte reglos mitten auf der Kreuzung. Kein Geräusch drang hierher. Der Mond sank langsam zum Horizont hinab. Noch zehn Minuten. Über den Flächen des Hochmoors trieben bleiche Lichtschlieren. Leander traute seinen Augen nicht, aber sie waren genauso, wie Manuel die Sheeries beschrieben hatte. Waren das die bösen Geister, die Unglück und Tod brachten? Hatte Manuel doch Recht, gab es doch Geister, Feen und untote Wesen? Leander starrte den taumelnden und tanzenden Lichtschlieren nach. Es war unfassbar, aber er war froh über diese Abwechslung, denn es half ihm, die Minuten vergehen zu lassen. Plötzlich hörte er ein leises Motorengeräusch. Sie kamen! Leander verschränkte die Hände im Nacken. Wenn es ein Motorrad war, das da kam, würde er seine Waffe ziehen und versuchen, Fahrer und Sozius sofort zu erschießen. Wenn sie im Auto kamen, würden sie ihn mitnehmen, und er würde es geschehen lassen, denn vielleicht brachten sie ihn zu Ieva.

So wollte er es machen. So sollte es geschehen. Er hatte ohnehin keine Alternative. Doch wer auch immer sich hier näherte, fuhr ohne Scheinwerfer. Leander konnte nicht sehen, von welcher Seite sich das Fahrzeug näherte. Sein Herz klopfte immer schneller, das Blut pfiff in seinen Ohren so laut, dass er auch das Motorengeräusch nicht mehr hören konnte. Wie der Gesang der Sheeries! Unglück und Tod. Unglück und Tod.

»Ich werde gewinnen! Alles wird gut!«, murmelte Leander dagegen an. Seine Stimme klang, als wäre sein Mund eine einzige klumpige Masse.

Mit einem Ruck nahm die Zeit an Geschwindigkeit zu. Plötzlich stand ein Wagen neben Leander, ein Viertürer, und drei Gestalten stiegen aus. Sie waren gekommen, um ihn abzuholen. Trotz der Dunkelheit trugen sie wollene Motorradfahrermützen, die nur Schlitze für ihre Augen, die Nase und den Mund hatten. Wortlos trat eine der Gestalten zu Leander und griff seinen Körper auf der Suche nach einer Waffe ab. Leander stand starr. Aber wie Manuel es vorhergesagt hatte, tastete ihn die Gestalt nur unter den Achseln, um die Hüften und an der Außen- und Innenseite seiner Beine ab. Die festgeklebte Waffe zwischen seinen Schulterblättern bemerkte er nicht, und das erfüllte Leander mit einer grimmigen Befriedigung.

»Hände in die Hosentaschen!«, sagte die Gestalt leise. Eine Männerstimme, was auch sonst. Leander gehorchte. Dann kam ein anderer Mann heran, stülpte ihm Kopfhörer über die Ohren, klemmte einen Walkman an seinem Gürtel fest, startete das Gerät, und sofort ertönte laute Musik. Wütende, zornige, schrille Musik. Es war ein Song der »Fucked up Saints«, Leander erkannte ihn sofort. Wenn es tatsächlich der Priester war, der ihn hier abholen ließ, dann bewies er zumindest Humor. Schon wurde Leander eine Wollmütze über den Kopf gestülpt. Und diese Mütze hatte keinerlei Schlitze. Leander würde nichts sehen, nur die strapaziöse Musik der Saints hören und damit beschäftigt sein, unter der dicken Wolle genug Luft zu bekommen, um nicht zu ersticken. Grobe Hände packten ihn, schoben ihn zum Wagen, drückten ihn auf den Rücksitz. An den Erschütterungen konnte Leander spüren, dass alle Türen zugeschlagen und der Motor gestartet wurde. Der Mann, der neben ihm saß, packte ihn wieder, schüttelte ihn kräftig durch. Panik. Angst. Sie würden ihn misshandeln. Mit seinen Händen in den Taschen war er bewegungsunfähig. Gleich würde sich die Hölle der Schmerzen auftun. Aber nichts passierte. Irgendwann ließ der Mann von Leander ab. Und als die Panik langsam verebbte, begriff sein Verstand, dass dieses Schütteln nur dazu gedient hatte, ihn nicht bemerken zu lassen, ob der Wagen gewendet oder einfach geradeaus weiter gesteuert wurde. Leander sollte später keinerlei Anhaltspunkte haben, wohin er von Sally Gap aus gebracht worden war.

Unbändige Hoffnung keimte in ihm auf. Wenn er nicht wissen sollte, wohin er gebracht wurde, dann hatte man nicht vor, ihn zu töten, sondern ihn irgendwann unter irgendwelchen Bedingungen wieder laufen zu lassen. Plötzlich brach der Song im Kopfhörer ab und Bruchstücke anderer Songs der Saints wechselten sich zu einem dissonanten Durcheinander. Keiner der Songs wurde zu Ende gespielt, alle waren zerstückelt zu halben Strophen, Akkordfolgen, Stimmen, Refrains. Eine quälende Kakophonie. Nur mühsam setzte sich Leanders Verstand dagegen durch. Dieser wüste Cocktail aus Klängen und Gesängen war dazu gemacht worden, damit er später nicht anhand der Länge der einzelnen Songs rekonstruieren konnte, wie lange die Fahrt gedauert hatte. Er war in die Hände von Profis gefallen. Er gab auf, irgendeine Form von räumlicher oder zeitlicher Orientierung behalten zu wollen. Hin und wieder schob und schüttelte der Mann neben Leander an seinem Körper. Aber sie hatten seinen Revolver nicht gefunden. Er hatte eine Chance.

»Ich werde gewinnen. Alles wird gut«, murmelte er immer wieder vor sich hin.

Ein seltsam klares Wissen erfüllte ihn, dass er mit diesen zwei Sätzen, mit diesen wenigen Worten den Lauf der Ereignisse beeinflussen und zu seinen Gunsten steuern und umbiegen konnte.

Unvermittelt war die Fahrt vorüber. Leander wurde gepackt, aus dem Auto gezogen und vorwärts geführt. Er versuchte, nicht zu hinken. Als er drei Stufen hinaufstolperte, waren dies die ersten klaren Eindrücke, die er von seiner Entführung bekam. Dann ließ man ihn stillstehen. Zeit verstrich. Die zerfetzte Musik der »Fucked up Saints« kreischte. Jemand riss Leander die Wollmütze vom Kopf und zog ihm die Kopfhörer von den Ohren. Leander fand sich im altmodisch möblierten, kargen Speisezimmer eines Hauses wieder, das ein Farmgebäude sein mochte. Am Tisch saßen vier maskierte Männer und der Priester. Leander erkannte ihn sofort. Der Priester war ein Mann von vielleicht fünfzig Jahren, der aber auffallend jugendlich wirkte. Er war klein und trug einen geschmacklosen Lederblouson zu billigem Rollkragenpullover und abgetragener Hose. Nichts an ihm war majestätisch oder Furcht einflößend. Er hätte Lateinlehrer an einem Gymnasium sein können. Auf dem Tisch vor ihm lagen die Überreste eines Take-away-Essens.

»Willkommen«, grinste der gefürchtetste Verbrecher Dublins. Seine Stimme war hell und weich, doch sein Grinsen lag auf seinen Lippen so herzlos kalt und scharf wie mit einem Messer geschnitten. Dann schnippte er mit den Fingern und wies in eine Zimmerecke. Als Leander dieser Geste mit seinem Blick folgte, entdeckte er Ieva. Sie stand zwischen zwei maskierten Männern. Sie war blass. Und ihr Gesicht trug die blauschwarzen Schürfspuren von Schlägen, die Lippen waren aufgeplatzt. Aber sie stand aufrecht und ungebrochen.

»Danke, dass du gekommen bist«, sagte Ieva.

»Bist du in Ordnung?«

»Du solltest die Typen sehen, die mich hierher gebracht haben. Ihre Gesichter sind schlimmer zugerichtet als meines.« Sie versuchte zu lächeln, aber ihre Züge entgleisten.

»Genug!«, fuhr der Priester dazwischen. Dann nahm er einen schweren Revolver, der zwischen den Papptellern und Plastikbechern auf dem Tisch gelegen hatte, stand auf, und trat zu Leander.

»Also, ich frage mich die ganze Zeit, was du eigentlich bist, ein Sonderfahnder aus Deutschland, wie die Zeitung schreibt, oder ein Spinner, der den größten Blödsinn anstellen würde, nur um zur Belohnung unsere süße Ieva ficken zu dürfen.«

Leander schwieg. Der Priester trat vor ihn hin. Zwei Männer packten Leander an den Armen und hielten ihn fest.

»Also. Was ist? Was bist du? Ein Sonderfahnder, vor dem ich Angst haben muss, oder einfach nur ein Spinner?«

Leander schwieg.

»Nun sag schon!«, drängte der Priester mit seiner hellen weichen Stimme.

Leander schwieg. Da rammte ihm der Priester die Waffe in den Bauch, und als Leander den Mund aufriss, um nach Luft zu schnappen, stieß der Priester ihm den Lauf des schweren Revolvers zwischen die Zähne. Es ist wie im Kino, redete Leander in Gedanken seinem Gehirn ein, es ist nicht wahr. Es ist Gangsterkitsch und Gangsterpathos und hat nichts mit mir zu tun. Leanders Geist kämpfte um Beherrschung und Klarheit. Er durfte sich von diesem Getue nicht beeindrucken lassen. Doch Leanders Sinne reagierten vollkommen anders. Seine Nerven nahmen den Revolverlauf im Mund todernst. Deshalb begann Leander zu zittern. Es war ein Zittern, das in den Kniekehlen begann und in seine Hüften ausstrahlte, seinen Oberkörper und die Arme erfasste, und sich über den Hals in seine Kiefermuskeln fortsetzte, bis Leander begann, mit den Zähnen zu klappern. Sein Geist war stark, stolz und beherrscht. Doch sein Körper zitterte wie Espenlaub im Wind. Seine Zähne schlugen gegen den Lauf des Revolvers, sodass es klang wie ein exotisches Rhythmusinstrument. Obwohl Leander auf den harten Lauf des Revolvers biss, um dieses Klappern zum Verstummen zu bringen, zitterte und bebte sein Körper. Er starrte den Priester nicht an, sein Blick suchte nach Ieva. Aber als seine Augen sie gefunden hatten, schloss er sie in vollkommener Erniedrigung. Er versagte. Er schlotterte am ganzen Körper. Er war kein Held, er bot einen jämmerlichen Anblick.

»Du kannst jetzt meinen Revolver wieder loslassen«, sagte der Priester nach einer Weile, die endlos wirkte. »Mach den Mund auf. Die Hälfte aller Männer haben sich bei dieser Gelegenheit in die Hosen gemacht. Du hast dich gut gehalten. Aber du bist kein Profi. Du bist ein Amateur. Profis zittern nicht und müssen nicht auf meinen Revolver beißen. Profis beginnen an diesem Punkt, ihr Leben und ihre Seele an mich zu verkaufen. Du aber zitterst und bietest mir keine Zusammenarbeit an. Das ist gut für dich. Wärst du ein Profi, hätte ich dich gekauft, wenn es von Vorteil für mich gewesen wäre, oder ich hätte dich erschossen. Du wärst nicht der Erste gewesen.«

Aber genau genommen war Leander in diesem Moment gestorben. Er fühlte sich erniedrigt und beschämt, bloßgestellt, zerstört, zerbrochen und vernichtet. Sechs maskierte Männer und Ieva hatten seinem Tod zugesehen. Die Ereignisse wurden nach Regeln gespielt, die Leander überforderten. Er verstand nicht, wozu das alles gut sein sollte.

Der Priester deutete auf die Essensreste auf dem Tisch, machte eine wegwischende Handbewegung, und zwei seiner Männer räumten die Platte leer.

»Bringt Tee«, befahl er.

Wieder an Leander gewandt, deutete er auf den Stuhl gegenüber von seinem Platz und sagte: »Komm, setz dich. Du kannst jetzt aufhören zu zittern und die Hände aus den Taschen nehmen. Und du, Ieva, kannst bei deinem Spinner Platz nehmen.«

Als Ieva neben ihn trat, den Stuhl zurückschob und sich setzte, hielt Leander den Blick starr geradeaus. Immer noch zitterte sein Körper, schwächer zwar, aber eigensinnig und uneinsichtig. Ihr Duft war bittersüß. Sie roch nach Erschöpfung, nach Schweiß und Blut. Dann spürte Leander ihre Berührung an seiner Hand und zuckte zurück. Er wollte keinen Trost.

»Bitte fass mich an«, flüsterte Ieva.

Er nahm ihre Hand, und sie klammerte sich an ihm fest.

»Danke. Danke fürs Kommen«, sagte sie mit kräftigerer Stimme.

»Es ist gut, dich zu sehen«, wagte Leander zu sagen.

Wenigstens seine Stimme klang fest und zitterte nicht.

»Wunderbar. Ganz ergreifend!«, lobte der Priester. »Ich liebe Liebespaare.«

»Aber nicht immer«, bemerkte Leander so beiläufig wie möglich.

Der Priester begann laut zu lachen.

»Ja, vielleicht nicht immer!«, wiederholte er.

Die maskierten Männer trugen Teegeschirr auf, stellten es vor ihren Boss, brachten dann ein Paket Zucker und eine Plastikflasche mit Milch. Der Priester selbst goss den Tee in alle Tassen mit einer manierierten Geste, mit der man normalerweise teuren Wein ausschenkt. Genauso gönnerhaft reichte er seinen Gefangenen die Tassen, die blau waren und mit weißem Blumendekor verziert. Leander empfand den heißen, bitteren Tee des Priesters wie pures Gift.

»Ich werde gewinnen. Alles wird gut«, murmelte er.

Dann räusperte sich der Priester. »Ich wollte dich nicht einfach nur mal mit eigenen Augen sehen, dich lästigen Spinner aus Deutschland, ich möchte mich auch entschuldigen«, begann er, und seine Stimme klang vollkommen ernst.

Leander traute seinen Ohren nicht. Von allen denkbaren Sätzen waren diese die Letzten, die er erwartet hatte.

»Wisst ihr«, fuhr der Priester nun auch an Ieva gewandt fort, »ich bin ein Verbrecher. Ich bin der erfolgreichste, einflussreichste und gefährlichste Verbrecher von Dublin. Und wer die Hauptstadt regiert, regiert das ganze Land, da sind sich Verbrechen und Politik vollkommen gleich. Wer etwas gegen mich unternimmt, ist mein Feind und den bekämpfe ich mit allen Mitteln. Mit Drohungen, mit Geld, Schlägern und Hit-Teams.«

»Und mit Brandstiftern«, warf Ieva ein.

»Ja, auch mit Brandstiftern und einer Menge anderer Mittel. So ist das Gesetz. Aber es tut mir Leid, dass ich es auch auf euch angewendet habe, ohne darüber nachzudenken.«

Der Priester ließ sich nun von einem seiner Männer neuen Tee nachschenken, zuckern und mit Milch verdünnen, nahm die Tasse, betrachtete sie wieder eine Weile, bevor er konzentriert und mit kleinen Schlucken trank. Erst nach dieser Pause sprach er weiter: »Ihr glaubt, ich hätte etwas mit dem Verschwinden von Paddy the Saint und Susan Atkins zu tun. Ihr habt angefangen Fragen zu stellen und hinter mir herumzuschnüffeln, und ich habe euch bekämpft. Das war ein Reflex, ich mache das immer so. In eurem Fall hätte ich aber besser nachdenken sollen. Was könnt ihr mir schon anhaben? Nichts! Überhaupt nichts. Ob ihr unseren guten Paddy findet oder nicht, hat mit mir nichts zu tun. Ihr seid vollkommen ungefährlich. Es gibt eigentlich keinen Grund, gegen euch vorzugehen. Im Gegenteil, ihr seid sogar äußerst unterhaltsam. Ich hätte euch von Anfang an auf die sportliche Art nehmen sollen. Aber das kann ich ja jetzt nachholen. Wie schön, Spinner aus Deutschland, dass du dich von meinem Hit-Team nicht hast über den Haufen schießen lassen. Das war übrigens eine beachtliche Leistung.«

Bei diesen Worten deutete der Priester auf einen der maskierten Männer, die still und reglos um den Tisch standen.

»Mein Freund hier, der wie Tausende anderer Iren auch Paddy heißt, ist übrigens stinksauer auf dich, Spinner. Du bist der einzige Mann, den er nicht auf Anhieb erledigt hat. Du hast seinen Rekord befleckt. Mein Paddy hier ist wirklich stinksauer auf dich. Hat er dich denn gar nicht getroffen? Kein bisschen?«

»Kein bisschen«, log Leander.

»Er lügt«, warf einer der Männer sofort mit gedämpfter Stimme ein. »Er hat einen Verband um den linken Oberschenkel, und er hat starke Schmerzen. Dort hat ihn Paddy erwischt.«

Der Priester wiegte zufrieden den Kopf. An seinen Killer gewandt fuhr er fort: »Dann ist es ja gut. Es wird dir eine Lehre sein, Paddy. Vielleicht bist du zu selbstsicher geworden. Das nächste Mal triffst du bestimmt wieder den Kopf. Habe ich Recht?« Der maskierte Paddy nickte nur einmal dazu.

Der Priester blickte wie ein schlechter Schauspieler auf seine Uhr.

»Oh, es ist schon spät. Also fasse ich mich kurz. Statt euch zu bekämpfen, biete ich euch einen sportlichen Wettkampf an. Wenn ihr von heute an gerechnet innerhalb von 21 Tagen Paddy the Saint findet, bekommt ihr jeder 125 000 Euro Siegesprämie. In bar.«

Der Priester richtete sich auf. Alles an ihm war Hochmut, ein Hochmut, wie ihn nur unbesiegbare Herrscher kennen, die die Welt mit Füßen treten.

»Wenn ihr mir nachweisen könnt, dass ich mit seinem Verschwinden etwas zu tun habe, verdopple ich die Summe. Und da ich gehört habe, Ieva, dass du aus allen Saints-Verträgen gefeuert worden bist, scheint mir das Geld auch an dich nicht verschleudert. Also das ist mein Angebot. 21 Tage. Wenn ihr es aber bis dahin nicht geschafft habt, ist die Sache zu Ende für euch. Dann lasst ihr ein für alle Mal die Finger von Paddy the Saint, denn sonst schicke ich euch Paddy the Hitman, und der wird sich bei euch bestimmt ganz besondere Mühe geben. Habe ich mich klar ausgedrückt?«

»Vollkommen klar«, nickte Ieva.

»Okay, einundzwanzig Tage Frist, um Paddy the Saint zu finden«, stimmte auch Leander zu.

Ganz unvermittelt begann einer der maskierten Männer zu kichern. Der Priester blickte ihn irritiert an. Dann verzog sich auch sein Gesicht in Heiterkeit. Und schon brachen auch die anderen in hemmungsloses Gelächter aus. Sie brüllten und schüttelten sich vor Lachen, als habe jemand einen kolossalen Witz erzählt.

»Dann schlagt ein«, sagte der Priester, nachdem er sich beruhigt hatte.

Er erhob sich und streckte seine Hand erst Ieva und dann Leander zur Bekräftigung entgegen. Danach drehte er sich um und verließ ohne ein weiteres Wort den Raum.

»Okay, das war's«, sagte einer der Männer, »Hände in die Taschen und keine faulen Tricks.«

Damit setzte er Leander und Ieva wieder Kopfhörer über die Ohren und zog ihnen eine schwere Wollmütze über den Kopf.

Eine neue Fahrt mit der zerfetzten Musik der »Fucked off Saints« stand ihnen bevor. Doch irgendwann hielt der Wagen an, die Türen wurden geöffnet, und kalte Luft schlug Leander entgegen. Hände packten ihn am Arm und zogen ihn vom Sitz. Die Mütze wurde ihm vom Kopf gerissen und die Ohrhörer abgenommen. Ieva musste die gleiche Prozedur mitmachen. Sie standen am Sally Gap. Der silberne Ford Focus stand geparkt, so wie Leander ihn verlassen hatte. Ein Hauch von Morgendämmerung leckte über den Himmel.

»Schluss für heute«, sagte einer der maskierten Männer. »Und jetzt verschwindet!«

Leander und Ieva gingen zu dem Mietwagen. Noch zehn

Schritte, noch fünf, und sie waren wirklich davongekommen. Da rief ein anderer der Männer: »He, du Arsch. Nicht so hastig. Du hast meinen Ruf ruiniert, das sollst du büßen!«

Das war Paddy der Hitman. Leander fuhr herum. Der Killer knöpfte seine Lederjacke auf, schlug sie nach beiden Seiten auseinander und entblößte so eine irreal große Pistole, die silbern schimmernd in einem Gürtelhalfter schräg vor seiner linken Hüfte hing. Leander hob sofort die Hände. Er zitterte nicht einmal mehr.

»O Gott, nein!«, schrie Ieva.

»O Gott, ja!«, schrie Paddy der Hitman zurück und legte seine Hand auf den Griff der Waffe.

Eine einzelne Krähe flatterte aus dem Heidekraut auf und stob krächzend in den Nachthimmel davon.

»Lass es sein, Paddy!«, versuchte einer der Maskierten den Killer zu überreden.

»Auf gar keinen Fall!«

Das Pfeifen seines Blutes schwoll betäubend stark in Leanders Ohren an. Es war das Lied der Sheeries, das hatte Manuel gesagt. Und die Sheeries bringen Wahnsinn, Verderben und Tod. Also ließ Leander seine erhobenen Hände in den Nacken fallen, bekam sofort den Griff seines Revolvers zu fassen, riss ihn sich mit einem Schrei von der Haut, brachte die Waffe mit beiden Händen haltend in Anschlag. Dabei zog er den Abzug schon auf Spannung, duckte sich und zielte auf den Magen des Hitman. Der verstand jetzt erst, was sich vor seinen Augen abspielte. Er zerrte seine schwere Pistole aus dem Halfter. Leander schoss zweimal. Flach und hohl klangen die Schüsse in dieser Ödnis. Paddy the Hitman fiel wie von einem mächtigen Hieb gefällt nach hinten um. Die anderen maskierten Männer standen wie erstarrt. Leander hielt seine Waffe weiter im Anschlag. Auch Ieva rührte sich nicht.

Plötzlich schoss mit einem dumpfen Knall ein Blitz von der

niedergestreckten Gestalt in den Himmel. Ein zweiter Schuss schlug im Wagen der Gangster ein und zersplitterte die Windschutzscheibe. Bewegung kam in Paddy the Hitman. Mühsam stemmte er sich vom Boden hoch. Und wieder schoss er ziellos. Die Kugel traf einen Stein und schwirrte als Querschläger pfeifend davon.

»O Scheiße, Scheiße!«, schrien Paddys Komplizen und warfen sich hinter ihrem Wagen in Deckung.

Schon kniete Paddy the Hitman, und ein gespenstisches Röcheln erfüllte die Stille der Nacht. Der nächste Schuss fuhr drei Meter vor Leander in den Boden und ließ Torf aufspritzen. Paddy hustete und gurgelte. Leander stand wie paralysiert. Nur seine Erinnerung funktionierte. Das Gurgeln des Killers erinnerte ihn an ein Frühstück mit Lilian vor vielen Jahren. Sie hatte einen Strohhalm und pustete damit vergnügt in ihren Trinkjogurt. Das Blubbern von damals hatte genauso geklungen wie die Atemzüge des Killers in dieser wahnsinnigen Nacht. Paddy the Hitman tat einen Schritt nach vorne. Er fuchtelte mit seiner übergroßen, silbern schimmernden Pistole herum und feuerte blindlings um sich. Er jagte seine Kugeln zwischen die Sterne und in das erste Aufglimmen der Morgendämmerung über dem Horizont. Und dann erstarb sein gequälter Atem. Er stand still. Er hob die Waffe und musste sie mit beiden Händen halten. Er zielte auf Leander. Doch das Gewicht seiner Waffe zog ihn nach vorne ins Heidekraut. Er fiel um und feuerte unter seinem Körper in den Boden, wieder und wieder, dass ihn der Rückschlag der Waffe hochwarf wie eine Puppe. Dann war es endlich vorbei.

»Ich habe den Autoschlüssel in der linken Jackentasche. Sperr den Wagen auf, du musst fahren. Nichts wie weg von hier«, flüsterte Leander Ieva zu. Auch sie stand noch, auch sie hatte sich nicht zu Boden geworfen. Leander behielt seine

Waffe drohend erhoben, aber Paddys Komplizen krochen nur auf den leblosen Hitman zu. Schon war Ieva im Wagen, öffnete Leander die Tür und raste los.

Es war Viertel vor fünf Uhr, als sie das Zentrum von Dublin erreichten. Sie waren gefahren, ohne zu sprechen. Leander konnte weder Triumph noch Erleichterung oder Dankbarkeit dafür empfinden, dass er lebend aus diesem Todeskommando davongekommen war. Er stand unter Schock, was ihm nicht erlaubte, die realen Ereignisse in ihrer Bedeutung und Tragweite wahrzunehmen. Die Ereignisse, die weniger als eine Stunde zurücklagen, fühlten sich an, als hätten sie nichts mit ihm zu tun. Er war sogar zu müde, um Ieva zu fragen, was ihr widerfahren war, und wie es ihr ging. Doch nachdem Ieva den Wagen vor dem Portal des Shelbourne Hotel geparkt hatte, stieg sie mit Leander aus, ging neben ihm zur Rezeption und fragte den Nachtportier nach einem Zimmer. Zwei 100-Euro-Scheine sollten ihn freundlich und dienstbeflissen stimmen.

»Ich habe nur noch eine der Suiten frei«, sagte er. Sie alle wussten, dass es nicht die Wahrheit war. Aber Ieva zuckte mit den Schultern.

»Ich brauche eine Dusche, ich brauche ein Bett und ich brauche dich. In genau dieser Reihenfolge und zwar sofort«, sagte sie zu Leander. Sie lächelte und mietete die Suite.

Kurz darauf stand Leander an einem der hohen Fenster der Suite und blickte auf den Park von St. Stephen's Green. Die Dämmerung hatte begonnen, und ein milchiges rosafarbenes Licht lag über den Bäumen. Noch gab es keinen Verkehr draußen, und es war vollkommen still. Nur aus dem Bad war das Rauschen der Dusche zu hören. Leander fühlte sich leer und ausgehöhlt. Doch während er den Morgen beobachtete, spürte er, wie seine verloren gegangene Seele langsam wieder in ihn zurückkehrte. Jede Sekunde, die er stehend an diesem Fenster verbrachte, wurde für ihn kostbar. Und er hoffte, Ieva möge noch nicht aus dem Bad kommen. Er war dem Tod so nahe gewesen, hatte sich so qualvoll von seinem Leben verabschiedet, dass er zur leeren Hülle seiner selbst geworden war. Doch nun strömte das Leben in Leander zurück. Warm, pulsierend. Er spürte sich wieder. Er blickte in den fahlen Morgen und eine unbändige Lebenslust packte ihn. Er lächelte. Breit, breiter. Er ballte die Faust triumphierend wie ein Tennisspieler, dem ein vortrefflicher Schlag gelungen war. »Ich habe gewonnen. Alles ist gut«, murmelte er.

Er hatte nicht gehört, dass im Bad die Dusche abgedreht und die Tür geöffnet worden war. Er nahm Ieva durch den Duft von Shampoo wahr, der den Raum erfüllte. Sie war hinter ihn getreten. Er spürte ihren Atem und ihre Lippen in seinem Nacken. Dann waren ihre Hände an seinen Hüften, schoben sein Sweatshirt hoch und streiften es ihm ab. Sie küsste ihn, an den Stellen seines Rückens, wo der Revolver festgeklebt war. Lange. Und als sie sich gegen ihn drängte, spürte er auf seiner Haut, dass sie ihn mit nackten Brüsten berührte, deren aufgerichtete Warzen ihn wie kundige Fingerspitzen liebkosten. Als sie ihn umarmte, um sich ganz nah, ganz fest an ihn zu pressen, streifte sie das Klebeband auf seiner Brust, mit dem noch immer zwölf Patronen auf seiner Haut klebten. Leander hatte sie völlig vergessen. Ieva drehte ihn zu sich um. Zum ersten Mal sah er sie nackt. Ihre helle Haut, die so viel heller war als seine. Ieva trat einen Schritt zurück, um sich ganz von ihm betrachten zu lassen. Er sah ihre schmalen Schultern, ihre birnenförmigen Brüste mit den kleinen Brustwarzen, ihren leicht gewölbten Bauch, ihre so schmale Taille und die wundervolle Rundung ihrer Hüften. Er sah, wie dunkel und dicht ihre Schamhaare waren. Und weil sie seinen Blicken gefolgt war, wusste sie, was er betrachtete. Sie strich mit den Fingern ihrer rechten Hand durch diesen dunklen Pelz, einmal, zweimal. Und dann reichte sie Leander diese Finger, damit er an ihnen riechen konnte. Moschus und Vanille. Auch sie griff nach seiner Hand, um an seinen Fingern zu riechen, den bitteren, holzigen Geruch, den das Abfeuern eines Revolvers in der Haut hinterlässt. Danach erst begann sie, den Heftstreifen mit den Patronen langsam von seiner Brust zu lösen.

»Danke, dass du gekommen bist. Danke für alles«, gurrte sie.

Sie kniete sich nieder, als ob sie ihm demütig danken wollte. Doch nichts an ihr war Demut, alles war gezieltes Tun. Sie öffnete Leanders Gürtel, öffnete seine Jeans, schob sie von den Hüften, griff nach ihm mit ihren Händen und Lippen und ließ erst wieder von ihm ab, als er bis zum Platzen gespannt war.

»Du bist der Sieger. Und der Sieger erhält die schönste Frau als Geschenk«, sagte sie, als sie sich erhob. »Zieh dich ganz aus und komm ins Bett.«

Sie ging voraus, warf Decken und Kissen beiseite, legte sich auf den Rücken, öffnete ihre Beine weit und erwartete ihn. Doch als er sich vor sie knien wollte, um sie zu lecken, um ihr das zu geben, was sie ihm bereits gewährt hatte, schnurrte sie nur: »Komm!« Und er schob sich über sie, zwang ihre Schenkel noch ein Stück weiter auseinander und drang mit einer einzigen Bewegung in sie ein. Sie warf den Kopf zur Seite, atmete zischend ein und hielt den Atem an, lange, lange, und erst nach seinem siebten oder achten Stoß stieß sie die Luft wieder aus, entspannte sich, öffnete die Augen und lächelte ihn an.

»Endlich«, sagte er, »endlich!«

Ieva ließ ihn nicht sanft werden. Sie war durch Stunden, Tage und Nächte gegangen, die man nicht mit Zärtlichkeit auflösen konnte. Sie klammerte ihre Schenkel um seine Hüften und stieß ihn so immer wieder, immer tiefer in ihren Leib. Erst als sie gekommen war, lächelnd, und als er sich in ihr verschwendet hatte, wurden sie weich und zärtlich zueinander. Endlich lagen sie ruhig, satt und sicher aneinander geschmiegt. Ihre Körper fügten sich vollkommen zueinander. Ihre Hände taten einander wohl. Sie liebten sich noch einmal und dieses Mal machten sie sich gegenseitig ihren Körper zum Geschenk. Ieva bot Weichheit und Feuchte und Tiefe; Leander bot Stärke, Sicherheit und Kraft. Sie wurden zu einem Liebespaar.

Um halb sieben Uhr löste sich Leander von Ieva und sagte: »Ich muss in mein Zimmer. Lilian wird bald wach werden, und sie soll nicht alleine sein.«

»Ja, ich weiß. Aber wenn ihr das Hotel verlasst, um zurück zum Ballytober House zu fahren, bitte weckt mich und nehmt mich mit. Ich habe kein Zuhause mehr. Und ich möchte nicht von dir getrennt sein. Nicht schon so bald wieder.«

20

Einen Tag lang waren sie glücklich. Nicht weil sie etwas Besonderes taten, sondern weil sich Leander und Ieva dem belanglosen Alltag in Ballytober House hingaben. Ihre strapazierten Nerven und Seelen brauchten nichts so sehr, wie den Alltag, und die einfachen Rituale, die das Leben neben der Madam und Manuel boten. Sie waren aus Dublin zurückgekehrt, hatten im SuperValu von Rosslare Harbour die normalen Lebensmittel und dazu einen geräucherten Lachs und Sodabrot eingekauft, hatten mit Kathy, der Kassiererin, über uneheliche Geburten geplaudert und am Abend im großen Kamin der Wohnhalle ein duftendes Torffeuer angezündet, um bei Wein und Guinness zusammenzusitzen wie eine normale, glückliche Familie. Es war eine unausgesprochene Abmachung und sie funktionierte.

An diesem Abend erzählte Ieva, wie sie tatsächlich mit dem Motorrad direkt von der Westküste nach Dublin und zum Haus des Priesters gefahren war, um ihn wegen der Brandstiftung zur Rede zu stellen. Er hatte sie freundlich in sein Haus gebeten, dann aber von seinen Leuten überwältigen lassen, um sie als Lockvogel in ein Haus im Umland Dublins zu bringen. Lilian hörte gebannt zu. Und als Leander seinen Anteil an der Fortsetzung der Ereignisse berichtete, waren die Vorfälle bereits so unglaublich und abenteuerlich, dass sie wie die überhöhten Geschichten einer lange zurückliegenden Familienlegende wirkten.

Die Madam hatte bei ihrer Ankunft die O'Sullivans gebeten, für Leander und Ieva die Gästesuite im Hauptflügel von

Ballytober House herzurichten, sodass sie die Nacht gemeinsam verbringen konnten. Erschöpft von Müdigkeit schliefen sie in ihrer ersten Umarmung auf dem Bett ein, bevor sie sich noch ausgezogen hatten. Als sie wieder erwachten, war es fünf Uhr früh. Leander schlich sich in die Küche und bereitete eine Kanne Kaffee und fand eine Dose mit Keksen. Sie begannen den neuen Tag im Bett, redeten, redeten noch einmal über alles, was ihnen widerfahren war, um endlich damit fertig zu werden. Sie stellten fest, wie sehr sie ihre Stimmen mochten und wie gerne sie einander zuhörten, nun, da sie zusammengehörten. Um sechs Uhr begannen sie gegenseitig ihre Körper in Ruhe zu erforschen und erkannten, wie leicht es ihnen fiel, einander gut zu tun und in große Atemlosigkeit zu treiben. Um halb acht schlenderten sie Arm in Arm und eng aneinandergeschmiegt durch den taufeuchten Park von Ballytober House, bevor sie in den Seitenflügel der Madam gingen, dort das Frühstück bereiteten und Lilian weckten, um einen weiteren harmonischen Tag zu beginnen. Nur Manuel hatte mit der Idylle, die er normalerweise so eifrig aufrechtzuerhalten pflegte, nichts im Sinn. Er nahm die Daten-CD, die Leander ihm gegeben hatte, zog sich an seinen Laptop zurück und versuchte, die Dokumente darauf zu entschlüsseln. Leander ließ ihn gewähren. Er hatte keine Lust, um an diesem Tag irgendetwas anderes zu tun, als sich zu erholen und Ievas Nähe zu genießen.

Um zwölf Uhr saß er mit Ieva und seiner Tochter auf dem Kamm der größten Düne von Carne Beach, die Lilian »der Balkon« getauft hatte. Sie blickten über den menschenleeren Strand und das Meer. Der Wind war feucht und kühl, aber immer wieder stach die Sonne hinter den Wolken hervor und ließ die Welt blendend hell aufleuchten. Alles war gut.

»Und du warst wirklich bereit, für Ieva zu sterben?«, fragte Lilian einmal.

»Ja, das war ich«, antwortete Leander wahrheitsgemäß, »nicht gerne, weil es schwer ist, das Leben hinter sich zu lassen, aber ich war bereit zu sterben.«

»Und hast du nicht an mich gedacht?«

»Ich habe nur an dich gedacht, meine Süße, aber ich musste gehen, verstehst du das?«

»Ich weiß nicht.«

Ieva sagte nichts dazu. Das war eine Sache zwischen Vater und Tochter. Doch sie drängte sich näher an den Mann an ihrer Seite, der alles aufgegeben hatte für sie. Es war die radikalste aller Liebeserklärungen, die sie überhaupt bekommen konnte. Sein Leben für ihr Leben. Jenseits dessen gab es nichts zu geben.

Der Strand und das Land taten ihnen gut. Alle ihre Wunden erfuhren Heilung. Sie saßen einfach nur da und wollten nichts anderes tun. Wolken kamen und gingen. Die Flut schob das Wasser in trägen Wellen heran. Möwenschwärme fielen über den hellen Sand ein und flogen wieder davon. Alles war gut, bis Leanders Handy ertönte. Es war William Pauling, der Reporter des *Weekend Mirror*.

»Ist es wahr, dass du Paddy Lennon erschossen hast?«, stieß er ohne Gruß hervor.

»Keine Ahnung«, sagte Leander.

»Was heißt, keine Ahnung?«, fauchte der Reporter. »Was soll das Ganze überhaupt? Ihr lasst euch vom Priester kidnappen, ihr überlebt das Abenteuer wie durch ein Wunder, ihr erschießt den schlimmsten Killer Dublins, und ich weiß nichts davon. Ich stöbere wie ein Blödmann in Donegal hinter einer Susan Atkins her, die dort keiner kennt, und ihr führt einen Privatkrieg gegen den Priester. Ihr erschießt seinen besten Hitman, und ich erfahre erst alles, wenn es vorüber ist. Was soll das, Lee? Wir hatten doch eine Abmachung?«

»Unsere Abmachung ist, dass ich dir den Priester überlasse, und das werde ich auch tun.«

Wenn Leander über die Ereignisse am Sally Gap nachdachte, konnte er nur grimmige Befriedigung empfinden. Er hatte zum ersten Mal in seinem Leben auf einen Menschen geschossen und ihn offenbar getötet. Er sollte bestürzt und verstört sein. Aber es war wie Krieg gewesen dort oben am Sally Gap, und er hatte einen guten Kampf gekämpft. Ganz ruhig fragte er: »Was ist mit Paddy Lennon?«,

»Ich habe ihn mir heute Morgen in der Gerichtsmedizin angesehen. Klasse Arbeit. Du musst ja eine höllische Munition geladen haben. Ein Schuss saß genau in der Mitte der Brust. Die Kugel hat Paddy das Brustbein pulverisiert und ihm als Querschläger die Halsschlagader aufgerissen. Die zweite Kugel ist ihm in den Hals gefahren, und danach hatte Paddy Lennon keinen Kehlkopf mehr. Ein Meisterschuss. Er ist an seinem eigenen Blut erstickt. Bist du sicher, dass du Fotograf bist und nicht Mitglied einer Anti-Terror-Einheit? Das glauben nämlich jetzt alle in Gangland. Und dass du den Priester kaltblütig reingelegt hast.«

Der Reporter klang so, als würde er bereits aus einem Artikel der nächsten Ausgabe seiner Zeitung zitieren.

»Was sagt denn der Priester dazu?«, fragte Leander und spürte, wie Unbehagen in ihm aufstieg. Er hatte um sein Leben geschossen und durch Zufall wie ein Profi getroffen. Aber auf Dauer war er dem Priester nicht gewachsen.

»Ach, der Priester«, lachte William Pauling trocken, »ich habe ihn angerufen, und er hat mir nur gesagt, dass Paddy Lennon nur bekommen hat, was er verdiente. Er war ziemlich cool.«

Danach wollte William Pauling nur noch einmal die Bestätigung, ob ihre Abmachung wirklich noch galt. Leander versprach es ihm.

Die flüchtige Harmonie des Tages hatte sich aufgelöst. Als sie Manuel von Tattenbach mit wehenden weißen Haaren und schwarzem Gehrock den Strand entlangeilen sahen, ahnten sie nichts Gutes. Die Wirklichkeit hatte sie schon wieder eingeholt.

Der Geisterforscher sah stolz aus, als er die steile Düne zu ihnen hinaufkletterte.

»Ich habe etwas. Nicht viel, aber ich habe etwas. Die Daten sind schwierig, lauter Bilanzen und Geldtransaktionen, nichts für mich, sondern eher für Spezialisten, für Steuerfahnder oder Wirtschaftsprüfer. Aber immer wieder taucht der Name Yellow Glen auf. Das ist ein winziges Dorf in der Grafschaft Mayo. Es scheint, als habe der Priester unglaublich viele seiner Geschäfte über Yellow Glen abgewickelt. In den Bilanzen sieht es aus, als würde ihm ganz Yellow Glen gehören.«

»Das heißt, wir werden morgen nach Yellow Glen fahren«, stöhnte Leander. »Ist es weit bis nach Mayo?«

»Quer durch die Insel«, antwortete Ieva.

»Au cool«, freute sich Lilian, »das Abenteuer geht weiter.«

»Da bin ich mir nicht so sicher«, wehrte Manuel ab. »Ich habe einen guten Bekannten, einen Kneipenwirt in Castlebar, und das liegt in der Nähe von Yellow Glen. Ich habe ihn gleich angerufen, und er ist sicher, dass in Yellow Glen seit mindestens drei Generationen nichts Außergewöhnliches passiert ist, und dass dem Priester dort nicht einmal ein Heuhaufen gehört.«

»Und was bedeutet das?«, fragte Leander.

»Ich kann es nicht sagen, vorerst noch nicht«, erwiderte Manuel. »Auf jeden Fall lohnt es sich nicht, morgen einfach auf gut Glück loszubrausen.«

»Ich werde es trotzdem tun«, sagte Ieva trotzig.

Aber Leander beschlich wieder dieses dumpfe Gefühl, das er schon so gut kannte, dieses Gefühl, dass sich auf der Suche nach Padraigh Bridged Maloney jede Spur, jede einzelne Spur, immer wieder im Nichts verlor.

»Meine Mutter möchte, dass wir alle um zwei Uhr im Park Kaffee trinken. Ich soll Ihnen ausrichten, Sie mögen doch noch zum SuperValu nach Rosslare fahren und Apple Pie und Sahne holen.«

Leander erhob sich seufzend. Die ruhige Zeit auf der Düne war vorüber.

Um vier Uhr nachmittags rief Inga an: »Ich hoffe, du denkst daran, Lilian morgen zum Flughafen zu bringen?«

»Ist denn die Woche schon um?«, stieß Leander hervor.

»Verdammt, ich wusste es, ich wusste, dass du vergisst, wann deine Tochter zurückfliegen muss. Am Montag hat sie wieder Schule!«

»Ja, richtig. Natürlich bringe ich sie zum Flughafen.«

»Um 14 Uhr 30 geht ihr Flieger. Jetzt gib sie mir mal!«

Leander reichte das Handy an seine Tochter weiter. Sie war ganz aufgeregt.

»Mami, Mami, es ist ganz toll hier. Vorgestern ist Papa entführt worden. Er wollte für Ieva sterben und hat einen Verbrecher erschossen.«

»Waaas???«

Leander konnte Ingas Schrei aus dem Handy hören. Es würde schwer werden, ihr die Geschichte so begreiflich zu machen, wie sie passiert war. Er seufzte.

Also machte er sich daran, Lilians Tasche zu packen. Lilian saß traurig dabei. Schlagartig war ihre Woche abgelaufen, aber sie wollte in Irland bleiben, bis ihr Vater den verschollenen Popstar gefunden oder zumindest den bösen Priester besiegt hatte. Sie konnte nicht verstehen, dass das noch Wochen dauern möchte. Dann schnappte Leander sich die Irlandkarte, ging damit zu Ieva, und sie besahen sich die Route, die sie von Dublin bis nach Yellow Glen nehmen mussten. Sie waren entschlossen, direkt vom Flughafen in das kleine Nest im Nordwesten der Insel zu fahren. Leander würde die Madam bitten, ihm drei Tage freizugeben. Dass Manuel strikt der Meinung war, es würde reine Zeitverschwendung sein, weil es dort nichts Auffälliges zu finden gab, konnte sie nicht von ihrem Vorhaben abhalten.

In dieser Nacht blieb Leander bei seiner Tochter. Sie hatte es sich gewünscht. »Du kannst morgen Nacht wieder mit Ieva schlafen«, hatte sie seltsam trotzig gesagt.

Der Anruf am Nachmittag hatte ihrer gemeinsamen Irlandzeit ein jähes Ende gesetzt. Sie hörte auf, sein Kind zu sein, und wurde wieder Ingas Tochter. Leander streckte sich neben seiner Tochter aus. Fahles Mondlicht fiel durch das Fenster, und wie schwarze Schatten hingen die Zeitungsausschnitte von Padraigh Bridged Maloneys Verschwinden über dem Bett an der Wand. Wie lange es her war, dass er die Texte und Bilder beschworen hatte, ihm einen Hinweis zu enthüllen.

»Schlaf jetzt auch, Papa«, murmelte Lilian und drehte sich um.

Doch in dieser Nacht kamen sie, um ihn fertig zu machen. Plötzlich waren drei maskierte Männer im Raum, die sich auf Leander im Bett warfen, brutal die Gegenwehr seiner Hände niederzwangen und ihm den Lauf eines schweren Revolvers auf den Kehlkopf setzten.

»Das ist für Paddy, dem du den Hals zerschossen hast«, murmelte einer der Maskierten. Der Druck auf seine Kehle wurde so stark, dass Leander keine Luft mehr bekam und keuchte und würgte. Er bäumte sich auf, aber eisenharte Griffe hielten ihn nieder. Er würde ersticken, bevor man ihn erschoss. Panik erfüllte ihn. Seltsam schrille Farben explodierten vor seinen Augen. In seiner Verzweiflung spuckte Leander mit letzter Kraft seinem Mörder entgegen. Wie durch ein Wunder wurde dem Mann davon die Maske in Fetzen vom Gesicht gerissen. Doch das enthüllte Antlitz war schrecklich. Totenbleich und mit dicken Strömen von Blut, die aus seinem Mund quollen. Und die Augen, die Leander anstarrten, waren die trüben Augen eines Toten.

»Du bist Paddy, der Hitman«, artikulierten Leanders Lippen tonlos.

»Ja, das bin ich. Und ich bin gekommen, um mit dir zur Hölle zu fahren.«

Die Stimme des Toten war nur ein kalter Lufthauch. Dann spannte der tote Paddy den Revolver, und das Einschnappen des Abzugs klang trocken und hölzern, als würde jemand mit dem Knöchel gegen eine Tür klopfen. Der Tote spannte den Revolver merkwürdigerweise ein zweites Mal und wieder und wieder. Es klang tatsächlich wie das Klopfen gegen eine Tür. Es war halb zwei Uhr morgens, und es war Manuel von Tattenbach, der an die Tür von Leanders Zimmer geklopft hatte und nun hereinhuschte. Leander schreckte so abrupt aus seinem Albtraum hoch, dass ihm übel wurde.

»Was ist los, was ist passiert?«, stammelte er.

»Ich habe die Lösung«, flüsterte der Geisterforscher dicht an Leanders Ohr, um Lilian nicht zu wecken.

»Was für eine Lösung?«, fragte Leander und war plötzlich hellwach.

»Mit Yellow Glen ist nicht das Dorf in Mayo gemeint, sondern ein Haus, ein Haus in Dublin.«

»Woher wissen Sie das?«

»Ich weiß es nicht, ich vermute es nur. Viele Häuser in den Städten Irlands haben keine Hausnummern, sondern einen Namen, wenn Sie verstehen, was ich meine. Und mit Yellow Glen verhält es sich ähnlich. Ich bin mir ganz sicher.«

Leander schluckte gegen seine würgende Übelkeit an: »Und wo ist dieses Haus in Dublin?«

»Ich habe keine Ahnung.«

»Verdammt, Manuel, warum kommen Sie dann mitten in der Nacht zu mir? Was soll das?«

»Ich werde das Haus für Sie finden. Lassen Sie Ihr Mobiltelefon morgen an, wenn Sie Ihre Tochter zum Flughafen fahren. Ich werde mich rechtzeitig melden. Gute Nacht.«

Mit diesen Worten verschwand Manuel aus dem Zimmer. Leander war elektrisiert und taumelte zwischen Hoffnung und Zorn auf den sonderbaren Manuel von Tattenbach und dessen unerschütterliches Selbstbewusstsein.

»Schlaf jetzt endlich, Papa«, murmelte Lilian.

Aber Leander konnte keinen Schlaf mehr finden.

21

»Ich will nicht zurück«, klagte Lilian.

»Ja, ich weiß«, tröstete Leander sie.

Seine Tochter saß auf seinem Schoß, hatte sich ganz nah an ihn gekuschelt. Sie fühlte sich klein und leicht an.

Sie waren frühzeitig zum Flughafen gefahren. Dort hatte sich Leander eine Sonderkarte geben lassen, um Lilian bis zum Flugsteig begleiten zu dürfen. Nun saßen sie auf einer der blauen Couches von Gate 16a und hofften, dass die Zeit verging. Das Flugzeug stand bereit, es würde keine Verspätung geben. Ieva war in der Abflughalle zurückgeblieben, wollte dort Kaffee trinken und warten, bis Lilian das Flugzeug bestiegen hatte und bis vielleicht Manuel von Tattenbach mit einer Neuigkeit aus Ballytober House anrief. Und der Anruf kam. Er kam auf Leanders Handy gerade als die Passagiere zum Einsteigen aufgerufen wurden.

»Ich habe es! Yellow Glen ist ein Haus an der Edmondstown Road in Dublin. Das muss irgendwo am südwestlichen Rand der Stadt liegen.«

»Danke, Manuel. Sie sind superklasse.«

»Ich weiß. Dort werden Sie finden, was Sie suchen.«

»Bestimmt?«, fragte Leander sofort wieder zweifelnd.

»Ganz bestimmt!«, sagte Manuel mit seltsamer Entschlossenheit. »Seit Menschengedenken haben zum ersten Mal wieder Banshees in Dublin gesungen, wenn Sie verstehen, was ich meine. Und es war genau dort draußen in einem Vorort, der Edmondstown heißt, genau dort, wo Yellow Glen liegt. Es stand sogar in den Zeitungen.«

»Banshees sind kein gutes Zeichen, nicht wahr?«, fragte Leander der Höflichkeit halber nach.

»Nein. Wo sie singen, dahin kommt der Tod.«

Leander schob Lilian von seinem Schoß und erhob sich.

»Komm schnell!«, sagte er.

»Was ist los?«

»Ich brauch dein Ticket, schnell, komm mit!«

»Aber ich muss einsteigen.«

»Das schaffst du noch.«

Mit Lilian an der Hand rannte Leander die langen Gänge zurück zu den Duty Free Shops, stürmte in den Laden mit den Elektro- und Fotogeräten, griff, ohne sich lange beraten zu lassen, nach der besten Nikon-Autofokus-Kamera, ließ sich eine Batterie einlegen und zehn Diafilme geben. Außerdem verlangte er die Digitalkamera, welche die Verkäuferin als Vorführkamera mit geladenem Akku an der Verkaufstheke liegen hatte, zeigte Lilians Ticket vor und zahlte mit seiner Kreditkarte, die er seit vielen Monaten nicht mehr benutzt hatte. Sofort stürmte er mit seiner Tochter aus dem Laden und wieder die Gänge zurück zum Gate.

»Was ist los?«, fragte Lilian, ohne eine Antwort von Leander zu erhalten.

Sie ließ sich von Leander zum Gate zerren, ließ sich umarmen und küssen und ging als letzter Fluggast die Treppe zum Gate hinunter. Sie drehte sich nicht mehr um. Sie hatte jede Hoffnung fahren lassen, dass sie irgendwann einmal das Wichtigste im Leben ihres Vaters sein würde.

Ieva wartete wie verabredet in einem Schnellrestaurant der Abflughalle.

»Manuel hat angerufen. Es geht los.«

»Sind wir am Ziel?«, fragte Ieva mit schmaler Stimme.

»Jetzt oder nie«, erwiderte er. »Los komm!« Von den Banshees erzählte er nichts.

Er ließ Ieva fahren, dirigierte sie nach dem Stadtplan und machte sich nebenbei mit den beiden Kameras vertraut, wie ein Jäger, der neue ungewohnte Waffen in den Händen wiegt, um sie möglichst schnell zum Teil seines Körpers werden zu lassen. Leander war wie im Fieber. Er fotografierte ohne Film dutzende Male aus dem Fenster. Er verinnerlichte sämtliche Autofokusreaktionen der Nikon, bis sein Bewusstsein sie gespeichert hatte. Dann nahm er sich die Digitalkamera vor. Die Bilder, die er auf ihrem kleinen Kontrollbildschirm wiedergegeben sah, hatten nichts mit ihm zu tun. Alles wirkte fremd und unwirklich. Nichts für ihn. Auf dem kleinen Bildschirm war die Wirklichkeit nur eine flache Simulation. Aber er würde die Kamera benutzen. Er durfte nichts versäumen, nichts dem Zufall überlassen. Er vermisste seine vertraute Kamera-Ausrüstung wie nie zuvor, seine alten, mechanischen, vertrauten Kameras, sein Blitzlichtgerät, dessen Möglichkeiten und optische Effekte er kannte. Ieva fuhr langsam und kontrolliert. Hin und wieder musterte sie den Mann an ihrer Seite mit einem unsicheren, traurigen Blick. Der Mann neben ihr, der ihr gerade erst vertraut geworden war, war ihr plötzlich wieder fremd. Er war in seiner abgeschlossenen monomanen Welt versunken. Während dieser Fahrt zu dem Haus, das Yellow Glen hieß, durchschaute sie Leander durch und durch. Eine Träne lief aus ihrem linken Auge. Und doch war er der Mann, der ihrer aussichtslosen Suche eine neue Wendung gegeben hatte und nicht aufgeben würde, bis er sie zu ihrem Bruder gebracht hatte.

Dreimal fuhren sie langsam die lange Edmondstown Road auf und ab, konnten aber kein Haus finden, das Yellow Glen hieß. Dafür gab es sieben Pubs entlang der Straße. Ieva hielt beim ersten an, ging hinein, um nach Yellow Glen zu fragen, und kam ohne Informationen zurück. Beim nächsten Pub stieg Leander aus, aber auch ihm sagte der Wirt, dass er ein

Haus dieses Namens nicht kannte. Nach dem vierten rief Leander Ballytober House an, aber niemand nahm das Telefon ab. Manuel und die Madam waren wohl im Park. Es war Teestunde. So gingen Leander und Ieva zusammen in den fünften Pub, um dort zu fragen und einen Kaffee zu trinken. Wieder fanden sie sich in einem Raum, der mit einer aufwendig geschnitzten Theke und verspiegelten Flaschenregalen viel zu prunkvoll für seine Lage an einer bedeutungslosen Vorstadtstraße wirkte. Ein alter Mann in einem fleckigen und übergroß an seinem mageren Leib hängenden Trenchcoat war der einzige Gast. Ein Fernseher lief und zeigte ein Ballspiel, bei dem sich zwei Mannschaften mit kurzen massiven Keulen um einen kleinen weißen Ball schlugen. Hurling.

»Yellow Glen?«, fragte der Wirt und schenkte ihnen große Becher voll Kaffee aus der bauchigen Glaskanne einer Kaffeemaschine ein. »Da würde ich nicht hingehen. Was wollt ihr dort?«

Ieva blickte Leander fragend an.

»Ich bin Professor der Völkerkunde an der Universität München«, log Leander. »Ich arbeite an einem Forschungsprojekt über folkloristische Geister im anglo-irischen Raum. Und es heißt, dass in Yellow Glen zum ersten Mal seit Menschengedenken wieder Banshees im Stadtgebiet von Dublin gesungen haben. Das ist bemerkenswert.«

Der Wirt starrte ihn eine Weile zweifelnd an. Er war ein stämmiger, erstaunlich junger Mann mit roten, kurz geschnittenen Haaren.

»Ihr Deutschen seid ziemlich verrückt«, sagte er dann. »Es gibt da einen Mann, der Manuel Ich-weiß-nicht-wie heißt. Das ist auch ein Geisterforscher, ein berühmter Sonderling, den solltet ihr treffen. Der kennt sich aus mit allen Geistern, die es in Irland gibt. Und mit dem Teufel kennt er sich auch aus. Das ist ganz genau der Mann, den ihr treffen solltet, statt hier rumzufragen, wo euch niemand haben will.«

»Wir sind in Kontakt«, sagte Leander. »Aber dieser Mann ist doch nur ein begabter Autodidakt, und ich bin Wissenschaftler, wenn Sie verstehen, was ich meine.«

Der Wirt wiegte unentschlossen den Kopf.

»Wissen Sie, wer der Priester ist?«, fragte er dann.

»Nein. Sollte ich?«

Der Wirt dachte wieder nach, dann gab er sich einen Ruck.

»Wenn ihr 100 Yards die Straße weiterfahrt, seht ihr auf der rechten Seite die Einfahrt zu einem großen modernen Gestüt. Es heißt zwar *The Willows*, ist aber auf dem Land von Yellow Glen gebaut worden.«

»Und was ist Yellow Glen?«

»Eine alte Farm.«

»Und wie komme ich dorthin?«, fragte Leander und rührte gelassen in seinem Kaffee. Er war in seinem Element. Zum ersten Mal fühlte er sich einer Situation so gewachsen, wie es Jurko früher gewesen war.

»Ihr kommt überhaupt nicht dorthin, wenn ihr durch das Tor von *The Willows* fahrt!«

»Sondern?«

Der Wirt riss eine Seite aus einem alten Telefonbuch, das auf der Theke lag. Und mit einem zerkauten Kugelschreiber fertigte er eine grobe Straßenskizze an.

»Wenn ihr 200 Yards zurückfahrt, links abbiegt und dann genau dieser Strecke folgt, kommt ihr über einen Feldweg nach Yellow Glen. Das Haus gibt es noch, aber es wohnt niemand mehr dort. Und passt auf, sonst singen die Banshees für euch zwei. Die Leute von *The Willows* hassen Besucher und verstehen keinen Spaß.«

»Wir wollen aber trotzdem hin.«

»Da habt ihr Glück. Es läuft gerade ein wichtiges Hurling-Spiel«, sagte der Wirt und schob sein Kinn in Richtung des Fernsehers. »Dem werden die Leute von *The Willows* auch zusehen und nicht so wachsam sein. Ihr habt eine dreiviertel Stunde, dann ist das Spiel vorbei.«

»Danke«, nickte Leander. »Sie haben der Wissenschaft einen großen Dienst erwiesen.«

»Ach ja?«, erwiderte der Wirt.

Und dann musterte er Ieva eindringlich.

»Dich kenne ich doch irgendwoher«, sagte er. »Wer bist du? Du bist doch von hier?«

»Sie ist eine meiner Doktorandinnen und spricht leider kein Englisch, sondern nur Französisch«, konterte Leander. »Sie kommt aus Brest und forscht über die Geister der Bretagne, die den irischen ziemlich wesensverwandt sind.«

Das letzte Stück ließ Leander auch wieder Ieva steuern. Sie fuhren die Strecke, die der Wirt ihnen aufgezeichnet hatte, und fanden sich auf eingewachsenen Nebenwegen wieder.

»Paddy ist tot, das glaubst du doch?«, sagte Ieva plötzlich mit flacher Stimme.

»Ja«, nickte Leander und fuhr fort: »Was ist Hurling?«

»Das irische Nationalspiel. So lange es läuft, gibt es eigentlich keinen Mann in Irland, der nicht im Stadion oder vor dem Fernseher ist.«

»Das ist gut. Sehr gut.«

Dann schwiegen sie wieder. Schließlich hielten sie vor einem schmucklosen Tor, das nicht mehr war als eine Barriere aus Stahlrohr zwischen alten rund gemauerten Steinpfosten. Wie aus Trotz parkte Ieva den Wagen direkt davor. Leander nahm seine Kameras zur Hand und nickte Ieva zu. Langsam stiegen sie aus, schoben die Türen des Mercedes leise ins Schloss und blickten sich um. Sie waren allein. Also kletterten sie über das Tor und gingen vorsichtig den überwucherten Hohlweg entlang, der dahinter begann. Die Luft war schwer und süß zwischen den hohen Hecken. Und es war vollkommen still. Nicht einmal ein Vogel sang.

»Wenn sie uns hier erwischen, machen sie uns fertig«, flüsterte Ieva. »Aber ich glaube, das ist mir jetzt ziemlich egal.«

Statt zu antworten, schob Leander mit dem Ellenbogen seine Lederjacke beiseite und zeigte Ieva den Revolver, den er jetzt im Gürtel trug.

Dann endete der Hohlweg an einer Rasenfläche, in deren Mitte ein altes graues Farmhaus stand. Es war symmetrisch gebaut, besaß eine Eingangstür in der Mitte der Front und je ein großes Fenster links und rechts. Das Dach war dunkel bemoost, und an beiden Giebeln ragten Schornsteine auf. Immer noch war es still. Nichts rührte sich. Leander und Ieva zögerten. Bis zum Haus mussten sie über offenes Gelände laufen, und sie wussten nicht, ob sie das wagen konnten. Niemand war zu sehen. Alles wirkte wie ausgestorben. Ieva fuhr sich nervös durch das kurze Haar. Leander spürte Schweiß auf der Stirn. Dann blickten sie sich an, nickten einander zu und liefen los. Es blieb ihnen nichts anderes übrig, sie konnten nur alles riskieren oder umkehren und aufgeben.

Also rannten sie, auf Gedeih oder Verderb. Nichts geschah, nichts regte sich. Die Stille hielt an, als wäre sie durch einen Fluch an diesem Platz gebannt. Die Eingangstür von Yellow Glen war natürlich verschlossen, aber sie hatten nichts anderes erwartet. Sie schlichen zur Rückseite des Hauses. Als sie auch die Hintertür verschlossen fanden, schlug Ieva mit dem Ellenbogen ein Fenster ein, das zur Küche führte. Das Klirren wurde von der Stille verschluckt. Das Fenster war schmal, aber es gelang beiden einzusteigen, ohne sich an den Scherbenresten im Rahmen zu schneiden. Die Küche war komplett eingerichtet, als wäre das Haus immer noch bewohnt. Um einen Tisch mit gelber Plastikdecke standen vier billige Holzstühle. Im Küchenschrank gab es Geschirr und Besteck. Ein Wasserkessel stand auf dem Kohleherd. Nur die Wanduhr, die um halb zehn stehen geblieben war, und ein religiöser Wandkalender aus dem Jahr 1988 zeigte, dass Yellow Glen tatsächlich seit langem nicht mehr bewohnt war. An einem kleinen Regal neben dem Herd hingen fünf bunte Teetassen an ihrem Henkel. Und plötzlich sträubten sich Leander die Nackenhaare. Er erkannte die Tassen, denn er würde sie nie mehr in seinem Leben vergessen. Blaue Tassen mit einem Dekor aus weißen Blumen, wie die, aus der er mit dem Priester vor drei Nächten Tee getrunken hatte.

»Verdammt, verdammt. Das darf doch nicht wahr sein«, fluchte er flüsternd.

»Ja, ich weiß«, sagte Ieva und starrte die Tassen ebenso an wie Leander. »Darum haben die Mistkerle so gelacht.«

Als sie aus der Küche in den angrenzenden Raum traten, war es ohne jeden Zweifel klar: Sie standen in dem Zimmer, in dem sie dem Priester begegnet waren.

»Ich fasse es nicht«, murmelte Ieva. »Ich fasse es einfach nicht.«

Leanders Körper begann zu zittern, so sehr erinnerten sich alle Nerven, alle Zellen an diese irre Nacht. Er stand wie angewurzelt neben Ieva. Die Zeit verrann, aber Leander konnte sich zu keiner Bewegung aufraffen.

»Warum bist du nach dieser Nacht noch bei mir?«, flüsterte er.

»Wie meinst du das?«, gab Ieva irritiert zurück.

»Es war so erbärmlich. Ich habe gezittert wie ein Angsthase. Der Priester hat mich erniedrigt, vor allen Männern im Raum, vor dir, und er hat es mit Absicht getan. Und es war ein Kinderspiel für ihn.«

»Na und?«

»Das hat noch nie jemand mit mir gemacht.«

»Hör auf damit, Leander!«, zischte Ieva. »Ich habe dir in die Augen geschaut, und in denen war keine Angst. Ist es das, was du hören willst? Dein Körper hat gezittert, aber deine Augen waren ruhig und mutig, klar und zu allem entschlossen. Wegen dieses Blickes in deinen Augen bin ich bei dir. Und jetzt hör auf mit dem Gerede und lass uns das hier zu Ende bringen.«

Im großen, einfach möblierten Wohnraum des Hauses fanden sie nichts, was in irgendeiner Weise auf die Anwesenheit von Ievas Bruder oder Susan Atkins schließen ließ. Auffallend war nur die in der Küche und im Essraum penible Ordnung, die auch in diesem Zimmer herrschte. Die Stille im Haus drang mit zermürbender Dichte auf sie ein. Es war keine normale Stille, sie fühlte sich so erdrückend schwer an. Die Stille in dem Haus war von ganz besonderer Art. Es war die Stille des Todes. Das Haus war erfüllt von Totenstille.

Langsam und geräuschlos stiegen Leander und Ieva die Treppe hinauf in das obere Stockwerk. Dort gab es vier Türen. Zwei führten in kleine Schlafzimmer, die geblümte Tapeten besaßen und nur mit einem schmalen Bett, einem Stuhl und einem Schrank möbliert waren. Eine Tür mit Glaseinsätzen führte in ein karges Badezimmer. Die vierte Tür aber war verschlossen. Der Schlüssel fehlte. Leander und Ieva standen vor dieser verschlossenen Tür und wussten instinktiv, dass sie am Ende ihrer Suche angekommen waren. Hinter dieser Tür würden sie Padraigh Bridged Maloney finden, und nicht nur irgendeine Spur von ihm. Sie würden ihn finden, und er würde tot sein. Ieva lehnte die Stirn an die Tür.

»O Paddy, Paddy«, stöhnte sie.

Leander stand unentschlossen neben ihr.

»Bitte, lass uns gehen«, flüsterte Ieva, ohne Leander anzublicken. »Lass uns einfach gehen. Jetzt. Jetzt gleich.«

Leander strich sich übers Gesicht. Er kannte diesen Moment der Entscheidung, der nur einige wenige Sekunden dauerte, in dem man die Wahl hat, zu handeln oder zurückzuweichen. Er spürte das Gewicht der Nikon-Kamera, die er am Riemen über der Schulter trug, er spürte die kleine Digitalkamera in der Tasche seiner Lederjacke, er spürte die Waffe in seinem Gürtel, und das war gut so.

»Ich werde hineingehen«, sagte er, obwohl er nicht wusste, wie er die Türe öffnen sollte, ohne verräterischen Lärm zu machen.

Lange Sekunden trieben durch den stillen Flur des Hauses. Plötzlich sprach Ieva mit einer Stimme, die so heiser war, dass Leander sie nicht verstand.

»Die alten Schlösser in Irland sind nicht besonders gut«, wiederholte Ieva. »Oft passen Schlüssel von anderen Türen.« Sofort eilte Leander durch das Haus, zog alle Schlüssel, die er finden konnte, aus ihren Schlössern und lief zurück zu Ieva. Sie stand noch immer mit der Stirn an die Tür gelehnt und murmelte vor sich hin. Es schien, als würde sie beten. Und sie bewegte sich auch nicht, als Leander den ersten, den zweiten und den dritten der Schlüssel probierte. Keiner passte auf Anhieb. Aber bei einem spürte Leander einen besonderen Widerstand. Also drehte er diesen im Schloss um und um, schob und zog ihn und drehte ihn ganz vorsichtig noch einmal. Das Schloss schnappte auf. Er nahm Ievas Hand, sie richtete sich auf und zog die Luft mit einem Seufzer ein, als habe sie seit Stunden nicht mehr geatmet. Leander drehte den Türknopf um und schob die Tür auf.

Der Raum war dunkel und roch in einer Art und Weise, wie Leander es noch niemals zuvor erlebt hatte. Es roch nach süßer Seife und verschimmelten Äpfeln, nach Moor und schlechtem Atem, nach Tang und nach Bienenhonig. Der Geruch war verführerisch und Ekel erregend gleichzeitig. Ievas

Finger krallten sich in Leanders Hand. Und doch war sie es, die den ersten Schritt in den Raum tat. Vor den Fenstern waren die hölzernen Läden geschlossen. Hand in Hand mit Ieva ging er zum Fenster, legte den Riegel um und schob die Holzflügel auseinander. Für eine Sekunde blickte er auf die Wiesen und die weißen Zäune eines reichen, wohl geführten Gestüts. Dann drehte er sich gleichzeitig mit Ieva um. Was sie sahen, war so fantastisch, dass Leander die Nikon sofort ans Auge hob, weil er die Szene nur geschützt vom Objektiv eines Fotoapparates ertragen konnte.

Der Raum war verschwenderisch geschmückt wie das Liebesnest eines Prinzenpaares aus einem orientalischen Märchen. Seidene Saris, mit funkelnden Steinen bestickte Tücher und Schleier hingen an den Wänden, fältelten sich von der Decke herab und waren kunstvoll um Fenster und Tür drapiert. Mannshohe Kerzenleuchter mit heruntergebrannten Kerzenstümpfen und langen Bärten aus bleichem Wachs standen neben dem einzigen Möbelstück, einem mächtigen Bett, einem Bett mit schmiedeeisernen Kopf- und Fußteilen. In diesem riesigen Bett, umgeben von zerknüllten weißen Satindecken, lagen eng aneinandergeschmiegt zwei entstellte Körper. Ihre Gesichter waren halb verwest und mumifiziert. Sie zeigten beide das gleiche ledrige, lippenlose, bleichzähnige Grinsen des Todes. Und doch war klar, dass es ein Mann und eine Frau waren, die dort lagen. Eine hellblonde Mumie, die einmal Susan Atkins gewesen war, das lebenshungrige Mädchen von der einsamen Insel Dursey. Und Padraigh Bridged Maloney, der zornige Star der »Fucked up Saints«.

Sofort trat Leander näher zu den beiden und fotografierte die Gesichter. Erst dann tastete er durch den Sucher das ganze Bett ab, um die Todesursache zu finden. So entdeckte er die Stahlkette, mit der Padraighs linke Hand an Susan Atkins' rechte Hand gekettet worden war. Die Kette lief durch das eiserne Kopfteil des Bettes, sodass die beiden das Bett nicht verlassen konnten. Sie waren an ihr Liebeslager gekettet worden, unlösbar zum Liegen Arm in Arm verdammt, und so waren sie gestorben. Leander zog die weiße Satindecke über den eingesunkenen Körpern zurück. Der Geruch nach Honig, Moor und Tod wurde betäubend stark und raubte Leander für Momente die Sinne. Er konnte keine Verletzung finden. Aber er wusste, dass man die beiden nicht durch einen Schuss oder Stiche mit einem Messer gnädig erlöst hatte. Man hatte sie verhungern oder verdursten lassen. Es war eine Strafe, die in die grausame, archaische Welt der irischen Gangster passte. Alles, was Leander als Beweis noch brauchte, war ein Foto mit den berühmten Tätowierungen am Arm von Paddy the Saint. Er streifte den Ärmel von dem angeketteten Arm, und da erst bemerkte er den Gipsverband, den der tote Padraigh am Unterarm trug. Große Mengen von Blut mussten aus dem Gips geflossen sein, denn der Verband war in rostroten Flecken mit dem Betttuch verklebt. Während Leander jedes Detail fotografierte, wurde ihm klar, was das bedeutete: Padraigh Bridged Maloney hatte in seiner Verzweiflung versucht, sich die angekettete Hand vom Arm zu beißen, um auf diese Weise sich und Susan zu befreien. Aber jemand hatte das zu früh bemerkt, hatte ihm den Gipsverband über die Wunde gelegt und diesen Plan vereitelt. Wahrscheinlich war es der Priester selbst gewesen, der regelmäßig in das Zimmer gekommen war, um seiner untreuen Geliebten und seinem Nebenbuhler beim Sterben zuzusehen. Der Film war abgeknipst.

Mit routinierter Behändigkeit wechselte er die Rollen, nahm als Nächstes aber die Digitalkamera, um zur Sicherheit auch damit Fotos zu machen. Digitale Fotos muss man nicht in einem Labor entwickeln lassen. Sie waren bestes Geheimmaterial. Auf dem kleinen Bildschirm zeichnete sich das

Todesbett und der Raum künstlich ab. Doch in diese leblose Szene kam plötzlich Bewegung. Ieva trat neben das Bett und strich Susan über das strohtrockene knisternde blonde Haar. Leander hatte Ieva völlig vergessen. Er hatte keine Ahnung, was sie getan hatte, während er die Fotos am Bett gemacht hatte. Doch jetzt strich sie der toten Susan mit einer zarten, unendlich liebevollen Geste über das Haar, als könnte sie so noch Trost oder Linderung spenden. Dann ging sie um das Bett und kniete sich zu ihren toten Bruder. Sie griff nach seinem Kopf und drehte sein ledrig verzerrtes Gesicht zu sich. Mit einem knarrenden Geräusch riss seine vertrocknete Haut am Hals knapp oberhalb des Schlüsselbeins ein, aber Ieva schien es nicht zu bemerken. Sie zog den Kopf ihres Bruders an sich und löste ihn damit fast vollständig vom Rumpf. Dann strich sie mit den Händen behutsam über die schwarz verdorrten Augen und küsste ihren toten Bruder zärtlich auf die Stirn. Leander fotografierte lautlos. Bild für Bild hielt er die gespenstische Szene fest.

Irgendwann erhob sich Ieva. »Hast du Streichhölzer?«, fragte sie ihn.

Ihr Gesicht war weiß. Alles Blut war so vollständig aus ihrem Gesicht gewichen, dass sie einen Augenblick aussah, als hätte sie nach dem Kuss auf die verdorrte Stirn ihres Bruders keine Lippen mehr.

»In der Küche sind bestimmt welche«, erwiderte Leander mechanisch.

Ieva verließ den Raum. Leander nutzte die Gelegenheit, um noch einmal mit der Nikon Fotos zu machen. Die beiden Liebenden waren den grausamsten aller Tode gestorben, nicht allein für sich, allein mit den Qualen des Durstes und des Hungers, nicht allein gelassen mit der Angst und dem langsamen Eintrüben der Gedanken und Empfindungen. Sie waren langsam gestorben und hatten jeden Moment, jeden einzelnen fürchterlichen Augenblick, einander beim Sterben zusehen müssen. Immer wieder war der Priester zu ihnen gekommen, um sie zu betrachten, ihr Verderben, ihre Qualen, ihr Ende. Hatten sich Paddy und Susan lieben können bis zuletzt, aneinandergeschmiedet bis zum letzten Atemzug? Was hatten sie gesprochen? Wann hatten sie sich zum letzten Mal geküsst? Wann zum letzten Mal gestreichelt? Oder hatten sie begonnen, einander zu hassen, je schlimmer der Durst sie folterte? Was waren ihre letzten Worte gewesen? Wer von beiden war zuerst gestorben? Und in welche Hölle der Einsamkeit war der Überlebende gestürzt, bis es endlich auch mit ihm zu Ende ging? Leander machte jede dieser Fragen zu einem gestochen scharfen, schrecklichen, anklagenden Bild. Durch den Sucher der Kamera bemerkte er die schweren Glaspokale mit einem dunklen Bodensatz, die neben dem Bett am Boden standen. Man hatte Paddy the Saint und Susan Atkins gar nicht schnell verdursten lassen. Man hatte sie tagelang, wochenlang ausschließlich mit teurem Rotwein bewirtet, bis sie schließlich verhungert waren.

Es dauerte eine Weile, bis Ieva zurückkehrte. Dann aber riss sie ohne zu zögern das erste Streichholz an und hielt es an das Bettzeug. Sie brauchte noch drei weitere Zündhölzer, dann züngelte die erste Flamme hoch. Danach legte sie Feuer an den Vorhängen und den Schleiern. Und die waren so trocken, dass sofort Flammen hochpufften und sich mit unglaublicher Geschwindigkeit ausbreiteten. Das Bett begann erst richtig zu brennen, als Ieva die langen Bärte aus Kerzenwachs von den Leuchtern brach und in die zögernden Flammen warf. Leander fotografierte. Obwohl der halbe Raum bereits von hellgelbem Feuer durchleckt wurde, wollte Ieva noch nicht gehen. Die Hitze rollte in Wellen gegen sie an, Rauch wirbelte. Plötzlich gab es ein Aufrauschen der Flammen um das Bett, brennende Laken wölbten sich auf und für

Sekunden verschwanden Padraigh Bridged Maloney und seine Geliebte in einer Feuerwand, die blendend grell bis zur Zimmerdecke hochschlug. Leander prallte zurück, und auch Ieva wich zur Tür aus. Eine Bewegung entstand im Bett. Es sah aus, als würde sich in dem Getümmel der Flammen der tote Padraigh Bridged Maloney mit seinem halb abgerissenen Kopf ganz langsam aufrichten, die freie Hand heben und seiner Schwester zuwinken.

»Paddy!!!«, schrie Ieva schrill.

In diesem Moment platzten die Scheiben des Fensters und stoben ins Freie.

»Los, weg hier, nichts wie raus!«, brüllte Leander in das aufwirbelnde Inferno. Aber statt mit ihm aus dem Zimmer und aus dem Haus zu laufen, ging Ieva von Raum zu Raum. Da erst bemerkte Leander, dass sie überall im Haus Papier- und Stoffhaufen vorbereitet hatte und nun systematisch jeden einzelnen Raum des Hauses anzündete. Erst dann ließ sie sich von Leander durch das eingeschlagene Küchenfenster und über die freie Wiese zum Wagen zurückzerren.

»Eines verstehe ich nicht«, sagte Ieva, als sie wieder in die Edmondstown Road einbogen. Ihre Stimme klang so normal, dass Leander die Haare zu Berge standen. »Ich verstehe nicht, wie Paddy Geld in Deutschland abheben und gleichzeitig in Irland verhungern konnte.«

Ieva stand unter totalem Schock.

22

»Hallo William. Ich muss den Priester sprechen. Haben Sie seine Telefonnummer?«, sagte Leander in sein Handy. »Ich brauche ihn nur noch einmal, dann bekommst du Material von mir, das ausreicht, um ihn abzuschießen.«

Der Crimereporter am anderen Ende der Leitung atmete einmal zufrieden durch.

»Das heißt, du hast Paddy the Saint gefunden?«
»Nein, aber das ist egal«, log Leander.
»Und was ist das für Material?«
»Eine Daten-CD mit Dokumenten von einer Menge Geschäftstransaktionen des Priesters.«
»Wann bekomme ich sie?«
»Bald, morgen vielleicht schon, aber ich muss vorher dem Priester noch etwas sagen.«
»Okay, okay, Lee«, sagte der Reporter. »Versuch die 0872 und dann die 376619. Aber vermassel das Ding nicht.«
»Keine Sorge!«

Leander unterbrach die Verbindung. Er saß auf der Düne, die Lilian »Balkon« getauft hatte, und blickte über das Meer. Der Himmel war grau, und die Welt so stumpf wie mit Salpetersäure bearbeitet. Möwen ließen sich am Wellensaum nieder, gerieten in Streit, stoben nervös kreischend wieder hoch, nur um sich etwas weiter abseits wieder niederzulassen. Leander hatte alles erreicht, was er wollte. Er hatte das Unmögliche geschafft. Er hatte das Schicksal des Padraigh Bridged Maloney geklärt, hatte das geschafft, woran Polizisten, fanatische Fans und Privatdetektive gescheitert waren.

Aber alle seine Gefühle waren in ihm abgestorben. Seine Seele war leer. Er hatte wochenlang diesen Erfolg so sehr herbeigesehnt und immer wieder mit aller Intensität beschworen, dass nun, da alles eingetroffen war, alle Gefühle verbraucht schienen und keines mehr übrig blieb, um die Wirklichkeit genießen zu können. Außerdem hatte Leander niemanden, mit dem er seinen Triumph auskosten konnte. Denn Ieva war wieder verschwunden.

Sie hatte noch auf der Fahrt zurück ins Stadtzentrum von Dublin an einer Ampel einfach die Tür aufgerissen, war ausgestiegen und die Straße entlanggelaufen und in einer Seitengasse verschwunden. Das war vor zwei Tagen gewesen. Seitdem hatte er nichts mehr von ihr gehört. Ihre Kleidungsstücke in der Gästesuite von Ballytober House lagen herum wie eine duftende Erinnerung an eine verlorene Zeit, wie eine gebrochene Verheißung. Leander konnte den Raum ohne Ieva nicht ertragen. Mehrmals hatte er bei ihr angerufen, aber immer war nur die Voicebox geschaltet. Auch ihre Eltern in Borris wussten nicht, wo sie war. Niemand hatte sie gesehen. Es war zum Verrücktwerden. Nie blieb diese Frau bei ihm. Sie kam und ging, sie tauchte auf und tauchte wieder unter, als hätte es sie nie gegeben. Sie machte ihn fertig damit.

Leanders Leben war erfüllt von Leere. Darum wickelte er den Fall des Padraigh Bridged Maloney völlig emotionslos ab, wie ein Verwaltungsbeamter, der eine Checkliste Punkt für Punkt abhakt. Er tippte die Nummer, die William Pauling ihm gegeben hatte, in sein Handy und wartete. Ein Signal schlug an.

»Ja«, sagte eine Männerstimme.

»Ich bin der deutsche Spinner. Ich war gestern in Yellow Glen. Ich habe Paddy the Saint gefunden. Ich habe Fotos. Ich kann beweisen, dass der Priester der Mörder ist. Ich will mein Geld, wie wir es vereinbart haben.«

Schweigen.

»Hallo?«, fragte Leander nach.

»Moment«, sagte die Stimme.

Und dann fuhr sie fort:

»Morgen, drei Uhr nachmittags. St. Stephen's Green. Am Musikpavillon.«

Damit wurde die Verbindung unterbrochen. Ort und Zeitpunkt klangen nicht nach einem Hinterhalt. Leander würde pünktlich sein. Er wählte noch einmal die Nummer des Crime-Reporters.

»Morgen bekommst du das Material. St. Stephen's Green, am Musikpavillon, halb vier Uhr.«

Eine einzelne Gestalt kam von Ballytober House über den Strand heran. Je näher sie kam, umso mehr Einzelheiten konnte Leander erkennen. Es war ein Mann in dunkelblauem Anzug. Er ging mit Schritten, die nicht an ein Gehen im Sand eines Strandes gewohnt waren. Vielleicht trug er aber auch nur besonders teure Schuhe, die er im Sand nicht zerkratzen wollte. Dieser Mann blickte zur Düne auf und kam zielstrebig auf Leander zu. Eine Gefahr schien nicht von ihm auszugehen. Er sah nicht aus wie ein Hitman. Aber was wollte er dann? Der Mann hob die Hand zum Gruß. Leander stand auf und lief die Düne hinunter. Der Mann stellte sich förmlich vor: »Ich bin David Murray, Rechtsanwalt. Ich vertrete die »Fucked up Saints« in der Angelegenheit Padraigh Bridged Maloney.«

»Sie hätten sich den Weg sparen können. Ich tue und lasse doch nur das, was ich will. Niemand kann mich kaufen.«

Der Anwalt räusperte sich.

»Darum geht es doch gar nicht. Miss Maloney hat gestern Nachmittag beim Management der Saints angerufen und behauptet, sie habe ihren Bruder gefunden, er sei tot und Sie hätten Bildbeweise dafür. Ich wurde beauftragt, den Wahrheitsgehalt dieser Behauptung zu überprüfen.«

»Na dann los. Aber dann müssen wir wieder zum Ballytober House zurückgehen. Ich hoffe, Ihre Schuhe nehmen keinen Schaden dabei.« Leander lächelte böse und freute sich, dass er zumindest diese kleine Bösartigkeit spüren konnte.

Sie fanden Manuel von Tattenbach in seinem Zimmer. Er hatte einen Stadtplan von Dublin und eine Landkarte von Irland auf dem Boden ausgebreitet und mit einem langen Lineal farbige Linien und Gitternetze über die Pläne gezeichnet. Leander wusste, dass er alle bisher bekannten Todespunkte mit Yellow Glen verknüpfte. Er hatte gleich nach seiner Rückkehr die Bilddaten aus der Digitalkamera auf Manuels Laptop geladen, die belichteten Filmrollen dagegen hatte er nicht zum Entwickeln gegeben, sondern in seinem Zimmer versteckt. Als er der Madam und Manuel zum ersten Mal die Fotos der mumifizierten Leiche von Paddy the Saint auf dem Bildschirm gezeigt hatte, reagierten sie völlig verschieden.

»O mein Gott«, hatte die Madam zuerst gestammelt. Doch als sie sich wieder gefasst hatte, fuhr sie fort: »Er muss einen einsamen Tod gestorben sein. Niemand war da, der ihm die Augen geschlossen hat. Und wie seltsam. Er sieht im Tod so schrecklich aus, wie die Musik geklungen hat, die er im Leben gemacht hat. Sein Gesicht würde sehr gut in eines dieser Videostücke passen, die heute zu der modernen Musik gedreht werden. Er hat nach den Werten seiner Welt gelebt und sein Schicksal erfüllt.«

Damit erhob sich die Madam und verließ ohne ein weiteres Wort den Raum. Sie hatte ohne erkennbares Mitgefühl gesprochen. Sie mochte die Musik der »Fucked up Saints« nicht, und sie konnte Paddy the Saint nicht unabhängig davon mögen. Am Abend aber hatte sie für den toten Musiker und seine Geliebte am Fenster ihres Zimmers zwei Kerzen angezündet und sie die ganze Nacht brennen lassen.

Manuel dagegen war begeistert gewesen: »Wer so stirbt, erzeugt ein unglaublich starkes Feld des Todes. Yellow Glen könnte ein außerordentlicher Spukort werden. Das muss beobachtet werden. Die letzte dokumentierte Neubildung liegt fast fünfzig Jahre zurück. Was für eine einmalige Gelegenheit. Ich möchte, dass Sie mich so bald wie möglich nach Yellow Glen fahren, Leander.«

Und jetzt saß Leander mit dem Rechtsanwalt der Saints vor dem Laptop des Geisterforschers und wartete darauf, dass das erste Bild geladen wurde.

»O mein Gott«, stammelte auch der Anwalt erschüttert. »Klicken Sie das Bild weg. Schnell!«

Erst nach einem Glas Whiskey war er wieder so weit gefasst, dass er Leander eine vorgefertigte schriftliche Vereinbarung mit den »Fucked up Saints« vorlegen konnte. Darin hieß es, dass Ieva Maloney und Leander je 250 000 Euro erhielten, wenn sie alles Bildmaterial von dem toten Padraigh Bridged Maloney dem Anwalt aushändigten oder das Material vor seinen Augen zerstörten. Sollten sie Material der Presse zukommen lassen oder anderweitig verwenden, drohte ihnen eine Strafe von jeweils zweieinhalb Millionen Euro. Also ging Leander mit dem Anwalt noch einmal zu Manuel, ließ die CD mit den Bilddaten auswerfen, zerbrach sie vor den Augen des Mannes und löschte danach die Datei in Manuels Laptop und in der Digitalkamera. Danach unterschrieb er den Vertrag, und der Anwalt entnahm seiner teuren schwarzen Aktentasche zwei dicke Kuverts. Die Saints belieben also, in bar zu bezahlen, dachte Leander. Wahrscheinlich war es Schwarzgeld, das wieder in Umlauf gebracht werden musste. Auf dem einen Päckchen stand nur »Maloney« und auf dem anderen »the German«. Die knappe Aufschrift wirkte wie eine hingeworfene Beleidigung.

»Ich weiß aber nicht, wo Ieva ist«, wandte Leander ein.

»Miss Maloney hat signalisiert, dass sie an dem Geld nicht interessiert ist. Soll ich es wieder mitnehmen?«

Leander griff nach beiden Kuverts. Mit einer einzigen Handbewegung war er um eine halbe Million Euro reicher geworden, ohne sich dafür verkauft zu haben. Er hatte von den Fotodaten drei Kopien auf CDs gebrannt. Eine lag in seinem Zimmer versteckt, die beiden anderen waren bereits in zwei verschiedenen Umschlägen an seinen Namen als postlagernde Sendungen in seine Stadt unterwegs. Der Anwalt verabschiedete sich, ohne sich danach erkundigt zu haben, auf welche Weise Paddy the Saint so schrecklich zu Tode gekommen war. Es war wohl für ihn und seine Auftraggeber nicht von Interesse.

Der Versuch, am nächsten Morgen mit Manuel von Tattenbach zu Yellow Glen zu gelangen, scheiterte. Das Tor am Hohlweg wurde von zwei Männern bewacht, die sie mit Beschimpfungen und Drohungen verjagten. Aber Manuel wirkte keineswegs enttäuscht oder eingeschüchtert. Er ließ Leander zu dem Pub fahren, dessen Wirt ihnen drei Tage zuvor den Weg zum Tor verraten hatte, und stieg dort aus.

»Holen Sie mich hier um sechs Uhr wieder ab«, befahl er. So saß Leander bereits zur Mittagsstunde auf einer Bank am Musikpavillon von St. Stephen's Green. Er hatte sich ein Sandwich mit Curry-Chicken und eine Flasche Rotwein gekauft und versuchte, sich zu feiern. Menschen kamen und gingen, er aber war allein. Er aß und trank, aber das half ihm nicht viel. Ieva fehlte ihm. Die Frau, die zuerst nur eine Radiostimme und der Klang tiefer Verzweiflung für ihn gewesen war, die dann zu einer Persönlichkeit, zu Gefühlen und zu einem Körper, einem wunderbaren, leidenschaftlichen Körper geworden war. Er fühlte sich von ihr verlassen und verraten. Sie hatte alles mit ihm durchgestanden, und jetzt ließ sie ihn nicht wissen, wie es ihr ging. Sie ließ nicht zu, dass er mit ihr reden konnte. In seinem Kopf rotierten und wirbelten die Bilder aus Yellow Glen. Sie vergifteten ihn. Leander war nicht zimperlich, schon sein Beruf hatte das verhindert, aber diese Bilder, diese in so vielen grausamen Einzelheiten ungeklärte Geschichte vom Sterben des verhungerten Liebespaares stellte eine Last dar, die Leander allein nur schwer zu tragen vermochte. Einmal kam ein kleines Mädchen mit unsicheren Schritten zu ihm und wollte ihm eine Blume schenken. Doch als er hochblickte und versuchte, ein Lächeln zustande zu bringen, lief es erschreckt davon und suchte Schutz bei seiner Mutter.

Fast unmerklich war es drei Uhr geworden. Ein Mann näherte sich ihm zielstrebig, blieb vor Leander stehen, warf ihm wortlos zwei dicke Kuverts in den Schoß und ging weiter. Auf dem einen Kuvert stand »Maloney« und auf dem anderen »the German«. Wie sich doch die Welt des Musikmanagements und des Verbrechens glichen. Der Priester war nicht selber gekommen, um seine Niederlage einzugestehen und um in aller Form anzuerkennen, dass er Leander unterschätzt hatte. Der Priester ließ ihn nur von einem Handlanger auszahlen. Er hätte ihn auch ohrfeigen lassen können. Leander steckte die Kuverts ein. Wie aberwitzig das Leben doch war. Jurko hatte sich umgebracht, weil er finanziell am Ende war. Und nun warf nur wenige Wochen später das Leben mit geradezu aberwitziger Gleichgültigkeit mit hunderttausenden von Euro um sich. Doch das Geld war zu spät gekommen. Leander trug zu viel Geld zum falschen Zeitpunkt bei sich.

William Pauling war grau, abgehetzt und in Eile wie immer.

»Hi. Wo ist die CD?«, fragte er ohne Umschweife.

Leander reichte sie ihm.

»Ist sie heiß? Und woher hast du sie? Wer hat sie dir gegeben?«

»Ist nicht wichtig«, wehrte Leander ab. Plötzlich fixierte ihn der Crime-Reporter. Alles Gehetzte fiel von ihm ab, und er war aufs Höchste konzentriert.

»Du hast Paddy the Saint gefunden, sonst würdest du mir den Priester nicht ans Messer liefern. Habe ich Recht?«

»Nein«, log Leander.

»Ich weiß es genau, du hast Paddy gefunden, aber irgendetwas ist schief gegangen. Oder er hat dich überredet, sein Geheimnis zu wahren. Los, erzähl, was ist passiert?«

»Ieva wollte nicht mehr weitermachen. Ich konnte wählen zwischen ihr und Paddy. Da hab ich sie genommen. Sie ist eine tolle Frau. Sie ist es wert.«

»Würde das stimmen, wäre sie hier bei dir. Aber Ieva ist nicht da, und du hast die depressive Aura eines verlassenen Mannes. Lüg mich nicht an, Lee. Alles ist ganz anders gelaufen. Du hast Paddy gefunden, du hast bekommen, was du wolltest. Stimmt doch. Und jetzt bist du fertig mit der Sache.«

»Stimmt nicht«, log Leander beharrlich.

»Lee, sei nicht blöd. Der *Mirror* mag nur ein unbedeutendes Revolverblatt am Rand von Europa sein, aber wir haben auch Geld. Wir zahlen gut, verdammt gut sogar, wenn du uns die Paddy-Geschichte bringst.«

»Ich habe keine Geschichte«, wehrte Leander ab.

»Du verdammter Dickschädel, dann muss ich es selber herausfinden und noch reicher und noch berühmter werden mit der Story. Die Sache mit Paddy the Saint ist eine Welt-News, das ist dir doch klar. Wer sie hat, wird weltbekannt und selbst zum Star.«

Leander zuckte dazu nur mit den Schultern. Der Reporter stand auf: »Okay, okay, du hast es so gewollt. Aber danke für die CD. Ich hoffe, das Material ist gut.«

Damit eilte er fort, doch dann zögerte er kurz, kehrte um und trat noch einmal zu Leander.

»Wenn wir den Priester hochgehen lassen, möchtest du dann dabei sein?«

»Ja!«, sagte Leander.

Leander stand auf und ging mit müden Bewegungen durch den Park und zu dem Parkplatz, wo er den Mercedes abgestellt hatte. Es war noch früh am Nachmittag, aber er hatte nichts mehr zu tun. Also fuhr er langsam hinaus zu dem Pub, wo er Manuel abholen sollte. Manuel erwartete ihn schon. Er saß an der Theke, rauchte seine Zigarillos, unterhielt sich mit dem Wirt und trank Irish Coffee. Der alte Mann mit dem zu großen Trenchcoat saß immer noch an seinem Platz, als habe er in den vergangenen Tagen den Pub nicht verlassen. Im Fernseher lief eine Quizshow ohne Ton.

»Na, da kommt ja der andere Geisterforscher«, grüßte der Wirt. »Ich hätte nie gedacht, dass du echt bist. Wo ist deine sexy Doktorandin?«

»Wieder in Frankreich.«

Manuel bestellte einen weiteren Irish Coffee.

»Und? Waren Sie bei Yellow Glen?«, fragte Leander neugierig.

»Yellow Glen gibt es nicht mehr«, erklärte Manuel ruhig.

Leander starrte ihn erstaunt an.

»Wo früher einmal das Farmhaus von Yellow Glen gestanden hat, ist heute eine Pferdekoppel. Nur in der Mitte gibt es einen kleinen Hügel.«

»Das verstehe ich nicht. Vor drei Tagen war da noch ein Haus. Ich habe es doch selbst mit Ieva angezündet. Es muss doch noch die Ruinen geben.«

»Nein, es ist so, wie ich gesagt habe. Es gibt nur eine Pferdekoppel mit Gras. Sonst nichts.«

»Aber wie ist das möglich?«

»Der Wirt hat es mir erklärt. Vorgestern Morgen kam ein Bulldozer nach The Willows. Mittags sind drei LKWs mit guter schwarzer Erde eingetroffen und am Nachmittag der Lastwagen einer Firma, die Fertigrasen verlegt. Yellow Glen war das Geburtshaus des Priesters, dort ist er aufgewachsen. Nachdem Sie das Haus mit Ieva niedergebrannt haben, hat er die Ruinen dem Erdboden gleichgemacht, hat Erde darüber aufgeschüttet und Rasen verlegt. Er hat Yellow Glen einfach verschwinden lassen, und mit ihm alle Spuren. Jetzt ist da nichts mehr als ein Hügel. Und wenn das Gras festgewachsen ist, werden dort die Pferde des Priesters weiden.«

»Ganz schön wahnsinnig«, murmelte Leander und griff nach dem Glas mit dem Irish Coffee, das der Wirt vor ihn hingestellt hatte.

Er schlürfte das heiße, whiskeyscharfe Getränk durch die kühle Sahnehaube und spürte zum ersten Mal die ganze wohltuende Kraft, die diesem Getränk innewohnte. Wie alles, was in Irland mit Whiskey zu tun hatte, war auch dieser Kaffee Medizin für Körper und Seele.

»Es beweist nur, dass der Priester ebenso viel Geld wie Tatkraft besitzt«, sagte Manuel. »Trotzdem wird er damit nicht verhindern können, dass Yellow Glen ein neuer Todespunkt wird.«

Danach ließen sie den Wirt den Fernseher lauter stellen und sahen sich eine halbe Stunde lang die Talkshow an, bevor sie zum Ballytober House aufbrachen.

23

Der Anruf von William Pauling kam drei Tage später, kurz nach dem Abendessen, während Leander neben der Madam und Manuel am Kamin saß und Wein trank. Draußen fiel ein stiller, fast nebelfeiner Regen. Das Feuer im Kamin tat gut. Da sagte die Madam: »Ach übrigens, Leander, haben Sie bei all Ihren Abenteuern bemerkt, dass unsere Zeit in Irland bald um ist? Wir werden heute in einer Woche zurückfliegen.«

Wie merkwürdig, dachte Leander, dass wir während der vielen Wochen, die wir nun schon zusammen hier sind, nie darüber gesprochen haben, wann genau die Zeit zu Ende gehen soll. In diesem Moment kam der Anruf.

»Morgen früh geht es los, deine CD war der Knaller, wir haben mehr als genug Material, um den Priester umzuhauen«, erklang die Stimme des Crime-Reporters. »Sei morgen früh um fünf auf der O'Connell Bridge. Ich werde dich abholen. Ich habe auch Ieva Bescheid gesagt.«

»Hast du sie gesprochen?«, entfuhr es Leander.

»Nein. Ich habe nur eine Nachricht auf ihrer Voicebox hinterlassen.«

Immer noch war Ieva wie vom Erdboden verschluckt. Leander hatte sich damit abgefunden, dass diese Frau kam und ging, wie es ihr passte, und niemals länger blieb. Paddys Schwester hatte nie aufgehört, eine gehetzte Seele zu sein. Sie war wie gefangen in ihrer zerstörten Welt. Und ob er ihr noch einmal begegnen sollte, war völlig ungewiss.

»Ich werde morgen mit Ihnen nach Dublin kommen«, drangen Manuels Worte in Leanders Gedanken.

»Warum? Wollen Sie auch die Verhaftung des Priesters miterleben?«

»Nein. Ich habe Wichtigeres zu erledigen.«

»Aber doch nicht um fünf Uhr früh.«

»Wieso nicht. Fünf Uhr früh ist doch ein wunderbarer Zeitpunkt.« Damit erhob sich der Geisterforscher und zog sich in sein Zimmer zurück.

Wie verabredet stand Leander in der aschfahlen Dämmerung des nächsten Morgens mitten auf der Brücke, die über den schmutzigen Fluss Liffey führte und den rauen Norden der Stadt mit dem fetteren Süden verband. Wer es nicht besser wusste, mochte die Brücke für eine ganz normale Verkehrsverbindung halten, doch sie überquerte auch die wichtigste Reviergrenze der Banden von Dublin. Verkehr gab es zu dieser frühen Stunde kaum. Während der ganzen Fahrt von Ballytober House nach Dublin hatte Manuel von Tattenbach schweigend und in sich gekehrt auf dem Beifahrersitz gesessen. Unmittelbar vor der Brücke hatte er sich absetzen lassen und war mit weit ausholenden Schritten in einer dämmriggrauen Seitenstraße verschwunden.

Ein schwarzer Ford rollte heran und hielt direkt vor Leander. William Pauling saß am Steuer.

»Komm, steig ein!«

Als Leander sich auf den Rücksitz gequetscht hatte, stellte ihm der Crime-Reporter den Mann auf dem Beifahrersitz vor: »Das ist Mike, mein Fotograf.«

Es war der Mann, der Ieva und Leander am Tag ihrer ersten Suche in Dublin vor dem Café mit seiner Kamera abgeschossen hatte.

»Wir kennen uns schon«, sagte Leander steif.

»Na klar«, grinste der Fotograf.

Danach erfüllte gespanntes Schweigen den Wagen. Pauling

fuhr schnell, die Straßen waren leer. Sie kamen gut voran. Sie verließen das Zentrum und fuhren in ein teures Wohnviertel am Rand der weiten Dublin-Bay. Nur zögernd wurde der Tag heller. Plötzlich tauchte vor ihnen eine Straßensperre auf. Der Reporter bremste scharf. Maskierte und bewaffnete Männer umringten den Wagen und leuchteten mit starken Taschenlampen ins Innere.

»Ich bin William Pauling, ich darf passieren!«, sagte der Reporter, und seine Stimme klang hart und sicher. Einer der Maskierten sprach leise in ein Mikrophon, das an seinem Jackenkragen befestigt war.

»Ist in Ordnung«, nickte er dann und winkte sie durch. Ganz langsam steuerte Pauling jetzt weiter. Der Fotograf holte seine Kameras aus einer Tasche und prüfte sie ein letztes Mal, schaltete das Blitzlichtgerät ein. Wie gut Leander diese Bewegungen kannte, wie sehr sie seinen eigenen glichen. Er lächelte. Er würde nur Zuschauer sein, aber er fühlte sich der realen Welt wiedergegeben.

Sie kamen an eine weitere Straßensperre. Diesmal schaltete Pauling den Motor ab und ließ den Wagen ausrollen. Ein Mann in Polizeiuniform und ein Zivilist erwarteten sie. William Pauling drückte beiden die Hand.

»Danke David, danke Liam«, flüsterte er.

Nebeneinander gingen sie die stille Villenstraße entlang, bis sie an der Einmündung einer Seitenstraße stehen blieben. Es war eine kurze Sackgasse, die in einem runden Platz endete. Und an diesem Platz stand ein großes modernes Haus aus dunklem Klinker und aufwendigen Fachwerkbalken.

»Alle Verbrecher Dublins wohnen so, in Häusern am Ende von Sackgassen. Das ist strategisch am besten, man hat den Rücken frei und ideale Kontrolle über alles, was von vorne kommt«, flüsterte der Crime-Reporter Leander ins Ohr. »Aber diesmal nützt das dem Priester nichts. Wir haben hundert Mann rings um das Haus postiert. Und er ist ahnungslos. Auf der CD waren auch die Namen der Polizisten, die er für Verrat und Warnungen bezahlt. Wir haben sie aus dem Verkehr gezogen und dann erst die Aktion geplant.«

Alle warteten auf ein Zeichen. Ein fast greifbares Feld aus Spannung baute sich über der stillen Straße auf. Wie ein fernes Wispern vernahm Leander die Stimmen, die im Headset des Uniformierten ihre Informationen gaben. Dann flüsterte der Uniformierte: »Jetzt!« Zusammen mit dem Zivilisten setzte er sich in Bewegung und ging rasch und entschlossen die kurze Straße hinunter.

»Es ist sechs Uhr morgens. Der Polizeichef und der Staatsanwalt schreiten geradewegs und offen auf das Haus des Priesters zu. Sie treten an die Tür und klingeln«, kommentierte William Pauling jede Aktion.

Da erst bemerkte Leander, dass der Crimereporter in ein Diktiergerät sprach und bereits vor Ort seine Reportage auf Band aufzeichnete.

»Die beiden Staatsbeamten zählen langsam bis zehn. Länger als zehn Sekunden braucht man im Haus des berüchtigtsten Verbrechers von Dublin nicht, um alarmiert zu sein. Polizist und Staatsanwalt klingeln noch einmal und sprechen die offiziellen Worte: ›Andrew Martin Sheene, wir haben einen Haftbefehl wegen Drogenhandel, Waffenhandel, Erpressung, Raubüberfall und Anstiftung zum Mord gegen Sie. Wir haben des Weiteren einen Durchsuchungsbefehl für Ihr Haus. Öffnen Sie!‹ Danach herrscht wieder Stille. Was wird der Priester tun? Was wird passieren? Die Männer an der Tür wissen, dass sie in höchster Gefahr sind, wenn der Priester und die Leute in seinem Haus einen Showdown wollen. Aber nichts passiert. Die Nerven sind zum Zerreißen gespannt. Was wird der Priester tun? Will er die Sache ausschießen? Doch dann öffnet sich langsam die Haustür. Man kann nicht sehen, wer den beiden Beamten aufgemacht hat. Sie treten einen Schritt vor. Und schon sind maskierte Gestalten in schwarzen Overalls an der Haustür. Fünf, sechs Mann eines Sondereinsatzkommandos. Sie bewegen sich völlig lautlos und dringen ins Haus ein.«

Die Stopptaste des Diktiergeräts schnappte ein.

»Eins, zwei, drei, vier ...«, zählte der Reporter. »Wenn innerhalb von zehn Sekunden kein Schuss fällt, können wir vor. Acht, neun zehn. Und ab!«

William Pauling und sein Fotograf liefen los. Leander folgte ihnen. Weitere schwarze Gestalten kamen dazu. Ein schwarzer Minibus rollte langsam von der Hauptstraße heran und parkte vor dem Haus des Priesters. William Pauling, sein Fotograf und Leander nahmen direkt am Heck des Minibusses Aufstellung. Sie standen in der ersten Reihe für das kurze Schauspiel, das folgen sollte. Sie waren die einzigen Presseleute, kein anderes Team, keine Fernsehleute waren zur Stelle. William Pauling musste über unglaublich gute Beziehungen zur Polizei verfügen. Nicht umsonst sagte er immer »wir«, wenn er von sich und den Polizisten sprach.

Da öffnete sich die Haustür. Sofort hatte der Fotograf die Kamera am Auge. Und der Crime-Reporter knipste sein Diktiergerät an:

»In Jeans und in ein dunkelblaues Sweatshirt gekleidet, wird der Priester von zwei der maskierten Polizisten herausgeführt. Seine Hände sind mit Handschellen gefesselt. Er trägt den Kopf hoch und sieht sich aufmerksam um. Er wirkt stolz und selbstbewusst. Er hat keinen Widerstand geleistet. Er glaubt, er habe immer noch alles unter Kontrolle. Er glaubt, er werde noch am Nachmittag wieder frei sein. In den vergangenen zehn Jahren hat man ihn dreimal verhaftet, ohne ihm jemals etwas nachweisen zu können. Immer hat dieser Halunke die Polizei an der Nase herumgeführt. Auch jetzt denkt er noch, er wird davonkommen. Aber er weiß nichts von der CD mit brisanten Daten, die William Pauling, dem berühmten Crime-Reporter des *Weekend Mirror,* zugespielt worden ist. Mit den Informationen von dieser CD, die der *Weekend Mirror* der Polizei übergeben hat, wird man dem Priester endgültig das Handwerk legen. An diesem grauen Mittwochmorgen ist William Pauling als einziger Pressevertreter vor Ort, um dem Priester ins Gesicht zu sagen: Fahr zur Hölle!«

Die Kameras des Fotografen klackten ihren unregelmäßigen Takt, als die Polizisten den Priester zum Minibus führten. Er wandte ihnen den Kopf zu, sah den Fotografen hochmütig an, sah William Pauling flüchtig an, und dann traf sein Blick auf Leander. Mit einem Ruck blieb der Priester stehen. Als er sich wieder in Bewegung setzte, um vor Leander hinzutreten, ließen ihn die Beamten gewähren. Die Kameras klackten. Keine zwei Handbreit Distanz trennten Leanders Gesicht noch von dem des Priesters. Dessen Lippen waren fest aufeinander gepresst. Worte, Flüche, Verwünschungen, die er aus Vorsicht nicht auszusprechen wagte, mischten sich mit dem Speichel, den er Leander entgegenspucken wollte, zu einem Brei, der ihm den Mund versiegelte. Dafür sprachen seine starren, stechenden Augen. Sie wiederholten nur ein einziges lautloses Wort: Tod! Tod! Tod! Doch dann trieb ein milchiger Schleier durch den Blick. Angst. Der Priester fürchtete Leander, weil er ihn nicht einschätzen konnte, weil er wie ein Fremder in sein so lange wohlgeordnetes Herrschaftsspiel eingedrungen war, weil er unberechenbar war, und weil er den toten Padraigh Bridged Maloney gefunden hatte, den niemand bisher zu finden in der Lage war. Dunkles Rot schwemmte durch seine Augen, blutrot. Den Priester beherrschte eine ohnmächtige Wut darüber, dass er Leander nicht einfach getötet hatte, als er Gelegenheit dazu hatte, damals, in jener Nacht in Yellow Glen.

Leander las in den Augen des Priesters wie in einem Buch. Er fragte sich, was der Priester in jener Nacht, als er der Herr über Leben und Tod war und den Lauf seines schweren Revolvers in Leanders Mund gestoßen hatte, was er da in seinen Augen gelesen haben mochte. Hatte er wie Ieva die Entschlossenheit in seinen Augen erkannt, die trotz des erbärmlichen Zitterns fest war? Warum hatte er dann nicht abgedrückt? Oder hatte der Priester dem Ausdruck in Leanders Augen überhaupt keine Bedeutung beigemessen? Oder war in Leanders Augen doch Angst gewesen, die dem erbärmlichen Zittern seines Körper entsprach? Aber warum hatte Ieva dann dieses Zittern übersehen? Leanders Gedanken rasten.

Gleichzeitig nahm sein Unterbewusstsein wahr, dass Mike, der Fotograf, seine Arbeit tat, aber stets so fotografierte, dass auf seinen Bildern nur der Priester und William Pauling zu sehen waren. Leander würde am kommenden Wochenende auf den Fotos und in den großen Aufreißertexten der Titelseite des *Weekend Mirror* ebenso wenig auftauchen wie in der ausführlichen und reich bebilderten Sensationsreportage im Inneren des Blattes. Es kümmerte ihn nicht.

Der Priester stand in Handschellen vor ihm, weil ein Fotograf ohne Kameras ihn zur Strecke gebracht hatte. Der Priester hatte verloren. Und er sollte büßen für das, was er Paddy the Saint und Susan Atkins angetan hatte. Nur der Tod wäre die angemessene Strafe für ihn. Der Priester sollte mit dem Leben bezahlen! Alles andere wäre nicht gerecht. Leander erschrak über seinen Gedanken. Und gleichzeitig wurde ihm klar, dass der Priester wahrscheinlich von pervers teuren und smarten Winkeladvokaten aus jeder Anklage herausgeholt werden würde. Der Priester ließ nach archaischer Art töten, würde aber nach moderner Art gerichtet werden. Er würde vermutlich davonkommen mit einer lächerlich belanglosen

Strafe. Einfach so. Der Priester würde nicht wirklich büßen müssen. Aber Leander kümmerte auch das nicht mehr. Er war nicht nach Irland gekommen, um zu richten und zu strafen. Er war gekommen, um einen verschollenen Popstar zu finden. Und das hatte er geschafft. Er hatte gewonnen, und er würde für immer der Sieger bleiben, egal was dem Priester widerfuhr. Leander war in diesem Moment sehr glücklich, vollkommen glücklich. Und dieses Glück gehörte ihm ganz allein. Er brauchte auch Ieva nicht mehr, um dieses Glück bis zur Neige auszukosten.

Plötzlich platzte mit einem leisen, fernen Knall das rechte Ohr des Priesters. Eine kleine Blutfontäne spritzte daraus hervor. Die Augen, die Leander so intensiv musterten, wölbten sich aus den Höhlen. Das linke Ohr wurde vom Kopf des Priesters weggerissen und ein Schwall grauer Flüssigkeit schoss hervor. Der Priester taumelte gegen Leander. Ein einzelnes Wort hauchte von seinen Lippen: »Was …?«

Sie stürzten, Leander nach hinten, und der Priester über ihn. Keiner der maskierten Polizisten reagierte. Leander prallte hart auf den Boden auf, und der Körper des Priesters deckte ihn zu. Körper an Körper. Gesicht an Gesicht. Auge in Auge. Leander erlebte den Tod des Banditen mit, als wäre es sein eigener. Mit einer Langsamkeit, die es nur in quälenden Albträumen gibt, senkten sich die Lider des Priesters. Ein einzelnes, unendliche Stunden währendes Ausatmen strömte als seltsam blechernes Stöhnen aus dem kraftlos hängenden Mund. Stunden, Tage schienen zu vergehen. Nur das ferne Geräusch eines gestarteten Motorrads drang in diesen Moment. Es war, als durfte Leander bis in alle Ewigkeit auskosten, wie der Priester doch mit dem Leben für seine Verbrechen bezahlte. Leander konnte es sehen, hören, riechen, spüren, bis ihn dunkles Grauen erfüllte. Es war ein Geschenk der Hölle. Und langsam, mit einer Bewegung jenseits von Zeit und Wirklichkeit, hoben sich die Lider über den dunkelroten Augen des Priesters ein letztes Mal und gefroren in einem Blick, der vollkommene Fassungslosigkeit ausdrückte.

Hände in schwarzen Lederhandschuhen rissen den schlaffen Körper des Priesters hoch.

»Verdammte Scheiße!«, kreischte William Paulings Stimme in das Diktiergerät. »Irgendjemand hat den Priester erschossen. Hat ihn mitten aus drei Dutzend Polizisten herausgeschossen. Die Beamten zerren seinen Körper in den Minibus und rasen mit ihm davon. Andere Polizisten schwärmen aus und versuchen, den Täter zu stellen. Stimmen, Befehle, Chaos. Es ist der Wahnsinn. Der Priester ist tot. Irgendjemand hat den Priester erschossen. Kopfschuss. Alles ist Chaos. Wer war das? Wen haben die Polizisten nicht bemerkt? Wer konnte den Priester in dieser Situation erledigen? Wer?«

Um Leander kümmerte sich niemand. Die maskierten Polizisten waren auseinander gestoben. William Pauling und sein Fotograf waren ihnen nachgehetzt. Leander erhob sich. Noch war der Geruch von Sterben und Tod um ihn. Er wandte sich um und ging einfach los. Niemand hinderte ihn daran. Er beschloss, das ganze Stück zurück zu seinem Wagen zu Fuß zu gehen. Der Priester war tot, und er, Leander, war glücklich. Er würde ganz bewusst Fuß vor Fuß setzen und sich auf nichts anderes konzentrieren als auf sein Glück und jeden einzelnen seiner Schritte durch die Straßen von Dublin. Er würde in einem der vielen Selbstbedienungsrestaurants einkehren und sich mit einem üppigen Frühstück belohnen.

Manuel von Tattenbach lehnte am Mercedes. Er musste stundenlang geduldig gewartet haben, wirkte aber ausgesprochen gut gelaunt.

»Sie sehen zufrieden aus«, begrüßte er seinen Chauffeur. »Waren alle Ereignisse in Ihrem Sinne?«

»Sie hätten dabei sein sollen«, gab Leander zurück. »Wir hatten alle eine Menge Spaß. Ihnen hätte es auch gefallen. Noch ein Platz, wo demnächst jemand spuken wird.«

»Ja, das denke ich auch«, sagte der Geisterforscher. Er schien genau zu wissen, was Leander meinte. »Ich werde es beobachten. Wir erleben gerade eine sehr ergiebige Zeit.«

»Können wir fahren?«

»Ja natürlich. Ich habe alles erledigt, was ich mir vorgenommen hatte.«

Erst als sie die Stadt hinter sich gelassen hatten, bemerkte Leander den schwachen Geruch, der von Manuel ausging. Er kannte ihn. Er hatte ihn selbst erst vor wenigen Tagen eingeatmet. Damals, als er in der Dunkelheit von Sally Gap auf Paddy den Killer geschossen hatte. Es war der Geruch, der sich in die Haut einbrennt, wenn man eine Schusswaffe abfeuert. Leander griff wortlos hinüber zu Manuel, packte dessen entspannt im Schoß liegende rechte Hand, führte sie an seine Nase und schnüffelte daran. Der Geisterforscher ließ es geschehen. Er betrachtete sogar lächelnd die Aktion. Es gab keine Zweifel, die Hand roch nach Schießpulver.

»Sie haben geschossen«, sagte Leander nur. »Sie haben den Priester erschossen.«

»Natürlich nicht«, gab Manuel von Tattenbach ruhig und selbstsicher zurück.

»Sie haben geschossen!«

»Ich bin Geisterforscher und kein Killer, wenn Sie verstehen, was ich meine. Außerdem riechen alte Bücher auch wie Schießpulver. Vor allem wenn sie von Aufständen und Befreiungskämpfen handeln.«

»Morgens um fünf Uhr gibt es keine Bücher durchzublättern. Sie haben geschossen!«

»Nein.«

»Sie wissen, wie man an Waffen kommt. Und Sie haben keine Skrupel.«

»Das ist richtig. Aber ich kann nicht Motorrad fahren.«

Es wurde totenstill im Wagen.

»Woher wissen Sie, dass es einen Motorradfahrer gab?«, begann Leander langsam.

»Weil Hit-Teams in Irland nie mit dem Taxi vorfahren.«

»Und woher wissen Sie, dass es ein Hit-Team gab?«

Doch der Geisterforscher ließ sich nicht in die Enge treiben: »Die Nachrichten sind voll davon.«

»Aber es gab niemanden, der von der Verhaftung wusste«, beharrte Leander. »Nur die Polizisten, William Pauling, Ieva, Sie und ich.«

»Und jetzt denken Sie, Ihre bezaubernde Ieva und ich haben Hit-Team gespielt«, scherzte der Geisterforscher leichthin.

»Euch beiden ist alles zuzutrauen«, sagte Leander da zu seiner eigenen Überraschung. »Ja, ihr schreckt vor nichts zurück. Ihr beide seid völlig verrückt, wenn es drauf ankommt. Ihr passt zusammen wie Pest und Cholera, das perfekte Team.«

»Aber warum sind Sie so erzürnt? Man hat Ihnen doch einen Gefallen getan. Sie haben dem Priester doch den Tod gewünscht, und so ist es gekommen.«

Die Worte trafen Leander hart.

»Woher wissen Sie das? Woher?«

»Gedanken haben enorme schöpferische Kraft, wissen Sie das nicht? So betrachtet waren Sie es selber, der den Priester gerichtet hat. So betrachtet ist es doch völlig unerheblich, ob ich tatsächlich geschossen habe, und ob Ieva das Motorrad gesteuert hat.«

»Sie haben den Priester erschossen. Ich weiß es.«

Manuel von Tattenbach lächelte eine Weile zufrieden vor sich hin und sagte dann schmunzelnd: »Natürlich habe ich ihn erschossen. Deswegen bin ich doch mit Ihnen nach Dublin gefahren. Aber erzählen Sie es bloß nicht meiner Mutter.«

Es klang wie ein Scherz.

24

Die Zeit war abgelaufen. Leander lehnte an der Reling am Heck der Fähre und sah zu, wie die Schrauben des Schiffes das Wasser im Hafenbecken von Rosslare Harbour aufschäumten und das Schiff hinaus aufs Meer schoben. Die Hafenmauer glitt vorüber. Schnell dehnte sich die Wasserfläche zwischen Schiff und Land immer breiter aus. Leander nahm Abschied von der grünen Insel, von den Ereignissen und von Ieva. Er hatte sie nicht mehr gesehen, nicht einmal mehr am Telefon gesprochen. Sie blieb auch die letzten Tage wie vom Erdboden verschluckt. Ihm ließ sie nichts zurück als bittersüße Erinnerung, ein paar Kleidungsstücke und zwei dicke Kuverts mit Geld, auf denen der Name Maloney stand. Aber es kümmerte ihn nicht mehr. Er war wieder zum Einzelgänger geworden, zum Wolf ohne Rudel. Und er war ganz bei sich. Trotzdem hatte er Ievas Kleidungsstücke zu seinen Sachen in die Tasche gepackt. So konnte er noch für eine Weile nachts das Gesicht in die weichen Stoffe wühlen, um ihr feines Aroma zu atmen.

Irland wich weiter und weiter zurück. Schon konnte Leander den hohen Fahnenmast sehen, der im Park von Ballytober House stand. Es war ein seltsames Gefühl für ihn, den Fotografen, ohne Fotos von einer Reise zurückzukehren. Aber wenn er die Augen schloss, tauchten in seinem Gedächtnis der Abend der Erleuchtung auf dem Gipfel des Mount Leinster auf, die Regennacht mit Manuel am Tacumshin-See, das Café von June und Ann, das Sitzen mit Lilian auf der Balkon-Düne, der Blick von Skellig Michael.

Und Ievas kriegsbemaltes Gesicht, Ievas Körper in den wenigen Stunden ihrer Liebe. Die einzigen Fotos aber, die er wirklich gemacht hatte, zeigten nur immer wieder die lippenlos grinsenden Todesgesichter von Paddy the Saint und Susan Atkins. Was für eine Ausbeute! Die Fähre passierte Tuskar Rock, und Leander lächelte dem Leuchtturm, den er so oft von Carne Beach aus gesehen hatte, wie einem alten Freund zu.

Mit Manuel von Tattenbach hatte er kein weiteres Mal über den Tod des Priesters gesprochen. In der Sensationsstory des nächsten *Weekend Mirror* wurden über die Mörder des Priesters die wildesten Spekulationen angestellt, aber es gab ganz offensichtlich keinerlei Hinweise, denen man nachgehen konnte. Wie immer in solchen Fällen vermutete man die irische Untergrund-Armee IRA als Drahtzieher hinter dem Anschlag, ohne freilich sagen zu können, welches die Motive waren, und woher sie überhaupt von der Geheimaktion der Polizei erfahren hatte. Während der letzten verbleibenden Tage diente Leander dem Geisterforscher und seiner Mutter als zuverlässiger und unermüdlicher Chauffeur zu allen Abschiedsbesuchen, die sie noch absolvieren wollten.

»Wenn Sie wollen, können Sie sich noch eine Woche freinehmen und dann mit der Fähre am nächsten Donnerstag nach Cherbourg übersetzen«, hatte die Madam angeboten, als er sich am Flughafen von Dublin von ihr und Manuel verabschiedete.

So konnte Leander noch eine geschenkte Woche lang alleine durch Irland fahren, zum ersten Mal seit vielen Wochen ungebunden, unabhängig und jeden Tag aufs Neue ziellos unterwegs, wohin ihn die Straßen auch führten. Eine Weile hatte er noch auf einen Anruf von Ieva gehofft, dann hatte er sich auch davon befreit. Jetzt lehnte er im Wind an der Reling. Irland wurde zu einer dunstigen Hügellinie über dem

Wasser. Die meisten Passagiere verliefen sich, gingen in die Bar oder suchten sich wärmere Plätze im Windschatten.

»Hallo Leander«, sagte da Ievas Stimme.

Das kam so unerwartet, dass er sich nur ganz langsam umdrehte. Aber Ieva stand vor ihm, als wäre sie niemals weg gewesen. Der Wind wühlte in ihren wilden schwarzen Haaren. Diese zornig kurz geschnittenen Haare hatten sich nicht verändert. Sonst aber war alles an ihr verändert. Sie trug eine unglaubliche dunkelrote Jacke, die aussah, als wäre sie aus den Flicken eines kostbaren persischen Wandteppichs genäht. Darunter ein altes, kragenloses Männerhemd. Und eine braune Lederhose, die sich wie eine schimmernde zweite Haut an ihre Schenkel schmiegte. Am stärksten aber hatte sich ihr Gesicht verändert. Nicht nur, dass sie ihre schwarze Kriegsbemalung nicht mehr trug, ihre Züge wirkten weich, ihre Augen glühten, ihr Lächeln war pure Sinnlichkeit. Die Wunden durch die Schläge waren bis auf ein hellrotes Mal an der Oberlippe verheilt. Ieva Maloney schien von innen heraus zu leuchten. Männer waren auf das Oberdeck des Schiffes getreten, nur um diese Frau zu betrachten. Sie aber stand vor Leander.

»Woher weißt du, dass ich hier bin«, fragte er misstrauisch.

»Manuel hat es mir gesagt.«

»Manuel?«

»Ja, klar doch. Manuel, wer sonst?«

Leander wollte nicht darüber nachdenken, was genau das bedeuten mochte. In diesem Moment zählte nur, dass Ieva da war, dass sie aus einem rätselhaften Grund tatsächlich vor ihm stand, auf dieser Fähre, die ihn eigentlich von ihr entfernen sollte.

»Wo warst du? Was hast du getan?«, wollte er sofort wissen.

»Ich habe getrauert.«

»Was meinst du damit, getrauert?«

»Ich habe geweint, geschrien und gebetet. Ich habe mich betrunken und getanzt. Ich habe mich einen Tag und eine Nacht unter die Dusche gestellt, um den Geruch von Yellow Glen von mir abzuwaschen. Ich habe den Priester verflucht. Was man eben so tut, wenn man nicht verrückt werden will. Was hast du getan?«

»Ich? Nichts.«

»Und hat dir das geholfen?«

Leander schüttelte wortlos den Kopf. Er war in einer Mischung aus Betäubung und Melancholie durch schattengraue, stillstehende Tage gegangen. Das war alles. Er hatte keine Sekunde daran gedacht, dass er hätte trauern sollen um Paddy the Saint und Susan Atkins, die sich zu Tode lieben mussten. Und um Ieva, deren Bruder einer der schrecklichsten Tode gestorben war.

»Ich habe den Priester ans Messer geliefert«, fiel ihm dann ein.

»Ich weiß. Ich habe es im *Weekend Mirror* gelesen. William Pauling ist ja jetzt der Reporter-Superstar.«

»Aber er weiß nicht, dass Manuel den Priester erschossen hat«, sagte Leander wie beiläufig.

Doch Ieva zuckte nur mit den Schultern: »Manuel ist ein außergewöhnlicher Mann, aber auch schwer durchschaubar.«

»Und er war nicht allein.«

»Ich habe mich nur geheilt«, fuhr Ieva doppeldeutig fort. »Von den zwei Jahren Sorge um Paddy, von meiner besessenen Suche und von der Angst, ihn irgendwann zu finden. Und ich habe mich von den Gedanken an Paddys Sterben erlöst. Dann erst konnte ich meinen Eltern alles erzählen, und nach Dursey Island fahren, um Susans Eltern vom Tod ihrer Tochter zu berichten.«

»Ach, Dursey Island«, erinnerte sich Leander erstaunt.
»Sag bloß, du hast nicht an Susans Eltern gedacht?«
»Keine Sekunde«, gab Leander kleinlaut zu.

Ieva hob ihre Hand und strich dem Mann vor ihr sanft über die Wange. So vorsichtig, als habe sie Angst, er könne den Kopf mit einer störrischen Bewegung von ihr wegreißen. Er aber ließ diese Berührung geschehen.

»Du bist ein Fotograf mit wahnsinnig scharfen Augen, aber als Mensch bist du ziemlich blind. Du bist wirklich unmöglich, Leander«, flüsterte sie und lächelte ihn an.

»Aber warum bist du dann hier?«, fragte er trotzig.

»Ich habe kein Haus mehr, keinen Job bei den Saints und keinen Bruder mehr. Ich habe nichts, was mich noch in Irland hält. Und das Einzige, was mich zurzeit interessiert, bist du.«

Diese Worte wirkten wie eine Erlösung auf Leander. Jetzt erst konnte er seinen Arm um ihre Hüfte legen und sie zu sich heranziehen. Jetzt konnte er genießen, wie willig sie dem Druck seines Armes nachgab. Jetzt konnte er sie wieder spüren, atmen und begehren.

»Also kommst du zu mir?«, fragte er.
»Nein.«
»Was dann?«
»Ich werde dich nur ein Stück begleiten.«
»Wie weit?«
»Keine Ahnung. Wir werden sehen. Vielleicht nur bis zur französischen Küste. Vielleicht auf deiner Fahrt durch Frankreich. Vielleicht bis zu dir nach Hause, um zu sehen, ob du tatsächlich Fotoapparate besitzt.«

Leander hob den Kopf und blickte zum Horizont. Irland war verschwunden. Die Wogen des freien Atlantik begannen, das Schiff in ihrer ewig gültigen Dünung zu wiegen. Irland war schon Vergangenheit. Doch in seinen Armen hielt er das kostbarste Geschenk dieser Insel. Er wusste genau, es würde

nicht von Dauer sein. Also beschloss er, jede Stunde, jede Minute, jeden Augenblick in seiner ganzen Fülle auszukosten.
»Einverstanden«, sagte er.

GOLDMANN

*Das Gesamtverzeichnis aller lieferbaren Titel erhalten Sie
im Buchhandel oder direkt beim Verlag.
Nähere Informationen über unser Programm erhalten Sie auch im Internet unter:
www.goldmann-verlag.de*

★

Taschenbuch-Bestseller zu Taschenbuchpreisen
– Monat für Monat interessante und fesselnde Titel –

★

Literatur deutschsprachiger und internationaler Autoren

★

Unterhaltung, Kriminalromane, Thriller
und Historische Romane

★

Aktuelle Sachbücher, Ratgeber, Handbücher und
Nachschlagewerke

★

Bücher zu Politik, Gesellschaft, Naturwissenschaft und Umwelt

★

Das Neueste aus den Bereichen
Esoterik, Persönliches Wachstum und Ganzheitliches Heilen

★

Klassiker mit Anmerkungen, Anthologien und Lesebücher

★

Kalender und Popbiographien

★

Die ganze Welt des Taschenbuchs

★

Goldmann Verlag • Neumarkter Str. 18 • 81673 München

Bitte senden Sie mir das neue kostenlose Gesamtverzeichnis

Name: _____

Straße: _____

PLZ / Ort: _____